魅丽文化
花火工作室

十万星河 2

长安 / 著

江苏凤凰文艺出版社
JIANGSU PHOENIX LITERATURE AND ART PUBLISHING, LTD

图书在版编目（CIP）数据

十万星河．2 / 长安著．-- 南京 ：江苏凤凰文艺出版社，2018.9
ISBN 978-7-5594-2475-4

Ⅰ．①十… Ⅱ．①长… Ⅲ．①长篇小说－中国－当代 Ⅳ．①I247.5

中国版本图书馆CIP数据核字（2018）第144342号

书　　名	十万星河．2
作　　者	长　安
出版统筹	汪修荣 邹立勋
选题策划	朵　爷
责任编辑	胡小河 姚　丽
文字编辑	肖云梦
责任监制	刘　巍 江伟明
出版发行	江苏凤凰文艺出版社
出版社地址	南京市中央路165号，邮编：210009
出版社网址	http://www.jswenyi.com
印　　刷	湖南凌宇纸品有限公司
开　　本	880mm×1230mm　1/32
字　　数	297千字
印　　张	10
版　　次	2018年9月第1版，2018年9月第1次印刷
标准书号	ISBN 978-7-5594-2475-4
定　　价	36.80元

目录

C O N T E N T S

目录

C O N T E N T S

第一章

你好，我叫余柠

凌晨一点一刻，喧嚣了一整日的城市沉寂了下来。远郊的滨海大道上车辆稀少，一辆白色路虎揽胜连超七八辆车，急速驶向临海而建的超五星酒店。一紫一红两辆超跑紧随其后，几次将要追上，都被路虎轻松甩开。

到了酒店后，路虎径直开入地下停车场，在负二层转了大半圈，才停在了电梯附近的唯一空位上。

尾随至此的两辆超跑也停了下来，车主却并未开门下车。隔了三四秒，一个女孩从路虎上跳了下来。

女孩非常年轻，乍看之下不过十七八岁的样子，她步履轻快地走到红色跑车边，屈起食指敲了敲驾驶位那侧的车窗。

停在后头的紫色跑车车主隔着车窗看清她的脸，诧异之余，立刻走下了车子："路檬？"

路檬回头看去，见是熟人，扬起下巴挑眉问："贺二？你追我干什么？！"

贺齐光笑了笑："没大没小的，叫二哥。刚刚你从我们旁边飙过去，我哥们说开车的是个妹子，我不信，就跟他打赌追过来看……我说女人怎么可能把车开得这么狂，原来是咱们路檬妹妹。你这一手是跟谁学的，还挺凑合的。"

路檬扬眉笑道："不是我凑合，是你们菜。"

这话虽失礼，可她笑起来眉眼弯弯格外甜，声音也清脆悦耳，丝毫都不叫人讨厌。贺齐光抬起手腕看了眼表："大半夜的，你怎么往这儿跑？"

"我过美国时间。"

"你不会是趁你爸妈睡着偷溜出来的吧？二哥既然遇到了就不能不管，上车，我送你回家。"

路檬躲开贺齐光的手，转了下眼睛，状似无意地说："前几个月有个朋友让我帮忙看新得的米万钟奇石图，东西是真的，可我总觉得似曾相识，直到刚刚看到你，我才突然记起来，眼熟是因为小时候在你爷爷家的书房见到过这幅画……"

而贺家人里，只有最不靠谱的贺齐光能干出偷自家的字画出去卖的事儿。贺齐光仿佛噎住了，顿了顿才说："我没见过你，你也没见过那幅画。"

路檬哈哈一笑，扭头就走。贺齐光和同伴的目的地也是这家酒店，停好车后，顾屿走下红色跑车，打量着路檬的背影问贺齐光："你认识她？"

贺齐光低头点烟，随口"嗯"了一声："路时洲的堂妹。"

顾屿转头看路檬的背影，她一边走一边随手将长鬈发扎成马尾，抬手间不经意地扯开了白衬衣的领扣，露出了一截纤长的脖子。

电梯到得慢，片刻后，三人在电梯间重聚。路檬受不了烟味，勒令贺齐光即刻扔掉烟，贺齐光不理，两人你一句我一句地斗起了嘴，直到电梯升到十二层，贺齐光才停止逗她——一个穿抹胸包臀裙的高挑美人走进了电梯。

贺齐光肆意惯了，投过去的目光毫无收敛。美人仿若浑然不觉，撩着额发瞥向路檬，自认为无论身高、身材、颜值都完爆穿白衬衣、牛仔短裤、板鞋的路檬。收回目光时，美人妆容精致的脸上多了几分优越感。

美女一走出电梯，路檬立马朝贺齐光翻了个白眼："你前一段时间不是为了我堂嫂要死要活，还跟我堂哥闹翻了吗？失恋才几天，就色眯眯地盯着路人看。"

贺齐光脾气好，并不恼，笑着说："怎么就色眯眯了？见到漂亮的异性多看两眼，这和欣赏一幅画、一片景的性质一样。"

“哪儿漂亮了？一点儿也没觉得。”

“我们男人的审美，和你这种傻丫头说不通。”

一路沉默的顾屿突然开了口：“你只代表你自己的审美。”

听到这话，路檬笑着比了个打脸的动作。

贺齐光瞪向顾屿：“你不拆我的台能死？”

顾屿倒不是故意拆贺齐光的台，而是觉得刚刚那位实在太艳俗油腻，远比不上眼前的这位路小姐养眼。仗着浑然天成、无须雕琢的美貌，她甚至连唇膏都没涂，个子虽不高，比例却很好，一双白皙的腿格外修长。兴许是因为长期昼夜颠倒，路檬的脸色略显苍白，可肤质完全经得起电梯里的强光探照。

贺齐光和顾屿要去酒店顶层的酒吧，而路檬在三十层下。电梯重新闭合的时候，顾屿问：“她成年了没？”

贺齐光隔了好一会儿才反应过来：“你说路檬？她大学都毕业了，也就看着小。”

没等顾屿作声，贺齐光诧异地看向他：“你不会对她有兴趣吧？她就是一小霸王。”

路檬到的时候，众人已经喝到微醺。百余平方米的行政套房里挤了不下三十人，认识的不认识的，闹哄哄的一大堆。路檬正饿着，就谁也没招呼，径直坐到观景窗的沙发前，拨开茶几上横七竖八的空香槟瓶，拿起了仅有的一块提拉米苏。

刚吃了一口，半醉的倪珈便摇摇晃晃地拎着两个威士忌杯坐了过来，她揽住路檬的肩说：“姐姐过生日你居然最后一个到，真没良心。”

路檬嫌倪珈身上的酒味重，挥掉她的爪子，往旁边挪了挪：“一睡醒就过来了，还有吃的没？这蛋糕腻死了。”

“想吃什么随便点。”倪珈醉眼蒙眬地用食指挑起路檬的下巴，“让你好好拾掇一下自己，怎么妖娆怎么来，你这别是连脸都没洗吧？”

路檬翻了两页餐单，点了三文鱼排和鲜虾饭后才问：“妖娆给谁看？”

“我今天叫来的男人都是没主儿的，你看上哪个我给你介绍。”

“没兴趣。”

“从你被裴湛拒绝，到现在已经四五年了吧？还没走出阴影呢？十七岁的事儿你准备记到七十？”

路檬怔了许久才反应过来倪珈在说什么。这些年来，这件事还是第一次被人提起。当初她喜欢裴湛喜欢得要死要活，如今却全然记不起上一次想到这个名字是什么时候了。

“喝多了吧你？上辈子的事儿还翻出来说。”路檬抬手看表，“我雇了人在对面的岛上放烟花给你庆生，一刻钟后开始，在阳台上能看到吧？”

喝了一整晚酒，众人正想出去透气，听到有烟花，立刻说下楼自己放。路檬叫的餐还没送来，便打了通电话让人把烟花搬到空地上不要动，并没同他们一道离开。

关掉震耳欲聋的音乐，吃掉鱼排和饭，路檬慢吞吞地化了个妆。倪珈他们迟迟未归，百无聊赖间，她抄起倪珈落在沙发上的羊绒披肩走出套房，进了电梯。

深秋夜风凉，一走出酒店大堂，路檬就裹上了披肩。不远处的烟花燃得正炽烈，路檬停住脚步看了几秒，手机正巧响了。倪珈催她早些过去，一句“就来”还没说出口，路檬的目光忽而一滞——时隔四年再见到裴湛，她倒没生出什么感慨，只是才听倪珈提起就遇上，这样的巧合让她略微有些诧异。

裴湛与两个同伴并肩站在酒店外的台阶上，像是在等车。他左侧的中年男人正同他说着什么，他没搭话，嘴角始终噙着漫不经心的笑，抽完一根烟，很快又点了一根。

裴湛侧头点烟的时候，余光扫到了仅隔三五米、正一瞬不瞬看向他的路檬，便顺势看了过去。路檬并非扭捏的人，望了眼旋转门上自己的倒影，大大方方地走过去同他打招呼。她的情绪毫无波澜，可莫名其妙的，不到十步的距离，却仿佛走了一公里。路檬最烦虚伪的客套，然而除了一句俗滥的“这么巧啊，好久不见”，一时也想不出别的开场白。

哪知还没走到裴湛面前，助理模样的矮个年轻人就率先开了口：“私人时间，齐先生不签名不合影。”

裴湛投过来的目光很是陌生，继而对中年男人说：“还说自己没知名度，从机场到这儿，你被认出了多少次。”

直到他们上车离开后，路檬才记起站在裴湛身侧的那个中年男人是刚刚获得国际奖的知名剧作家。裴湛竟以为她是来要签名的书粉……

放完烟花，人走掉大半。回到套间后，倪珈招呼没离开的去酒店顶层的酒吧，路檬不肯去，她便和另几个留下陪路檬开黑。片刻后，整日缠着路檬开小号带自己躺赢的倪珈在目睹了她用花样百出的小学生操作各种送人头后，无语地说道：“你没喝就醉了？”

倪珈的表姐也觉得诧异：“檬神这是怎么了？蔫头耷脑的，被谁欺负了？”

倪珈“嘁”了一声：“只有她欺负别人，哪有人敢欺负她。”

“我还真被人欺负了。”路檬扔下手机，一字一顿地说，“我刚刚遇到裴湛了，他……不认识我了。”

深秋微凉的空气中时时刻刻浮着柚子的香、桂花的甜，一进十月，路檬就缠着奶奶做冰糖柚子蜜。

她走遍整个 Z 大校园才找到一株开白花的银桂树，摘满一捧，铺到玻璃罐里，倒一层冰糖柚子蜜，撒一层桂花。摇匀后，琥珀色的蜜糖里点缀着甜白的小花，又香又好看。

路檬一路跑得急切，到音乐教室的时候后背沁满了汗，她小心翼翼地将玻璃罐放到窗台上，对着窗子整了整衣服，然后抱起罐子推开后门走了进去。

除了裴湛，音乐教室里还有另几个男生，个子最高的那个说：“要不是你把手抄在口袋里只拿脚踹，怎么能挂彩？”

嘴角有瘀青的裴湛披着校服上衣倚在飘窗上，一双长腿往钢琴椅上一搭，懒洋洋地笑道：“我后天要去荷兰比赛，不能伤了手。这笔账等我回来再算。”

“这群人就是欠打，你拒绝谁关他们屁事。不过那女孩确实漂亮，是高二的级花？你不喜欢也婉转点，干吗弄哭人家？话说你到底喜欢什么样儿的？”

“没有喜欢的，只有讨厌的。”一直背对着路檬的裴湛回过头，指着她说，“我最讨厌的就是她这样的。”

我最讨厌的就是她这样的……

就是她这样的……

从梦中惊醒的时候刚过零点，路檬烦躁不已地躺了片刻，便披上外套起了床。重遇裴湛后，接连一个月，她夜夜梦到裴湛在不同的场景说这句话，醒后便再难入睡。

为了跳出这个怪圈，她尝试了包括改掉昼夜颠倒习惯的无数办法，可惜统统无用。哪怕是唯一喜欢过的人，裴湛也早已是过去时，对于如今的她来说，他与路人无异。除去撞邪了，路檬想不出别的原因。

裴湛出身音乐世家，七岁获全国少儿钢琴比赛冠军，十岁办个人演奏会，十五岁获国际比赛冠军，十六岁成名，生了一副矜贵清冷、不食人间烟火的模样，却远比同龄人叛逆。中学六年，他受到的处分比拿下的奖项更多，逃课、打架，和老师对着干，除了不早恋，坏学生爱做的事哪样都没落下。

或许爱他年少成名，或许爱他那张令人怦然心动的脸，或许小女生偏偏喜欢坏少年——尽管他气质和行为的巨大反差让人捉摸不透，尽管他拒绝表白的方式简单粗暴、对异性的态度冷漠到绝情，可向他示好的女孩子仍旧络绎不绝。

在喜欢裴湛的女生里，小他五岁的路檬既不是最漂亮的，也不是最聪明的，却是最纯粹的。早在情窦初开的年纪，她便对他一见钟情，纵然性子最不沉稳，可担心裴湛当自己是小孩子，也生生忍了四年才敢走到他的面前。

路檬从没奢望过裴湛回应，只要他不讨厌她、愿意收她的礼物、愿意听她讲话就很好。然而这份喜欢仅仅感动了她自己……

长夜漫漫，饱受了一个月失眠困扰的路檬头痛欲裂、睡意昏沉却偏偏无法入眠，熬到天刚擦亮，她便敲响了倪珈的门。被生生吵醒的倪珈打开门后正要骂人，看到头发凌乱、一脸憔悴的路檬，困意立马散了大半。

“你这是怎么了？”

路檬越过她进了门，倒在了沙发上：“我连做了一个月噩梦，每天只睡了不到俩小时，大概离猝死不远了……”

听完路檬的陈述，开心理诊所的倪珈裹上睡袍，去厨房热了两杯牛奶：“我早就说过裴湛是你的童年阴影，你偏不信。”

长期失眠会影响食欲，路檬接过牛奶，只喝了一口便生出了恶心感：“怎么就心理阴影了？要不是上次遇见，这辈子我都不会再想起他。”

倪珈摆了个“信不信随你”的表情，问：“你原本以为就算裴湛不喜欢你，也至少对你印象深刻，可发现他早就把你抛到脑后，是不是觉得特别不甘心？最讨厌也是‘最’啊，也是被他拒绝过的女人中的佼佼者，怎么就不认识你了呢？”

长期失眠不仅会令人反应迟钝、浑身乏力，还容易变暴躁，听到“裴湛”这两个字，路檬更觉烦乱：“越是每晚都梦到，睡前就越害怕，越害怕就越会想到他……你有没有什么方法能让我彻底忘掉这个人？”

“治疗单恋失败的最好方法就是多接触。熟悉之后，你就会发现自己当年喜欢的不过是幻想中的人而已，并没什么值得惋惜的。”

“谁惋惜了……再说我怎么才能熟悉他，印张他的照片挂在床头天天看吗？”

以裴湛的性格和冷漠程度，这方案的确无法操作。考虑了片刻，倪珈又说：“找一些你感兴趣的事或人转移注意力也是可以的。你不是准备跟朋友在微博直播自驾去欧洲，一百五十天穿越四十国吗？什么时候出发？”

“这种商业活动都是团队出行，需要请摄影师、文字编辑、翻译向导，赞助商临时撤资，没有启动资金，计划只能暂时搁浅。”

“可以让你爸妈赞助啊。”

“我爸妈整天逼我继续读书或上班，被他们知道这事儿，有钱也去不了，我堂哥和他们一个鼻孔出气，也指望不上。”

“没想到挥金如土的路大小姐也有为钱发愁的时候。”

“别说我，贺齐光都三十岁了，还偷自己家的画卖呢。”说完这句，路檬忽而灵光一闪，“我可以找我爷爷赞助。”

“你爷爷……他不是去世好多年了吗？”

路檬的爷爷奶奶、父母、伯父皆是知名教授，唯一的堂哥也是精英中的精英，整个路家，只有她是废材。但从小受家庭熏陶，路檬对古董字画也略通一二。

从倪珈的公寓出来，路檬直奔路家老宅。老宅在 Z 大老校区东边的别墅区里，路檬的堂哥念大学后，这栋房子就闲置了下来。别墅的三层整个用作书房，一进门，路檬就直奔二楼，在爷爷生前收藏的古董字画中挑选了片刻，最终拿了一幅仇英的扇面。

不出意外的话，完成自驾一百五十天穿越四十国的计划后至少能赚回本金的十倍，抵押半年就可以把扇面赎回来。

字画难辨真假，典当行轻易不敢收，只作为中介替路檬寻了一位收藏家。仇英的真迹有市无价、千金难寻，当天下午，对方的助理就带着四位专家到了典当行的贵宾室。鉴定之后，助理一送走专家，便折回来与路檬谈合同。

“裴先生非常喜欢这幅亭溪消夏扇面，市面上的估价在两百万左右，他愿意多出二十万买下来。”

路檬闻言皱眉：“难道中间人没讲清楚？我只抵押不卖，一百五十万，半年之内，我会连本带利地赎回来。”

见路檬态度坚定，助理知道多说无益，给那位裴先生打了通电话便说可以立刻签合同。怕对方以丢失、损毁为由到期不归还，路檬将毁约金提高到了十倍。路檬看合同的时候，助理的手机进了通电话。

“还没找到……心狠、话少、武力值高的中年女老师——裴先生给他表弟找家教的要求这么古怪，一时半会儿我去哪里找？”

助理挂断电话的时候，路檬的目光刚好落到签章处，看到笔迹熟悉的“裴湛”二字，她的脸色变了变。原以为当个扇面都遇到姓裴的是真中邪了，没想到竟是本人。

“路小姐？”

隔了许久，路檬才回过神来：“武力值高的女老师，你看我合不合适？”

助理起初以为路檬在开玩笑，待弄明白她是真想应聘家教后，诧异地问：“您怎么会对这份工作有兴趣？”

“缺钱啊，不然会当扇面吗？”

助理看了一眼路檬的手表和鞋子，笑道：“您缺的不是小钱吧？家教的薪水不高，再说裴先生要找的是中年女老师……”

一句话没说完，身高超过一百八十的助理突然站起身后退一步，一脸惊恐地指着路檬的脚下说：“有蟑螂！”

路檬用脚尖触了一下趴在地上一动不动的小强，见它飞快地爬进了桌缝，笑着问助理：“你怕这个？”

迅速恢复了精干模样的助理面露尴尬地解释：“我老家没这个……见得少……”

本要说话的路檬忽而看向扇面，助理顺着她的目光望过去，看到裂成蜘蛛网的玻璃，回忆起方才仓皇起身时胳膊肘似乎压到了什么，骤然惊出了一身冷汗。

路檬的爷爷生前很喜欢这幅扇面，将它装裱在镜框里挂在书桌后，年头久了，玻璃自然脆弱。赶在助理回过神前，路檬飞快地在合同上签上了名字。

玻璃裂在画中凉亭的尖顶上，折损处虽不大却非常明显，修复得不好，价值起码折损三成。短暂的痛惜后，路檬语气淡定地问：“余助理准备怎么处理这件事？”

余航隔了许久才镇定下来，郑重承诺：“责任在我，我马上联系专家尽力修复，您的损失我也会想办法补偿。”

“这么明显的损毁，修复费大概要六万美金，而且几乎没有百分百复原的可能。如果我坚持按合同索要赔偿呢？”

“我会负责到底的……”刚进十一月，尚未供暖，穿着单薄西装的余航鬓角却渗出了汗珠。

“坐，别这么紧张，”路檬收起片刻前的严肃表情，莞尔一笑，“我可以不追究，也可以自己找相熟的名家修复，甚至可以替你付修复费……唯一的条件就是，你帮我想办法做裴湛表弟的家教。”

“为什么？”

“你就说成不成吧。”

当晚，余航就给路檬打了通电话，约定隔天上午去裴湛家面试。路檬的年纪与裴湛的要求不符，余航只好谎称路檬是他堂妹，叫余柠，在Z大念大三，因为家庭困难，休学一年打工。

去裴湛家前，路檬特地去批发市场置办了一身行头——面料粗糙的牛仔裤和卫衣、花哨俗气的外套，加上鞋子总价两百。来接人的余航看到她怔了好一会儿。

“很难看？”

“挺接地气的……”余航轻咳了一声，斟酌措辞道，“我能问问您为什么要乔装打扮、改名换姓地应聘这份工作吗？”

路檬一脸坦荡：“你不是说我不符合裴湛的要求，扮成你堂妹你才有借口求情吗？既然是你堂妹，当然要跟你一个姓，休学赚钱的贫困大学生不就该是我现在这种打扮吗？怎么就成乔装打扮、改名换姓了？”

话虽如此，余航仍是感到不安，他毕业刚两年，本想存够钱给家人盖栋像样的房子，昨晚闯下祸后不知所措，权衡之下答应了路檬的要求，眼下却越想越为难。

“裴先生虽然冷淡挑剔，心地其实很好，他资助了很多学生，我就是在他的帮助下念完的大学……”

“我是想找件事做治失眠，又不是要去坑蒙拐骗，你不用紧张。”

下了出租车，路檬讶异地发现裴湛居然同她爸妈是邻居。这栋大厦地处CBD，一共六十六层，下面是百货公司和超五星酒店，上面是可以看到海的豪宅。路檬的家在四十七层，裴湛家在六十一层，幸而半年前她爸妈搬到外公家照顾老人，这处房子空置了下来，不然还真有撞见的可能。

路檬进门的时候，裴湛在楼上打公事电话，他的表弟半躺在客厅的沙发上。听到大门处的响动，十五岁的男孩抬起了头，目光在又俗又土的路檬身上打了个转，翻了个白眼，继续打游戏。

据余航说，裴湛的这位表弟叛逆到人憎狗嫌，裴湛的姑姑拿他没办法，干脆把他丢给十几岁时更叛逆的裴湛管教，自己去和男朋友旅行散心了。

路檬刚坐到沙发上，裴湛就下楼了。落座后，他盯着路檬看了片刻，问："我们是不是在哪里见过？"

路檬面上镇定，心脏却猛地跳了一下，难道那晚他没认出她是因为灯光昏暗？

见路檬不说话，裴湛又问："上个月在酒店找齐先生要签名的不是你吗？"

裴湛很少留意异性，印象深刻纯粹是因为那晚那个女孩望向他的神情有些奇怪，和眼前的这位一样复杂。隔了一个月，那女孩的脸他早记不清了，气质和余航的堂妹似乎也天差地别，不知怎么就将两人联系到了一起。

"我不明白你的意思。"路檬说不出是失落还是松了一口气，原本若有似无的不甘却蓦然放大了。

裴湛自然不会纠结这种小事，转而对路檬说："你不合适。"

"为什么？"路檬戏精上身，搓着衣角要哭不哭地说，"我是Z大的学生，教初中生没问题的，我很需要这份工作，为了面试，我还跟同学借钱买了身新衣服……"

裴湛扫了眼路檬瘦弱的身板，将目光移到边打游戏边骂娘的裴赫身上，破例解释道："我不是想找人教他念书，而是想找个高胖、严厉的中年女老师收拾他。"

知道表弟最受不了絮絮叨叨的中年妇女，裴湛偏要寻一个这样的管教他，况且裴赫再离谱，被女人打了也不至于还手。

因为在裴湛手里吃过太多亏，天不怕地不怕的裴赫，唯独怵这位二表哥，他闻言立刻扔掉手机，高声抗议道："我妈走的时候，你跟她保证过不打我，只口头教育！我要给她打电话！”

裴湛看也不看他，慢条斯理地系上袖扣才说：“我是保证过，所以雇别人揍。”

见裴湛拒绝了路檬，余航暗自庆幸，正想带她走，却听到她说：“裴先生，我打架可厉害了，真的，不信你问我哥，我们村不论男娃女娃，没有一个能打过我。”

余航不知该如何接话，所幸裴湛无意让他证实，只用眼神示意他立刻带路檬离开。

从裴湛的脸上看到熟悉的冷漠，路檬知道没戏了，不等余航催就站了起来。原本窝在客厅角落的柴犬突然冲过来扑向了她，余航挺怕这狗，因为人是自己带来的，还是硬着头皮挡在了路檬前头，哪知这只比裴赫还令人头痛的狗竟吐着舌头，一脸讨好地拼命冲路檬摇尾巴。

路檬不明所以，绕过余航和狗，继续往门边走，柴犬竟一路转着圈儿追随她。裴湛觉得稀奇，拽着项圈把狗抓了回去，半蹲下来问：“你喜欢她？”

柴犬不理他，拼命地往路檬的方向挣，裴湛一松开手，它立刻扑到路檬脚边，不住地拿毛茸茸的圆脑袋蹭她。

片刻后，裴湛看向路檬，问：“你叫余柠是吗？你愿意帮我照顾这只狗吗？家教月薪四千，照顾狗五千。”

这狗一向不理旁人只黏裴湛，每次他出差它都能作上天，无论他多忙，都要抽空亲自遛它。如果能找到合适的人照顾它，他可以省去很多麻烦。

一头雾水的路檬还没应声，裴赫便嚷嚷着问凭什么看狗一个月五千，看他一个月四千？

裴湛乜斜了他一眼：“因为你没它值钱。”

路檬只考虑了片刻就点头答应了，见柴犬不断示好，她忽而想到了什么，问裴湛：“裴先生，这狗几岁了？你在哪儿买的？”

“几年前在路边捡的。”

裴湛对小动物毫无兴趣，若不是当年这狗一路尾随他到家，在门外蹲守了三四天，怎么赶都不走，他一辈子都不会养狗。

路檬看了眼狗屁股上的白色爱心，越发肯定它就是四五年前她追裴湛时弄丢的那只裴路路。那时候她每天都带着它尾随裴湛，它走丢的时候她找了好久，伤心到再也没养过宠物，不想它居然在裴湛身边潜伏了下来。

因为要收拾出一个房间，裴湛让路檬三天后再来上班，不想柴犬竟寸步不离地跟着她，见她开门要走，更是咬住了她的裤腿不放。不止裴湛，连余航见了都觉得不可思议："二十一见到你后，居然连裴先生都不理了，以前只要裴先生在家，它一定要待在能看到他的地方，也只吃他喂的饭，只冲他摇尾巴……"

路檬抱起狗，压低声音问："裴路路是你吗？"

见柴犬拼命地摇尾巴，她无语道："你怎么胖成这样啦？"

裴路路缠着路檬不放，她便多留了一会儿。听到余航背着裴湛抱怨这只难缠的狗比它的主人更挑剔，路檬暗自纳罕，裴路路在她身边的时候，她一直养得很随意，哪有这么多乱七八糟的臭毛病。

路檬离开的时候正赶上裴湛出门开会，这房子是电梯入户，走进电梯，裴湛看了路檬一眼，问："你为什么休学？"

"我哥快娶媳妇了，我得给他赚彩礼。"

裴湛话少，对旁人的家事也没兴趣，电梯从六十一层下到一层的时间里再没开口。路檬这话倒不全是假的，她唯一的堂哥还真要娶媳妇了。

为了修复扇面，路檬特地约堂哥和准堂嫂吃午饭，之所以约上嫂子，是怕堂哥因为她擅自将扇面"借给朋友"，又不慎损毁唠叨说教。

堂哥与她截然相反，自小就聪明拔尖，如今更是精英中的精英。不过作为院士的孙子，会读书仿佛是自然而然的事，像她这样平庸无为才叫稀奇。扇面意外损毁，路檬和余航只好找借口拖延一周，裴湛事情多，不在意这些细枝末节。修复古画费神耗时，路檬想请的那位名家行程紧，幸而他与她堂哥是朋友，才看在她堂哥的面子上答应在一周内完成。延迟交付要付高额违约金，路檬不放心，要堂哥再亲自打通电话催一催。

不出路檬所料，一听说这事，路时洲就直皱眉："玻璃怎么会碎？

你要借给什么朋友？”

路檬赶紧看向准嫂子，只见简年莞尔一笑，嗔怨道：“路时洲，你凶什么？哪有你这样盘问妹妹的。”

“我什么时候凶了。”路时洲马上就笑了，当即替路檬打了电话。

整个午饭间，路檬都在观察简年。她这个堂哥从小就傲慢，一起长大的孩子里明恋暗恋他的一大堆，他却谁都不搭理，高冷起来不输裴湛。可遇见了简年，竟变成一个患得患失的傻子。简年声音软糯、语速慢，永远是一副柔和温婉的模样，偏偏治得住堂哥，就连玩世不恭的贺齐光都把她奉作白月光，认认真真地追求过。

能暖化冰山、收服浪子，简年靠的绝不单单是美貌，裴湛最讨厌她这样的，那这种既温柔羞涩，又要强独立的呢？

路檬去上班的那天，裴湛刚好出国了，他不喜欢家中有外人，让余航交代她只需在他外出时留宿。余航一离开，家里便仅剩下了她和裴赫。

裴赫依旧躺在沙发上打游戏，再次惨败后，他打开冰箱拿可乐消火，撞见路檬过来找裴路路的零食，语气烦躁地说：“你别带着它四处瞎转行不行？”

身为温婉羞涩的少女，遇到这种无理呵斥，路檬自然不可以介意，她顺从地“哦”了一声，翻到牛肉干就拽着正对裴赫龇牙的裴路路离开了。半个钟头后，路檬带裴路路去狗厕所，路过沙发的时候瞥见手机游戏里裴赫被一群人追，随口提醒道：“别回头，往你逃的方向放技能。”

话音没落，裴赫就摔了平板。他起身瞪了路檬一眼，又踢了一脚冲他汪汪的裴路路。见他进了洗手间，路檬犹豫了一下，捡起了平板。

裴赫从洗手间出来，见路檬抱着自己的平板，不耐烦地抢过去，皱眉说：“大姐，你别总在我眼前晃行不行？”

路檬再次温顺地“哦”了一声，起身把沙发让了出来。裴赫看向平板，待看清战绩后，十分讶异。片刻前还问候他妈妈的队友正感谢他带他们躺赢。

裴赫疑惑地问：“这难道是你打的？”

路檬点了下头：“要不要我继续帮你？”

“好……啊。”

接下来的二十分钟，裴赫目瞪口呆地看着路檬轻松碾压对手。

路檬把平板还给裴赫：“我出门遛狗了。”

再看向又土又村的路檬时，裴赫的目光充满了惊奇：“你怎么这么厉害……真是看不出来。”

“打游戏能有多难，我没休学的时候做过代练赚生活费。”

“你能不能带着我练？我的梦想就是打职业。”

“这游戏你玩了多久了？”

“半年多。”

打了半年多还是这水平，这孩子的梦想大概只有在做梦的时候才能实现。

见路檬要带裴路路出门，裴赫快走几步，挡在了她前面：“大白天的遛什么狗，多浪费时间。”

“遛狗是我的工作啊。”

数日没洗澡没出门的裴赫迅速回房从一堆杂物里扒出外套，他尾随路檬出了门，一路不停地发问：“大神，你为什么放着有前途的代练不当，来这儿照顾二十一？”

游戏代练有前途？这孩子的脑子里装的都是什么……

“你把看狗的工作辞了，给我当教练，我给你五千五！不过我现在没钱……我二哥特别狠，我不去学校他就一毛钱都不给我。我先给你写借条，等我妈回来一起结算。”

“等你有钱之后再说吧，我哥等着娶媳妇呢。”

五日后，裴湛回国，等电梯时他突然想到了新请的家教。鉴于对家里熊孩子和熊狗的了解，他料定自己一进门，那位新来的家教就会如以前的那些一样喋喋不休地哭诉告状。

不料替他开门的却不是新来的家教，而是常年窝在沙发上挺尸的裴赫。

裴赫手里端着一杯新榨的橙汁，裴湛正想伸手去接玻璃杯，问他无事献殷勤是闯了什么祸，就见连眼角都没瞥他的裴赫快步走回客厅，把橙汁献给了蹲在地上往狗碗里倒狗粮的路檬。

“大神，你休息一下，我来喂它。”

“不用，已经好了。”路檬接过橙汁喝了一口，冲柴犬招了招手，示意它过来吃饭。

柴犬飞奔到裴湛身边转了两个圈，摇了摇尾巴，才冲到狗碗前。发现进门的是裴湛，路檬赶紧把橙汁放到一边，站了起来：“裴先生，你回来啦。”

裴湛看了眼狗碗，问：“你给它吃的是什么？”

“钟点工请假了，冰箱里什么都没有，我就去楼下超市给它买了袋狗粮。”

见柴犬大口大口吃得正香，裴湛只觉得不可思议。这狗被他惯坏了，别说杂牌狗粮，宁可饿两天，它也绝不碰在冰箱里冻过的牛肉和三文鱼，每天的食物都是钟点工现买现做。

“裴先生，既然你回来了，我就先回去了。明天是周末，我周一再过来。”

没等裴湛说话，一旁的裴赫便出声挽留：“都十点多了，你还走什么呀，外面这么黑，多不安全。”

路檬冲他笑了笑，就回房收拾东西了。裴赫把手伸向裴湛：“给我两百块，我姐住得远，这个点地铁和公交车都没了，我得打车送她。”

“谁是你姐？”

“余柠啊。”

路檬离开的时候，前有小学毕业之后再没当面叫过他“哥”的熊孩子护驾，后有一路摇着尾巴跟到电梯前的熊狗送行——望着她的背影，裴湛想，这如果不是他的幻觉，就一定是新来的家教给裴赫和二十一下蛊了吧？

路檬怕暴露地址，哪敢让裴赫送，把他赶回楼上后，便打了通电话给倪珈，要她开车过来接自己。倪珈的公寓离这儿不远，不到一刻钟就赶了过来，在附近绕了三圈没见到路檬，只好打她的电话。

“我到了，你在哪儿？”

路檬一眼就望到了倪珈那辆扎眼的粉色跑车："我站在路牌下面。"

粉色跑车从路檬身边龟速驶过，却没停下，隔了两秒路檬的手机又响了，还是倪珈。

"没在路牌下面看见你啊，只有一个戴着大口罩的乡村非主流。"

路檬扯下口罩："你睁大眼睛回头看看，那就是我。"

长腿细腰的美人走下超跑，围着在初冬的寒风里瑟瑟发抖的土妞转了三圈，诧异道："路檬？你又作什么妖？"

路檬没理她，钻进副驾驶才说："冻死爸爸了，明天得去批发市场买件羽绒服。"

"……你妈妈下午还给我打电话，问你最近在做什么。"

"上班啊，我找了份工作。"

倪珈看了眼路檬的衣服："什么工作，演员吗？您这是刚从乡村偶像剧的片场回来？"

"我刚从裴湛家出来，我现在给他的狗当保姆。"

弄清前因后果，倪珈一阵无语："路大小姐，您对贫困大学生是不是有什么误解？朴素一点就好了，干吗穿这种尬潮的荧光粉流苏外套？"

"辣眼睛就对了，我就是要让裴湛怀疑人生。"

"你貌美如花的时候他都瞧不上，他怎么可能喜欢这样的？"

"怎么不可能，他本来就眼瞎。"

倪珈嫌路檬丢人，执意不肯和她一起进餐厅，只让她等在车里，自己去打包了两份燕窝粥。吃过夜宵洗过澡，忙碌了一天的路檬困倦不堪地躺在了柔软奢华的大床上，哪知两个钟头后，她再次做了被裴湛拒绝的梦。醒来后，她满心不解，睡在裴湛家保姆房窄小的单人床上的那几晚，噩梦和失眠明明都已经不治而愈了。

失眠了大半个晚上，隔天上午，头脑昏沉的路檬不再有出门买衣服的兴趣，正气息奄奄地瘫在床上，路妈妈的电话就打了过来。

听说妈妈又安排了一场相亲，下下个月才满二十三周岁的路檬顿感头痛加剧。她父母中意的皆是各自带的研究生中的佼佼者，跟导师的女儿相亲，那些本就精明无趣的学霸精英男比平时更一本正经，她与他们在一起吃的不是饭，而是尴尬。

知道路檬不乐意，报出见面的时间地点后，路妈妈没有介绍半句相亲男的情况，转而用金钱诱惑起了女儿：“中午乖乖去吃饭，下午给你买一个包。相亲成功的话，可以给你买辆车。”

气路檬不听话，路家夫妇便实施了经济封锁。路檬有赚钱的门路，吃饭购物不成问题，看得上眼的车却暂时买不起。她如今开的那辆白色路虎，还是趁堂哥求婚成功心情好的时候，从他那里乞讨来的。

大奖拿不到，安慰奖却不要白不要，反正继续躺下去也一样睡不着。离约定的时间还剩一个钟头的时候，路檬艰难地从床上爬了起来，简单地收拾了一下正要出发，门铃突然响了，站在门外的竟是妈妈。听到妈妈嫌弃她打扮得太简单，路檬暗暗庆幸片刻前陡然生出的家族荣誉感让她放弃了穿昨天那套战衣相亲的想法。

趁路檬重新化妆的工夫，路妈妈进了女儿的衣帽间，翻找了一通后，问：“都是去年的款，你今年没买大衣？”

因为失眠而一脸菜色的路檬趁机哭穷：“我们穷人都是等明年开春才买前一年的打折冬装。”

路妈妈不为所动，脸上没有半分心疼：“还有时间，我带你去买。”

“不是十一点见面吗？只剩下半个钟头了。”

“是十二点半。我怕你迟到，说早了一会儿。”

一个半小时叫“一会儿”？她爸妈对亲生女儿，还不如裴湛对捡来的狗好。

到了百货公司，路妈妈把路檬从头到脚的行头全换了一遍。瞥见妈妈刷卡时的豪爽，路檬的愤愤不平瞬间消失，挽住她的胳膊说：“您今天看起来特别年轻。”

路妈妈将装着女儿旧衣旧鞋的袋子交给了相熟的店员，转而对路檬说“午饭后我们再回来，只有包是答应了买给你的，衣服鞋子我要收回去。”

路檬空欢喜一场：“我今天要见的不是你和爸爸的学生吗？以前相亲你都没这么重视。”

“是你爸爸带的博士，也是赵阿姨的儿子。”

“赵阿姨？她儿子不是快三十了？”

“男人成熟一些更有魅力。有学识的女人也是越年长越有气质，而你这种脑袋空空不学无术的，只有年纪小的时候才勉强称得上可爱，所以我和你爸爸才着急要你相亲。”

见路檬默不作声，路妈妈又觉得自己有点过分，轻咳了一声，说：“我和你赵阿姨是几十年的好朋友，我一直在她面前夸你乖，等下你好好表现，衣服鞋子也送给你。”

路檬的父母倒不是急着让她恋爱结婚，不断介绍精英给她，是期望她喜欢上其中的某一个，在人家的影响下，结束游戏人生的生活态度，继续读书或者做安稳又体面的工作。

母女俩提前二十分钟到达约定的餐厅时，对方已经落座了。四目相对间，顾屿和路檬皆是一愣，他们都从彼此妈妈的口中不止一次地听说过对方，这却是第二次见面。顾屿跟路时洲不熟，想到贺齐光曾说过路檬是路时洲的堂妹，才记起路教授是路时洲的亲叔叔。

大学毕业后的这半年，路檬相过很多次亲，双方妈妈都在的情况却是头一回，她原以为会不自在，片刻后才发现，有妈妈们拼命暖场，全程只需吃菜和微笑，反而不觉得尴尬。

听到郑教授夸女儿温和听话、交友圈单纯、每日八点前一定回家，只喝咖啡没动筷子的顾屿挑眉看向坐在对面穿奶白色羊绒披肩，正用勺子小口小口喝汤的乖巧小女孩，他同时记起了她飙车后张扬的笑、不经意露出的那截白皙脖子以及纤长的腿。

听到赵阿姨夸儿子抽烟喝酒都不会，夜店酒吧从不去，除了读书唯一的爱好就是画画，路檬以低头不断吃东西来遮掩嘲讽的表情。和整日花天酒地的贺齐光混在一起，大半夜往酒吧跑的那个难道不是对面这位所谓的精英医生？念了那么多书，称得上满腹经纶的妈妈和赵阿姨，不也一样爱慕虚荣，热衷攀比老公、事业、房车和儿女？

一顿饭吃完，路檬早已调整好了情绪，两位妈妈借口去看歌剧，给年轻人留机会独处。她们一离开，全程没开口的顾屿便收起沉默，冲路檬笑了笑，提议道："换个地方喝咖啡？"

"你已经喝掉两杯了，再喝不怕失眠？"

"我虽然比你大七八岁，但还没老到要担心睡眠的年纪。"

"顾叔叔，你别敏感，我没有暗示你老的意思，是我失眠。"路檬把手机收进新得的包，甜甜地一笑，"冒昧地问一句，你有女朋友吗？"

顾屿有点意外，隔了片刻才问："我有女朋友为什么会来相亲？"

"因为门第有别，父母不同意，只好一边被逼着相亲，一边偷偷交往。"

"你认为我到了这个年纪还会受父母制约？"

"不是被逼着来的，你刚刚为什么一直不讲话？"

"我不知道我妈妈口中的那个儿子是谁，所以插不上嘴。"

"这么说，你不是被逼的，是真的想相亲想结婚？"

"没什么想不想的，只能说不排斥。过来吃饭只需要一个小时，如果不来，要被微信骚扰一个星期。"回答之后，顾屿饶有兴致地看向路檬，"你为什么这么关心我的感情状况？"

路檬关心的哪里是他的感情状况，而是动了骗大奖的心思。像顾屿这样学历漂亮、英俊多金、背景颇深的男人，到了三十岁还没有正经女朋友，百分之九十九是没玩够，最适合与她互帮互助。

"顾大哥，是这样的，我爸妈隔三岔五就逼我相亲，我很烦，又拒绝不了。如果你也讨厌相亲的话，可不可以跟我在父母面前假扮情侣？不用太久，我只需要三个月的清净。"

"行啊，为什么只需要三个月？"

因为至多考查三个月，她爸妈就会信以为真给她买车了啊。

顾屿一口就答应了，还问了需要他怎么配合。

"我不和我爸妈住，我们联不联系他们根本发现不了。不用见面也不用打电话，只要统一口径，对两边父母说我们在交往就好。"

整个周末都浪费在了相亲上，路檬自然没空去批发市场挑衣服，隔天只好继续穿那件荧光粉的外套。这附近遇到熟人的概率大，安全起见，她仍旧戴着大口罩，刚要进大厦，一辆银色奔驰就停在了她身边。

“余柠？上车，找个地方聊一聊。”

路檬闻言坐进了副驾驶。初冬的清晨并不太冷，外头大概几度的样子，裴湛的车内竟开了空调。关上车门，路檬摘下口罩，冲裴湛微微一笑，学着简年的语气，声音软糯地问：“裴先生，我戴着帽子口罩，你是怎么认出我的？”

挑剔惯了的裴湛很快移开了眼睛。还用认？在这栋大厦进出的人，就只有他雇的这位家教会打扮成这样。

裴湛在附近有间画廊，上午约了人谈事，便把路檬带了过来，让她在咖啡角等自己。

昨晚再次失眠的路檬哪敢喝咖啡，便要了杯桂花姜撞奶，捧着杯子在附近的展厅转悠。她连看了几幅油画，瞥见标价皆在两万美金上下，问旁边的工作人员：“这画打折吗？”

工作人员从头到脚扫了她一遍，语气冷硬地说：“原价卖。”

“这个价格能卖出去？”

碍着礼貌，工作人员答道：“这个展厅的油画价格偏低，卖得最好，从国外运到这儿，连一个月都挂不到。”

路檬环顾四周，粗略地估算了一下油画的数量，一脸不可思议地感慨道：“傻大款可真多。”

工作人员认定路檬是被贫穷限制了想象力，鄙夷道：“艺术有门槛，对不懂欣赏的人来说，价值两亿美金的画也不过是一张纸。”

谈完事的裴湛见路檬不在咖啡角，便也寻了过来。裴湛对环境的要求一贯高，无论是日日都要回的家，还是一个月也不会来一次的画廊，大到装修色调，小到细节摆件，他都忍受不了一丝一毫的马虎，更别说整天在他眼前晃悠的大活人了。

看到与周围的高雅氛围格格不入的路檬，裴湛没有立刻走过去。他站在玻璃门边，给余航打了通电话：“你下午空出两个钟头，带你妹妹买几件正常的衣服，单据拿到财务室报销。”

余航隔了半晌才反应过来裴湛指的是路檬，他哪敢有这样的妹妹……顿了顿，余航请示道：“什么是正常的衣服？”

“你来选，别让她自己挑。”

裴湛走进展厅的时候，刚好听到工作人员最后说的那句话。他本以为与余航背景相似的路檬会有些敏感，不想她的脸上竟没有一丝一毫的气恼，仍旧是那副不卑不亢的神情。

从玻璃上看到裴湛的身影，路檬回过头问：“裴先生，这些油画是你从欧洲收来的？”

“嗯。”

路檬指着她手边那幅标价一万六千美金的巨幅村妇图问：“这幅画你收购的价格是多少？”

裴湛不答反问：“你觉得它应该值多少？”

“不会超过一千美金。”看到这幅油画的下方除了画家简介，还有一张画家与奥巴马的合影，路檬“扑哧”一笑，“这种画工……我不信奥巴马会收藏他的画。”

“你懂画？”短暂的惊讶后，裴湛说，“简介上写的是奥巴马欣赏他，收藏他的画是你自己的理解。”

这种色彩漂亮、装饰性强的油画很受欢迎，来这儿选画的有钱人几乎没人懂画，更分辨不出画工的优劣，无论是买来送人还是自留，他们最看重的都是画家的来头。他收来的画大多出自富二代之手，几乎个个都有跟名人的合影，有的还与明星政要是朋友。

国外收来的、作者有值得夸耀的背景和交际圈——这两点非常能迎合高端客户的心理。

“你可以找国内的学生画呀，省掉运费，利润更高。”

“你说的叫造假，而我只是征收智商税。”

……这话乍听之下仿佛槽点满满，可又毫无漏洞，令路檬满心佩服。

衣品如此奇葩的人居然懂画，这虽让裴湛备感意外，但他并没多问，很快将谈话引入正题：“找个地方坐坐，我想和你聊聊裴赫的事儿。”

两人一前一后地坐进了咖啡角。

“最近两个月我给裴赫请过六个家教，没有一个能撑过一周，他唯独很喜欢你。如果可以的话，我希望你能在照顾好二十一的前提下，帮我管教裴赫，我可以付两份薪水。”

“管教是什么意思？”

“想办法督促他做一个正常学生，起码作息规律、按时上学。”

“看来裴先生念书的时候一定是个循规蹈矩的好学生。”

“是不是好学生不重要，起码我十五岁的时候知道自己在做什么，也能为自己的未来负责。可裴赫不同。”

“有什么不同？因为他与你和司裴先生不一样，没得过国际奖，成绩也不好，一事无成，毫无值得夸耀的地方？”

咖啡角不大，仅有二十余平方米，四周皆是纤尘不染的落地窗。暖金色的阳光透过窗子洒到裴湛身上，光影交错间，他漂亮的轮廓及眉眼与年少时相比几乎分毫未变，可路檬却知道，眼前的这个人早已不再是自己迷恋过的那个桀骜不驯的少年。

十几岁的时候，她为什么这么喜欢他呢？是因为好看的脸、独特的气质，更是因为那时的裴湛与她是同一类人。而如今的他与当初那些毫无耐性和包容心、怪他们不循规蹈矩长大的长辈别无二致。

“裴赫跟你聊起过我和司裴？”

“没有，我看过一点你和司裴先生的资料。”

裴家这一辈兄弟三个，成就最高的就是裴湛大伯的儿子司裴。司裴在国际上很有影响力，二十岁出头就当得起“音乐家”这三个字。

裴湛在音乐上虽稍逊于堂哥，却也是年少成名。前些年他成立了古典音乐经纪公司，如今作为半个商人走纯商业路线，与国际上的各种顶级乐团及知名歌剧院合作，经营得很是不错。有两位这样的哥哥，裴赫承受的压力只有同为家族异类的她最清楚。

“裴赫愿意搭理我是因为我游戏打得好，他这个年纪的小孩最叛逆，简单粗暴的管教只会起反作用。”

“试试看吧。督促他正常上学，按时去辅导班，看着他别惹事。遇到你处理不了的问题随时给我打电话。听裴赫说你住得很远，你可以搬过来。”

“你在家的时候也要留宿吗？”

“你觉得不方便？”

路檬露出一个傻兮兮的笑容："不会啊，我正好可以省房租。"

这晚，裴湛凌晨才回来，摸过奔到门边迎接他的柴犬的头，他习惯性地看向沙发，裴赫居然不在。裴赫的房间在楼下，回卧室前，裴湛推开了表弟的门，见他已经躺到了床上，只觉惊奇。

还未睡熟的裴赫听到响动睁开了眼，乍一看到门边的黑影吓了一跳，待看清是表哥，不耐烦道："吓死我了，你有事？"

"天还没亮你睡什么觉？"

裴赫无视表哥话里的讽刺，出声赶人："我明天还要上学，睡了。"

裴湛习惯早起，六点钟下楼的时候，见到客厅的落地窗前有一大团洋红色的影子，脚步不由得一顿。这套公寓的色调以白和烟灰为主，骤然出现一团鲜艳夺目的洋红，自然扎眼。走近了，裴湛才看清，那团洋红居然是正蹲在地上给柴犬梳毛的路檬……

"昨天余航没带你去买衣服吗？"

穿着洋红色加棉运动套装的路檬站起身，笑着说："去了啊，可他眼光太差，非让我买他喜欢的。我懒得跟他争，等他走了又回去换了这套，谢谢裴先生慷慨解囊，好看吧？"

裴湛别开眼睛，说："好看。"

"我和裴赫煮了早饭，你要不要吃一点？"

过去，裴赫日日睡到下午，裴湛又很少吃早餐，钟点工便只来做晚餐。裴湛往厨房看了一眼，见表弟正用平底锅煎太阳蛋，再次疑心自己出现了幻觉。

他带着满心不解望向他之前从未正眼瞧过的家教，窗外晨曦正曈昽，玫瑰色的朝阳映到小女孩细致无瑕的皮肤上，令他忽然发现，她的眉眼居然如此精致，在艳俗肥大的运动衣的衬托下，这张白皙小巧的脸竟别有一种妩媚又纯真的独特美感。

或许他也被下蛊了，不然怎么会觉得，她穿成这样真的有一点好看？

吃过早饭，路檬护送裴赫去学校，目送他进了校门，路檬带着裴路路下了车。裴赫念的学校建在郊区，路檬不需要担心遇见熟人，牵着裴路路在附近溜达了一个钟头，而后找了间奶茶店，登录裴赫的号打游戏。

裴赫之所以愿意回学校上课，是因为没钱聘路檬当陪练，只好曲线救国，让二表哥以家教薪水的形式把这笔钱付给路檬。为了路檬的工作业绩，他只好牺牲宝贵的自由，乖乖去学校和辅导班。

等了两个多钟头，估摸着时间差不多了，路檬给裴赫发了条微信：“你午饭想吃什么，我点好了等你出来。”

“学校外面的小店不卫生，我在食堂打包。”

午休铃刚打过五分钟，裴赫就跑进了奶茶店。这所中学是寄宿制的，学校设施齐全，学生只有周五离校回家时才可以走出校门，裴赫住校的时候日日惹是生非，无奈之下，裴湛的姑姑只好替他办了走读。

即使是走读生，午休期间也不可以离校，裴赫自然是翻墙出来的。一坐到路檬对面，他就把两个塑料饭盒递给了她，自己并不急着吃，拿起路檬的手机登录账号看战绩。

他聚精会神地研究了好一会儿，直到路檬将整份饭吃光，才打开了自己的饭盒。见裴赫吃连油星都难找的土豆丝饭，路檬问：“你为什么吃这个，已经皮包骨头了还减肥啊？”

兴许是因为长年作息不规律，刚满十五岁的裴赫已经一百八十二厘米了，却只有一百二十斤。

“我想省钱，中午这顿吃素点没事儿，晚饭回我哥家再把营养补回来。”

想到裴赫给自己买的是材料十足的铁板牛柳饭，路檬心生感动，问：“你为什么省钱？你哥给你的午饭钱不够吗？”

“我来学校的话，他每天给我两百块，吃饭肯定够的，可我想存钱给你买新手机，你现在的这部太破了，配不上你的技术，影响咱俩合作。”

路檬低头看了眼自己从修手机的小店里买回来的表面坑坑洼洼的手机，良心发现地讲了实话：“打职业除了苦练更需要天赋，你玩了这么久还是这样，恐怕……”

“我知道我成神的可能性跟我二哥深深地爱上你的可能性一样大，但人总得有梦想对不对？”

听到这一句，路檬神情一滞，裴赫见状赶紧解释："我没有别的意思，只是举个例子。"

路檬低头喝了口奶茶。她像裴赫这么大的时候，梦想还真是让裴湛爱上她……

十几岁时的她在喜欢裴湛这件事上花了很多时间和精力，为了偶遇裴湛，她甚至谎称自己想考音乐学院，软磨硬泡地让爷爷出面请忙碌到完全没有私人时间的司裴教自己作曲。每周去司裴家上课的那段时间，她如愿以偿地遇见过几次裴湛，可又有什么用呢？人家根本没有留意过她。

午休有两个钟头，吃过饭，裴赫见路檬玩得出神入化，一时手痒，自己也来了两把，哪知有路檬在一旁指点，他依旧跪成狗。一局结束后，裴赫把手机往桌上一拍，气恼地问："我明明就是按照你教的方法打的，怎么还一直输？"

路檬正喂裴路路鸡肉干，听到这话，头都懒得抬："这个问题你应该找和你一样菜的讨论，我怎么可能明白？"

"……"

裴赫六点钟放学，然而路檬牵着裴路路在学校门外等到六点半也没见他出来，期间她打了无数次他的电话，一直无人接听。司机下车提醒道："他肯定跳墙跑了，他经常这样，一跑就好几天都找不到人，等把身上的钱都花光了才会回来。你赶紧给裴先生打电话吧。"

"裴赫不可能跑的，我去学校里找找看。"

门卫不放路檬进去，只让她给裴赫的班主任打电话，路檬便带着裴路路绕到学校东侧的围栏边，试着翻墙进去找他。还没找到下脚处，就听到裴路路突然冲两点钟方向狂叫了起来，路檬顺势看过去，只见一群穿着校服的少年正追着一个没穿校服的跑——那个没穿校服的正是她家裴三少。

路檬想也没想就爬了进去，铁栅栏的顶端是尖的，她顾不上查看被尖顶刺疼的胳膊，一落地就往裴赫那边跑。看到路檬，原本正往树上爬，企图借着树跳墙逃脱的裴赫无语地滑了下来，他对围上来的六个男生说："我姐来了，咱们明天再约。"

难得遇见他落单，对方哪肯善罢甘休，为首的男生冲同伴使了个眼神，六个人一拥而上。然而第一脚还没踹上去，冲在最前面的男生就倒了。

路檬收住脚，钻进空当挡在裴赫面前，笑着说："孩子们，打架是不对的，我替我家赫儿跟你们道歉。"

被她踢倒的男生爬起来骂了句脏话，驱赶道："大妈，你趁早滚得远远的，要不是我不和女人计较，非得让你死在这儿。"

一听这话，裴赫也火了，上手就推："你骂谁呢。"

裴赫动了手，对方更不肯放过他，裴赫把路檬拽到身后，低声说："大神，求求你赶紧走，要不是你跑过来添乱，我早脱身了。"

然而接下来的两分钟内，裴赫目瞪口呆地看着路檬放倒了五个人，因为傻了，见到有人拿砖头砸向路檬的后脑勺，一时间他也没反应过来要去救她，幸而裴路路及时冲了过来，咬住了那个男生的裤子。

裴湛接到学校电话时，正与前一天刚回国的乐团首席指挥谈合作，听完教导主任的叙述，他立刻结束谈话，开车往学校赶。看完监控录像，他面带惯有的冷淡看向愤怒的家长们："你们应该庆幸我的表弟和助理有自卫能力，不然麻烦一定比现在大。"

情绪激动的家长们自然不依，裴湛懒得和他们理论，转身去了医务室。推开医务室的门，裴湛一眼就看到了那团鲜艳夺目的洋红色。他没搭理凑过来跟他解释自己有多无辜的表弟，也没摸不断冲他摇尾巴的柴犬的头，径直走到路檬跟前，质问道："我雇你来，是让你帮裴赫打架的？"

路檬抬起头，委委屈屈、要哭不哭地说："你付我薪水是让我管教他，裴先生对不起……下次再遇到这种情况我就跟别人一起揍他，谁让他惹祸的。"

裴湛诧异地看向路檬，见她脸上除了诚恳，毫无揶揄的神情，一时间不知道该接什么话。顿了顿，他指着她胳膊上的绷带问："谁打伤的你？你带我出去认。"

"这伤是我翻栅栏的时候划的，没人打我。"

"没人打你，是你把人家打了，那你还委屈什么？"

路檬闻言撇了撇嘴："刚刚有个臭小子叫我大妈，我看着有那么老吗？"

"……"

裴湛把滋事打架的两人一狗领回家时，已经接近九点钟了。洗澡换衣之后，他打了快一个钟头的公事电话，放下手机听到楼下的响动，便走了下去。见到过去一直处于敌对状态的裴赫和裴路路一起玩皮球，裴湛的目光下意识地搜寻路檬——这样一个貌不惊人的小丫头，居然能让地球倒着转，真是稀奇。

不知是不是察觉到了他的目光，正立在厨房捏饭团的路檬忽然回过头，莞尔一笑："裴先生，我们还没吃饭，我随便做了几个饭团，还煮了你喜欢的奶油南瓜汤，你要不要尝尝？"

见裴湛突然发怔，路檬又叫了一次："裴先生？"

听到这句，裴湛才回过神来，问："你穿的是谁的衣服？"

"裴赫的。你给我买的新衣服打架时扯破了，还没来得及补。"裴赫比她高二十二厘米，他这件长卫衣穿在她的身上刚好盖住膝盖。

"裴赫的事要谢谢你，晚点买新的给你。"

片刻前，他为什么要用貌不惊人来形容她？此前他从没见过谁把单纯的黑色穿得这样生动。男式卫衣领口开得低，她露在外头的脖子和锁骨白皙精致到称得上完美无瑕，小腿和手腕纤弱得仿佛不堪一折，然而她本人非但不纤弱，更时时刻刻都散发着朝气和活力。少了艳俗的遮盖，她的气质居然如此纯净，笑起来纯净又无辜。

不知是不是前后反差太大，他遇到过那么多漂亮、高挑、有气质的女人，竟单单被一个不满二十岁的小女孩惊艳到了。

路檬喊了句"吃饭了"，玩得正高兴的裴赫和柴犬就一齐丢下球跑了过来。饭团很大，一共八只，每只的内容都不同。给狗狗的那两只是骨头形的，放了胡萝卜和三文鱼。四只烤饭团的材料最多，加了蔬菜、虾仁、芝士、咸蛋黄、烤牛肉和肉酥。中午只吃了份土豆丝饭的裴赫饿到十点多，他三两口就吞掉了一只比路檬的脸还大的芝士牛肉饭团。

饥饿能无限放大美味，裴赫表情夸张地赞美过好吃后，向表哥提议道："你把王阿姨辞了吧，把她的工资给我姐，我姐做的饭比她做得好吃多了。"

因为懒惰，一个人住时连泡面都不愿意煮的路檬正后悔没放三倍的盐齁死眼前的熊孩子，就听到裴湛说："既要管二十一，又要管你，你还嫌余柠不够累？"

路檬心生感动，把只放了坚果碎和海苔的三角饭团推到裴湛面前："裴先生，你要不要尝一下？奶油南瓜汤马上就好。"

"你怎么知道我喜欢南瓜汤？"

"我……是听王阿姨讲的。"

裴湛很少在家吃饭，自然奇怪钟点工怎么会熟悉他的口味。路檬小口小口地吃掉自己的兔子饭团，起身去厨房盛汤。

她边用奶油往金黄色的南瓜汤上画笑脸边想，除了奶油南瓜汤，我还知道你喜欢山竹、杧果和橙子，清楚你的星座、血型、身高、鞋码，以及你喜欢的颜色、爱喝的饮料、爱听的歌和爱看的电影，裴湛你怕不怕？

● ○ ☾

第二章

十六岁的生日愿望

隔天是周六，学校放假。和路檬双排了一上午后，一路躺赢的裴赫心满意足地回房收拾书包，准备下午去辅导班。午饭时间，极少在家度周末的裴湛居然回来了。三人一狗一起吃过午餐，裴湛便对表弟说："给司机打电话，让他不用来了，下午我接送你。"

所谓的接送其实等同于监管，裴赫自然不乐意，闻言没应声。坐在一旁的路檬问："我是不是就不用去了？"

"你也一起，他上课的时候，我带你去买衣服。"

"你带我去？"

不同于面露惊奇的路檬，裴赫丝毫不觉得意外——他哥这种挑剔到龟毛的人，能容忍大神桃红柳绿地在这房子里蹦跶到现在，简直是奇迹。

送过裴赫，裴湛把路檬带到了商场。他对女装毫无研究，更讨厌逛街，可怕让余航代劳又是上次那种结果，只好硬着头皮亲自过来。

听到路檬问可不可以自己选，裴湛问："你觉得哪件好看？"

路檬兴高采烈地拿起一件深紫色、装饰颇多的大衣："这个。"

裴湛过去一直纳闷为什么大牌也会做出丑到一言难尽的衣服，遇到他新聘的助理才明白，原来就是为她这样的人准备的。

"你多挑几件。"

“可以吗？这里的衣服好贵的。”

见到裴湛点头，路檬便不再客气。眼看着路檬又挑了两件更“出挑”的，裴湛一阵无语，走过去拿了一堆顺眼的塞到她手里：“去试试大小。”

路檬随手挑了件烟灰色的毛衣外套进了试衣间，走出来在裴湛面前转了个圈儿，犹疑地问：“这个好看吗？”

果然，穿对衣服，那个一脸纯净的小女孩又回来了。裴湛没回答，把卡递给柜员，转头对路檬说：“裴赫还有一个小时才下课，找个地方坐坐。”

柜员打包好衣服后，见拎着大包小包的路檬恋恋不舍地看向她选的那堆衣服，莫名其妙的，裴湛觉得自己有点过分。此刻的她太像被家长强行拖走的小孩告别橱窗里的巧克力，害他心生怜爱，不由得停住了脚步。

“你喜欢你选的？”

路檬点了点头。

裴湛叹了口气，决定牺牲自己的眼睛。他伸手去拿路檬手中的购物袋，说：“我去给你换回来。”

路檬却不松手，望着他的眼睛笑着说：“不换，我想要你喜欢的。”

不知是这话说得太暧昧，还是她笑起来眉眼弯弯的太可爱，无缘无故的，裴湛的心脏漏跳了一拍。然而下一秒，路檬就蹲下来把手中的购物袋放到裴路路的背上，笑嘻嘻地说：“短腿驴子快点跑。”

……哪有什么暧昧不暧昧，原来他也会有自作多情的时候。

他们进了百货公司楼下的咖啡店，裴路路待不住，不喝咖啡的路檬便带着它去外面的草坪上撒欢。等待表弟下课的空隙，裴湛电话不断，挂断最后一通，看向在草坪上奔跑的女孩和狗时，他鬼使神差地举起手机，打开了相机。

“你拍什么呢？”

听到表弟的声音，裴湛险些摔了手机，不悦地回头问：“你不是四点下课吗？又提前跑了？”

“最后一个小时是做卷子，我不走也是干坐着写不出来。”

瞥见外头的路檬和裴路路，裴赫也觉得这画面非常好看，就摸出手机拍了几张。裴湛见状，皱着眉说：“给她打电话让她把二十一带过来，回家了。”

“她昨天翻墙的时候把手机摔坏了，我出去叫她。”

两人一狗回来后，裴湛本要去开车，却听到裴赫说：“哥，要降温了，你都给我姐买衣服了，也给我买几件呗。”

裴湛嘴上说“不买”，进了电梯，却按下了卖运动装的楼层。裴赫从手机相册里翻出刚拍的照片给路檬看，路檬看后一脸惊喜地夸他的拍照技术比她认识的所有直男都好。

裴赫恭维道：“不是我技术好，是姐你漂亮。”

裴湛瞥了眼照片：“好看什么，都虚焦了。”

裴赫“嘁”了一声：“我长这么大，你就没夸过我一句。你刚刚拍什么呢，拿出来让我们看看有多好。”

裴湛乜斜了他一眼：“你还想要衣服吗？”

人穷志短的裴赫只得闭上嘴，把气撒到表哥的钱包上。

一回到家，路檬便钻进房间整理新买的衣服，刚刚挂好，裴赫就敲门进来了。

“我丢了两张发票，在不在你这儿？”

路檬回头去翻购物袋：“你要发票干什么？”

“把今天买的衣服拎回去退掉啊，拿到钱给你买手机，别跟我客气哈，反正是白来的。”

隔日傍晚，难得清闲的路檬正捧着裴赫送的手机看综艺节目，忽而听到了敲门声。她本以为是裴赫，不想站在门外的是从没踏进过她房间的裴湛。看到她手中最新款的手机，裴湛一愣，问：“你的手机什么时候买的？”

这手机的价钱和她的人设不符，路檬只好说：“朋友送的。”

“什么朋友？”

路檬傻笑了一下：“我的朋友说了你也不认识啊。”

顿了顿，裴湛才说："没别的事儿，快吃饭了。"

回到客厅，裴湛把手中的盒子扔给躺在沙发上的裴赫："别人给的手机，我用不着，便宜你了。"

这晚临睡前，路檬收到了顾屿的微信。像顾屿这种精明内敛的精英男，路檬的周围有太多太多，跟他们相处起来费脑费神，她向来能躲就躲。因此看到顾屿问她明晚有没有空作为他的"女朋友"出席晚宴，路檬想也没想就回了句"不好意思，我没空，你找别人吧"。

半个钟头后，路檬到客厅喂裴路路，忽然接到了妈妈的电话。

"你最近忙什么呢？打电话不接，叫你陪外公外婆吃饭也不来。"

"上班啊。"

"你上的是什么班？"

路檬望了眼躺在沙发上戴着耳机看电竞比赛直播的裴赫，压低声音说："拯救问题少年。"

在路妈妈的眼里，女儿一贯没谱，她便没多问，直接说正事："明天晚上你是跟我一起去，还是跟顾屿一起？"

路檬刚想问"一起去干吗"，想到顾屿方才发来的微信，立刻改口说："他是问过我，可我不想去。"

"为什么？听他妈妈说，你们相处得还不错，他爷爷九十大寿，你不去多失礼？贺礼我都替你准备好了，明天顾屿肯定忙，你跟我一起去，我去接你。"

因为每次回来后都会被妈妈比着别人家的孩子数落，路檬最烦跟她一起出席这种场合，正想说实话，又听到她说："我和你爸爸商量了一下，如果你这次表现得好，可以买一辆卡宴给你。"

路檬瞬间咽下险些脱口而出的话，改口道："你不用来接我，我明天去陪外公外婆吃午饭，从那边出发。"

嘱咐过女儿打扮得隆重些，路妈妈满意地挂断了电话。

"你家里打来的电话？"

转过头看到裴湛，路檬心虚地回忆了一遍通话内容才问："裴先生，我明天能请假吗？这个星期天我可以不休息。”

裴湛“嗯”了一声，接过路檬手中的碗半蹲下来喂裴路路。路檬插不上手，便转身回房了。一回到房间，她立刻给顾屿打电话。顾屿没接，隔了片刻才打回来：“路小姐？”

“顾大哥，您现在忙吗？”

“还在医院准备明天的手术。”

“您辛苦了，我换了一天班，明晚有空。”

“不用了，我已经找了别人了。”

若是明天顾屿挽着别人出席，她就露馅了，不甘心到手的卡宴飞走，路檬垂死挣扎道：“顾大哥，您麻烦别人多不好，反正我闲着也是闲着。”

电话那头的顾屿收起刻意装出的冷淡，嗤地一笑：“如果我没猜错的话，你妈妈刚刚给你打电话了吧？帮你没问题，你怎么谢我？”

听到他笑，路檬立马明白了根本就没有什么“别人”。前一刻还是他麻烦自己，话锋一转又变成自己求助他了，然而为了车，她只得耐着性子笑道：“您说呢？”

“明天我做完上午的手术就可以离开了，一起吃午饭？”

“我明天要去看外公外婆，要不明晚结束后我请你吃夜宵？”

“好。”

“那顾大哥，明天见。”

想到卡宴，路檬决定为了妈妈的面子敷一下面膜。她刚把面膜贴到脸上，裴路路就用爪子挠开门，蹭到她的腿边，拿毛茸茸的狗头往她怀里拱。路檬正按摩脖子，拿膝盖轻轻隔开它：“你别闹。”

裴路路扭头就往门边跑，它想把裴湛手里的英语书叼给路檬，不想他却不肯松手，只好“汪”了一声。

“裴路路，乖啦，我等下陪你玩。”

“谁是裴路路？”

再次听到裴湛的声音在身后响起，路檬吓了一跳——这人到底怎么了，之前一整天都不露面。她顶着面膜回头笑道：“是我给狗狗起的名字……它是你的狗，所以跟你姓裴。”

裴湛并不在意这种小事，只问：“你明天请假就是为了见什么顾大哥？”

路檬万万没想到裴湛居然有听墙脚的爱好，顿了顿才说：“不是啊，为了别的事儿。”

裴湛没再多问，把路檬假装上进的道具英语书扔到她的床上，离开前说了句“明天早去早回”。

隔天，路檬七点钟就出门了。自从搬到裴湛家，不知是不是又带孩子又带狗太忙碌，她再没失过眠。裴湛家、她的家和外公家在三个不同的区域，路程太远，回到公寓换过衣服化好妆再赶到外公家的时候已经快下午一点钟了。

寿宴傍晚才开始，下午的时间太漫长，路檬完全不了解顾屿，怕被妈妈盘问的时候露出马脚，干脆耗在书房替习字的外公研墨。上了妈妈的车后，她推说没有午睡，全程闭着眼睛装睡，再次躲过了盘问。

车子刚开到酒店门前，路檬就看到了等在外头的顾屿。母女俩到得晚，地上停车场已经满了，顾屿走上前替路檬打开副驾驶的门，冲路妈妈笑道：“阿姨，车子我和路檬来停，您先入席吧，我妈妈在等您。”

夸过顾屿懂事后，路妈妈满意地离开了。顾屿晃着钥匙冲路檬笑：“你开还是我开？”

“谁揽的活谁开。”路檬翻了个白眼。他们并非真的互有好感，在家长面前表现得不热络也不失礼最合适。这人凑上来献殷勤，是盘算好了要把“分手”的锅甩到她的身上吧？

漂亮小姑娘的无礼也可以解读为率真可爱，顾屿自然不会计较。他坐进驾驶座，笑道：“我的车技不如你，才想让能者多劳。”

顾屿的爷爷上一次过寿还是十年前，这天的晚宴自然隆重，不止地上，连地下停车场的车位都难找，两人七拐八绕转了一刻钟，才终于停好车。

一进宴会厅，顾屿就和路檬扮起了男女朋友。他一贯绅士，手只是虚搭在路檬的肩上，并未真的触及，路檬心生好感，用亲昵的态度弥补方才的失礼。

见顾屿全程陪自己聊天，路檬问："你不用招待宾客吗？"

顾屿朝远处举了下香槟杯，回头冲路檬一笑："家里哥哥姐姐一大堆，麻烦事哪轮得上我这个最小的孙子。"

"明白，我爷爷在的时候，这种应酬也都是带我哥哥去。"

话音没落，路檬就看到了代表裴家出席的司裴。因为裴湛和裴赫的关系，此时此刻见到司裴，路檬自然心虚，可她是司裴的学生，既然遇上了，就不能不打招呼。路檬同顾屿交代了一句，便走向了司裴。

这些年司裴越来越忙碌，加上性子冷淡，两人久未联系，只在各种节日时以短信问好。忽然看到路檬，司裴同样感到意外。

"你大学毕业了吧？最近在做什么？"

司裴的气场太强，立在他面前，路檬顿感束手束脚，规规矩矩地答道："去年就毕业了，没在做什么。"

盛名在外，请司裴做音乐老师的权贵数不胜数，可他为人高傲，算起来真正用心教过的只有路檬一个人——路檬的爷爷曾是他父亲的大学老师，中国人讲究尊师重道，老师的请求轻易不能违背。

他收下这个学生本是出于无奈，不想路檬浮躁归浮躁，却当真有些音乐天赋，难得的是她肯吃苦又好学，到他家上课的那一段时间，每周几乎风雨无阻，次次都提前等在门外，下课了也问东问西不舍得立刻走。后来，她突然就不肯再来上课了，而他的事情实在太多，无暇细问原因。前些时候遇到路时洲，听说路檬大学时选了跟音乐毫无关系的专业，毕业后便四处旅行四处玩，只觉惋惜。

"既然没在做什么，要不要去我堂弟的公司试一试？如果你有兴趣，我可以推荐你跟他签约，你应该在我家见过他的。"

"不用了不用了，谢谢司老师。"

依照司裴的性格，主动提出替路檬引荐已经十分稀罕，看出她的抗拒，他便没再多言。

约好了一起吃夜宵，晚宴结束后，路檬便挥别了妈妈，坐上了顾屿的车。看到女儿和令她满意的年轻人要好，路妈妈十分高兴。不想车子刚驶离酒店，路檬的手机就响了。裴湛此前从没给她打过电话，因此按下接听后听到他的声音，路檬怔了片刻才反应过来。

“你回来了吗？”

“回哪儿？”

“我家。”

“我今天休息，明早才回去啊。”

电话那头半晌没声音，路檬又“喂”了一声，裴湛才说：“二十一闹着要出门，我没空，你马上回来遛它，算加班。”

身为温婉羞涩的少女，不管对方的要求多不合理都不可以争辩。并不想和顾屿共进夜宵的路檬暗暗庆幸有了先走的借口，嘴上却为难道：“那……好吧。”

“不好意思顾先生，我有事要先走，夜宵我点外卖给你行不行？”说这句话时，软着嗓音接电话的路檬早已恢复了原本的声音。

顾屿和路檬都喝了酒，车子由代驾开。同坐后排的顾屿把胳膊撑在车窗上，似笑非笑地侧头看路檬：“帮忙前是顾大哥，帮忙后就是顾先生了？”

自知理亏，路檬笑盈盈地说：“这河还没过完，我哪敢拆您这座桥啊。我今天是真有事，您爱吃什么？我现在就点。”

“夜宵就免了，你用刚才接电话的语气叫声顾叔叔，咱俩就算两清了。”

听出这话里的调戏意味，逆反心理颇重的路檬自然不肯照办，她一本正经地客套道：“清静日子才过了小半个月，之后说不定还有你找我帮忙的时候，到时我一定全力配合。”

盯着已近二十三岁，却仍保留着令人心动的鲜活少女感的路檬看了片刻，酒喝得不多，连微醺都算不上的顾屿竟摒弃了一贯的骄矜，他扬起嘴角意有所指地笑道：“这是当然，我哪舍得就这样跟你说再见。那这笔账咱们先搁着，我慢慢考虑怎么让你还。”

路檬最不屑于搭理这种热衷玩暧昧的男人，她知道顾屿工作忙碌，没有连请两天假的可能，假意思考了片刻，一脸真诚地问：“搁着多不好，我最怕欠人情债。明天请你喝下午茶看电影怎么样？”

“我明天的手术从早晨一直排到傍晚。”

路檬面露遗憾：“这可不是我耍赖，是您不赏脸。”

“……”忙碌到一个月也难有一天假期的顾屿一贯将男女间的交往视作工作之余的调味剂。他怕麻烦，习惯与有些许好感的异性保持若即若离的关系，比高冷的路时洲绅士，又不似贺齐光那样黏腻，异性缘自然颇佳。在看似热络的路檬脸上发现了敬而远之的神情，反思哪句话说得不妥之余，此前都是为怎样婉拒女人头痛的顾屿竟罕有地被眼前的小女孩激起了征服欲。

路檬让司机把车子停在裴湛的公寓楼下，和顾屿道过“再见”，一转身，竟见到裴湛牵着裴路路立在不远处。计算了一下距离，断定裴湛看不到没下车的顾屿，路檬松了一口气，神情自若地迎了上去：“裴先生，你不是没空遛它吗？”

“我赶着出门，在这儿等你回来，把它交给你就走。”

裴路路一到这个时间就不肯待在家，好不容易出了门，它急切地想要四处撒欢，然而任凭它怎么闹腾，裴湛都岿然不动地拽着牵引绳立在原地。看到路檬，急不可耐的裴路路拼命往她的方向挣。路檬三步并作两步地跑过去，半蹲下来抱住它蹭了蹭，仰起头笑着向裴湛伸出了手：“裴先生，你去忙吧。”

裴湛却没将牵引绳交给她，而是表情冷淡地盯着她看了半晌：“你化妆了？”

惊觉自己忘记了要先回家换掉衣服和首饰，更没卸下淡妆恢复质朴，路檬顿时傻掉了。片刻后，她红着脸冲裴湛羞涩地一笑：“是不是很难看？”

非但不难看，还非常漂亮。清纯至极的一张脸，稍加修饰居然就明媚了起来。然而想起“顾大哥”以及刚刚开走的那辆奔驰，裴湛却说不出赞许的话。

“你去哪儿了？送你回来的是谁？”

路檬瞪大了眼睛，一脸惶恐地问：“裴先生，我做错了什么，惹你不高兴了吗？”

裴湛明白自己无权过问对方工作以外的私事，顿了顿，心平气和地说：“我没什么不高兴的，只是有点担心。社会复杂、人心险恶，你年纪还小，我担心你被心怀不轨的人骗。”

心怀不轨地骗了他近一个月的路檬咳嗽了一声，笑道：“裴先生，你真是个好人，你说的话我记住了，我带狗狗散步去了。”

路檬诚恳谦逊的态度并没有令裴湛感到丝毫的欣慰，他无视急得团团转的裴路路，再次问道：“你刚刚去哪儿了？”

裴湛严肃起来同司裴一样有压迫感，路檬扯不出谎，只好说：“有个叔叔年纪大了找不到女朋友，他爷爷今天过生日，我去冒充他的女朋友。”

“对方是什么人，多大年纪？”

“三十岁的医生。”

三十岁的叔叔……还差两年就满三十的裴湛瞬间就理解了路檬被叫大妈为何那样委屈。见前几日还土得掉渣的路檬穿着自己买的衣服光鲜亮丽地去假扮别人的女朋友，裴湛只觉后悔，偏偏她一脸无辜，让他说不出半句指责的话。明白自己没有生气的立场，裴湛把牵引绳往路檬手中一塞便去拿车了。

他离开后，路檬反倒傻了，裴湛生气了？因为自己吗？

穿了一整晚的高跟鞋，小腿酸痛的路檬自然不愿意带着裴路路在外头逛太久。哪知她牵着裴路路走进电梯时，竟遇到了裴湛。

“你这么快就回来了？”

裴湛“嗯”了一声，俯身取下裴路路的项圈。他和堂哥有事要谈，约在附近见面，因为是自家人，完全可以带着狗同去，却鬼使神差地叫回了路檬。

两人一狗进门后，躺在沙发上打游戏的裴赫闻声看了眼玄关处，以为表哥带了客人回来，立马站起来往房间走。在寿宴上只吃了五分饱的路檬问裴赫：“我去煮泡面，你要不要吃？”

听到路檬的声音，正要关上房门的裴赫回头看了一眼，发现客厅再无旁人，才定神看向那位“客人”。

“大神？”裴赫快步走了回来，绕着路檬转了三圈，“你擦粉底、涂睫毛膏，还用口红了？这大衣、这连衣裙、这高跟鞋、这包、这钻石表、这手绳、这项链，加在一起得六位数吧？你刚进来的时候，我还以为是哪位名媛呢。”

见裴湛诧异地看向自己，路檬既恨自己酒后大意，又想拍死眼前的熊孩子。

“这些不会是我二哥买给你的吧？”

路檬尴尬地摇了摇头：“当然不是。是我借的，这几天还得抽空去还呢……”

裴湛这才发现她穿的并非是自己买的那堆休闲装，他没交过女朋友，对女性奢侈品了解不多，只认得出包和手表的牌子，他给她买的那一大堆只怕还不如这个包贵。

裴湛一瞬不瞬地盯着路檬看，令她尴尬无比，隔了许久，她才弱弱地请示道：“裴先生，我回房换衣服啦。”

裴湛不置可否，移开眼睛坐到了沙发上。他一贯瞧不上为了钱打破底线的人，自然感到失望。这晚的裴湛太古怪，路檬怕无法自圆其说，在房间忍饥挨饿地等了两个钟头，过了他睡觉的时间，才敢出去煮泡面。哪知她一走进厨房，就撞见了下楼喝水的裴湛。

洗掉脸上的化妆品，换上粉蓝色的运动套装，那个单纯的小女孩又回来了。不久前才打定主意不再管路檬的私事，不与她有过多交集的裴湛居高临下地看了片刻她头顶毛茸茸的碎发，忍不住说：“你准备什么时候还衣服？我这几天都有空，可以带你去。”

……可她是要把这些还到自己公寓的衣帽间啊。

“你那么忙，我哪敢麻烦你。我自己就可以的。”

裴湛没再勉强：“你还没满二十岁，我既然请你过来帮忙，就要为你的安全负责。我知道你家庭负担重，有需要的话可以预支薪水，类似的事情不要再做了。”

路檬模样乖巧地“哦”了一声，没话找话地说：“我晚上没吃饱，要煮泡面，你吃吗？”

瞥见路檬脸上的怯懦表情，裴湛心生怜惜——她这样的性格，在那样的场合必定战战兢兢不敢吃东西，被自己盘问后又躲在房间饿到现在……顿了顿，裴湛说：“别煮了，我也饿，一起出门吃夜宵。”

“好呀，”路檬甜甜地一笑，“我去叫裴赫。”

“叫他干什么，就咱们俩，”瞥见路檬脸上的疑惑，裴湛轻咳了一声，“再带上二十一。”

夜间的气温已经降到零下，路檬畏寒，便裹上了裴湛买给她的羽绒服。她个子不高，绑丸子头，穿大了两码的白色外套简直像一只巨型娃娃。裴路路跑得快，牵着它的路檬自然要配合它的步伐，裴湛没法和小姑娘一样毫无顾忌地蹦蹦跳跳，只得跟在一人一狗的后面。

这栋大厦内有家五星级酒店，裴湛本想带路檬去酒店内的西餐厅，又怕她不自在，便询问她的意见。

“酒店里的东西又贵又难吃，我带你去一间特别棒的小店。”

“在哪儿？远的话我去拿车。”

“远的，在海边。”

裴湛当真去拿了车，路檬抱着裴路路坐进了副驾驶。第一个路口的红灯一闪，她忽而恍了神——十六岁的生日愿望是什么来着，哦，乘一次裴湛的摩托车。她这算不算是实现了年少时的梦想？虽然裴湛不再骑摩托，也不再是当初那个行为乖张的少年。

路檬一路胡思乱想，几乎没开过口。习惯了异性主动，裴湛一时间不知道该怎么找话题，便随口问起了路檬的家人。怕多说多错，路檬不敢讲太多，大部分时候都在腼腆地微笑，裴湛只当她生性羞涩。

两人很少单独相处，又各怀心事，一阵相顾无言后，裴湛再也想不出该说什么。他五岁就登台独奏，二十几年来从未怯过场，眼下竟对着一个小姑娘生出了不自在的感觉，简直邪门。

为了搅散满车的尴尬，裴湛打开了收音机，电台里在播王菲的《乘客》，很老很老的一首歌，抱着裴路路的路檬却突然开了口："我很喜欢王菲呢。"

裴湛垂下了正要换台的手，又听到路檬跟着节奏轻轻哼唱了起来，哼到"坐你开的车，听你听的歌"的时候，路檬侧头冲裴湛一笑，害他手一抖，险些开错道。

"你说的小店在哪儿？"

路檬刚想说"下个路口左拐"，就记起了那间她从中学时就一直去的日料店的老板认识她。店不大，又是这个时间，见到她去，没什么客人要招待的老板一定会坐过来聊天。更可怕的是，她还给老板看过裴湛的照片……

她就喝了一小杯香槟，怎么会接二连三地犯蠢呢？

"那个……我突然不想吃日料了，我们吃火锅吧？"

路檬原以为绕了大半座城的裴湛会生气，然而，他只是无奈地笑了笑："去哪儿吃火锅？"

"回家吃，我来煮。"

无论什么性格的女孩，都一样热衷变来变去，裴湛却只觉得好笑，丝毫不嫌麻烦："已经这个点了，去哪儿买食材？"

"冰箱里就有的，昨天晚上你不在，我跟裴赫刚刚吃过。"

"刚见面的时候，我完全没料到你能管住他。之前我给他请的家教，每一个都不停地打我的电话告状。"

"他傻傻的，挺可爱的，还很善良，会帮我照顾狗狗，让我有空复习功课。"

傻傻的……挺可爱……很善良……

这些年还是第一次有人这样形容越大越不合群的裴赫。路檬已经来了一个月，看到那只自己亲手惯坏的狗温顺地让她当玩具又抱又捏，裴湛仍旧觉得稀奇，他还没弄明白她到底给他们下了什么蛊，自己竟也找不到北了。

● ○ ☾

第三章

再见啦，裴先生

除了经纪公司，裴湛年初还开了家音乐版权公司，比单纯做钢琴家的司裴更忙碌，见他连着三天在家吃晚饭，裴赫问："你公司倒闭了？怎么最近天天在家窝着？"

裴湛乜斜了他一眼："你不想我回来，是准备占山为王？"

"新闻说吕黎跟你解约了？没有你捧，他能红吗？就他那演奏水平，也就好意思在综艺节目里自称小提琴家。"

"他本来走的就是商业路线，演奏水平好不好有几个人能听出来。"

"听说他录完现在的综艺节目要去演戏？换经纪公司是为了拿到更多分成吧？"

裴湛"嗯"了一声："人之常情。"

"你当初捧他用了很多资源吧？他反正是想要钱，你多分他一点不就好了？他这一走，白便宜别人了。"

"规矩不能坏。"

"他粉丝说他解约是因为功高盖主，你嫉恨他抢了你的风头，最近半年不断打压他。"

相较于表弟的愤慨，不靠人气吃饭的裴湛反倒一脸无所谓。裴赫还要说话，裴湛的电话突然响了。挂断电话，他对表弟说："大哥来了，你去开门。”

听到这话，正在吃汤圆的路檬险些将一整个都吞下去：“你们大哥是谁？”

裴赫起身往门边走：“就是司裴，哦，你不听古典音乐，可能不知道他，他很出名。”

“我知道他……他怎么会来？”

“这房子本来就是老大的，后来他不乐意住了，才让老二住的。”

裴湛瞥了眼坚决不叫“哥”的裴赫，正要训人，就看到路檬站了起来。

“司老师在哪儿？什么时候到？”

“在楼下呢，我这就帮他开电梯门。”裴赫说着就按了下去。

慌张之余，路檬十分庆幸这房子在六十一层，让她有时间“逃生”。见路檬站起来后，先碰到了桌子，又撞倒了椅子，裴湛问：“饭才吃了一半，你干什么？”

路檬跑向自己的房间，想以最快的速度换下现在的衣服，走安全楼梯逃跑。顿了顿，她才说：“我是司老师的脑残粉，要下楼迎接他。”

“你是老大的脑残粉？你喜欢他的演奏吗？以前没听你说过你喜欢古典音乐啊。”

“我不懂音乐，我喜欢他是因为他长得帅。”

裴赫瞟着裴湛笑：“我就说嘛，你和老大的粉丝绝大多数都是看脸，哪是因为什么才华。”

裴湛没理他，冷眼看向快急哭了的路檬。见到路檬的反应，裴赫也觉得稀奇：“至于这么激动吗？要知道你喜欢老大，我早就把他叫来了。我每次看到视频里的粉丝见了爱豆一把鼻涕一把泪地嚷嚷，都以为是在演戏，原来是真的啊。”

不到半分钟，路檬就换下家居服跑出了房间，裴湛冷着脸走上前扯住急速逃向门边的她：“迎接什么，回来吃饭。”

路檬哪顾得上再装小绵羊，甩开他的手咆哮道：“你别管闲事好不好！”

这声一出，不止裴湛，连裴赫都吓了一跳，见表哥脸色难看，裴赫替路檬开脱道：“她们脑残粉在电影院看银幕上的爱豆都要死要活的，别说我姐是在毫无准备的情况下见到活的老大了。”

裴湛的心中莫名地发酸，人家哪是毫无准备，明明连衣服都换好了，头发也重新梳了。他招手叫来柴犬，拉住正往门边跑的路檬，将一人一狗关进了路檬的房间：“你冷静冷静，带着二十一待在房间里别出来。”

路檬认为还是逃出去更安全，正想反抗，却听到电梯间的门开了。裴赫见状皱着眉说：“你干什么？为什么不让我姐见老大。”

知道逃不出去了，路檬只好放弃抵抗，对好心的裴赫说：“不用了，我见到司老师会紧张到说不出话的，还是待在房间好了。”

不等他们再说话，路檬就“砰”的一声关上了门，还反锁了。

一直受二表哥压制的裴赫借机发泄不满：“你怎么这样啊，就会欺负老实人。”

“这是我家。”

裴赫“嘁”了一声，连招呼也没和推门而入的司裴打，便回了房间。

路檬反锁上房门仍觉得不够安全，又搬了把椅子堵在门后，自己也坐了上去。这间保姆房是临时隔出来的，并不隔音，难怪上次她在房间里和顾屿打电话，裴湛会听得一清二楚……

司裴是来取东西的，他隔天要飞波兰，去做钢琴比赛的评委，没空多待。听到裴湛说“我送你”，竖着耳朵在门后偷听的路檬正庆幸劫后余生，不料又听到司裴说：“对了，有件事差点忘了跟你说。我以前收过一个学生，叫路檬，你应该见过的，还有印象吗？”

“有。”

他记得的其实不是堂哥的那个学生，而是这件事。之所以印象深刻，是因为堂哥接下这任务时很不情愿，却又不好意思拒绝。他与堂哥性格不同，丝毫不愿被人情世故束缚，更不会因为上一辈的师生情浪费时间做不乐意的事情。

听到裴湛说“有”，路檬手上一紧，被她箍在怀中的裴路路吃痛，顿时“嗷”了一声，心虚到直冒冷汗的路檬又手忙脚乱地去捂狗嘴。

听到门后的响动，裴湛回头望了一眼路檬的房间，又听到司裴说：“昨天我遇到了路檬的堂哥路时洲，跟他聊了几句。路时洲说路檬毕业已经一年了，因为年纪小贪新鲜，还没找到未来的目标，问我这儿有没有适合她的机会。你之前不是说想找个新人代替吕黎？其实路檬非常合适。遇到路时洲之前，我就想跟你推荐她，不过她本人对成名似乎不是特别感兴趣。

“她爷爷生前是Z大校长，父母、伯父都是知名教授，高知家庭的背景是个不错的宣传点。路檬外形很好，也算多才多艺，抛却和音乐无关的棋、书、画不说，她的钢琴、小提琴都是从小学的，演奏水平虽然和专业的有一段距离，可至少不会比吕黎差，而你需要的本来也不是专业演奏家。

“路檬跟我学过作曲，几年前我去日本巡演，她也参与了编曲，我给你听的时候，你还说过不错。她确实还没定性，不过二十二三岁、家境优渥又漂亮的小姑娘缺乏上进心也不奇怪。对从事文艺工作的人来说，贪玩不是坏事，路檬的见识远比同龄人广，内心也丰富细腻。”

在裴湛的记忆里，堂哥从未一次性和自己说过这么多话。成年后的裴湛行为虽不再出格，却仍有反骨，他听到这些只觉不屑——像堂哥这样一个阳春白雪、横看竖看都不食人间烟火的人，竟也会一再被人情债叨扰。路家的面子可真大，路校长人都不在了，几十年前的师生情还用个没完。

司裴了解堂弟，自然能察觉到他此刻的不耐烦。昨日路时洲只是随口提了一句，更上心的反而是他，他仅仅比路檬大十岁，却不自觉地把这个唯一的学生看作晚辈，师生之间的情谊很特殊，虽然这些年联系得不多，但除了路檬的家人，他大概是最希望看到她成材的。

司裴赶着回去，无暇多劝，离开前只说了句：“晚几天我回国后，把她的资料发给你，你如果有兴趣的话，我会和她谈。”

司裴的话音还没落，路檬的房间就又传出了动静，裴湛的注意力都在路檬夸张的反应上，便没应声。

司裴一走，裴湛立刻走过去敲路檬的门，路檬迟迟都没来开门，裴湛正要开口，就看到了门锁上的钥匙。

裴湛拧开门锁，走了进去。路檬正抱着裴路路在床上来回翻滚，模样很是好笑。裴湛刚想笑，想起她反常的原因，又觉得满心不舒服，冷着脸问：“你还吃不吃饭？”

看到裴湛，路檬生无可恋的脸上又多了几分惊恐，她直起身问：“司老师走了吗？”

顿了顿，裴湛才说：“走了。”

听到司裴离开了，路檬才有心情关心别的：“我已经饱了。裴先生，对不起，我刚刚……”

“没关系。”怕来不及掩掉脸上的情绪，不等路檬说完，裴湛就关上门离开了。

他一走，路檬便继续以抱着裴路路满床翻滚的方式来发泄不知所措的情绪。无数次的天旋地转后，裴路路终于承受不住，挣扎着逃出路檬的怀抱，跳下床，用爪子扒开门，头也不回地跑开了。于是，当调整好情绪的裴湛再回来时，他看到的便是路檬抱着枕头来回滚。

“……”立在门边的裴湛无奈地敲了敲门。

路檬顶着滚乱的头发问：“你是怎么进来的？”

“门上有钥匙。”裴湛蹙起了眉，“你真这么喜欢司裴？我不让你见他，你就气得满床打滚？”

“我没有生气，我一点儿也不想见司老师。”这么丢脸的一幕被裴湛看到，路檬窘迫到脸颊发红，“我晚饭吃得有点多，所以做做消食运动。”

这说辞如此无厘头，为了好过一些，裴湛居然信了：“你该带二十一散步了，我正好没什么事，也一起去。”

“你没事的话，今天能不能帮我遛它？我肚子疼……”

裴湛没再说话，转头就离开了。路檬满心慌乱，没有留意到他冷峻的脸色。

等司老师回国后把资料传给裴湛，她就会彻底暴露了吧？路时洲真是烦，干吗要多嘴？早料到能有这样的机会，可以和裴湛一起工作，她怎么会过来应聘家教？反正裴湛已经不记得她了，那个“有”一定是随口说的。

她对出名不感兴趣，对音乐倒是真的喜欢。司裴虽然严肃到难以亲近，但负责又有耐心，一开始她的目的纯粹是接近裴湛，后来却是真觉得有意思，而且不用功也对不起这样好的老师。若不是裴湛当面说了那句“我最讨厌的就是她这样的”，她是很愿意跟着司老师继续学作曲的。

被裴湛拒绝的时候，她其实已经准备好了做司老师演奏会的助演嘉宾，弹一段自己改编的曲子——她这样懒散的人，刻苦练习了几个月，就是希望裴湛能注意到自己。

然而听到喜欢的人那样说，十几岁的她只觉得天都塌了，再也不肯见和裴湛有关的人。明知道人家讨厌自己，还用学人家演奏的方式找存在感，这和跳梁小丑有什么区别？

过几天裴湛就要知道了吧？幸好他忘了她喜欢过他的事儿，不然更加尴尬。可是要怎么跟他和裴赫解释她改名换姓、谎称贫困大学生跑来应聘的动机？说是为了治疗失眠，一定会被当作神经病吧……

这一夜，路檬虽然没再做有关裴湛的噩梦，却又一次失眠了。她睡不着的时候胡思乱想，猛然记起堂哥知道自己喜欢裴湛的事，慌乱得不等天亮就给路时洲打了通电话。

路檬接连打了两次电话才通，接电话的却是嫂子。兴许是因为还没正式结婚，和路檬讲话的时候，简年有些难为情，清了清嗓子才说："妹妹你等一等，我马上叫他起来听电话。"

此时还不到凌晨五点，路时洲接过电话便问："出什么事了？"

"你遇见司裴了？"

"见了。"

"你都和他聊什么了？有没有提到裴湛？"

"没聊什么，我提裴湛干什么？"

"你干吗和司老师胡说八道！你以后再见到他，千万别提我，更不能告诉他我以前喜欢过裴湛！你要是再多嘴，我就和你断绝兄妹关系！"

"……你给我打电话就是为了说这个？"

咆哮之后，路檬犹不放心，又软声软气地安抚道："哥，你再见到裴家的人千万别说这事，千万千万！最好忘掉。真的太丢脸了……"

路时洲哭笑不得："你不提我还真忘了，你想我守口如瓶，以后就要听我的话，别总干没谱的事儿，比如大半夜打电话。"

路檬眼下不敢得罪他，只好乖乖地"哦"了一声。

此后的几天，路檬时时刻刻都处在煎熬中。她一见到裴湛就心虚，他多看她两眼，她便膝盖发软想坦白，可绞尽脑汁也找不到借口解释动机，只好刻意躲着裴湛。幸而裴湛工作忙碌，并没有太多时间待在家里。

周四的清晨，路檬还没起床就听到了敲门声，打开门一看，立在外头的居然是裴湛。

“我要出差几天，裴赫跟二十一就交给你了，有事给我打电话。”

看到他后，路檬瞬间就醒了神，下意识地点了点头。

“你这周别休息了，我周六晚上回来，和你聊聊。”

“聊什么？”

裴湛没答，笑了笑，便拉着箱子离开了。

裴湛走后，不愿继续自我折磨的路檬给余航打了通电话，想从他的嘴里套出裴湛到底有没有看到自己的资料。深思熟虑之后，她决定接受司老师的好意，只希望裴湛知道实情后不会生气。近距离接触过后，路檬才发现，真正的裴湛并不像她十几岁时想象中那样冷漠。

电话接通后，路檬扯了会儿别的，才向余航打听司裴有没有传自己学生的资料给裴湛。余航说：“有吧，具体是什么资料我没看到，裴先生好像也没看，他已经拒绝了。裴先生和司先生说，比起游戏人间的大小姐，他还是欣赏脚踏实地的人，那种靠点招混进名牌大学的人会有什么能力。裴先生已经和别人签约了，是他资助过的一个女学生，她是学钢琴表演的，今年刚毕业，人很刻苦，又漂亮又和气。”

……

挂断电话，路檬只觉得自己无聊可笑。她担心到吃不下睡不着，想了无数蹩脚的理由，甚至准备谎称潜入裴湛的家是为了找丢失多年的狗，还不断为要不要试试这份工作而纠结，结果人家根本就没在意过。她忽而感到意兴阑珊，原本的新鲜刺激感荡然无存，一刻也不想继续待在裴湛家，收拾了几样东西正准备回家去，裴路路突然蹭过来摇尾巴，她这才记起裴湛出差了，还有裴路路要照顾的自己不能轻易离开。

遇上司老师之后，她整日魂不守舍，不是忘记喂它，就是没心情带它出门散步，如今又生出了离开的念头，自然满心愧疚。她接下来要筹划自驾穿越欧洲四十国的活动，至少要在国外漂小半年，就算带上它一起离开也无暇照顾。

路檬把东西一样样放回房间，去厨房给裴路路准备午饭。她考虑了片刻，决定等裴湛回来后再当面同他讲要走的事，也算是有始有终。

裴湛是周六傍晚回来的。裴赫跟同学出去玩了，钟点工做完晚饭离开后，家中就只剩下路檬和柴犬了。路檬一贯洒脱，之前的反复纠结本就不是她的风格，隔了几日再见裴湛，她早已调整好了心态。冷静下来想一想，裴湛没有任何错，早在很多年前他就说过，最讨厌的就是她这种游戏人间、不思进取的大小姐。只是没想到，隔了那么久，会以这种形式再次被他拒绝。

裴湛到家的时候，路檬刚刚吃过晚饭。见裴湛看向餐桌，路檬说："我忘了你今天回来，就没等你吃饭，桌上的菜我都动过了，再帮你做点别的？"

做好了离开的打算，路檬便不再装文弱，更没再一口一个"裴先生"。察觉到了她的异常，裴湛并没感到奇怪——堂哥来过后，他家这个家教就没正常过。

见路檬准备带裴路路出门，裴湛说："不用，我去外面吃，顺便和你一起遛二十一。"

"好啊。"

一下电梯，裴湛便低头问矮他一大截的路檬："你想吃什么？"

"我已经吃过了啊。你先去吃饭，我带狗狗去公园，你吃完来找我们。"

"一个人吃饭有点奇怪，我跟你们一起去公园，回家再叫外卖。"

有什么奇怪的，过去他经常一个人吃饭……路檬想了一下："要么不去公园了，去步行街，那边有很多小店，我想吃炸排骨和芝士薯条。"

乍看之下，裴湛和司裴的气质虽然相似，性格其实完全不同。司裴就绝不会去环境杂乱的街边小店吃东西，而裴湛挑剔归挑剔，在这方面却随意多了。

出了大厦走几百米再右拐，就到了步行街。周六晚上的步行街比平常更热闹，路檬对这一带很熟悉，带裴湛进了一间狭小却干净的便当店。裴湛看了眼餐单，随便点了份炸猪排盖饭，给路檬要了杯奶茶。

路檬想去隔壁店排队买炸排骨，刚站起来就听到裴湛说：“等我吃完一起去，我正好有话跟你说。”

他吃饭的时候不习惯讲话，一直到吃光整份饭，也没切入正题。路檬一边喂裴路路三文鱼片，一边用余光不时扫向他，正想让他重新为裴赫找个家教，就看到裴湛推开碗，起身说：“走吧。”

隔壁卖炸排骨的店生意一向很好，平时都要排一刻钟的队，更何况是周末。走出便当店，裴湛直接站到了隔壁店的队尾，见路檬面露疑惑，他问：“你要吃的是不是这个？外头冷，你带二十一去里面等。”

片刻的愣怔后，路檬带着狗坐回了便当店。裴湛的个子高，人又出众，隔着窗子也能一眼望见立在人群之中的他。排在后面的两个女生似乎认出了他，一通交头接耳后，红着脸仰头问了他一句什么，见裴湛面带惯有的冷淡，连个眼神都没给，路檬才敢确定这真的是拒绝过她两次的那个人。

她不是在做梦吧，裴湛为什么要顶着寒风替自己排队买吃的？

裴湛回来后，把手中的纸袋递给了路檬，裴路路被裴湛养刁了，从不像别的狗那样一看到吃的就兴奋。兴许是过去路檬时常与它分享零食，它至今仍保留着小时候的习惯，一见路檬吃东西，就凑过来摇尾巴。

路檬拿出一块排骨吹了吹，放到手心喂裴路路。她个子不高，手自然小，形状却非常漂亮。裴湛盯着她的手掌看了片刻，据说掌心纹路复杂的人内心细腻丰富，不知道准不准。

察觉到他的目光，路檬回看了过来，裴湛的脸上闪过一丝不自在，起身走了出去。见他大步走向马路对面的薯条店，摸不着头脑之余，路檬又忍不住感慨。那家薯条店开了很多年，刚开业的时候要排很久的队，她追他的时候还买过送到他们班，他连看都没看一眼，随手就给了旁人，可当年的她依然很高兴，还真是傻。路檬突然就不后悔了，她很想抱一抱十五岁的自己，看，裴湛给未来的你买了排骨和薯条。

薯条店的顾客不多，裴湛很快便买好往回走，望着他高瘦的身影，路檬的心中涌起了一股酸涩的情绪，怕自己再犯一次蠢，她没敢多想，打定主意在回去的路上就提离开的事儿。

推开便当店的玻璃门，裴湛晃了下手中的塑料袋：“回去再吃吧？”

路檬点头应允，起身牵起了裴路路。裴路路依然一路小跑，这次裴湛没再跟在后面，而是接过了牵引绳，强迫裴路路减慢速度。路檬正要开口，又想起裴湛有话要跟自己说，便问：“你要跟我讲什么？”

“也没什么，就是想问你还生不生气？”

“我生什么气？”

裴湛很少跟人解释，顿了顿才说：“我哥过来的那天，我不让你出来，没有不尊重你的意思，你要是还生气，我跟你道歉。”

接连数日，路檬一见他就躲，态度也大不如前，除了误会自己那日态度冷硬是瞧不起她，裴湛想不出别的原因。可该如何解释——不是瞧不起人的话，他为什么要把她和狗关到房间里？那一刻的情绪起伏连他自己也感到诧异，所以拖了又拖，到今天才说。他从没讨好过人，不知道该如何示好，只好替她跑腿。

“你要跟我说的就是这个？这有什么好生气的？”路檬和裴湛的思维完全不在一个频道上，想不通他为什么会在意这个。

“不是因为这个，你为什么一见我就躲？”

她表现得有这么明显吗？路檬尴尬地清了清嗓子：“你再替裴赫另找一个家教吧，我有事要离开。”

裴湛一时间没明白：“你要离开多久？”

路檬笑了笑，没说话。

裴湛这才反应过来：“你要辞职？为什么？是薪水低，还是裴赫和二十一难缠？”

“我也没做什么，工作那么轻松，你给得已经很多了。”

“对你来说轻松，别人却费神费力都搞不定他们。你来了之后，我的生活有秩序了很多，如果这些钱解决不了你的困难，薪水可以再谈。”

路檬没想到裴湛会挽留，便说：“和钱没有关系，我有别的事要做。”

“什么事？”

这样刨根问底实在不是裴湛的风格，路檬不知道怎么回答，又不想再撒谎，就没讲话。裴湛一贯高傲，他一手捧红的吕黎要走，也没说过半句挽留的话。裴家背景深厚资源多，换东家不过是吕黎为了提高分成找的借口，以这种方式要求加薪在职场是寻常事，然而裴湛最最讨厌有话不直说的人，吕黎骑虎难下，才心怀怨愤地换了经纪公司。

路檬不说话，已经破例的裴湛忍了又忍也没再问，隔了许久，他才说："我明天就让你堂哥去找人，找到你就可以离开了。"

路檬怔了一下才明白裴湛嘴里的"你堂哥"是余航而非路时洲："可我明天一早就想走，等下裴赫回来我会跟他聊，让他最近乖一点。至于狗狗……我很喜欢它，以后有空了，可不可以偶尔回来看它？"

裴湛不答反问："出什么事了吗？为什么这么急？"

哪有什么事，只不过不想继续自寻烦恼罢了。

"其实不需要找人专门看着裴赫的，他也是有自尊的。越是这样，他就越会出格给你看。不会念书不代表品质差会学坏，让他走歪路的说不定是你们的态度呢。"

其实小学初中的时候她的成绩并不差，可全家都是精英，她考班级十几名，自然会令父母失望。听多了妈妈对外人说"不知道这孩子的智商像谁，我们也不指望她变聪明，健康快乐就行"，到了叛逆的年纪，她也会赌气干脆不再努力，反正哪怕她头悬梁锥刺股，也不可能像路时洲一样出色。

其实路时洲也会逃学会背着大人玩一整夜游戏，可是他成绩拔尖，做这些事叫学得好玩得好；而她呢，明明比堂哥乖多了，多看一会儿电视、多吃一盒冰激凌、多和同学讲一会儿电话，都会让父母生出"没有自制力的人成绩就不可能会好"的感慨。

因为她考不上名牌大学，裴湛就断定她不靠谱、没有能力，这是什么道理？路檬原以为自己不在乎裴湛的看法，此时此刻才察觉到心中的委屈。

裴湛自然不会知道她是在借裴赫表达不满，只心不在焉地说了句"好"。

回去的路上，两人都没讲话。

听说路檬要走，裴赫的反应自然大，路檬保证过有空还会带他打游戏，他才没再追着问来问去。怕再遇上裴湛，隔天路檬特地错开了时间，她想赶在他起床前离开，哪知两人还是撞见了。与第一次共乘电梯一样，从六十一层下到一层的漫长时间里，除了互道“早安”，裴湛再没开过口。快到一层的时候，路檬又一次问：“我以后还能回来看狗狗吧？”

“随你。”

裴湛的车停在负二层，可下到一层的时候，电梯门一开，他也跟着路檬一起走了出去。

“你不去停车场拿车吗？”

“等司机。”

“我叫的车到了，先走了，再见。”

“嗯。”目送路檬把硕大的行李搬上出租车，又回头冲他招手，裴湛很是后悔，面子是什么？他听到楼下的动静立刻跟出来，是想开车送她的来着，还有出差时买的礼物，也没有拿给她……

怕闲下来又失眠，路檬约朋友们晚上去酒吧筹划自驾出境游，刚结束群聊，她就接到了妈妈的电话。

“你最近忙什么呢？”

“没忙什么啊。”

“你和顾屿怎么样了？”

“还行吧，他很忙。”若不是妈妈提起顾屿，路檬完全忘了她还有大奖没领，“我的卡宴呢，您什么时候兑现？”

“你爸爸去内蒙古开学术会了，等他回来就带你去4S店看车。你哥哥的婚期定下来了，就在下下个月底。他和简年都忙，每个周末都加班，我和你爸爸也是一堆事，你既然闲着，就帮忙跑跑腿。”

路檬应下之后，路妈妈就挂断了电话。不等她找堂哥，路时洲就打了通电话过来，说他和简年后天上午领证，领完证请朋友们吃饭庆祝，要她也过去。想着要商量婚礼的事儿，路檬自然满口答应，结束通话前，她又从堂哥那里敲诈了一笔辛苦费。今晚和朋友商量活动，明天开始替堂哥筹备婚礼，一直忙个不停，就不会有空再介意裴湛的事儿了吧？

这晚，路檬刚把堂哥的路虎停到酒吧外，就看到了顾屿的那辆红色跑车驶入停车场。她懒得跟他寒暄，就没立刻打开车门。哪知顾屿停好车后也没马上离开，而是靠在车门边打起了电话。

路檬只好摸出手机打发时间，刚打开游戏，就听到了敲车门的声音，转头一看，正是顾屿。

“这么巧？”路檬假装意外。

“我认得你的车牌。看你迟迟不下车，就在外面等了一会儿。”顾屿望了眼路檬手机屏幕上的游戏界面，笑道，“敢情你是准备在车里过夜？”

“……”路檬跳下了车，“顾医生今天不用值班？”

“就算是机器也得停工定期检修是不是？”

“你工作之余唯一的消遣不是画画吗？来夜店是为了写生？”

“‘我唯一的爱好是画画’这句话的真实性等同于你每晚八点前一定回家。”

路檬正想回怼，又听到顾屿说：“听说你准备和朋友开车横穿亚欧大陆？这得大半年吧，你爸妈会同意？”

路檬闻言一惊，回头看向被她甩在身后的顾屿：“这事儿你怎么会知道？”

顾屿没答，浅笑着低头点了根烟，抽了一口才说：“我还知道我值一辆卡宴。”

路檬最恨这种人前正人君子，人后蔫儿坏的男人，在心中真诚地问候过他后，她一脸讶异地笑道：“顾叔叔，您不会在我身上装了窃听器吧？”

“卡宴是我无意中听我妈和你妈讲电话，推理出来的。放心，好人做到底，我会配合你。”

至于路檬准备横穿亚欧大陆这事，他倒是刻意打听的。圈子就这么大，共同的朋友也不止一两个，除非她像前一段那样谁都不联系，否则费点心思，弄清她的动态简直易如反掌。

受制于人的路檬咬牙切齿地说了句“谢谢”，对精英男的印象又差了几分。

原以为进了酒吧就可以和顾屿分道扬镳，没想到他竟坐进了她的朋友中间。知道路檬这一刻的意外不再是装的，顾屿解释道：“我很有兴趣，时间允许就和你一起去。”

“我不是去玩，是去赚钱。”

“听说你之前找的赞助商撤资了，你带我去，我可以帮你解决这事儿。”

路檬刚想说“我有钱”，又怕抵押扇面的事情败露，只得咽下这句话，转而问：“你去干吗？”

“写生啊。听说你之前找的摄影师嫌钱少不肯接，你可以请我，我技术还行，收你半价。”

路檬自然不愿意带顾屿同去，有他在这儿，她提也不愿意提这件事，便起身去了洗手间。

对着镜子补唇膏的时候，察觉到在旁边补粉的美人不断瞟向她，路檬回看了过去。对方看清她的脸后，惊喜地喊道：“小檬檬！还真是你哈。”

“欢欢姐？”洗手间的光线昏暗，路檬半晌才认出这是当年和她一起追裴湛的姐姐。自知裴湛不可能喜欢自己，她们非但不把对方当情敌，还有种惺惺相惜的感情，类似于脑残粉喜欢同一个爱豆。

一起追裴湛的那一段，她们时常结伴到他经常出现的地方蹲守，还共享他的动态，直到路檬被裴湛打击，才刻意疏远和他有关的人。

“我明年就结婚了，脱粉前准备再去见一见裴湛，我有办法混进下个月他们公司的年会，你去不去？我带你一起。”

路檬赶紧摆手：“我已经脱粉好多年了。”

“为什么啊？你那时候怎么突然就不联系我了，难道你遇见比湛湛更极品的男人了？”

不等路檬回答，欢姐又说：“我的婚礼在明年三月，你来不来？唉，我注定要抱憾终生，能和湛湛恋爱一天也好……”

路檬不想再看到顾屿，告别了欢姐，就走出了酒吧。然而第二日，她又遇到了顾屿。

在堂哥请客的酒店再次看见顾屿时，路檬终于装不出笑容，问道：“为什么我去哪儿都能遇到你？”

顾屿笑道：“我也纳闷自己到底哪个地方讨你嫌了。不过，今天是你哥叫我来的，圈子小，没办法。”

路檬懒得搭理他，翻了个白眼就坐到了羞涩文静的堂嫂身边。两人正说着话，包间的门突然开了，走进了一个高个男人。

“家里出了点乱子，来晚了，新婚快乐。”

包间大，有六桌人，自然嘈杂，裴湛的声音也不算大，可原本正低头讲话的路檬仍是一下子就听了出来。她还没回过神儿，身体就先做出了反应——一个箭步跨到通向露台的门边，躲到了露台上。除了怕被裴湛发现，她也关心出了什么乱子。

露台气温低，除了卫衣、短裤和长靴，路檬连围巾都没戴出来，还露着一截只穿了丝袜的大腿。在外头冻了半分钟，她就忍不住给路时洲打电话。

路时洲正被灌酒，听到路檬抱怨为什么要请裴湛，路时洲莫名其妙地说：“我经常和他一起吃饭，一圈人都叫了，总不好单单不请他。而且婚礼的时候我还准备请他演奏呢，拿什么外套，你不让我说的事我没说，赶紧进来吧。”

路檬哪敢告诉路时洲自己怕见到裴湛是因为一时糊涂改名换姓潜入了他的家。挂断电话，她正准备向堂嫂求救，就见顾屿拎着她的羽绒服推门出来了。顾屿一贯绅士，展开羽绒服想替路檬穿上，路檬却避开了他的手，粗暴地拽走羽绒服，裹住了自己。

顾屿把悬在半空中的手抄进口袋，无奈地一笑：“好吧，我承认咱俩的偶遇不是偶遇，你能说说为什么这么讨厌我吗？”

“谈不上讨厌不讨厌，就觉得咱俩压根不是一类人，相处起来太累。”

“可我觉得跟你挺合得来的。你很有意思，我有点喜欢你。”

路檬漂亮、性格好，追求者众多，然而受年少时喜欢的人影响，她拒绝告白的方式一贯简单粗暴：“可我不喜欢你。”

话音还没落，担心妹妹着凉的路时洲就透过玻璃门看了过来，坐在他左手边的裴湛也顺势望向露台，路檬头皮一紧，拽着顾屿的衣服半蹲了下来。

顾屿并不在意她的无礼，笑道：“你躲谁呢？”

“我哥。帮我挡一下，我要从旁边的楼梯逃跑。”

顾屿换了个位置，挡住了路时洲的视线：“帮你可以，先回答我一个问题，你喜欢什么样儿的？”

路檬没应声，踮起脚越过顾屿的肩看向包间，在心里回答，我喜欢的就是里头穿白毛衣、不爱讲话的那个人。是的，她终于敢承认，从十几岁到二十几岁，她所中意的始终没有改变。

路檬饿着肚子回到家后连外卖也懒得点，泡好面，刚吃了两口，手机就响了。她以为是路时洲打来的，便没接听。洗过澡敷好面膜，已经是一个钟头以后了，她躺到床上打开投影仪放了部电影，顺手摸起手机，才看到未接来电竟有十个——堂哥打来一个，堂嫂打来两个，其余七个全部来自余航。

想起裴湛说家里出了点乱子，路檬立刻回拨了过去。离开的当天，她就将裴赫送的手机关机了，不再用裴湛知晓的那个号码，眼下唯有知晓她真实信息的余航能联系上她。

电话一通，余航便说：“路小姐，打扰了，您方不方便给裴先生打个电话？”

“出什么事了？”

“裴先生傍晚让我联系您，并没具体说什么事。”

“知道了，我这就打给他。”

“那个，路小姐……”余航欲言又止。他向来谨慎，很珍惜现在这份待遇优厚的工作，路檬到裴先生家瞎折腾的这一个月，他精神压力很大，还被她传染了失眠的毛病，幸而直到大小姐玩够了主动离开也没东窗事发。

裴先生那样高冷的一个人，短短两三天已经暗示过他两次把路檬劝回来，惊讶之余，余航宁可装傻也没找路檬。欠人情债的滋味不好受，等以后有了积蓄，那笔修复费他是会慢慢还的……

“什么事？”

“是这样的，您离开的这几天，我一直在给裴先生找新家教，先后联系了五个符合他要求的，可他连见都不见，只说让我找一个和您一模一样的……看得出来他很喜欢您，也有让我劝您回去的意思，我知道您肯定不会再回去，就没跟您说。等下您和裴先生通电话，如果他问您，您不想回去，就往‘老家的父母’身上推……”

明知道余航说的这句“他很喜欢您”不是那种意思，乍一听到，路檬的心脏还是怦怦直跳。直到挂断电话，她的脑袋里还在无限循环这句“裴湛很喜欢你”“很喜欢你”“喜欢你”……

回过神后，路檬第一时间翻出裴赫送自己的手机，一连上无线，打开微信，就涌出了几十条信息，百分之九十九来自想和她一起打排位的裴赫，见裴赫不断询问为什么联系不上她，路檬回了句“村里没网”。裴湛也发了信息过来，只有一条——“刚刚收拾东西，发现出差时买的礼物忘记给你了，有空过来拿”。

路檬退出微信，拨通了他的号码。电话很快就通了，裴湛却迟迟没有讲话，路檬清了清嗓子，软声软气地说：“裴先生，你好。”

裴湛的嗓音依旧清冷：“我这边吵，你等一下。”

没等他起身，路檬就听到电话那头的贺齐光吵嚷着灌路时洲酒。明知道堂嫂是贺齐光的白月光还非请他来，堂哥这种精英中的精英居然也会被醋意冲昏头脑，以这种幼稚的方式宣誓主权，被灌到醉死也活该。

裴湛走出包间，站到路檬之前躲他的露台才说：“裴赫跑了，我找不到他，如果方便的话麻烦你联系一下他，确定他在哪儿就告诉我。”

“他为什么跑？”

“他把二十一弄丢了，我骂了他两句。”

“弄丢了？现在找到了吗？”

“还没，我已经让人四处找了。”

路檬立刻跳下床，急切地说：“我现在去找你，我们一起去找它。”

裴湛有点意外：“我在跟朋友吃饭，这就回去，在我家楼下见。”

路檬套上牛仔裤，拎起羽绒服就出门了，心急如焚间她将车子随意停在路边，站在大厦的门厅外等裴湛。约莫过了五分钟，她就看到了裴湛的银色奔驰。

吃晚饭的时候，她没敢多看，短短几日未见，裴湛的声音虽然如常，眉宇间却有明显的倦意。

“狗狗是怎么丢的？找得怎么样了，有没有消息？”

“还没有。我这几天忙，没空遛它。下午的时候只有它和裴赫在家，它一直闹腾着要出去，裴赫嫌烦，把它关到了电梯间，再去找它的时候它已经不在了。安全楼梯的门开着，应该是它扒开门自己下楼的。”

裴湛的房子是电梯入户，把它丢在电梯间不存在被别人偷走的风险，可它怎么会扒开安全楼梯的门逃走呢……

“你家在六十一楼，每层楼梯都差不多，它胆子这么小，说不定是迷路、躲在哪一层了。我们走楼梯找找它。”

裴湛拉住往楼梯间走的路檬：“一发现它不见了，我和裴赫就走楼梯找过了。后来调出了大厦监控，它确实出去了。”

“那怎么办？”

“我已经让人在附近贴悬赏启事了，外头冷，回家等吧。”

路檬眼眶发热、满心酸涩，时隔四年多，她又一次弄丢了裴路路。她会养狗，是看了《忠犬八公的故事》后心血来潮。那一段时间，她日日缠着路时洲要他买只秋田犬给自己，路时洲受不了她的念叨，只好让隔壁季三帮忙。季三最最不要脸，拿了堂哥两三万，带回了一只非纯种的丑柴犬，忽悠她说是有血统证的秋田。她养了三个多月才发现不对，暴打了季三一顿后，就开始嫌弃裴路路，不但没像裴湛那样精心喂过它，还想过送走它。

如今回想，当年她日日带着它去蹲守裴湛，从学校到裴湛家的那段路走了无数次，和她走散后，裴路路跟着裴湛回家，一直趴在门外，怎么驱赶都不肯走，其实是在等她，它一定是以为只要跟着裴湛就能再见到她。

可是弄丢它的那天，她刚好被裴湛拒绝，之后再没尾随过他。若不是她边走边哭，最后跳上了一辆随手招来的出租车，把它忘在了身后，它根本就不会走丢。它走丢后，她虽然哭了好久，但时间一长也就忘掉了。隔了几年在裴湛家再遇上，若不是它先扑上来，她也不会认出它。

在裴湛诧异的目光中，哭个不停的路檬忽然用手背抹了抹眼泪，她提议道：“我们去公园找找吧？公园离你家这么近，它是认识路的，说不定它自己去公园了。”

虽然觉得没什么用，裴湛还是说了“好”。

公园很大，两人走了两个钟头，居然真的找到了裴路路。找到它的时候，它正窝在卖关东煮的铁皮屋下。已经接近凌晨，关东煮店早就关门了，两旁的路灯昏暗，若不是它“汪”的一声冲过来，裴湛和路檬根本就不会留意到它。

之前每次遛它，路檬都会绕到这间铁皮屋买两串关东煮，这么说，它偷偷溜出门真的是为了找她。出于内疚，路檬越哭越凶，脱下羽绒服裹住在冬夜的寒风中瑟瑟发抖的裴路路，抱起它问：“你是不是饿坏了？我带你去吃东西。”

松了一口气之余，裴湛无语道：“它是下午才丢的，丢前刚刚吃过饭，并不是饿了三天走不动，你不用抱它。”

路檬只当没听到，坚持抱着肥硕大只的裴路路。裴湛本想说“它有毛，不冷”，见路檬哭得伤心，就没讲出口。路檬正往狗头上蹭眼泪鼻涕，身上忽而一暖，回头看向裴湛，刚脱下外套披到路檬身上的裴湛看清她红红的鼻尖，“扑哧”一笑，他伸手去接裴路路：“我来抱。”

怀抱空了的路檬下意识裹紧了身上的衣服，闻到衣领上熟悉的沐浴露香气，她才反应过来这件羽绒服是裴湛的。

是裴湛的衣服呢……路檬心中的酸涩瞬间就消失了，整个世界都在冒粉红泡泡。十几岁的时候，她费了好大工夫才弄清楚裴湛用什么牌子的沐浴露，还存钱买了同款男香，把香水喷在被子和枕头上，每天在充满裴湛的味道的床上打滚，期待可以梦见他。裴湛可真长情，隔了这么多年，居然没换过沐浴露。

她第一次见到裴湛是在初一，那时他高二，午休时无聊，跟着同班的几个女生去高中部看传说中的帅哥。当时裴湛刚成名，学校里注意他的女生很多很多，每天中午都有人跑到他们班围观。那天她和同学没吃午饭，一下课就赶了过去，他们教室里的人不多，她们一眼就看到坐最后一排的裴湛趴在桌子上睡觉，可惜他把整张脸都埋进了胳膊里，害她只看得到桌子下的大长腿。

她和同学挤在后门外张望了片刻，决定吃过午饭再回来看，哪知还没离开，被她们的叽叽喳喳声吵醒的裴湛就站了起来。他一脸烦躁地径直走向她们，看清他脸的那一刹那，路檬的心间绽开了无数朵烟花。她想跟他打个招呼，一时间却忘了该怎么开口说话，努力地平复好情绪，正准备对他笑一笑，他却面无表情地大力甩上了后门。

什么“始于颜值、陷于才华、忠于人品”，她喜欢的就是他的脸、他的气质、他的身材，谁说“颜粉”都是墙头草，为了多看他一眼，她每日上学放学都守在校门口，跟她一起蹲守的“才华粉”和“女友粉”换了一批又一批，只有她风雨无阻地坚持了快两年，直到裴湛高中毕业进了大学。

不再强行压制自己的感情后，转头看到裴湛时，路檬又找回了十年前的雀跃感。无论如何自我催眠，她都无法否认自己爱的始终都是他这一款，只要裴湛的颜不残，她大概还能再粉一百年。

裹着裴湛羽绒服的路檬一路上都在想该找什么借口才能把衣服占为己有，过去，她和欢姐捡到他的美术作业都能兴奋好几天，更何况是裴湛主动给她披上的羽绒服。

路檬这副垂着头不讲话、专心思索如何吞占外套的模样，落在裴湛的眼里却是另一种风景。他遇见过那么多出挑的女人，可没有一个像她这样既安静羞涩，又有掩盖不住的朝气和活力，真是矛盾的存在。再难缠的狗、再叛逆的小孩在她面前都出奇乖顺，她才走了三天，他的家就乱成了一团。

公园很近，一眨眼就回到了公寓楼下，仅穿着一件白色V领薄衫的裴湛放下裴路路，拎着路檬的羽绒服问：“我送你回去，你家在哪儿？”

“不用了，我自己可以回去的。”路檬看向了自己的车。

发现一辆拖车正准备把自己那辆违章停在闹市区主干道的白色路虎拖走，路檬想上前制止，无奈裴湛却在身边。不等裴湛讲话，她就催促道：“裴先生，狗狗肯定吓坏了，外头这么冷，你赶紧带它回家吧。”

裴湛顺着她的目光看到了路边的白色路虎，怔了一下，随即记起这车似乎是路时洲的。他与路时洲交情一般，对这辆车子印象深刻纯粹是因为L1111的车牌号很特别，路时洲说过这是光棍专属。

裴湛给路时洲打了通电话，却是路时洲的妻子接的。听明白原委，简年说："谢谢您，路时洲醉得厉害接不了电话，这辆车是他妹妹在开，手机要没电了，麻烦您帮忙打电话通知她。"

简年兴许是在手忙脚乱地照顾醉到不省人事的路时洲，很快挂断了电话。结束通话后，裴湛收到了一条名片短信——"路檬，1**********。"

裴湛本就不爱管闲事，犹豫着要不要打的时候，见身边的小女孩表情奇怪地盯着自己的手机看，笑着问："怎么了？"

"你要打电话吗？"出门时太匆忙，路檬带的是自己原本的手机，就在她羽绒服的口袋里，裴湛一拨号，电话立马便会响……

"不关我的事。"裴湛看向路檬红红的眼眶，沉吟了一下，问，"已经十二点多了，要么你今晚在我家住？你的房间还在……最近忙，还没顾得上收拾。"

"好呀。"

庆幸没有穿帮之余，路檬眼睁睁地看着自己的车被拖走——不关你的事，可关我的……拖车那么粗暴，剐蹭了重新喷漆要花好多钱的……

两人一狗一进门，裴湛便问："你吃晚饭了吗？"

"吃了泡面。"

正准备煮泡面的裴湛停下了手中的动作："晚饭要好好吃，我叫外卖吧，你想吃什么？"

"这么晚了能点的东西不多，"路檬轻车熟路地去翻冰箱，"有鲍鱼罐头，吃不吃鲍鱼粥？"

"你已经不是我雇的员工了，怎么能让客人动手？"裴湛接过她手中的罐头，打开橱柜找锅和大米煮粥，"你在忙什么？听裴赫说，他给你打了很多次电话，你都没接。"

"老家信号不好。"路檬转移话题道，"你发给我的微信我刚刚才收到，你给的薪水已经很多了，还买什么礼物。"

"等下吃完夜宵拿给你。你之后打算做什么，回Z大上学吗？我问余航，他说不清楚。"

"我休学一年，明年才能回去。不做什么，我哥结婚的彩礼已经凑够了。”

刚说过“吃完夜宵拿给你”的裴湛突然间想到了什么，擦了擦手，走上楼将礼物拿了下来，递给了路檬。路檬打开包装盒，看到了一只胡桃木八音盒，南瓜马车的形状，一拧发条就响起了一段陌生的旋律。

裴湛轻咳了一声：“你不是喜欢古典音乐吗？这段曲子是我弹的，你有空的时候可以过来帮我遛二十一，我按时付薪，也可以教你弹琴。”

可我家司老师弹得比你好……顿了顿，路檬拒绝道：“不用不用，你这么忙。再说我不是喜欢古典音乐，是喜欢司老师。如果你需要的话，我可以住回来做原来的工作。”

裴湛正满心泛酸，听到后一句话，又惊喜不已：“你之前为什么要走？是不是被裴赫气到了？”

“没啊，裴赫挺乖的。前几天是我妈妈叫我回家，我还以为有什么急事，原来是给我相亲，我不太喜欢她介绍的那个人。对了，我还没给裴赫打电话呢！”

难得有独处的机会，裴湛自然不希望表弟回来吵嚷：“不用理他，他经常离家出走，过几天没钱了自己就回来了。”

说完这句，裴湛又踢了一下在自己和路檬脚边来回穿梭的裴路路：“悬赏启事贴出去以后，好多人打电话说捡到了我的狗，想找我当主人的狗多着呢，你再跑一次，我绝不找。”

裴路路委屈不已地朝路檬“呜呜”撒娇，路檬的注意力却全在八音盒上，她收到了裴湛送的八音盒，穿了他的外套，还能喝到他亲手煮的粥，这个晚上真是美妙。

圈子这么小，这一次瞒得住，那下一次呢？两个月后堂哥就要办婚礼了，她不可能再跑，一定会作为“路檬”和裴湛遇上，他会很生气，会不理她吧？没关系，还有两个月的时间，比起过去的自己，现在的她已经足够幸运了。就像欢姐说的，能多待一天也好。

第四章

她的白日梦

隔天清晨，裴湛还没起床，路檬已经在厨房准备早餐了。她蒸了两人份的米饭，晾凉后拿蛋液拌过，用虾仁和咸蛋黄做黄金炒饭。除了炒饭，她还做了海参蒸蛋和清炒茼蒿，汤是最适合干燥阴冷的初冬喝的雪梨姜蜜水。

裴湛没有吃早饭的习惯，下楼时听到路檬询问，随口就说：“不用，我早晨只喝咖啡。”

听到这一句，忙碌了一整个早晨的路檬自然失望。瞥见她脸上的落寞，不明所以的裴湛正想问出了什么事，便看到了餐桌上丰盛的早餐。

“这些是你点的外卖？”

“是我做的。你不吃没关系的，吃不完的我正好当午饭。”

裴湛立刻坐到餐桌前：“我不吃是怕你麻烦。”

他习惯用一杯拿铁解决早餐，昨夜四处找裴路路，只睡了四个钟头，这会儿连吃白煮蛋的胃口都没有。可看清路檬脸上的期待，裴湛还是拿起了筷子，硬着头皮吃起了炒饭。刚吃了一口，他便感受到了来自路檬的注视，抬起头发现对面的小女孩正一瞬不瞬地盯着自己，裴湛顿感不自在，违心赞许道：“很好吃。”

路檬心满意足地邀功道：“我五点多就起来了，如果你吃得惯，以后没有应酬的时候提前说，晚饭我也可以煮的。”

“你每天看着裴赫跟二十一已经很烦了，再煮早晚饭，忙得过来吗？”

裴湛脸上的疑惑令路檬惊觉自己不该表现得太过殷勤，若是被裴湛发现自己的小心思，怕是立马就会被解雇吧？为了赖足这宝贵的最后两个月，切记切记，之前建立的人设不能崩，更不能被他看穿心意。

见片刻前还兴高采烈地盯着自己看的路檬忽然垂头丧气地垂下眼睛吃饭，不明所以的裴湛莫名地想笑，情绪转换这样快，到底是年纪小。

裴湛不习惯一大早就吃油腻的东西，好吃是真好吃，却也是真的食不下咽。怕打击到路檬，他只好忍着胃部的不适一口一口地吃炒饭，好不容易吃完，路檬又把海参蒸蛋推了过来。看到路檬亮晶晶的眼睛，裴湛不由自主地把拒绝的话吞了回去。

路檬的眼距比寻常人略宽，瞳孔大而漆黑，眼白微微泛蓝，笑起来明亮如婴孩，干净又纯真。裴湛时不时地看向她，而垂着头不断往嘴里塞饭的路檬不知道在想什么，隔了好久才察觉到，回望了过来。

裴湛来不及移开眼，四目相对间，他还没想出该说什么缓解尴尬，路檬就先红了脸：“雪梨姜蜜水凉了，我拿去厨房热。”

路檬脸颊上的两片绯红害因为早餐吃太久而迟到签约仪式的裴湛整个上午都心不在焉。仪式结束后，裴湛带着新签下的乐施出去应酬，相较于吕黎的高冷男神人设，裴湛认为邻家女孩的定位更有市场。之所以选择算不上漂亮的乐施，就是因为她恬静有亲和力，毫无攻击性。

长袖善舞的吕黎离开后，乐施的质朴和踏实也是裴湛愿意签下她的重要原因之一。饭桌上的个个都是业内大咖，余航已经暗示过很多次，拘谨的乐施仍是没有起身挨个敬酒，想起第一次带吕黎应酬时，他急于结识贵人的浮躁，裴湛并没为乐施的束手束脚感到生气。

“裴先生，您只喝酒不吃菜胃会受不了的，小米粥对胃好。”

合同细节一直是公司员工在与乐施磨合，从初选、面试到今天正式签约，裴湛这是第四次见乐施。他资助的学生众多，此前对这个人的印象并不深刻。

乐施将小米海参粥递给一贯寡言的他时，紧张到手指泛白。

看到碗中的海参，裴湛又想起了路檬。见他怔着不讲话，乐施更加紧张，红着脸小声叫了句“裴先生”。回过神后，裴湛道了谢，却没碰那碗小米粥。托路檬的福，他的胃一直胀到现在，只怕连晚饭都省下了。

刚想起路檬，他的电话就响了，看到“余柠”两个字，裴湛的嘴角不自觉地弯了弯，立刻起身去外头接电话。

乐施这还是第一次见裴湛笑，裴湛的手机方才就放在桌上，瞥见来电显示上的名字，待裴湛离开后，她好奇地小声问余航：“余柠是裴先生的女朋友吗？”

听到这话，正喝水的余航差点被呛到，他赶紧否认：“当然不是！”

“我联系上裴赫了，他说傍晚就回来。”电话一通，路檬清脆的声音就传了过来，停顿了片刻，她又用低了八度的嗓音语气软糯地说，“裴先生，我等下要回去收拾行李搬过来，我住的地方远，一来一回要很久，我今晚回家住，明早再过来行吗？我可以把狗狗带回去照顾。”

“我下午事情不多，可以送你回去。”

“不用不用，你忙你的。”路檬很快挂断了电话。

倚在栏杆上的裴湛没急着回包间，他摸出一根烟，刚点燃，路檬又发了条微信过来——“裴先生，你下午事情不多，会回家吃饭吗？你吃不吃烤肉？吃的话我收拾好行李就回来准备。”

裴湛笑了笑，回道：“好。真不用我送你？”

没等到路檬回复，他就听到身后有人说：“什么事儿这么高兴？”

裴湛回头看去，是江东。江东既是这间餐厅的老板，又是中学时代一起打架的朋友。裴湛扔了根烟给他：“要是一个女孩看到我就脸红，还主动做饭给我吃，这代表什么？”

“喜欢你呗，不是经常有女孩对着你脸红，哭着喊着求你吃她们做的东西。”

“这个不一样。”

江东点燃烟，吸了一口，笑问：“有什么不一样，你也喜欢她？”

“她是我新请的助理。”

“你助理啊？那八成是想让你给她加工资。”

……

除了裴赫给的手机和裴湛之前送的衣服，路檬没什么东西要搬过来，请半天假是想去处理车子被拖走的事儿，自然不敢劳烦裴湛。

晚上七点刚过，裴湛就推掉饭局回家了。正和路檬站在一起烤肉的裴赫一看到他就收起了笑意，转身要回房间。路檬只顾将刚烤好的肉片吹凉了喂给裴路路，完全没有留意到裴湛进门，听到裴赫说“饱了”，她“喂”了一声，拉住了他：“三少爷，上午你在电话里吵着要吃烤肉，我又买又洗又切准备了一下午，你才吃了两口就饱了？”

裴湛脚步一顿，原来烤肉是为熊孩子准备的。不止他，她也会特地给熊孩子做饭。

裴赫没作声，和裴湛擦身而过时，兄弟俩皆把对方当作空气。

扭头看到裴湛，路檬笑着招呼他：“裴先生，你要吃什么，鱿鱼还是牛里脊？”

“随便。”顿了顿，裴湛试探着问，“做饭很辛苦，我再给你加一份工资吧。”

路檬向来不喜欢虚伪的客套，闻言马上笑着说：“谢谢裴先生。”

“……”

裴湛比裴赫吃得更少，害路檬准备的东西剩下了一大半。她刚收拾好厨房，饿得前胸贴后背的裴赫就走了出来，见表哥罕有地坐在沙发上没上楼，他没进厨房，转而去找裴路路。

弄丢了裴路路之后，裴赫很是内疚，暗暗发誓再也不冲它凶，想着出去吃东西顺便可以遛狗，他便对正准备换衣服的路檬说：“我跟你一起遛二十一。”

“好啊。”

裴赫给裴路路套上牵引绳，正准备出门，突然就被人拉到了一边。

从后头扯开裴赫后，裴湛看也没看他，转而对路檬说："我陪你去。"

路檬既贪舒服又畏冷，若不是被逼无奈，才不愿意顶着寒风缩着脖子出门遛狗。往常冬天的晚上，她习惯点上蜡烛、放着音乐，泡在洒满花瓣的浴缸里敷面膜、喝香槟、看电影，可听到裴湛的这句"我陪你去"，片刻前还在想念家中浴缸的路檬顿时满心欢喜，泡澡敷面膜有什么好，哪比得上和裴湛一起散步。

气温已接近零度，一走出大厦，路檬就戴上了口罩。裴湛将手抄进运动裤口袋里，看向穿龙猫棉衣的裴路路："这是你买的？"

"裴赫买的。"

裴湛本想夸好看，闻言立刻改口道："傻兮兮的。"

"很可爱啊，他还买了兔子造型的，戴上帽子完全看不出是狗狗。他也不是故意弄丢裴路路，你别总对他板着脸。"

裴湛本想说"先黑着脸装陌生人的是他"，又觉得和小女孩争辩太幼稚，便只"嗯"了一声。

刚讲到裴赫，裴赫就给路檬发了条微信："大神，我饿，给我买点吃的，两人份。"

"冰箱里什么都有，你自己拿。"

"我饿死也不吃裴湛家的东西。"

路檬无语地点开了裴赫发来的红包。

瞥见他们的聊天记录，裴湛只觉可笑："一顿不吃算什么，他能坚持三天我才服他。"

"小孩子也是要面子的，你越是态度差，他就越不听话。我哥也经常一本正经地跟我讲大道理，特别烦。我小时候喜欢一个学长，为了追他做了一些傻事，我哥一直骂我没脑子，还对我说再胡闹就告诉我爸妈，让他们管我。我以为他有多了不起，谁知道他遇上喜欢的人后比我还要蠢。周围的朋友全都羡慕我有个好哥哥，其实他对我一点耐心都没有，就只会板着脸教训我，他对他喜欢的人就完全不这样。"

"让你休学赚钱供他结婚，你哥哥确实不怎么样。"

想着过不了多久裴湛就会知道她哥是谁，路檬一阵头痛，转而冲着柴犬喊道："裴路路，不要到处舔。"

又一次听到她叫"裴路路"，裴湛问："你为什么给二十一起这个名字？"

"……"果然，和喜欢的人在一起智商和警惕性都会变低，路檬咬了咬嘴唇，"我以前养过的一条狗叫路路，后来它走丢了，它和二十一很像。"

宠物叫什么名字裴湛并不在意，见没戴手套的路檬指尖冻得通红，他伸手接过了牵引绳，沉声说："裴路路，别跑，慢慢走。"

哪怕路檬一直叫柴犬"裴路路"，乍一听到这三个字从裴湛的嘴巴里说出来，她的心中也升起了一种异样的感觉。裴湛、路檬和裴路路……他们这算不算是一家三口一起散步？

脸颊发烫的路檬怕被裴湛看出端倪，她抢过他手中的牵引绳，带着早就不耐烦慢慢踱步的裴路路一溜烟地跑上了公园门前的台阶。裴湛做不出当街狂奔的举动，一直走到卖关东煮的铁皮屋才追上一人一狗。摘下了口罩的路檬正吃着芝士丸子，见她被烫得直拿手扇风，裴湛笑道："不等变凉就往嘴里放，这个就这么好吃？"

"变凉了芝心就硬了，你肯定不爱吃这些吧？"

"我没吃过。"

又吞下一颗撒尿牛肉丸后，路檬拿起一只新纸杯重新挑了五六串。裴湛没有当街吃东西的习惯，正想说"打包吧"，就见路檬回头一笑："这么点东西肯定不够裴赫吃，回去的时候再买份炒面。"

"……"

铁皮屋东边有个卖星星灯气球的摊子，路檬心情正好，刚想说"每种颜色要一个"，又觉得这行为不符合她节俭的人设，便挑了个最好看的暖黄光气球，问："大爷，这个多少钱？"

"三十。今天太冷了，早卖完我早走，给二十五就行。"

"二十五好贵，十五卖不卖？"

老大爷扯回路檬手中的气球："十五一个，你有多少我要多少。大晚上的我在这儿吹冷风，就是为了倒找你钱？"

路檬还想继续还价，一对情侣走了过来，听到女朋友夸紫光的好看，男朋友问过价钱立马翻出三十块买给了她。

情侣一走，路檬便说：“大爷，人家都是男朋友买给女朋友，我一个单身狗自己买给自己多可怜，十八行不行？”

大爷瞟了眼一看就不是寻常人的裴湛，语气坚定地拒绝道：“不卖。”

话音刚落，裴湛便翻出钱包给了老大爷几张纸币，抓起一把气球塞到路檬手里，牵着裴路路说：“走吧。”

路檬愣在原地傻站了几秒，很快追了上去：“你为什么要买气球给我？”

裴湛回头看向拽着一堆体积比自己大数倍的气球的路檬，星星灯的五彩光影映在她的脸上，稚气又妩媚，不知是不是他看错了，她的眼中除了惊喜，竟还有期盼。

他移开眼睛说：“你不是喜欢吗？”

那我还喜欢你呢，你能不能把自己送给我呀？

心情愉悦的路檬脚步轻快地跟在裴湛身后：“你晚饭吃得不多，要吃夜宵吗？我买给你当回礼。”

“不用。”裴湛低头看向路檬，她长而卷的睫毛上凝满了水珠，忽闪忽闪地不断蛊惑着他，害他问出了让自己都感到诧异的话，“看不出来，你这种性格的人遇上喜欢的男同学也会倒追。”

路檬沉默了好一会儿才说：“我没有倒追。一开始只是暗恋，后来虽然表现得很明显，可只是希望他不讨厌我，允许我继续喜欢他。不以在一起为目的的喜欢，不能算是倒追吧？”

“为什么不想在一起？”

“因为他不可能喜欢我，喜欢他的女生很多很多，我本来就没什么希望，他后来还亲口说最最讨厌的就是我这样的。”

“你干了什么惹他讨厌？”

“为了远远地看他一眼，每天上学放学都等在校门口。吃到好吃的东西，喝到好喝的饮料就买一份送到他的班里去，看到觉得好的电影会买张票夹到他的书里，发现漂亮的地方拍下来洗成照片送给他，”路檬想了一会儿，继续说，“找他哥哥套近乎，跟说他坏话的人吵架。因为他长得太好看，总有嫉妒的男生主动找碴，我就带着狗狗偷偷护送他回家。”

“护送？”

“我打架很厉害的。”

想起裴赫那件事，裴湛笑了笑：“是挺厉害的。他为什么讨厌你？”

“我也不清楚，大概是不喜欢我总在他眼前晃悠吧。可后来我才知道，我晃悠得还是不够多，因为时隔几年再遇到，他已经完全不认识我了。因为他说过最讨厌的就是我，我一直以为在被他拒绝的女孩里自己最出类拔萃呢。”

“有点过分。”

“没什么过分的。我开始特别生气，觉得他欺负人，还想过报复他，可最近又想通了。不管我多喜欢他，他都没有必须记住我的义务，对不对？我被不喜欢的人告白，也会觉得非常讨厌，也会把他们的讨好当困扰，只希望他们离我远远的，根本不会感动。谁稀罕不喜欢的人整天献殷勤。”

裴湛不知被哪句话戳中了，半晌都没讲话。

“裴先生，快九点了，咱们回家吧？”

“嗯。”

回去的路上，本就话少的裴湛再没讲过话。走下公园门前的最后一级台阶，路檬忽而小声说：“其实我哥骂得对，我总是做没头没脑的事。可我也没办法，我也是最近才发现，到现在还喜欢他。”

裴湛没搭话，路檬本以为走在后面的他没听到，哪知回到大厦走进电梯时，他突然问：“你喜欢那个人什么？”

“长得好看。”

裴湛有点意外：“就这个？”

“对啊，”路檬不敢直视他，垂着头说，“我见过很多人，就觉得他最好看。”

裴赫饿坏了，一听到电梯的声音立刻打开了门，他无视表哥，只看路檬："大神，你怎么这么久才回来？"

拽着一堆气球的路檬"啊"了一声，她才想起来忘记给他买炒面了，而那杯关东煮也不知道落在哪儿了。她硬着头皮冲裴赫笑了笑，分了一个闪着七彩灯的气球给他："这个送给你。"

不等裴赫讲话，路檬就逃进了房间。两分钟不到，她便开始后悔，捶了自己一顿后，拨通了倪珈的电话。

"珈珈，救命！我又做蠢事了。"

"和裴湛有关？"

"你怎么会知道的？"

"除了裴湛，还有谁能让你变傻？"

"我刚刚跟他表白了，面对面的！他暂时还不清楚我指的是他，过不了多久他知道我是谁后就会明白过来的，你理解我的意思吗？"

"这都什么跟什么。"

"我今天和他一起遛狗，他给我买了很多气球，还主动问我以前喜欢的人，我脑子一热就说了很多乱七八糟的胡话，直到刚刚才清醒过来，怎么办？现在还能补救吗？"

"裴湛那种性格……他给你买了很多气球，还主动问你以前喜欢的人？"倪珈只觉不可思议，"不会吧，他看上你了？"

"哎？"

"如果这些不是在你做梦的时候发生的，他应该就是看上你了。不过不至于啊，疯的是你又不是他……"

"什么意思？凭什么他非得疯了，才能看上我？"

"就你那乡村非主流的造型，我跟你站一块都嫌丢人，裴湛居然愿意和你一起遛狗，可能他真是疯了。"

"谁是乡村非主流，我早换人设了好不好。你见过我嫂子吧，我是个女的，都能被她激发出保护欲，现在裴湛眼里的我，就是这种温婉、害羞、胆子小的。"

"……"倪珈对路檬的嫂子印象很深。她之所以会跟路檬成为朋友，就是因为曾觊觎过路时洲，可惜路时洲太傲慢，连眼角都没夹过她。倪珈实在想象不出，路檬学她嫂子的语气举止得是什么样的诡异画风。

“珈珈，你快帮我想想该怎么办，我哥的婚礼一结束，我就听我爸妈的，去国外念书行不行？躲个三年五载再回来，裴湛肯定就不记得了。”

“为什么要躲？离开他家后，你们不再有交集，本来也见不到了。何况他那种性格的人，就算知道你是路檬，也未必有兴趣打听‘路檬’以前喜欢的是谁。”

“可我当年‘裴湛裴湛’地满世界嚷嚷，知道我喜欢他的人实在太多了，他随便一问就会有人告诉他。”生无可恋感再次袭来，路檬一时希望裴湛知道自己是谁后不要瞎打听，一时又觉得他真的不当回事自己一定会伤心的。

需要安慰的路檬抱着电话不肯放，倪珈十分无奈。路檬的长相虽然软萌，可其实又酷又跩，十足的男孩性格。路檬做事一贯干脆利索，拿得起放得下，然而一涉及裴湛，立刻哪哪都不正常。

“大佬，你饶了我吧，我还在加班，没空听你的车轱辘话。作为朋友，我给你的唯一忠告就是‘有花堪折直须折，莫待无花空折枝’，明白了吗？”

“不明白，什么意思？”

倪珈用最后一点耐性解释道：“意思就是，反正最后你一定会被拆穿，人设一定会崩，那就趁他还不知道，还愿意给你买气球、听你讲废话，抓住一切机会占便宜。据我所知，裴湛没交过女朋友，初吻都还在。”

裴湛的初吻……光是想一想，路檬就觉得热血沸腾。反正无论她现在怎么补救，到了最后脸都会丢光，不如趁着近水楼台留点回忆。

“我要是扑过去强吻裴湛，他会不会报警？我爷爷最看重家风，几代人的清誉不能毁在我的手里。”

“听说神经病会传染，在你的脑子恢复正常前，千万别再联系我。”听到电话那头路檬的哀号，挂断前，倪珈补充道，“如果你当真有强吻裴湛的能力，想做什么就放心做，裴湛绝不会声张的，就算不给你爸你哥面子，他也要脸。”

怕陷入桃色幻想的自己当真染上神经病，路檬强迫自己把注意力转移到别的地方去。她的房间小，将气球挂满飘窗后还剩很多，又不敢折腾裴湛的客厅，便拿着剩下的气球去敲裴赫的门。

门倒是很快就开了，一贯对她狗腿的裴赫却板着脸挡在门边，没请她进去。路檬怔了怔才记起忘了带夜宵的事儿——裴赫生气了？小屁孩也会闹情绪吗？真可爱。

她甜甜地一笑，温声软语地补救道："这些气球全都送你，你的房间太单调了，我闲着也是闲着，可以帮你装饰房间。"

"不用，气球又不能当饭吃。"

"我去给你煮芝士小火锅，等下你出来吃，我再帮你布置屋子。"

"我不吃。"

"那你想吃什么，我现在就下楼买，行不行？"

裴赫的脸色终于缓和了些许："我换衣服跟你一起去。"

路檬套上羽绒服去牵裴路路的时候，裴湛刚好下楼，他见状自然要问："这么晚了你要去哪儿？"

"陪裴赫去外面吃夜宵，他生气了。你要不要一起去？"

"不去。"

路檬比裴湛矮二十五厘米，不穿高跟鞋的时候她的视线刚好落在他的喉结上，他没扣衬衣的领扣，露在外头的脖子和锁骨非常好看，害片刻前还想入非非的路檬瞬间生出了扑上去咬一口的念头。怕自己做出奇怪的事，路檬赶紧移开视线，带着裴路路钻进裴赫的房间催他快点出来。

见两人一狗有说有笑地出了门，疑心那句"谁稀罕不喜欢的人整天献殷勤"是路檬看出了端倪后在委婉地向自己表明态度的裴湛更觉气闷。他请的这位家教对谁都热络，唯独在他面前拘谨。裴赫的房间她每日进出无数回，可因为二楼是他的领地，她连楼梯都没靠近过。

哪怕这个不满二十岁的小姑娘是他雇来的，他也不愿强人所难，无论她主动说自己有喜欢的人是无心还是有意，他都不该再放任自己多想下去。

于是第二日清晨，再次五点多钟起床准备早餐的路檬叫裴湛吃饭时，他语气冷淡地说了句“谢谢，不饿”，便出了门。

路檬虽然意外，却并没多想，哪知之后的四五天，裴湛又恢复了她刚应聘时早出晚归的状态，再没在家里吃过一顿饭。路檬再不敏感，至此也察觉出了不对，对一个人的喜欢本就是藏不住的，而裴湛又有那么多被追求的经验……他这样故作冷淡、刻意保持距离，一定是看出了她的心思，又暂时找不到更合适的人替他打理家事，所以避而不见吧？

什么“有花堪折直须折”，什么“他看上了自己”，堂哥说得对，好好吃饭好好念书，白日梦不要做，做了也要快快清醒。重回裴湛家的这一周，路檬的情绪从喜到忧，跌宕起伏，好在周末路妈妈主动打电话要带她去看车，才算有了件值得高兴的事。

路檬大学没毕业就缠着爸妈给她买车，可因为她的成绩远远达不到他们的期望，恨铁不成钢的路爸路妈迟迟都没答应。

父母都不是一般忙，路檬又不愿意听唠叨，高中一毕业就搬出去独居了，因此一家三口一起吃饭的机会少之又少。嘴上虽嫌她不争气，路家夫妇却十分宠爱唯一的女儿，因此周末的时候，夫妇俩特地推掉其他事，和女儿一起过难得的家庭日。

路檬不是路时洲那种稳重的性子，路爸爸怕她开太贵的车招摇，又希望她有上进心，便说：“你想要的型号价格太高，我给你买辆低配的，以后赚钱了你想要什么自己换。”

销售殷勤地为路檬介绍车子，邀她坐上去体验。见路檬兴致缺缺，完全没有自己预想中的雀跃，路妈妈问：“不想要低配的？对这车不满意？”

“我不想要卡宴了，给我买奔驰。我喜欢的那款大概两百八十万，你们拿买卡宴的钱帮我付首付，贷款我自己还。”

得不到裴湛的人，拥有一辆和他一模一样的车也好……

路爸路妈齐声骂过她想一出是一出后，坚持订了白色卡宴：“只有这个，爱要不要。”

路檬在心中翻了个白眼，傻子才不要，车一拿到手就卖掉付首付。

从 4S 店出来，路妈妈便对路檬说：“难得你爸爸也在，把顾屿叫来，一起吃晚饭。”

“叫他干吗？”

“让你爸爸见见我帮你选的男朋友。”

路檬随口扯谎道：“他今天有手术。”

路妈妈奇怪地看了女儿一眼：“我早晨才和你赵阿姨通过电话，他今天休息。”

路时洲那晚请吃饭之后，顾屿又给她发过一条短信，因为他莫名其妙地说什么喜不喜欢，她干脆就没回，之后顾屿便再没找过她，因而路檬十分不愿意打这通电话。想着不可能一直跟他假装情侣，她干脆演起了戏：“他今天休息？赵阿姨弄错了吧，我昨天还问过他要不要陪我过来看车，他说今天的手术从早排到晚……他最近很忙的，我找他吃饭，他总说没空，电话打十次只接两次，就连信息都隔很久才回。”

见女儿一脸单纯懵懂，路家夫妇对视了一眼。顿了顿，路妈妈给顾屿打了通电话。来不及阻止的路檬只得期盼顾屿不接电话。哪知才响了三声，电话就通了。

“阿姨，您好。”

“小顾，今天路檬的爸爸正好有空，想请你吃晚饭，你有没有时间？”

听天由命的路檬紧张不已地竖着耳朵偷听，幸而只沉吟了一秒，顾屿便说：“阿姨，不好意思，我刚做完一台很复杂的手术，病人还没醒，我今晚要留在医院值班。”

见妈妈面色不佳地挂断了电话，路檬暗暗松了一口气，继续装傻道：“我就说吧，肯定是赵阿姨弄错了，顾屿怎么会骗我呢？”

哪知话音还没落，路妈妈就拨通了顾屿妈妈的号码。确定顾屿今天确实在家休息、压根没去医院后，自己再嫌弃女儿不上进也绝不允许别人怠慢女儿的路妈妈婉转地数落了顾屿一通。

顾妈妈很是尴尬，当即表示如果自己儿子对不住路檬，她绝饶不了他。路檬听了一阵头痛。吃过晚饭，和父母一分开，她便立刻给顾屿打电话。

电话一通，没等路檬讲话，顾屿就笑着问："卡宴拿到了？"

"真对不住，我没料到我妈会找你妈。你妈给你打电话了吧，晚点我会跟我爸妈解释清楚，告诉他们'分手'不关你的事儿，全是我的问题。"

"多大点事儿，道什么歉。你就往我身上推，说我移情别恋，你什么都不用管，专心表演伤心欲绝就行，我是你妈妈介绍的，她肯定内疚，觉得对不起你，短时间内再也不敢逼你相亲了。"

无论哪个朋友惹事，路檬都习惯将责任往自己身上揽，从没让旁人背过锅，这事本来就是自己为了车主动找顾屿帮忙，怎么能连累他受数落。听到她拒绝，顾屿又说："我还真交了个女朋友，正准备带回家，有没有你的事儿，这顿骂我横竖都挨定了。"

再三道谢后，路檬挂断了电话。

见顾屿放下了手机，他身旁的贺齐光立刻问："路檬打来的？你哪儿来的女朋友？想用激将法惹她吃醋？路檬那脾气，这招没用，我不是跟你说了，你想追她，就得……"

"你把你女朋友借我一下，我带回家演出戏。"

"你真要放弃？那算什么拒绝啊，你的脸皮也太薄了。追女孩就不能要脸，纠缠着纠缠着，她就习惯你的存在了。"

顾屿白了贺齐光一眼："说这么多，你累不累？"

第五章

星星灯闪啊闪

周末晚上一回到裴湛家，路檬就听到裴赫在跟人打电话。

“一个医生证明你都弄不到？你给我想想办法……”

瞥见裴赫一脸烦躁，路檬问：“怎么了？”

“后天我最喜欢的摄影师开摄影展，展期一周，我跟他说好了可以每天过去帮忙，可我哥肯定不同意我连请一周假。我逃学的话，班主任立马就会给他打电话。我想弄伤自己的脚，看着严重其实没事的那种，我哥这么忙，白天又不在家，我是卧床了还是出门了，他根本不会知道，现在万事俱备，就差医生证明了。”

“你还喜欢摄影啊，骨科的医生证明行吗？我可以帮你弄。”

“你去哪儿弄？”

“我有认识的医生，他在全市骨科最好的医院上班。”

“你一个外地来的学生，怎么认识的？”

路檬边给顾屿发微信，边随口说：“我妈妈给我介绍的相亲对象。”

听妈妈说，顾屿被他父母狠狠教训了一顿，路檬很是过意不去。若不是她找人家帮忙演戏，顾屿就不会再联系她，更不会说那些暧昧不清的话，都是成年人，她的反应实在有些小家子气。她本就准备请顾屿吃饭道谢，要张医生证明不过是顺手的事。

收到她的微信，顾屿虽意外，却很快答应了。

隔天一早，顾屿要去外地做手术，便让同事替自己开请假条给路檬。

晚上回家后，裴湛看过裴赫的脚和病历，问："这医生靠不靠谱？骨裂可大可小，治得不好恢复得会很慢，我找个专家，明天上午带你复诊。"

裴赫立刻摆手说："给我看的医生很出名，一般人要等半个月，是大神的相亲对象帮我联系的，他和这个医生是同事。"

裴湛看向路檬："什么相亲对象？"

"就是我妈给我介绍的那个。"

"你不是不喜欢那个人吗？"

接连数日，裴湛都没怎么搭理她，路檬垂下眼睛赌气道："喜不喜欢有什么重要，谁能喜欢谁一辈子。他帮裴赫联系专家看脚踝，我明天晚上要请他吃饭道谢，请半天假。"

打定了主意不再越界的裴湛却想也没想便脱口说："不许去。"

"为什么？"

裴湛和路檬对视了两秒，别开脸不去看她亮晶晶的眼睛，沉默了半晌，才终于找到借口："裴赫的脚不方便，需要人照顾。"

"我没事。"原本躺在沙发上装病弱的裴赫立刻站了起来，步履轻快地单脚在客厅跳了个来回，"让我姐去约会吧，我自己可以照顾自己。"

裴湛冷冷地看了他一眼，慢条斯理地说："一条腿不能动既然对你来说没什么不方便，那你明天就照常去学校吧。"

话音未落，裴赫就倒在了地上，演技浮夸地龇牙咧嘴直喊疼。

裴湛看向路檬："照顾'残疾人'辛苦，他好之前我给你双倍薪水。"

"我不要双倍薪水。其实用不了半天的，我明天不换衣服直接出门，就请六点到八点两个小时的假。"

裴赫帮腔道："王阿姨五点来做晚饭，我让她多留一会儿照顾我。她要是不肯，你就早回来一会儿，我难得卧一次床。"

难怪吃个晚饭要请半天假，原来是准备花一整个下午梳妆打扮……裴湛的语气更加冷硬："我明晚要参加活动，回不来。王阿姨做完饭要去辅导班接孙子，也没空。”

赶在路檬再开口前，裴赫冲她使了个眼色，摸起手机发了条微信给她：“别跟啰唆的中年人一般见识，他明晚又不回来，你想去哪儿去哪儿，我给你放假！”

“对哦，他又不回来。”

裴湛比路檬高太多，两人站得又近，轻而易举地就能看到她的手机屏幕。他皱了下眉，正要讲话，就见路檬撇着嘴气哼哼地回了房间。

路檬这边刚摔过门，裴赫也连声招呼都不打就单脚跳着回房了，裴路路朝裴湛“呜呜”了两声，便头都不回地跑到路檬的房门外，用爪子挠门。路檬将门打开一条缝，把裴路路放了进去。独自站在偌大的客厅中央的裴湛一阵无语，明明是拿他薪水的家教、跟他要零用钱的表弟和靠他养的肥狗——寄宿在他家的这一个二个三个居然敢合起伙来孤立他，真该把他们一齐赶到街上挨饿受冻。

隔天，裴湛一离开，裴赫就出门了，想着表哥会晚归，当日的摄影展结束后，裴赫便没急着回家。哪知才下午五点半，他就收到了路檬的微信：“你在哪儿？你哥回来了！”

“他也太阴险了，专程来查我岗。”

“他进门的时候我把你的房间反锁了，跟他说你在睡觉，他应该待不久，你暂时别回来。”

“千万帮我顶住！”

“我尽量。”

路檬收起手机正要回房，裴湛就叫住了她。路檬本以为他想问裴赫，不想他提都没提裴赫，只说：“你收拾一下，跟我走。”

已经收拾好自己，正准备出门的路檬问：“去哪儿？”

“余航请假了，晚上有个慈善晚会，你陪我去。”

“我去能干吗？”

“做我让你做的事。”

只有穿超高跟、晚礼服、需要补妆的女人才会带着助理参加晚宴，然而他找不出别的理由把这位意图溜出门约会的助理带在身边看管。

担心人设崩塌的路檬无法拒绝他，只好低眉顺眼地说："等一下，我回房换衣服。"

听到这句话，莫名烦闷了一天一夜的裴湛稍稍好过了一点。然而十分钟后，走出房间的路檬却擦掉了淡妆，将原本散在肩上的长发束成马尾，把大衣、高跟鞋换成了短款羽绒服、牛仔裤和运动鞋，乍看之下，俨然是一个出门上补习班的高中生。

跟相亲对象随便吃顿饭也要请假精心装扮，陪自己出席正式场合却连唇膏都不擦，裴湛皱眉道："你就准备这样去？"

"不可以吗？"

虽然她一贯不喜欢这种场合，但也陪堂哥去过几次，女明星们的助理都是这种打扮——牛仔裤、运动鞋，再背个硕大的双肩包，以便随叫随到替主子们补妆、送水、抱外套。她还准备了黑框眼镜和大口罩，万一遇上熟人就戴上。美人成群的地方，应该不会有人留意不起眼的她。

"走吧。"

兴许是等下要喝酒，裴湛叫了司机，没自己开车。作为助理，路檬哪敢和主子同坐，车子一到就自觉地拉开了副驾驶的门。裴湛打开后座的门，本想招呼路檬先上，见状只好自己坐进后排。

裴湛吩咐司机把车开到女装店，又让路檬跟自己下车。路檬一脸不解："你要给我买衣服？"

"嗯。"

"……"她身上的羽绒服七千块，比他买的那些还贵呢，哪里丢他脸了。

路檬看也没看花样繁复的裙子，直接拿了条烟灰色的羊绒连体裤，又选了双平底短靴，回头看向裴湛："可以吗？"

"为什么不选裙子？"

"我要跑腿，穿裙子不方便。"

"你要跑什么腿？"

"不需要我跑腿，你为什么带我去？"

“你跟在我旁边就好了。”

路檬坚持要穿裤装，试过后也挺好看，裴湛便没勉强她，又带她去旁边的商场化了个妆。路檬化妆的工夫，裴湛在旁边的珠宝店给她选了枚蜜蜂形状的钻石胸针。接过胸针后，路檬一头雾水，不要跑腿、跟在他旁边，还让她化妆换衣服，难道他缺的不是助理是女伴？

车子开进办晚宴的私人庄园，路檬才明白自己想多了，裴湛今晚的女伴是他新签下的乐施。从昨晚烦恼到现在的裴湛也是到了地方才记起乐施，为了替她增加曝光度，今晚他要带她合奏。

“裴先生，您好。”见到跟着裴湛下车的路檬，乐施一怔。

裴湛的目光全在路檬身上，见她拎着双肩包，才想到忘了替她买包，对路檬说过“把包留在车里后”，他随口问乐施：“等很久了？”

盛装打扮的乐施笑着说：“我有点紧张，四点钟就准备好了，公司的车五点半才去接我。”

“不用紧张。”

入场前有签名拍照环节，裴湛本应带着乐施一起，他的手机忽然进了通电话，便让乐施先去。裴湛一走，临近入场的乐施便冲路檬莞尔一笑，软声软气地问：“你就是裴先生的助理余柠吧？你可真漂亮。”

路檬回了个微笑。

“我是一个人来的，能不能麻烦你帮忙拿一下外套和包？”

“哦，好的。”

“太谢谢啦。”乐施脱下身上的大衣，从背包中拿出手包，把杂物交给路檬后，便拎起长裙、拿着手包走向了签名墙。

路檬抱着乐施的大衣和背包想，怪不得裴湛要自己同来，原来他新签的这位还没找到助理，她就说嘛，哪有男人参加晚宴还带丫鬟的。

路檬性格大方，倒不介意给谁抱衣服看包，很快就走到了助理们该待的角落。只是她穿着上万块的连体裤，还化着妆，抱着乐施的东西站在助理堆里很是格格不入。她担心遇到熟人，便把乐施的包和大衣放到椅子上，戴上了眼镜和口罩。哪知不但没能泯然于众，还惹得来往的人纷纷看向她。

正犹豫着要不要去裴湛的车里换回羽绒服、牛仔裤、运动鞋，晚宴就开始了。隔着宴会厅的门，路檬见到很少与人合奏的裴湛带着乐施一起上台演奏，不知怎么的，就有些委屈。

她摘下口罩和眼镜，抱着乐施的衣服包包走出了别墅，找到载乐施过来的那辆车子，把东西放了进去。回到裴湛的车里换过衣服，路檬就背上自己的包离开了。

庄园建在郊区的海边，附近人烟稀少，用手机软件也打不到车，路檬只好打开导航，步行去找最近的地铁站。

刚走了五分钟，一辆银色的奔驰就停在了路檬的身边，司裴降下车窗，问："天都黑了，你怎么一个人在这儿散步？"

路檬这才发现司裴的车子和裴湛的不仅是同款，还同色……

路檬把导航拿给他看："我找地铁站。"

"地铁站在三公里外，上来，我送你过去再回来。"

听说司裴也要参加今天的晚宴，路檬直庆幸自己溜得快。刚坐进副驾驶，路檬的手机便响了，是裴湛打来的，怕被司裴发现，她直接关上了手机。

司裴边开车边问："你最近在做什么？"

为什么每次见面，司老师都会问这句话，路檬支吾了一会儿，说："没在做什么啊。"

"你有多久没练过琴了？"

"很久了。"

"从现在开始每天练六个小时，还能捡起来吗？"

"听我哥说你之前想把我介绍给裴湛，谢谢了，我其实……"

"不需要他，如果你愿意下功夫，我来带你。"

"哎？"

"离新年音乐会还有一个多月，你肯定是赶不上了，明年春节后我要开始两个月的巡演，你想不想做表演嘉宾？"

"可是我……"路檬忽而明白过来此刻的自己为何满心委屈

哪怕有司老师的推荐，裴湛也拒绝签她，还让她给他签的人当助理。

“我试试吧，争取不丢您的脸。”

司裴将路檬放到地铁站。跟他道过再见，路檬打开了原本的手机。傍晚时，她发了条爽约的短信给顾屿，顾屿兴许是在忙，刚刚才回：“我正好也加班，下次约。”

因为不想现在就回裴湛家，路檬打了通电话过去：“我这边结束了，你什么时候下班，请你吃夜宵也行。”

“不用等夜宵，我还有半个钟头就下班，还没吃晚饭。”

走出地铁站，过一条马路就是医院。路檬在门诊大楼前等了一刻钟，却没等到顾屿，她接连打了三通电话过去，都无人接听，只好去骨科住院部找他。

前一天才过来取过请假条，方向感一级棒的路檬轻车熟路地找到了顾屿所在的科室。她问过护士才知道，顾屿的一个病人肾脏、膀胱突然渗血，眼下他正和其他科室的专家会诊，全力找寻出血点。

知道这检查一时半会儿结束不了，路檬便走出住院部，去附近的餐厅买夜宵。听最爱管闲事的贺齐光说，顾屿口中“新交的女朋友”其实是他的女朋友，路檬更觉过意不去。顾屿这么说，除了替她圆谎，大概也是为了化解之前暧昧的尴尬，她自然不会揭穿。

为了表示感谢，路檬在一间以贵出名的餐厅打包了八人份的夜宵给顾屿和他同科室的医生护士。她带着夜宵回到住院部时，顾屿刚好从手术室出来。

兴许是倦了，顾屿径直走过路檬的身边，全然没发现她冲自己招手。拎着大包小包的路檬只好出声叫住他：“顾医生。”

听到她的声音，顾屿一怔，顿了顿才看清身后这位扎马尾的高中生是路檬。

“辛苦辛苦，请你和你同事吃夜宵。”

顾屿接过她手中的塑料袋，笑道：“真失望，还以为等下能和你享用烛光晚餐。”

“我倒是想，就是怕你女朋友知道后，要罚你跪键盘。”

顾屿笑了笑，把海胆饭和杏仁燕窝汤分给同事。副主任接过打包盒，问：“出血点找到没有？”

有洁癖的顾屿边洗手换衣服边说：“找到了，问题不在肾脏和膀胱，出血点是尿道被导尿管戳伤造成的。”

兴许是觉得这话会影响到路檬的胃口，说完之后，顾屿侧头看了她一眼，见面前摆着两份饭的她吃得正香，他不由得弯了弯嘴角。

顺着他的目光看到路檬，副主任问：“这孩子是谁？”

“我侄女。”

女儿刚升高中的副主任随口问路檬：“小姑娘你几年级了？”

路檬咽下嘴里的饭，答道：“高二。”

“学习挺紧张吧？都九点半了，你怎么还不回家？”

饿透了的路檬一口气喝掉了半碗燕窝汤：“期中考试没考好，怕被我爸妈知道，过来求顾叔叔帮我开家长会。”

副主任真信了，苦口婆心地劝她上进，又警告顾屿千万别帮这个忙。忙了一天的顾屿反而胃口缺缺，他只喝了几口汤，就把一口没动的饭推到了路檬面前：“你正是长身体的时候，多吃点。”

路檬摆手说不吃：“我已经吃掉两碗了，再吃就要去门诊部挂急诊了。”

顾屿“扑哧”一笑：“放心吃，撑着我给你治。”

听到这话，还差一口没饱的路檬当真吃掉了他碗里的海胆。

顾屿将路檬送到裴湛家楼下时，已经接近十一点了。道过再见后，路檬背上双肩包，走下了车子。才走出十几米，她就看到一脸冷峻地牵着裴路路等在大门外的裴湛。委屈感消失后，连声招呼都没打就直接翘班的路檬很是心虚，她装傻道：“裴先生，这么晚了，你还出来遛狗啊？”

裴湛不作声，只一瞬不瞬地盯着她看。路檬被他盯得浑身不自在，只好蹲下摸了摸不断朝她摇尾巴的裴路路，笑着说：“外面这么冷，要不你回家吧，我去遛它。”

裴湛仍旧不说话，路檬又站起身说：“如果不需要我遛狗，我就上楼了？”

刚迈出一步，她就听到裴湛说：“我不是要遛狗，是在等你。”

“等我干什么？风这么大，你要是有事找我，可以给我打电话啊。”

“你没开机。”

“可能……没电了。”

“送你回来的是谁？”

“是我的相亲对象啊，就是帮裴赫找专家的那个医生。”

刚刚送她回来的那辆豪车裴湛认得：“你上次说，他是个年纪大了找不到女朋友的叔叔，让你冒充他的女朋友，参加他爷爷的寿宴。”

“……”这人工作这么忙，为什么记性那么好？路檬清了清嗓子，理直气壮地说，“是啊，就是那个医生叔叔，他妈妈和我妈妈是好朋友，想撮合我们来着。”

“是吗？”

裴湛的态度越来越差，质疑的意味非常明显。路檬终于恼了，扬起脸问：“你认为我在撒谎？你觉得我和我的家人不可能有机会结识精英，还是我配不上开豪车的医生？”

望着这张让他心动的脸，裴湛的语气不由得软了下来：“你知道我不是这个意思，我对你没有任何偏见，是他配不上你。”

作为下属，自己有错在先，裴湛的态度一缓和，路檬自然也凶不起来，便只垂下头嘀咕了一句“你又不认识人家，怎么知道配不配得上”，见裴湛听了直皱眉，她又说：“裴先生，你为什么这么关心我的私事啊？”

“你说为什么。”

“我不知道。”

“就你今天的行为，不该主动对我说点什么吗？”

哪怕委屈不甘，从裴湛和乐施的角度看，自己就是一个连最简单的工作也没用心完成的助理，顿了顿，路檬主动认错道：“裴先生，对不起。”

“你错在哪儿了？”

“我不该不问问你就直接离开。”

“和那个医生叔叔吃饭就那么重要，值得你擅离职守？你知不知道你一句话不说、关上手机就走，我在别墅附近找了你多久？要不是司机告诉我你换上衣服走了，我差点就报警调监控了。”

“你是替乐小姐找我吗？”

“什么意思？”

“她的包和大衣都在我这里，别墅离停车场虽然远了点，但我以为你在她旁边会借外套给她，她也不至于着凉。”

“你说的都是什么？”

委屈之余，路檬的心中还存着一丝小小的希望，听到这句话，她继续装傻道：“我说我知道错了，应该好好照顾乐小姐，不该扔下她的东西擅自离开。”

“谁让你照顾她了？”

那点小小的希望蓦然放大，路檬压制住喜悦说：“不然你让我过去干什么，你又没有包和外套让我拿，也不需要补妆。”

“我是让你跟着我，让你管别人的闲事了吗？二十岁出头的新人，又不是没手没脚，摆什么谱让人伺候。”

其实乐施的态度挺好，当时急着进场，东西也确实没人拿……自觉有些对不住她，路檬补救道：“乐小姐没摆谱，反正我闲着也是闲着。裴先生，我真的错了，你别凶了行吗，我害怕。”

“下不为例。以后你只要按我说的做，不要再管闲事。”

路檬瞪大眼睛重重地点了点头，弯起嘴角笑着问：“也不管裴赫和狗狗吗？”

破例说了一大堆的裴湛不满地看了她一眼，见路檬吓得缩脖子，他忍着笑把脸别到了一边。

“外面好冷，我们回家吧。”

“我没吃晚饭，吃了饭再回去。”

两人都累了，便就近找了间面馆，见裴湛要了一碗鸡汤面、一碗牛肉面，还让老板每碗加两个荷包蛋、两只海参，路檬好心劝道：“你的饭量也不大，从中午饿到现在，一下子吃这么多胃会疼的。”

“有一碗是你的。”

“裴先生，谢谢你，我晚饭吃了很多，到现在还撑着呢。”

路檬不知道自己说错了什么，只见裴湛的脸再次冷了下来：“你为了请别人吃饭不打招呼就走，我却为了找你饿到现在。”

芝麻大的事说到现在，她粉的爱豆是唐僧吗？幸好她爱的只是他的脸，不然拖着她啰嗦这么久，她非得粉转路人黑不可。怕多说多错，路檬只好撇着嘴垂下眼睛扮委屈。

这个时间客人不多，老板亲自把先煮好的鸡汤面端了上来，声称饿了十几个小时的裴湛却没急着吃，而是把面碗推到了路檬面前：“吃吧。”

“不用了，你吃吧。”

裴湛把面碗拉回了自己面前，慢条斯理地挑起了一根面：“等下的牛肉面给你吃。”

“你真的不用跟我客气，我再吃就要进医院看急诊了。”

“进什么医院，打电话叫医生叔叔来给你看。”

“他也是这样说的。”

见裴湛再次黑着脸看向自己，路檬有点傻，她爱豆的表情为什么、为什么像是在吃醋？

没等她想明白，手机就响了。眼下路檬满脑子都是裴湛，一时大意，就把自己原来的手机掏了出来。她的手机和裴赫送的同款不同色，反应过来后，顿时吓出了一身冷汗，立刻塞回了口袋。

这个举动在裴湛看来却有另一层意思：“医生叔叔打来的？为什么我打是关机，他打就能通？”

路檬无言以对，只好低头吃面。

裴湛正要再讲话，他的手机便响了，是乐施打来的。电话接通后，乐施带着些许哭腔的声音就传了过来：“裴先生，我有点事想跟您说，您现在方便和我见个面吗？”

“有事直接在电话里说。”

电话那头的人沉默了片刻，又说：“我可能要辜负您的栽培了，我想解约。”

裴湛怔了一下，随即说："可以。"

"其实我真的很珍惜这个机会，可是……"听到越来越大的抽泣声，裴湛说："你冷静一下，明天到公司谈。"

"我不能去公司，您在家吗？我只需要五分钟。"

裴湛不习惯占用私人时间谈公事，再次拒绝了。见他放下了电话，原本还心怀内疚的路檬对乐施的印象莫名微妙起来，出于好奇，她立刻怂恿裴湛把乐施请到家里来："是乐小姐吗？她哭得好伤心，肯定是出什么事了吧？你态度这么冷淡，她万一想不开怎么办啊？"

"别管闲事。"

见路檬噘嘴，裴湛笑着问："你不会是想支开我接医生叔叔的电话吧。"

"我就是觉得她哭得有点可怜。你真的不要见见她吗？"

裴湛沉吟了片刻："你这么关心她，跟我一起去，我不喜欢陌生人到我家。"

从面馆出来，裴湛给乐施打了通电话，约她在酒店的咖啡厅见面。酒店和裴湛的公寓在一栋楼，裴湛给路檬要了杯甜牛奶，自己送裴路路回家。刚牵着裴路路走出去几步，裴湛就回头看向路檬："我把它送上楼就下来，你待在这儿别乱跑。"

深更半夜的，她又困又倦能往哪儿跑……裴湛这话说得莫名其妙，她满心的小窃喜更是来得莫名其妙。裴湛还没回来，乐施就先到了，这么说，方才通电话的时候她就在附近。

见到路檬，眼圈微红的乐施脚步一顿，神色微怔。见乐施仍穿着上台演奏时的那条长裙，半个后背都露在外头，路檬问："乐小姐，你的大衣我放到车子的后座了，你没看到吗？"

乐施不答反问："这么晚了，你怎么还没回家啊？"

"我就住裴先生家。"

乐施很是意外，却没再多问。两人相顾无言地坐了片刻，裴湛就回来了。没等他落座，乐施的眼泪就流了下来。

“出什么事了？”

乐施哭出了声，却迟迟没说缘由。坐在她对面的裴湛也没催问，他侧头看身旁的路檬捧着杯子小口小口地喝牛奶，她涂着粉橙色的唇膏，牛奶在嘴唇上方晕了一圈白胡子，害他竟生出了吻上去的欲望。见原本专注地盯着乐施看的路檬忽然望向自己，裴湛立刻别开了脸，余光瞥见她打哈欠，他抬手看了眼表，还有一刻钟就凌晨一点了。

从裴湛表情冷淡的脸上看出不耐烦，乐施终于开口了：“裴先生，真对不起，耽误您和余小姐这么久，我实在是羞于启齿……”

裴湛又看了一次表：“等你平静下来再打给我。”

顿了顿，乐施抽泣着讲述了慈善晚会结束后的遭遇，原来跟她同车离开的公司高层用半强迫的语气示意她跟他去酒店，她婉言拒绝后，对方让司机停车，把她丢在了路上。

所以乐施泣不成声地大半夜不回家，是因为职场性骚扰？路檬更觉微妙。

“我知道了，明天会处理这件事。”

“裴先生，我很害怕。”

“你做好自己的事，不用多想。”

“我会不会让你为难？”

“不会。时间不早了，早点回去休息吧。”

望着乐施那张泫然欲泣的脸，路檬在心中翻了个白眼。乐施笑起来有两个梨窝，气质柔和恬静，但算不上多么漂亮。论外貌，乐施完全不能和堂嫂相提并论。简年因工作性质时常能接触到名流，因为长相太出众，她不止一次地遇到有点权财的男人的骚扰。

简年如此温婉，遇上这种事，也只是放弃晋升机会，冷脸拒绝。害怕是一定的，但绝不会在冬天的深夜，穿着单薄的裙子，哭哭啼啼地找男领导求助。

说什么想解约，真准备解约的话她就不会来找裴湛。机会难遇，舍不得放弃也在情理之中。可真正要强、有自尊心的女孩不会做出这样的举动。求助裴湛没问题，但不想放弃好机会也不愿意被潜规则完全可以直接说，欲迎还拒地讲什么“我可能要辜负您的栽培了”，到底存着什么别的心思？

已经是这个时间，出于礼貌，路檬自然要和裴湛一起送乐施去大厦外等出租车。深夜的CBD依旧人来车往，然而在街头等了三分钟，竟没见到一辆空车。气温接近零度，穿着短羽绒的路檬都嫌冷，露着半个后背的乐施更是冻得嘴唇发白、直咳嗽。虽感到不屑，可男友力MAX的路檬向来习惯照顾身边的娇弱女孩，瞟了裴湛数次，见他完全没有借衣服给佳人的自觉，路檬只好硬着头皮把自己的羽绒服脱给乐施穿。

除了羽绒服，路檬就只穿了一件薄衬衣，本以为要陪柔弱的小白兔一起迎风咳嗽，哪知还没感觉到冷，裴湛就把自己的外套罩在了她的身上。直到乐施披着她的羽绒服坐上出租车离开，路檬快得过分的心跳也没平复下来。裴湛为什么总做一些奇怪的举动害她自作多情？

“走吧。”除了外套，裴湛同样只穿了一件衬衣，自然不想在外头多待。

路檬亦步亦趋地跟在他后头进了电梯，没话找话地问：“你打算怎么处理乐小姐的事？”

裴赫不答反问：“你为什么这么关心她？”

“心疼啊。乐小姐这么柔弱，宁可放弃成名的机会，可真是高洁。”

裴湛没有听出路檬话里的揶揄，问道：“如果是你，你会放弃工作机会，还是接受潜规则？”

“那得看想潜规则我的是谁。”

“如果是我呢？”这句话脱口而出后，裴湛立马就后悔了。

不料路檬竟仰起头，眼睛亮晶晶地望着他说：“如果是你的话，当然可以啦。”

见裴湛怔住了，路檬支支吾吾了一会儿，笑道：“只听说过为了钱和名献身的，哪有傻子为了保住照顾狗和孩子的工作委身于雇主。”

“如果不是家教，是我女朋友呢？”

听到“女朋友”三个字，路檬立马傻了，她脑子一抽，问：“当你女朋友有工资吗？”

“……你想要多少？”

路檬想了一下，她似乎什么都不缺，也没什么特别想要的，哦，她有。

“我想要你的车，就那辆银色的奔驰。”

发现裴湛的嘴角僵了僵，路檬后悔得只想撞死在电梯门上，她的人设是单纯的软妹子，不是拜金女……

她不止不拜金，如果裴湛愿意把他的初吻献给她，她愿意把名下的房车都卖了倒找他钱。

路檬想不出该怎么补救，正想说“我是开玩笑的”，就听到裴湛干咳了一声，说：“我那辆4S店应该没有现车，预订的话大概要等三个月。”

“哎？”

听到这句，路檬的脑子完全当机了，不假思索地说：“我想要粉红色的，可以吗？”

“当然可以。”裴湛大概真的冻坏了，又咳了一声，问，“要不要给你配司机？”

“不用，我开车很厉害的。”

“你开车很厉害？”

“要不是我爸妈反对，我就去当车手了，我摩托骑得也很好。”路檬刚想把手机里她穿赛车服的照片翻出来给裴湛看，又觉得不对，赶紧学着他咳嗽了一声，“我开玩笑的。”

裴湛也觉得她是乱说的：“如果你想自己开，我那辆商务车不太适合，有空可以带你看看别的。”

“我就想要和你一样的。”

“那我明天一早就让余航去付定金。”

“什么定金？”

“你不是要我的车？”

裴湛要给她买车……他们到底在聊什么？为什么要给她买车？哦，是她先要的。她为什么会要车来着？对了，是他先问她想要多少工资，他女朋友的工资。这一定是梦，好不容易梦到裴湛出钱请她做女朋友，而不是让她滚远点，是不是该抓住机会占点便宜？

下一秒，路檬就抓住了裴湛的左手尾指。裴湛一时间没反应过来，低头看向她。虽然裴湛的外套在她身上，可电梯里有暖气啊，他的手为什么会这样冷？从五十五层到六十一层，垂着眼睛的路檬都在思考这个问题，直到抬起头才发现裴湛正盯着自己看。

路檬脸上一红，低下头避开裴湛的目光说："这是我的定金。"

电梯门"叮"的一声打开了，走出电梯时，裴湛忽而握住了她的手。哎，裴湛的手这么凉，为什么掌心还有汗？

恢复正常作息的裴赫一早就睡下了，客厅里只留了一盏地灯。进门后，裴湛打开顶灯，问向路檬："要不要喝点什么？"

"不用，我刚喝过牛奶，很撑。"

裴湛想不出该说什么，又不想立刻回房，相顾无言地站了片刻后，路檬抽出了自己的手，冲他笑了笑："裴先生，我回房睡觉了。"

"……晚安。"

路檬刚走到自己房间的门边，又听到他说："叫我裴湛就行。"

路檬"哦"了一声，回过头冲他挥了挥爪子："裴湛，晚安。"

一关上房门，路檬就瘫坐在了地上。她抬起被裴湛牵过的那只手看了一会儿，手脚并用地爬到床上，翻出手机给倪珈打了通电话。电话不通，她只好把手机扔到一边睡觉，明明又困又倦却偏偏睡不着，只躺了三五分钟就再次摸起手机给倪珈打电话，这一次她打的是座机，倪珈终于接了。

"深更半夜的你干什么！"这个时间被刺耳的电话铃吵醒，倪珈的语气自然恶劣。

"对不起，可是我有很重要很重要的事情要问你。"

"什么事？"

"我们现在是在梦里，还是在现实中？"

"……路大小姐。"

"哎？"

"我记得我跟你讲过，神经病痊愈前不要联系我。"

"刚刚发生了一件特别不可思议的事儿，我不敢相信，才找你确认的。"

“如果你是在梦里给我打的电话，那么和你通话的我，也一样是梦中的人物，说的话哪有可信度？”

倪珈这话说得太绕，眼下满脑子都是裴湛的路檬自然听不明白，路檬便直奔主题地说:“我和裴湛现在是男女朋友关系，刚刚我们还牵了手。你信不信？”

“男女朋友关系？你终于等到裴湛破产了？”

十几岁的时候，路檬天天幻想裴家破产后，高冷的裴湛为了替父还债，迫不得已委身于她，从此只帅给她一个人看。

“裴湛求着我做他的女朋友，还答应给我买一辆和他一模一样的车。”

“这个电话我一定是在梦里接的。”

没从好友处得到证实，路檬又想起了《盗梦空间》的情节，四处翻找了一通后，终于找到了一只陀螺，还没转，裴赫送的那部手机就响了。

一按下接听，裴湛冷冷清清的声音就传了过来：“你怎么还没睡？”

“你怎么知道我没睡？”

“你的房间一直乒乒乓乓，隔着楼板都能听到。我也还没睡，一起看电影？”

“好啊。”

不过半分钟，裴湛就敲响了路檬的房门。打开门的瞬间，路檬忽然想起自己衣衫不整、头发凌乱，没等裴湛进来，就“砰”的一声关上了门。

“等一下下。”

“……”

路檬走出去的时候，裴湛已经不在门外了，她扫视了一圈，才看到穿白运动裤、烟灰开衫的裴湛抄着口袋立在酒柜前。从上到下环视一圈也没找到适合女孩子喝的起泡酒，裴湛便随意开了瓶红酒，又走到厨房，从冰箱中翻了杯酸奶给路檬。

“你想看什么电影？”

“你有没有看过《重庆森林》？”

“听说过，没看过。”裴湛对文艺片兴致缺缺，为了照顾路檬，立刻打开电视机找片源。

哪知片头还未放完，裴赫就打着哈欠走出了卧室："大半夜的，你们俩为什么不睡觉？"

路檬一阵心虚，抢先答道："我失眠。"

"你们回来得这么晚，还一直闹出动静，害我被吵醒了好几回。"瞥见表哥不悦的眼神，睡意昏沉的裴赫立刻想起自己应该装残废，他单脚跳到沙发前，坐到路檬旁边，"大神，我口渴，麻烦帮我倒杯水。"

路檬刚要起身，裴湛就拉住她的胳膊，问裴赫："你没手没脚？"

"我这不是残了吗？是你说的，让大神最近多照顾照顾我。"

"你用一只脚跳得比她跑起来还快，要喝水自己倒。"

裴赫边小声骂着裴湛"变态"，边起身跳到厨房，倒水时故意只问路檬："姐，酸奶那么凉，你要不要喝杯热水暖暖胃？"

路檬正想说"不要"，裴湛就拉起她的手，低声耳语道："去我房间。"

不知是同样不想被裴赫看出两人关系的变化，还是怕路檬回过神后会拒绝，裴湛的步速远比平时快。路檬一路跟得太辛苦，走到楼上时才发现脚上的拖鞋不见了。

住过来这么久，这房子的二楼路檬还是第一次上来。二楼有三个房间和一个小客厅，全都是裴湛在用。除了书房和卧室，还有一个半透明的衣帽间，小客厅不大，只有四五十平方米，落地窗前摆着一台跑步机、一个椭圆机，另一边放着一张双人沙发。

见路檬抱着酸奶坐到了小客厅的沙发上，裴湛问："你在那儿干吗？到我卧室来。"

裴湛的卧室……这机会太难得，路檬顾不上装矜持，快步走了过去。

站到光线明亮的地方，裴湛才发现路檬赤着脚，楼上只有一双拖鞋，就在他的脚上。室温虽然高，木地板却着实凉，裴湛指了一下自己的床，对路檬说："你先坐，我下楼替你拿拖鞋。"

控制不住胡思乱想的路檬迫不及待地要去楼下的卫生间浇浇凉水冷静一下，便放下酸奶，跳到床下："不用麻烦，我自己去拿。"

不等裴湛说话，她便光着脚一溜烟地跑了出去，不过十几秒，她又退了回来："还是你去吧，裴赫还坐在沙发上。"

裴湛的嘴角弯了弯，嘴上说"你怕他干什么"，却很快下了楼。

路檬第一次发现自己不仅会紧张害羞，还是过去最最鄙视的有贼心没贼胆的那种人。誓夺裴湛初吻的口号喊了无数次，当真有了机会，她唯一的念头竟然是逃回自己的房间。眼下她不用装，看起来也一定又呆又傻，真是丢脸丢到了家。

裴湛拎着路檬的拖鞋走回来的时候，她正坐在床边喝酸奶。瞥见她嘴唇上的白胡子，弯下腰把拖鞋放到她的脚边后，裴湛伸出手想替她擦干净，不料为了躲开他的手，路檬的反应竟大到整个人仰躺了下去。

裴湛的手在空中悬了片刻，转而抓住路檬的胳膊，把她拽了起来。垂着头的路檬用余光瞥见裴湛脸上遮掩不住的笑意，开始希望眼前的一切真的是个梦。

裴湛打开投影，重新放了方才那部电影。只看了五分钟，决定结束丢脸，清醒一下来年再战的路檬就打了两个大大的哈欠："我想睡觉，你帮我看看裴赫还在不在客厅？"

裴湛走到楼梯边，望了眼空空如也的客厅，顿了顿才说："他还在。"

路檬只好继续坐在裴湛的房间里看电影，快进到王菲趁梁朝伟不在，偷偷潜入他的家，在他的床上来回翻滚时，路檬问："喜欢你的女孩一定很多吧？"

裴湛咽下含在口中的酒，说："没统计过。"

"要是喜欢你的女孩中，有一个偷偷潜入你家，还在你的床上打滚，你发现后会怎么处理？"

"没有这种可能。"

"如果有呢？"

"报警。"

裴赫到底什么时候离开客厅……她想回房，不，她要回家。

片子放完后，路檬当真困到睁不开眼，打着哈欠问裴湛："裴赫还在客厅吗？"

裴湛看也没看就说："在的。你就在这儿睡吧，等他走了我叫你。"

眼皮打架的路檬完全失去了思考能力，毫不质疑这句话的真假，强撑了片刻后，终于歪倒在了床上。

再醒来时，顶灯已经关了，晨曦从厚重的窗帘缝中漏进来，除此之外，唯一的光源就是床尾那盏昏暗的地灯。在一片寂静黑暗中瞥见睡在二十厘米外的裴湛，路檬傻了半晌才回忆起昨晚的种种——裴湛请她当女朋友、邀她一起看电影、嫌裴赫碍眼把她带到自己的房间，还说会报警……

万一他真的报警，自己什么都没做就被抓走，岂不是亏大发了？那句话怎么说的来着，哦，有花堪折直须折。

还没做好心理建设，路檬就不由自主地凑了过去。嗷嗷嗷，裴湛的额头、眉毛、眼睛、鼻子、嘴巴全都那么好看，她应该选哪里亲下去？身高差所致，她对他的脖子和锁骨最熟悉，最想一口啃上去。

可是只有亲到嘴巴才能算是得到了初吻吧？那就嘴巴好了。

路檬心一横，正准备亲下去，忽然想起自己没刷牙，犹豫了一下，她伸出手捏住了裴湛的鼻子。不知是不是她捏得太用力，原本呼吸均匀的裴湛立刻就抬手挥掉了她的爪子，吓得路檬马上躺了回去。

她的发梢扫到了裴湛的脸，害他彻底清醒了过来。裴湛侧头看到全身紧绷、如临大敌般地紧紧闭着眼睛的路檬，心生好笑，撑起半个身子问："这么早就醒了？"

路檬一睁开眼，竟发现裴湛的脸就浮在她的上方，她伸一伸手就能抱住他的脖子、翻转一周就能将他压在身下。她正犹豫到底要不要下手，裴湛再次开了口："你不睡了？我还困着呢。"

"睡啊。"

裴湛闻言拉起她的手又躺了回去。暗骂自己太窝囊的路檬只好乖乖闭上眼睛。哪知下一秒，她身侧的裴湛又动了动，没等她反应过来，一个吻就落在了她的眉心。

路檬讶异地睁开眼睛，看向裴湛。四目相对间，裴湛中止了正进行的动作，不仅移开眼睛躺了回去，还翻过身把后背留给了路檬。

这算什么？她居然被猎物反攻了……

再醒来时，太阳已经升起来了，裴湛并不在卧室。路檬整理好衣服和头发走到楼梯前，听到裴赫问："大神去哪儿了？"

"我怎么知道？"

"你不是不吃早饭吗？为什么买了这么多？"

"哪那么多话，爱吃不吃。"

"都九点多了，你怎么还不出去？"

"我今天不出去。"

装残废的裴赫原本准备等表哥一离开就出门，听到这话，他自然着急，立刻摸出手机给路檬发了条微信："大神，你在哪儿？我和人约好了九点见，我哥不走，我没法出门。你快替我想想办法！"

"我有什么办法，我也希望他出门啊。"

"你在家？我刚刚去你房间，没人啊。"

路檬没回，知道裴赫一时半会儿吃不完，便去了裴湛的洗手间。洗过澡后，她才发现没有换洗衣服，只好将就着穿昨天的，抱着裴湛的浴巾走出洗手间时，刚好撞上他上楼。

"裴赫回房间了，你下去吃早饭吧，海鲜粥温在锅里了。"

擦肩而过时，裴赫抽走了她抱在手中的浴巾："你拿这个干吗？"

"我刚刚借用了一下，洗好了再还你。"

"不用洗。"

见裴湛拎着浴巾进了洗手间，路檬傻了，嘤嘤嘤，她用过的他不洗就继续用？要不要这么不避讳。才下了一半楼梯，看到她的裴路路就冲了上来，裴赫恰好走出房间，瞥见站在楼梯上的一人一狗，他问："大神，你怎么在楼上？快下来，我哥不喜欢别人去他的地盘。"

"我上去抓狗。"路檬拎起裴路路走了下去。

"我想到怎么出去了，我就说我突然脚疼，要去医院复诊，你赶紧换衣服陪我一起出去，不然他不相信。"

"好，等下跟你哥说一声。"

"不能等！跟他说了咱们就走不成了！他今天闲着没事，肯定会开车送我。趁他洗澡，咱俩赶紧走。对了，咱俩谁都不能带手机！”

在裴赫的催促下，路檬套上羽绒服，拿上原本的手机就跟着他出门了。路檬对摄影展兴趣不大，一走出大厦就和裴赫分开了，她急着找倪珈替自己分析眼下是什么状况，不料打开手机后刚想给倪珈打电话，就收到了顾屿的微信。

“昨天给你打电话你没接，你的戒指落在医院了，我给你送过去，还是你过来拿？”

路檬这才记起昨天吃饭前洗手，自己把尾戒摘下来放在了洗手池边。

“你那么忙，不麻烦你，我过去拿。”

“你大概什么时候过来？”

“中午吧。”

“那我请你吃午饭？”

“行啊。”

回完最后一条微信，路檬给倪珈打了通电话，倪珈前一夜被路檬骚扰得没睡好，到现在还没爬起来上班。听完她的抱怨，路檬哪敢再要求她来接自己，伸手拦了辆车直奔倪珈的公寓。

倪珈梳洗化妆的时间是路檬的十倍，姿态妖娆地从卧室走出来后，看到神清气爽的路檬，她犹不解气：“女人的睡眠多重要，你昨天的那通电话害我长了两条细纹！等下必须请我去人均一千的地方吃大餐。”

“好，你想吃什么就吃什么，多贵都行，反正等会有帅哥叔叔买单。”

“你要带我去找裴湛吃饭？他可认识我哈，你跟他坦白了？”

“还没有。不是他，是之前和我相亲的顾医生。”

“背着男朋友和相亲男吃饭？你对得起他买给你的车吗？”

“他怎么会知道。”

路檬带着倪珈跟顾屿吃过午饭，又逛了会街，才到和裴赫约定的地点跟他会合。一回到家，两人就看到裴湛面色冷峻地坐在沙发上，不等他讲话，被路檬搀扶着的裴赫就抱怨道：“医院挤死了，我们去晚了，连号都挂不上，幸好大神有熟人。”

“有熟人还在医院从上午待到傍晚？你们怎么不干脆吃了晚饭再回

沙发是他的风水宝地，躺在上面赢的概率比别处大。路檬下意识地拽住了裴湛的袖子，悄声说：“等他走了，你再出去。”

年底演出多，为了准备新年音乐会，裴湛近来非常忙碌，硬挤出一整天的时间就是想和路檬待在一起，听到这句话自然求之不得。路檬的房间小，除了一张单人床，再没有能坐的地方，裴湛身高腿长，往路檬的床上一坐，几乎没她的地方了，路檬只好把自己从家里带来的毯子铺到飘窗上，跳了上去。

裴赫戴着耳机，声音远比平时大，听到他和队友互骂，裴湛无奈地一笑：“你们俩一凑到一起就是游戏游戏，有多好玩，每天都打不腻歪吗？”

当年跟狐朋狗友去网吧打游戏的那个难道不是你吗……路檬在心中“嘁”了一声：“超级好玩！咱们一起打，我带你？”

裴湛“嗯”了一声，没等路檬坐到床上，就先一步挤了过来。窗户小，两人挨得近，几乎能感觉到彼此的呼吸。暖气开得大，室内足有二十五六度，这样靠在一起热得厉害，可谁也没往旁边挪半寸。

路檬大致讲解了一下游戏规则后，指着一个女性角色对裴湛说：“你选这个人物吧，操作简单，我在旁边保护你。”

可裴湛并没听她的，选了另一个男性角色：“我不用女人。”

兴许是学生时代经常玩游戏，裴湛上手很快。只用了三五分钟，他就掌握了要领，然而仍是遭到了队友们的言语攻击。

看到队友 A 骂裴湛，路檬立刻使诈害死了他。

队友 A：你搞什么？

路檬：搞你。你再骂我男朋友试试。

路檬刚敲完这行字，裴湛就戳了一下她的额头：“这种话你再说一次试试。”

路檬回头看向裴湛，眉眼弯弯地邀功道：“谁也别想攻击你！”

不知什么时候，裴湛把她圈进了怀里。离得这样近，裴湛的脸竟挑不出半点瑕疵，害她脑子一抽，仰起头亲了一下他的下巴。

见裴湛一瞬不瞬地望着自己，回过神的路檬脸颊一烫，刚想低下头，脸就被他扳了回去。下一秒，裴湛的吻就落在了她的嘴唇上，路檬的大脑一片空白，只看得到被她挂在窗帘上的星星灯不断闪啊闪。

长长的亲吻结束后，裴湛松开钳住路檬下巴的手，隔了许久才问："你渴不渴？我泡壶茶一起喝？"

路檬"嗯"了一声，待裴赫的声音再次响起，才想起他来："裴赫还在沙发上。"

"你就这么怕被他知道？"

路檬先点了点头，又摇了摇头："其实也没什么好怕的。"

裴湛却坐到了她的床上："我怕。你出去泡茶吧。"

"他要是又在沙发上过夜怎么办？"

"那我只能在你这儿凑合一夜了。"

路檬看了眼自己的单人床，面露难色。

裴湛想，臭小子虽然碍眼，但还是晚点再轰走吧，谁让他是当哥哥的呢。

第六章

裴湛，我漂亮吗？

年底事情多，隔天一早裴湛就出门了。裴赫也离开后，路檬带着裴路路去了Z大的老别墅。别墅一楼有架钢琴，她答应了司老师每天练习六个钟头，练琴和照顾狗狗并不冲突，只是眼下她和裴湛的关系与之前大不相同，之后该如何解释才能让裴湛比较容易接受？

不知是心静不下来，还是断了太久，路檬连简单的练习曲也无法连贯地弹一整首，正准备带裴路路去Z大食堂吃饭，手机便响了——日日去摄影展上凑热闹的裴赫为了找最好的角度替朋友拍照，不慎从半层楼高的台子上摔了下来，假骨裂变真骨折，被人送进了医院。

问清地址，路檬才知道裴赫被送进的刚好是顾屿上班的那家医院，为难了片刻，她到底还是放心不下，赶了过去。路檬赶到的时候，裴赫的伤已经被处理好，人也送到了病房。他疼得直冒冷汗，一见到路檬，说的却是："姐，你赶紧想办法帮我圆谎，千万不能让我哥知道我是在外面摔伤的。"

"这怎么圆？等会儿他到了，你态度诚恳地直接认错，他总不能吃了你。"

"怎么不能？他发起火来特别可怕，比我妈可怕十万倍！"

路檬心头一颤："有多可怕？"

裴赫正要讲话，他的手机就响了，打来的恰好是裴湛。放下电话，他蔫头耷脑地对路檬说：“他已经知道了，到底有多可怕，你马上就能见识到了。”

路檬闻言一抖，隔着门瞥见正站在走廊上跟病人家属交代病情的顾屿，想也没想就撇下骨折的裴赫跑了出去。

送走病人家属，顾屿正要回办公室，衣角忽然被人扯住了，他回头一看，居然是路檬。意外之余，顾屿笑了笑：“你来找我？”

路檬没解释，直接把顾屿拉到了空无一人的楼梯间：“顾医生，顾叔叔，顾大哥，您能帮我一个忙吗？”

“什么事儿？”

“你认识裴湛吗？”

顾屿怔了一下：“认识，不熟。”

路檬双手合十，恳切地问：“等会儿他来了，你千万别表现出认识我，就当我们从来没见过，我也不是路檬行不行？”

“你以前不是挺喜欢裴湛的，为什么要装不认识？”

路檬面露惊悚：“你怎么会……谁说的？”

在伶牙俐齿的路檬脸上看到错愕和傻气，顾屿既想笑，心中又莫名发酸：“贺齐光。”

“……他的脑子里就只有稻草和八卦。”路檬恨得咬牙切齿，碍着顾屿在，只好强压住打电话大骂贺齐光的冲动，转而说，“不是装不认识他，假装素不相识的是咱们俩，在他跟前，你千万别叫我‘路檬’。”

见顾屿似乎没闹明白，路檬决定即刻逃离医院，哪知和顾屿分开后，刚走到电梯间，她就撞上了裴湛。裴湛一脸冷峻，问正准备钻进电梯的路檬：“你去哪儿？”

“好困，去买杯咖啡。”

“咖啡可以让外卖送。”

“我本来打算回家的，刚刚接到电话我急着过来，就把裴路路送回家了，它独自在家我不放心。”

裴湛的目光在路檬的脸上打了个转儿，将她此刻的焦躁尽收眼底。

他一把拽住她的胳膊，感受到她的挣扎，面色更冷：“你没来的时候，它经常独自在家。”

路檬挣脱不开，只得跟着他进了病房。

裴赫住的是三人间，气场与周围的病患家属完全不同的裴湛一走进病房，立刻吸引了众人的注意力，只有裴赫低着头，看也不敢看他。裴湛一言不发地看向表弟，感受到了巨大压力的裴赫还在犹豫是装死不说话好，还是立刻痛哭流涕求饶好，就听到裴湛问路檬：“负责他的是哪个医生？”

“我也是刚到，不知道。”

路檬的心虚全写在脸上，令裴湛的坏情绪不断加深，说了句“你哪儿也不许去，在这儿等着我”，便走出了病房。顾屿恰巧来看自己的病人，撞见裴湛，看了眼立刻转过身、拿后背对着自己的路檬，停住脚与他寒暄。

见到顾屿，裴湛有些意外：“你在这家医院上班？”

顾屿笑笑：“你怎么来了？”

“89 床是我弟弟。”

顾屿看了眼裴赫：“收他进来的张主任去做手术了，不在办公室。你想了解病情，等下我把他的病例调出来。”

裴湛道过谢，离开病房前，回头看向路檬，再次说：“别乱跑，等我回来。”

路鸵鸟没敢转身，背对着裴湛重重地点了点头。

一走出病房，顾屿便问：“那女孩是谁？挺漂亮的。”

裴湛笑了笑没说话。

顾屿又问：“她叫什么？有点眼熟。”

“余柠。”联想到顾屿眼熟她的原因，裴湛不自觉地皱了下眉，“你们医院骨科有几个三十岁的男医生？”

“就我一个。”

在裴湛看来，他这个看似胆怯乖巧，实则一点也不听话的女朋友完全没有和顾家的人扯上关系的可能，便以为她的相亲对象在别的科室。听顾屿讲完病情，知道裴赫的腿伤并不严重，裴湛考虑了片刻，决定把表弟转去安静得多的私立医院。

转院的路上，三个人谁都没有讲话，裴湛沉默是因为情绪差，路檬和裴赫则是不敢讲话。

裴赫在私立医院的病房安顿下来后，裴湛一言不发地看了他半晌，直到在他的脸上看出悔意和惧怕才说：“你已经不是小孩子了，也为撒谎逃课付出了代价。骂你没用，我不想也懒得再说车轱辘话。养伤的这一段时间，你自己想一想，是不是真的准备就这么浑浑噩噩地混下去。”

裴赫不说话，裴湛也不勉强他认错，转而说：“你需要什么开张单子，傍晚前我让人收拾好了送过来。”

就这么完了？裴赫简直不敢相信二表哥知道自己谎称骨裂、拿假的医生证明逃课多日后的反应就是这样，太阳打西边出来了？

见劫后余生的裴赫背对着裴湛满脸惊喜地看向自己，路檬只觉得头痛。三少爷被轻易饶过，完全是因为有她这个倒霉的肉盾在前方抵挡伤害。果然，下一秒，裴湛就看向了她。见路檬移开眼睛躲避，裴湛压着火说：“你跟我出来。”

裴赫住的是家庭病房，陪护房有一方小小的露台。路檬跟着裴湛走到露台上，见裴湛看向自己，便也学裴赫不讲话。

“我其实并不怎么生裴赫的气，类似的事他以前也做过，让我失望的是你，你知道为什么吗？”

想起她帮裴赫打架那次裴湛的态度，路檬说：“知道。你请我来是让我管教他，不是让我帮他撒谎逃学的。”

路檬的这句话把他原本想说的话全数堵了回去，裴湛微不可闻地叹了口气，把话题转到裴赫身上：“最近几天，我一离开他就出门，这个你知道？”

“知道。”她日日都在家，没有装傻的可能。

“他的腿根本没事儿，这个你也知道？”

“知道。”

“他没去过医院，病假条是你帮他弄来的？”

“嗯。”

裴湛想问“帮你开请假条的是不是那个医生叔叔”“你今天急着逃走是不是因为他”，可看到路檬这副下级对上级的态度，他忽然泄了气，不再说话，低下头点了根烟。

露台风大，路檬跟着他出来的时候没穿外套，眼下冻得一直抖。裴湛见了，心烦意乱地说：“你进屋吧。”

赶在路檬转身前，裴湛出声叫住了她：“你是不是觉得我对裴赫太苛刻？反正他念不进书，勉强他也没什么意义？”

“一辈子那么短，为了不可能实现的目标浪费时间，不如做自己喜欢的事。我觉得健康快乐比功成名就重要。”

“我也觉得健康快乐比功成名就重要，但以裴赫的年纪，根本没有说这种话的资格，这是逃避吃苦，是不思进取。或许在他的老师、同学、你，甚至他自己的眼里，他完全不适合念书，可我姑姑从不认为她唯一的儿子没有成功的希望。既然答应了看管他一阵子，我就要对他负责，你也是。”

“对不起。”

“你就没别的想跟我说？”

路檬摇了摇头，赶着回公司开会的裴湛满心失望，一直到离开医院也没再开过口。

裴湛离开后，满心烦扰的路檬翻出手机想找个热闹的综艺节目调节情绪，一解开指纹锁，她就看到了顾屿两个钟头前发来的微信。

“你在干什么？为什么裴湛叫你余柠？”

见她许久没回，顾屿又补了一条：“没别的意思，纯粹是好奇。不方便就不说，我会保密。”

顿了顿，路檬回道：“没什么不方便说的，我也不知道我在干什么。谢谢你替我保密。”

裴湛有应酬，回到医院的时候已经快十点钟了。医院有专门的陪护，不需要家属留宿，裴湛询问过路檬，听说她想留下陪裴赫，便也跟着住了进来。两人虽没吵架，却有些冷战的意味，一见他回来，路檬便躲回了房间。她有点担心裴湛过来敲门训话，然而一直等到快十二点，也没见到他。

路檬既庆幸又失落，在床上辗转反侧了好一会儿，干脆披上衣服出了门。她心情一差就想吃东西，楼下有间24小时便利店，她挑了一杯关东煮，又拿了可乐和泡面，正要打开支付宝结账，手机就被人从身后抽走了。

路檬回头一看，竟是裴湛，莫名其妙地就有些委屈："把手机还我。"

"别吃垃圾食品，一起去附近吃夜宵。"

"不去，我就爱吃这些。"

"你不是一直拿我当领导？敢反驳领导的话，能耐了？"

"裴先生，我就爱吃这些，您看不惯就扣我薪水好了。"

裴湛眯了眯眼，强行把她拽到外头："故意气我是不是？"

"是你先凶的。"

"我生气不是因为你帮裴赫逃学，是因为直到现在你也没拿我当男朋友。"

"哪有动不动就教训人的男朋友。"

"你还委屈？"裴湛不想跟小姑娘争辩，笑着服软道，"好，算我不对。以后只许你教训我，行不行？"

路檬没有作声。兴许是喜欢裴湛太多年，过去的他又太冷淡，一遇见他，她就习惯性地放低姿态，与他单独相处时她的怯懦并不是装的。说来感慨，从小强势到大的她，竟也会对着一个人怯懦，可裴湛喜欢的偏偏就是这样怯懦的她。裴湛连她打游戏时说句粗话都难以接受，难怪会讨厌原本的她。

没等到路檬回答，裴湛又说："以后无论什么事，都不要瞒着我。裴赫想去看摄影展，他直接跟我商量我一定不同意，可如果有你求情，我哪会不答应。"

"我要是骗你，你会不会生气？"

"会，所以以后不要再骗我。"

那以前骗的呢，你会不会原谅呢……

见路檬低着头不讲话，裴湛凑过去牵起了她的手："想吃什么？"

路檬莫名地生出了逆反心理，扁着嘴说："我就愿意吃垃圾食品。"

裴湛无奈地走回超市为她刚刚买的那堆东西付钱，又从货架上多拿了一包泡面。讶异地发现裴湛居然真的会听从自己的意见，路檬的心情立马好了起来。接过盛关东煮的杯子，她拣出一粒最喜欢的芝士丸子，递到裴湛的嘴边："你尝尝看，裴赫和狗狗都爱吃这个。"

说完这句，路檬就愣住了，裴湛看了她一眼，问："怎么了？"

"我们把傻狗忘在家里了。"

"……"

两人立马往公寓赶。打开客厅的顶灯时，趴在门边的裴路路眼睛一亮，站起来往裴湛、路檬的方向跑了两步，想起被遗忘在黑暗中的辛酸，它不满地"汪汪"了两声，转过身去，拿屁股对着两位主人，再次趴回了地上。

"狗也会生气？"裴湛觉得稀奇，笑着看向路檬，"跟谁待久了就像谁，它闹起脾气来和你一模一样。"

路檬"哼"了一声，走到裴路路身边，拽着它的尾巴边摇边解释道："我中午就想回来的，都怪裴湛，拦着我不让走，说什么让你饿一顿没关系，要不是我刚刚突然想起你来，你还不知道要再饿多久，我才是真的爱你对不对？"

裴路路掉转过身子，"呜呜"着把狗头拱进路檬的怀里，委屈够了又声音洪亮地冲裴湛"汪汪"叫。裴湛一阵无语，有人光明正大地挑拨离间，难怪他会被孤立："等着，我去给你们俩做饭。"

怕饿了一整天的裴路路等不及，在裴湛拌狗粮、煮泡面的时候，路檬去冰箱里给它找零食。翻到可以加进泡面里的海苔和芝士片，她便拿了三片送进厨房。室内足够暖和，裴湛只穿衬衣西裤，宽肩窄腰，背影非常非常好看。

路檬起了色心，正想抛开害羞的人设，从背后熊抱他，不料听到脚步声的裴湛恰在此时转了身，他的胳膊肘不偏不倚地撞上了路檬的鼻子，路檬疼得眼前一黑，顿时捂住鼻子蹲了下去。裴湛见状立刻半跪了下来，抬起路檬的脸问："你还好吧？"

路檬缓了好一会儿才说："不好，我流鼻血了。"

裴湛横抱起她，大步走向客厅，将她放在了沙发上，又去洗手间用冷水打湿了一条毛巾敷在她略微红肿的鼻梁上。

"好点了没？"

路檬学裴路路撒娇，委屈地说："没好，还是疼。"

鼻血还没止，裴湛一只手捏住她的鼻翼，另一只手替她揉太阳穴，听到路檬声音嗡嗡地不断喊疼，他"扑哧"一笑："要不是你太矮，我的胳膊怎么会撞到你的鼻子。你少吃泡面少喝可乐，兴许还能再长高一点。"

想起第一次见到他时，他嫌她吵，用力摔上教室的后门，躺在沙发上的路檬仰起头问："你那么好看，念书的时候一定被女生们围观过吧？如果你嫌烦，关门的时候没留神，把不认识的女生砸到流鼻血，会不会像刚刚抱我那样把她抱进医务室？"

"不会，关我什么事。"

……幸好她当初躲得快。

没有裴赫赖在沙发上不回房，吃过夜宵后，裴湛仍是以一起看电影为由把路檬叫到了自己的房间，正想着怎么劝她留下，一直打哈欠的路檬就歪倒在了床上。裴湛关掉投影仪，也躺到了床上。他刚一睡下，熟睡中的路檬就滚了过来，从背后抱住了他。裴湛被勒得难受，想扯开她的手，哪知她非但没松开箍得更紧，还把腿搭在了他的腰上。

裴湛无奈地想，看着挺文静，睡着了怎么这样不老实。要是有台摄像机就好了，拍下这个情景明早给她看，她一定傻眼。

此时此刻，路檬想的却是，嗷嗷嗷，终于抱到了，好幸福。

隔天上午，裴湛把路檬和裴路路送到医院就回了公司。一进病房，路檬就看到原本空荡荡的桌子上堆满了礼物，裴赫骨折住院的事除了他妈妈，裴湛谁也没通知，然而探病的人却络绎不绝。

探病的人里没有几个是裴赫的朋友，绝大部分是因为裴湛而来。有两个年轻女人的画风格外清奇，放下礼物、说完客套话仍赖着不肯走，旁敲侧击地询问裴湛什么时候会过来。裴赫有意给表哥添堵，不但知无不尽地回答了她们的问题，还热情地同她们交换了微信号，承诺裴湛一回来，就立刻通知她们。作为吃瓜群众，路檬唯一的感想就是，当年她不该请司裴当老师，贿赂裴赫要有用多了。

这晚裴湛没有应酬，天一擦黑就回来了。他走进病房的时候，裴赫跟路檬都不在，只有一个略眼熟的高个女人立在桌子前切水果。

“你回来了？”

听到这话，裴湛差点以为自己走错了病房，刚想退出去，又听到那人说：“护工推裴赫去花园透气了。”

“你是？”

高个女人怔了怔，诧异地问：“你不认识我了？”

虽叫不出名字，裴湛对这人倒也有一些印象：“你找我有事？”

“我听说你弟弟受伤了，过来看看。你吃饭了没？我给他炖了牛骨汤，给你也留了一碗，还有甜品……”

“谢谢，但不需要。我表弟需要静养，有生人进出会打扰他休息。”

高个女人立刻涨红了脸，支吾了片刻终究没能说出圆场的话，拿上包就匆匆离开了。躲在门后偷听的路檬想，这个小姐姐也太傻了，这么大的人了，追男人的手段居然和十几岁时的她一样差。无事献殷勤对于男追女或许有用，可女追男的时候这却是妥妥的减分项。

高个女人一离开病房，裴湛就走到陪护房的门边，拧开了门锁，问躲在门后的路檬：“热闹好看吗？”

路檬举起手中的碗，对裴湛傻笑了一下：“这个红豆南瓜汤是刚刚那个漂亮姐姐煮的，特别好喝，我和裴赫各喝了两碗，你要不要尝尝？”

裴湛本想说“你是不是缺心眼”，看到路檬的笑脸，话到嘴边又改口道：“如果有人觊觎你，我会很不高兴。别说喝他做的汤，不等你回来，就会把他送的东西全部扔出去。”

“为什么要扔，就算你不喜欢人家，人家也用了心啊。”

裴湛眯了眯眼："你就一点也不怕我移情别恋？"

"怕啊，可是你又不会喜欢她。"

"你还真有自信。"

"不是有自信，而是追你的人那么多，没有哪个成功过。哪怕你对人家没兴趣，拒绝的时候也该婉转点，你那么直接，她们会伤心的。"

"别人伤不伤心关我什么事儿。你怎么知道追我的人多不多？"

"我是听裴赫说的。对了，我一直都想问，你到底喜欢我什么呀？"

"我怎么知道。"裴湛转而问，"那你呢？为什么会答应做我的女朋友？"

"因为你长得好看啊。"

这答案虽直白，但总比"不想丢掉工作"强，顿了顿，裴湛又问："你喜欢司裴也是因为他好看？"

路檬甜甜地一笑："我觉得你比他好看一百倍。"

"傻不傻。"怕被路檬看出他竟会因为这么一句话高兴，裴湛忍住笑意，轻咳了一声，"晚饭想吃什么？"

"刚刚那个漂亮姐姐送了牛骨汤和南瓜甜汤，下午还有个小姐姐送了蛋糕和烤榴梿，我和裴赫吃了很多，已经饱了。"

裴湛一阵无语："我还没吃饭，你换衣服，陪我出去吃。"

两人一狗吃完晚饭回来，闲不住的裴赫正独自练习操控着轮椅转圈，见到表哥进门，裴赫立刻讨好地一笑："医院离你公司那么远，你每天过来住会不会很辛苦？"

裴湛看了他一眼："有话直说。"

"我就是有点过意不去。"

"来回跑是挺辛苦的，所以我明天就不走了，留在这儿开视频会议。"

"啊？"听到这话，裴赫一下子就傻了。

趁着裴湛去洗澡的空当，路檬问愁眉苦脸的裴赫："怎么了？"

"外公外婆明天要来看我，小舅和小舅妈可能也会一起来。我二哥在这儿我就完了，我外公外婆问前因后果的话，他肯定会照实说的。我明年的压岁钱怕是要泡汤了……大神，怎么办？快替我想个办法支开我二哥。”

路檬也傻了，裴湛的爷爷奶奶、爸爸妈妈明天都要来医院，这算不算是间接见家长啊？如果她跟裴湛有以后，现在叫“余柠”、以后叫“路檬”，这该怎么和他家人解释，何况他们全都认识她的爷爷奶奶……幸好司老师最近在国外，不可能同来。

她还没想出躲出去的理由，从浴室出来的裴湛便对她说：“明天上午二十一要体检，你带它去吧。九点半我让司机来这儿接你们。”

路檬怔了一下，随即笑道：“好呀，我这周没放假，体检之后可以带它在外头逛半天再回来吗？”

裴湛“嗯”了一声，转向裴赫：“放心，你最近的所作所为，我不会跟他们说。”

裴赫和路檬对视一眼，同时松了一口气。

隔天带裴路路做完体检，路檬便去了Z大别墅练琴。答应司老师努力练习，是慈善晚会上误会裴湛让她给乐施做助理时，冲动之下做的决定，现在反悔还来不来得及？

路檬心不在焉地弹了两遍练习曲，合上琴盖，摸出手机编辑微信婉拒司老师，将要发出时，她又删掉了打好的一大段话。就算现在反悔，到堂哥的婚礼时，她也是要露馅的。带她这种又懒散又没天赋的新人吃力又不讨好，收益和付出不成正比，司老师纯粹是为了替她找个目标，她怎么能一再辜负他的好意。

傍晚，路檬带着裴路路回到医院时，病房里一个人都没有，她问过护工才知道，裴家人一起出去吃饭了。路檬刚解开裴路路的项圈，一个妆容精致的女人就拖着行李箱走了进来，她扫了眼半蹲在地上的路檬：“请问这是裴赫的病房吗？”

路檬站起身，点了点头：“他和家人出去吃饭了。”

“家人？”

“您是？”

“我是他妈妈。”

不知是保养得当，还是没有结过婚、无须操心柴米油盐，乍看之下裴湛的姑姑不过三十出头，丝毫想象不出她有一个上中学的儿子。路檬冲她笑了笑：“阿姨好。”

“阿姨？”裴湛的姑姑面露不悦。

路檬知道上了年纪的女人都爱被夸年轻，但裴湛的姑姑她总不好称呼为“裴小姐”啊。

“你就是裴赫的家教？”

路檬点了点头，笑着问：“您要不要喝茶？”

裴湛的姑姑坐到沙发上，不答反问：“裴赫什么时候回来？”

“您要着急的话，我这就给他打电话？”

“不用。”裴湛的姑姑刚下飞机，并不知道父母过来看儿子，再次打量过路檬后，她问，“裴赫是怎么受的伤？”

“上体育课时踢足球摔倒了。”

“谁陪他去的医院，你吗？”

路檬点了点头。

裴湛的姑姑冷笑了一声：“我怎么听说他是在摄影展上摔伤的？没受伤之前还弄了张假医生证明骗老师。你整天跟着他，会不知道？”

路檬答不上来，就没说话。

“听说你游戏打得很好，经常没日没夜地带着他一起打？”

“不是没日没夜，他现在的作息很规律。”

裴湛的姑姑再次冷笑：“这么说，我还得谢谢你了？为了保住工作，不辨是非，一味地顺着小孩的意愿，无底线地纵容他胡闹，你这种完全没有职业操守的家庭教师我欣赏不了！”

路檬明白自己确实有不对的地方，可她几时受过这样的气？本想看在裴湛的面子上忍一忍，可他姑姑太盛气凌人。路檬皱了皱眉，扔下手中的茶壶正要开口反驳，就听到进门的裴湛说：“你还真得谢谢她，逃几天学算什么，没她劝裴赫，裴赫连学校都不愿意去，早被开除了。”

“……”裴湛的姑姑顿了顿才问，“裴赫呢？”

“爷爷奶奶心疼他，带他去商场挑礼物了。”

“你也知道他拿假医生证明骗老师？”见裴湛没有否认，她更觉愤澌，“我让你管他，没让你纵着他胡闹，要不是那个摄影师打电话跟我道歉，我就信了你的话，以为他这一段时间乖着呢。小孩子没有判断能力，以为顺着自己惯着自己的就是好老师，你这么大的人也看不明白？”

“你儿子什么样你不知道？愿意按时睡觉、按时起床去学校还不算有进步？如果没有余柠，我早轰他走了。他都多大了，算什么小孩子，他做错了事不怪他自己，还怪别人了？你要是不满意，大可以接他回去自己教。”

姑侄俩只差十几岁，从小感情就好，裴湛姑姑从不拿自己当长辈，也不是没和这个性格桀骜的小侄子吵过架，但当着外人的面被他这样反驳，她自然下不来台。见裴湛同自己说话时不断看一脸委屈的路檬，目光里还满是关切，再联想起每次同儿子打电话时，儿子都不住地夸这位家教姐姐，裴湛的姑姑顿时生出了警惕心——小姑娘年纪不大，能同时收服裴家最难缠的两兄弟，绝对简单不了。

她冷哼了一声：“我这个姑姑当得可真失败，你上次因为二十一跟我吵，这次又因为裴赫的家教冲我吼。”

听到这话，路檬顿感紧张，很怕裴湛对他姑姑说“这是我女朋友”，然而他只笑了笑：“你现在就把裴赫的生活费给我，我保证下次见你态度好。”

裴湛的姑姑恋爱经验丰富，用余光瞥到路檬神色的变化，又数了数短短的几分钟内裴湛看向她的次数，几乎可以肯定这两人不是单纯的雇佣关系。她“嘁”了一声，站了起来：“既然你看我不顺眼，我就不在这儿妨碍你们了。”

姑姑一离开，裴湛就揉了下路檬的头发，声音柔和地问：“她刚刚冲你凶了？”

路檬不知在想什么，只摇了摇头，没讲话。裴湛只当她正委屈着，笑着说：“以后她再对你凶，你就跟她吵，不要怕。我姑姑人不坏，就是没谱，裴赫的性格特别像她。她在家里揍裴赫揍得厉害，在外头又特别护短，裴赫出了问题全是别人的错……要不是摊上这么一个没原则的妈，裴赫也不至于变成现在这样。”

“你和你姑姑挺像的。”

“我？”

“护短啊。这件事我也有问题，你之前还教训我呢，听到她说我又将责任全推到裴赫身上，你的原则呢？”

裴湛踢了下凑过来的裴路路，笑道：“被它吃了。你吃晚饭了吗？”

“还没呢。”没来由地，路檬的情绪有些低落，“我想吃辣辣的火锅。”

“这附近就有，咱们走着去。”

火锅店说近也不近，两人并不赶时间，便牵着柴犬慢慢散步。刚走到商业街，一辆疾驰的SUV突然减速，停在了两人身边，看清车牌的瞬间，裴湛松开了牵着路檬的手，与她稍稍错开了一点距离。

SUV的车窗一降，一个三十岁上下的男人便探出头笑着跟裴湛打招呼：“还真是你，你怎么在这儿？”

“出来遛狗。”

“这位是？”男人看向路檬，裴湛很少单独和女孩子在一起，他自然满心好奇。

裴湛却没答，只说：“赶时间，先走了。”

SUV开走后，路檬终于明白了自己为什么不高兴。裴湛的爷爷奶奶和父母来探病，他借口狗狗要体检支开她时，她没有多心，直到遇见了裴赫妈妈，才察觉到哪里不对。而就在刚刚，她终于可以肯定，裴湛并不想被第三个人知晓他们的关系。可是为什么呢？

她不敢告诉旁人是因为错乱的身份，倘若她是以“路檬”的名义跟他在一起，一定满世界嚷嚷她的男朋友是裴湛。

“你怎么了？”

“没怎么。”路檬回过神，问，“刚刚那个人是谁？”

“我大姨的儿子，他最八卦，被他知道非得黏过来跟我们一起吃饭。”

这算是解释吗？可裴湛这样的性格，只要他表现出不乐意，谁敢真的黏过来？路檬不是能存住事的性格，一回到病房便立刻给倪珈打了通电话。

“你现在有空吗？”

“别人找我有空，你找没有。”

“我有急事要问你。”

“裴湛又怎么了？”

“如果有人谈恋爱的时候不愿意告诉亲朋好友，这代表什么？比如走在街上好好地牵着手，看到表哥就立马松开手装路人；再比如女朋友被姑姑质疑人品，竭力维护后姑姑因为他帮‘外人’不帮自己不高兴，也不肯说明这其实是女朋友；还有，因为爷爷奶奶和父母可能会遇见女朋友，就找借口支开她……”

倪珈不假思索地说：“这代表裴湛有老婆，而你是不能见光的小三。”

“我烦着呢！别开玩笑行不行？”

“我没开玩笑啊，裴湛又不是早恋的中学生，你也不是有夫之妇，见了亲戚朋友没有理由装路人。”倪珈沉吟了片刻，又说，“讲道理，裴湛有了女朋友，他的家人应该高兴才对，他不愿意公开要么就是没想认真，要么就是觉得他家人会反对。”

“他家人为什么要反对？”

“他什么条件，余柠小姐你什么条件？我要是他家人，乍一听说也会觉得你配不上他呀。”

“他这样的人，怎么可能被家人左右？”

“不然呢？我也想不通。”

放下电话，路檬薅了一会儿裴路路的毛，给妈妈打了通电话。接到女儿主动打来的电话，郑教授很是意外：“你惹什么事了？”

“……我好着呢。有件事要告诉你，我恋爱了。”

郑教授一下子来了兴趣：“跟谁？”

“对方成绩很好很聪明，长得也好看，就是家里有些困难，为了赚钱养家休学一年，明年就会继续念书的。”

“都困难到要休学赚钱了？不是骗钱的骗子吧？”

“当然不是，我是傻子吗？”

“反正不怎么聪明。你周末把这人带到外公家跟我们吃顿饭，现在社会上什么人都有，万一呢？”

挂断电话，路檬给妈妈发了条微信："刚刚和你开玩笑的。"

"我就知道，稍微聪明点的人都不会看上你。"

"要是我真找了这种条件的男朋友，你和爸爸会反对吗？"

"不会啊，穷点怎么了，人上进就行。而且我们的反对你会在乎吗？"

扔开手机，路檬想，哪怕她真的是"余柠"，和家人坦白又有多难？

有姑姑陪在医院，隔天一早，裴湛和路檬便带着裴路路回家了。路檬要做的事情本就不多，现在连裴赫都不用管了更是轻松，她静不下心来练琴，便牵着裴路路四处闲逛。在日料店吃午饭的时候，路檬遇到了一个朋友，听到朋友询问她生日准备怎么过，路檬才想起来，离她二十三岁生日只有一个月了。

她喜欢热闹，往年都是呼朋唤友一大堆人一起过。或者集体旅行，或者租栋别墅不眠不休地闹上三天三夜。今年却不同了，裴湛那样的性格，不可能会喜欢跟她的朋友一起吵吵闹闹。

路檬想了又想，决定生日当天跟裴湛坦白。她原本准备在坦白之前利用有限的时间尽可能地待他好，温柔再温柔，让他多喜欢自己一点点，那么知道实情以后，他说不定就可以没那么生气了。然而发现他拒绝承认他们的关系后，她的心态又有些微妙了。

裴湛的微信发过来的时候，她正吃着半熟蛋糕发呆。

"我明天要带队去B市，一周才能回来。今天下午没什么事儿，晚上你想出去吃，还是一起在家做饭？"

路檬有意试探："我想吃苏帮菜，你公司附近有间苏州人开的私房菜馆，松鼠鳜鱼、小馄饨和樱桃肉都很好吃。我刚吃过午饭，等下带狗狗去你办公室找你？"

"我不在办公室，你把店名发给余航，让他先订位子，我空下来就回去接你。"

"不用，我不想吃了，你结束了就回家吧。"

裴湛没察觉出异样，只当小女孩都爱变来变去。

堂哥堂嫂都忙，离开日料店，路檬便替他们找婚庆公司，把觉得不错的两家的资料发到了路时洲的邮箱。路时洲立刻回了通电话过来:“第一家好。你尽快替我订下来。”

“婚庆公司的人说，和你们同天结婚的新人很多，高端婚礼需要的人手多，现在不付定金，晚几天他们的订单说不定就满了。”

“等下转钱给你。”

“我订好后发地址给你，这周内你们记得抽空过去谈。对啦，嫂子有没有特别喜欢的花？如果婚礼上需要大量使用某种花，现在就要预定的。”

路时洲和简年为了多请十天假度蜜月，最近每周的工作时间都超过70个钟头，两人并不看重婚礼，有路檬帮忙，自然不愿费神：“你看着选吧，素雅一点。酒店之类的你也直接拿主意。”

“你的意思是我除了跟你拿钱，别的都不用再请示？”

“辛苦。”

刚挂断电话，路檬就收到了一条转账提醒短信，她这个堂哥臭毛病虽然多，但远比她爸妈大方，除了定金，还给了笔丰厚的辛苦费。

作为一个贫穷的俗人，路檬满心的惆怅立刻被治愈了一大半，给路时洲发了个跪谢老板的表情后，又问：“婚庆问我你们的爱情故事。你是不是和嫂子刚在一起就迫不及待地告诉了大伯，还想带她和大伯吃饭，可是她不肯去，也不肯告诉家人和周围的同学你是她的男朋友？”

“你准备让司仪在我们的婚礼上讲这个？”

“没，我就是好奇，随便问问。然后没过多久你就被甩了，是不是？”

“路檬，现在就把钱和车还我。”

路檬的情绪再次坏了起来，她冲进百货公司，一口气花光了堂哥给的钱。带着战利品回到公寓的时候，裴湛已经等在家里了。

“你去哪儿了？电话一直不接。”

路檬的脸上没什么表情，声音也冷：“买东西。”

路檬一放开裴路路，它就奔到了裴湛脚边，裴湛的目光移到柴犬的身上，并没留意到女朋友手中的那堆奢侈品包装袋。路檬把战利品放回卧室，换上家居服走出来时，裴湛已经在厨房了。听到路檬的脚步声，正处理鳜鱼的他头也不回地说："松鼠鳜鱼不会做，凑合吃清蒸的吧。"

路檬的心一下子就软了："冰箱里有糖桂花和藕，我给你做桂花甜藕。"

晚饭吃到一半，裴湛接到一通电话，挂断后他让路檬先吃，自己去书房处理公事。吃过饭、收拾了碗筷，见裴湛还没下楼，路檬便寻了上去。门没关，路檬推开之后才发现这其实并不是什么书房，而是工作室。裴湛与司裴不同，他不擅长作曲，开公司后连上台演奏的次数都逐年减少，在编曲方面倒是很有天赋。

裴湛戴着耳机背门而坐，自然察觉不到路檬的脚步声。路檬环视一周，竟在编曲工作台对面的墙上发现了自己抵押给他的仇英扇面。扇面修复之后是余航去取的，路檬这还是第一次见。她搬了张椅子，将扇面取了下来，对着光细细地查看凉亭的尖顶。修复得再好，也能看出曾经损毁过的痕迹。仇英的真迹有钱难买，这幅扇面又是爷爷生前的心头好，路檬一阵心痛，不断在心中对天上的爷爷说"对不起"。

"你也喜欢仇英？"

路檬抬头看向不知道什么时候站到自己面前的裴湛，一阵心虚，装傻道："谁是仇英？"

"明朝的画家。你看得这么专注，我还以为你很懂。"

镜框是酸枝的，路檬嫌沉，便随手将扇面放到了沙发上："我就随便看看。"

裴湛小心翼翼地将扇面挂回墙上："这个不是我的，收藏它的人急需用钱，暂时抵押给我。我很想买下来，可惜多给二十万，对方也不肯卖。那人借了一百五十万，利息挺高的，希望她到期还不上。"

……连本带利一共一百六十五万，除非路家人集体破产，不然怎么都不可能还不上。难得裴湛和爷爷一样欣赏它，堂哥对这些没兴趣，裴湛真的喜欢，她倒是可以讨来送给他。

这晚，路檬仍是睡在裴湛的房间，因为不想被熟睡后的路檬又箍又搭腿，趁她尚未睡着，裴湛先一步将她揽到怀中。路檬同样不喜欢被束缚，左扭右扭地想挣脱开。带着甜橙香气的脑袋在他怀里拱啊拱，裴湛十分难耐，深呼吸之后，松开揽着她的手，往外侧移了移。

他刚退了一步，路檬立刻进了两步，见她不断往自己这边挤，裴湛用手挡了一下。路檬咯咯一笑，张开嘴巴咬了一下他的手，他冷哼了一声，大力一拽，将她圈入怀中，抱得比方才更紧，还学着她将一条腿压到了她的身上。

路檬简直要喘不过气了："你快走开，我难受。"

"这么一会儿你都受不了，我整夜整夜地被你折磨，说什么了？"

"又不是我要跟你睡的。你不让我当玩具熊抱，我就回自己的房间。"

"原来你知道？我还以为那是你睡着了无意识的举动。"

路檬脸上一红，上手推他："你快点转过去给我当抱抱熊。"

裴湛不动，路檬笑嘻嘻地仰起脸连亲了五下他的下巴："我付过钱了，你快点。"

裴湛变本加厉地回吻了十下，不等路檬反应，又按着她的肩整个人压到她的身上，挑眉说："我多付了一倍，你给我当熊。"

路檬脸上发烫，一时间没有说话，这姿势太暧昧，一静下来，两人都想到了某件事，对视了片刻，裴湛再次深呼吸，翻身下床。从洗手间回来，裴湛主动把后背留给路檬充当抱抱熊："睡了。"

略感遗憾的路檬立刻环住他的腰，轻车熟路地把腿搭了上去。裴湛身上的味道她超级喜欢，直到现在一想到当初那个整日冷着脸、看也懒得看她的人竟会乖乖给她当抱枕，路檬仍觉得不可思议。除去不肯承认他们在交往，裴湛又温柔又可爱，作为男朋友，完全超出了她的预期。

面临坦白，路檬的压力越来越大，噩梦后失眠的问题再次复发。这晚做过裴湛拿她当陌生人的梦后，路檬在床上躺了半个钟头，再无睡意，便去了楼下。习惯了被路檬压迫，她一离开，裴湛很快就醒了。

裴湛找到路檬的时候，她正抱着一瓶雪利酒倚在沙发上发呆。见路檬直接用瓶子大口大口地灌，原本站在一旁静静看她的裴湛坐了过去，他拿走了她手中的酒瓶："好好的不睡觉，喝什么酒？这酒喝着甜，其实有二十度。"

“我睡不着，梦到你不理我了，害怕。”路檬大力抢回酒瓶，一口气喝光了本就所剩无几的酒，撇着嘴抱怨道，“二十度算什么，我再喝两瓶也不会醉，你小气死了，不就是三万多一瓶吗？”

裴湛拿起被她随手丢在地毯上的酒瓶晃了晃，发现完全空了，笑得一脸无奈：“你还懂酒的价钱？”

“马爸爸告诉我的。”路檬滑开手机，点开某宝页面给他看，“我在你的酒柜里翻了好久，甜酒里这个最贵。”

“……”

“三万六千八，放心，我会赔你的。”

“你拿什么赔？”

路檬凑到他的身边，仰起脸问：“裴湛，我漂亮吗？”

她套着他的烟灰卫衣，光着一双纤细白皙的腿，衣服松垮，长发微乱，却别有一种慵懒雅致的性感，偏偏又一脸无辜。望着她的眼睛，裴湛迟迟没有说话。等不到男朋友的赞许，路檬有点生气，面露不满地拿脚踹他，高声问道：“我漂亮吗？”

裴湛捉住她小巧光洁的脚，不准她继续乱踢：“漂亮。”

路檬用力蹬开他的手，不等他反应，就倾身抱住了他的脖子，吻上了他的嘴唇。她的舌头还残留着雪利酒的奶油杏仁香气，先舔了舔裴湛的嘴唇，又一颗一颗挨个儿舔他的牙齿，正准备咬他的舌尖时，突然一阵天翻地覆，醒过神时已经被裴湛压到了身下。

这个吻持续了很久，久到结束后，隔了足足一刻钟，两人的呼吸才平复。

路檬的脸颊绯红一片，不知是因为酒还是因为羞涩，她咧开嘴笑着说：“我这么漂亮，从没亲过别人，也没拉过谁的手抱过谁，这个亲亲值不值三万六千八？”

“嗯。”

裴湛没有立刻起身，仍旧保持方才的姿势。两人的脸一上一下近在咫尺，呼吸交错间，裴湛捏住了她的下巴：“你现在就跟我保证，以后我不在的时候，绝对绝对不喝酒。”

“为什么？”

“因为你喝醉的时候和平时很不一样。”

“我没醉啊。”她说再来两瓶也不会醉不是讲大话，这会儿头虽然晕晕的，却不是因为酒，而是眼前的人。

裴湛本就不喜欢和小女孩争辩，更何况是醉着的。她一脸懵懂，反而令他更加难耐。他的手从她的脖子滑下，最后覆到了她的胸前，路檬抖了一下，很快又紧紧抱住了裴湛的脖子。

他们交往的时间太短，裴湛满心矛盾，隔了良久，才望着路檬沉声说：“我想要你。”

不过三五秒，路檬便浅浅地“嗯”了一声。

滑下她卫衣的拉锁前，耗尽最后一分意志力的裴湛到底还是改了主意：“还是等你清醒了……”

可是我真的没醉啊。

裴湛不敢再同路檬多待一秒，站起身说：“我先回房睡了，你也早点睡。”

这是各回各家的意思吗？被留在沙发上的路檬有些尴尬，不由自主地就想发脾气。赶在裴湛上楼前，她撇着嘴说：“你带我去B市，我要和你一起出差！”

听到这句话，裴湛停住了脚步，回头看向她：“行程很紧，我也不是一个人去，七七八八有二十几个同事，我怕没空照顾你。”

路檬“哦”了一声，一言不发地起身往自己的房间走。将要进门的时候，她又听到裴湛说：“你把身份证给我，我现在给你和余航订机票，我去忙的时候让他带你玩。”

她的身份证哪敢拿给他……路檬只好放弃，冷着脸说：“我恐机，不去了。我才不要和余航玩。”

顿了顿，裴湛说：“我们开车去。让他们先飞，我晚到一天也没关系。”

再次见到裴湛妥协，明白自己这要求纯属无理取闹的路檬立刻消了气，她冲裴湛甜甜地一笑：“你忙的时候，我就乖乖地待在房间等你。”

前一刻还一脸任性，这会儿又乖巧得让人心疼，别人喝醉了最多大吵大闹，他的小姑娘却分裂出了不同的人格，这醉法还真是新鲜……

“我尽量缩短行程，早点结束工作带你逛逛。”

裴湛的语气太温柔，路檬不由自主地想抱住他：“我怕黑，我们还是一起睡吧。”

“怕黑就留盏灯。我晚去一天，日程会打乱。明早要回公司开会重新布置，你睡相太差了，跟你睡我会失眠。”

路檬冷哼了一声，不就是想自己睡吗，至于解释这么一大堆吗？！虽有小小的不满，但眼下的路檬更觉兴奋，和裴湛一起开车远行，嗷嗷，好高兴，要敷三张面膜，明天美美地出门。

裴湛开完会已经接近中午，午饭前他和路檬去医院探望裴赫，顺便把裴路路交给他带几天。裴湛去停车，路檬牵着裴路路先一步进了病房，除了裴赫和他妈妈，病房里还有一位气质高雅、面容姣好的中年女人。见到路檬和裴路路，裴赫问：“你们不是说上午过来吗，这都快吃午饭了？”

“裴湛开会开太久，他一到家我们就来了。”

听到路檬叫“裴湛”而不是“裴先生”，裴湛的姑姑和中年女人一齐看向她。

裴湛进门的时候，见到中年女人时面色一滞：“妈，你怎么来了？”

裴湛妈妈笑着反问：“你说呢？我当然是过来看小赫的。”

裴湛不知在想什么，顿了顿才说：“我要出差，把狗送过来。”

“你的狗不是有专人看管吗？”说完这句，裴湛的妈妈看向路檬。

裴湛全然没有替两人介绍的意思，转而交代裴赫：“对它耐心点，饭和水按时喂，别再弄丢了。”

经过上次的事情，裴赫跟裴路路早已化敌为友，他把轮椅转到狗旁边，捞起裴路路亲昵地揉它的头。裴路路一向讨厌被除了路檬和裴湛之外的人抚摸，“汪汪”了两声，努力挣脱开他，奔到了路檬腿边。见路檬不理自己，猜到自己要被丢下的裴路路跑到门边，“呜呜呜”地趴在地上垂着尾巴装可怜。

把它交给粗鲁的裴赫，路檬并不放心，她其实很想带裴路路同去，碍着裴湛的姑姑和妈妈都在，便只看向裴湛不说话。裴湛自然明白她的意思，他用脚尖轻轻踢了一下肚皮贴地的裴路路："别耍赖，带你一起去。"

裴湛问过裴赫的病情，又交代了他几句，便带着路檬和裴路路跟妈妈与姑姑道别。

裴湛妈妈说："急什么，一起吃了午饭再走。"

"要回去收拾东西。"

他们需要带的行李不多，路檬一起床便收拾好了，就放在后备厢里。裴湛和他妈妈的关系似乎有些冷淡，可再冷淡也不至于为了不一起吃饭而撒谎。路檬很期待和裴湛一起出行，不愿意再庸人自扰地反复想为什么他不把自己介绍给家人，她努力转移注意力，半蹲下来对裴路路说："你长这么大还没出过远门，高不高兴？"

裴湛妈妈向来拿儿子没办法，见他执意要走，便和裴湛姑姑交换了个眼神。裴湛正要带路檬离开，病房的门就被敲响了。正逗狗的路檬离门最近，打开门后，见到立在外头的乐施，两人皆是一愣。

"余小姐，你也在啊。"乐施率先反应过来。

路檬敷衍地笑笑，"嗯"了一声。

见裴湛带着些许意外看向自己，乐施笑道："上午开会的时候，我才知道您弟弟病了，想着下午才去机场，这会儿没什么事就过来看看。"

相较于路檬的沉默，余航嘴里朴实文静的乐施要热络很多，她很快就弄清了房间里的另外三个人分别是裴湛的表弟、姑妈和妈妈。一一打过招呼后，她放下果篮和礼物，拧开了手中的保温盒。

"我奶奶说肾主骨，生髓，羊骨汤补肾最好，对骨折很有帮助。这汤我奶奶炖了很久，她很感谢裴先生一直帮我的忙，不嫌弃的话，大家尝一尝。"

乐施先盛了两碗给裴湛的姑姑和妈妈，裴湛的姑姑道过谢后接了过去，尝了一口，客套地夸了句"好喝"。裴湛的妈妈却没接，只说："我没胃口，先放桌上吧。你叫乐施？是裴湛新签下的乐手？"

裴湛妈妈的脸上虽也挂着笑，但带着显而易见的审视和优越感。捧着汤碗的乐施有些无措，她转头看了眼裴湛，柔柔弱弱的样子我见犹怜。裴湛走过去接过她手中的碗喝了两口，转而对裴赫说："这汤挺好的。"

这话一出，路檬与裴湛妈妈同时露出了讶异的表情。裴湛姑姑也觉得新奇："你不是闻不了羊肉味儿吗？"

"哪有。"

路檬深深地看了裴湛一眼，怎么没有？十年前她就知道他闻不了膻味，从来不碰羊肉。

裴湛看向妈妈，语气略冷淡地问："你最近很清闲吗？连我签了谁都知道。"

他似乎不想在病房多待，不等妈妈再开口，便告辞道："先走了。"

刚走到门边，裴湛又转过头对乐施说："你站着干吗，走啊。"

羊骨汤一喝、后面的话一出，屋内原本密切留意路檬的两个女人一齐将注意力转移到了乐施身上。乐施感激地看了眼裴湛，客客气气地向两位阿姨和裴赫说过"再见"，便跟上了裴湛和路檬。

一走出病房，乐施便说："裴先生，对不起，我是不是做错什么惹阿姨讨厌了？"

正一瞬不瞬地盯着面色不豫的路檬看的裴湛随口说："没有，她对谁都这样。"

"裴先生，谢谢您替我解围。您给我这样好的机会，上次那件事又这么帮我，我真的不知道该怎么感谢您。我不太会讲话，人情世故也不怎么懂，今天过来原本是想表达谢意，如果哪里做错了惹阿姨生气了，您帮我跟她道歉……"

路檬正烦着，听到乐施的话，只觉得假惺惺。见她蹙起了眉头，裴湛打断了乐施："方向不同，我就不送你了，这边打车很方便。"

"本来也不敢麻烦您，裴先生，路上小心。"说完这句，乐施又笑着看向路檬，"余小姐，再见。"

路檬连个笑也懒得回："拜。"

乐施一走，裴湛就牵起了路檬的手："怎么不高兴了？中午想吃什么？”

“没胃口。”

向来温顺的路檬突然发起了脾气，不擅长哄人的裴湛不知道该如何回应，只好替她打开了副驾驶的门：“快进来，外头冷。”

路檬一言不发地抱着裴路路坐进了车里。两人相顾无言地待了三五分钟，裴湛看了眼车内后视镜中满脸不悦的女朋友，说：“我小时候跟着爷爷奶奶生活，与父母关系一般，我妈妈特别喜欢瞎打听，被她知道我们的关系，会一直问东问西。”

如果想跟她有以后，总有一天是要说的，除非……路檬冷着脸说："这样挺好。”

从Z市到B市走高速要十个钟头，路檬抱着裴路路睡了一路，直到车停下也没醒。裴湛很少独自开这么久的车，前一夜又没睡好，自然有些疲惫，他没立刻叫醒路檬，而是下车抽烟解乏。

一根烟才燃到一半，路檬就醒了，她抱着裴路路走下车，打着哈欠迷茫地环视四周：“这是小区吧？现在不去酒店吗？”

“公司的人都住酒店，太吵了。我在这儿有套房子，已经让人收拾好了。”

前一夜同样没睡好的路檬睡了一路犹觉得不够，她跟着裴湛上了楼，喂过裴路路，便匆匆洗了澡睡下了。隔天，路檬不到八点钟就醒来了，行程整个推迟了大半天的裴湛却已经离开了。

他还特地发了微信让路檬别四处走，他一结束工作，就会回来陪她吃饭。可路檬哪里闲得住，她给两个朋友打了通电话，便带着裴路路出门了。

路檬回到家时已经是傍晚了，裴湛还没结束应酬，其间倒是打过两个电话，发过几条信息过来。这套房子裴湛不常过来住，日用品并不齐全，冰箱里倒是有一些日期新鲜的食物，兴许是他们过来前裴湛让人准备的。

天气干燥，路檬便用冰箱里的梨子煮梨汤。刚盖上盖子，她的手机便响了。打过来的是陌生号码，听到对方说“我是裴湛的妈妈”，路檬怔了几秒才说："阿姨，您好。"

"你也在B市吗？"

"我在的。"

"裴湛最近很忙吧，麻烦你提醒他注意休息，少喝酒。"

"我能见到他的时间很少。"

裴湛的妈妈话锋一转，又问："那他总和谁在一起？乐施吗？"

"这个我不太清楚。"

"裴湛脾气别扭，什么都不肯跟我说，快三十岁了总不交女朋友，我着急，只好跟他周围的人打听。你觉得裴湛和乐施走得近吗？"

"他工作上的事我接触不到，没怎么见过乐施。"

"裴湛对女孩子没什么经验，而乐施这种我见多了——柔弱质朴、自强自立、温顺羞涩，裴湛或许会吃这一套。可她在想什么我却看得很清楚，无非就是想走捷径……"

说的是乐施没错，可怎么又像是在敲打"余柠"？路檬在心中吐槽，不柔弱不质朴、不温顺不羞涩，也不需要依靠裴湛提携的您倒是不用质疑对方有没有心机，关键是您儿子不喜欢有什么用？

无论是敲打乐施还是敲打她，路檬都不在意，又敷衍了几句，便挂断了电话。说"再见"的时候，裴湛刚好进门，他边换鞋边问："你跟谁打电话呢？"

"你妈妈。"

"谁？"

"你妈妈。她问我你和乐施是不是一对？"

裴湛赤脚走了进来，拿起路檬的手机翻通话记录，找到妈妈的号码，直接拖到了黑名单："下次不论她跟你说什么，你都不用理。"

"为什么不让我理你妈妈？放心，知道你不乐意，我不会主动告诉她我们的关系。"

"我……"裴湛不知道该如何解释，观察过路檬的神色，他转移话题道，"你吃饭了吗？"

"吃了，但又饿了。"

“我带你出去吃夜宵，想吃什么？”

“羊肉火锅。”

裴湛怔了一下，很快又说：“你换衣服，我打电话问朋友哪家最出名。”

路檬把散在肩头的长鬈发束成马尾，套上羽绒服，素着脸涂过奶油橘色的唇釉就牵着裴路路站到了门边。裴湛锁好门，回身揽住她，走进了电梯间。

“你今天都做了什么？”

“没做什么啊。”路檬看都不看裴湛，低着头拿脚尖逗裴路路。

电梯很快就降到了一楼。裴湛让路檬带着裴路路去外头等，自己到负一层拿车。路檬走出电梯，下意识回望了一眼，电梯灯光线强，裴湛脸上的疲惫格外明显。

前一天开了上千公里的车，只睡了不到五个钟头，今天又工作到这个时间，想也知道他有多累，路檬的心一下子就软了，无论她有多生气多失望，都舍不得让他辛苦。吃羊肉火锅原本就是气话，她哪会真的逼迫他。赶在电梯闭合前，路檬接连叫了两声“裴湛”。

裴湛按住电梯：“怎么了？”

“回去吧，我不想吃了。”

习惯了她的反复无常，裴湛倒不意外：“要不去吃别的？”

路檬摇了摇头，强行把一心想往外头奔的裴路路拽进了电梯：“累。不想出门。”

“那叫外卖？”

路檬按下12层，扬起脸问：“你当真没看出来我不高兴？”

裴湛没讲话，牵起路檬的手，低头吻了吻她的额头。他当然能看出她不高兴，然而却想不出该怎么让她相信自己的本意并非是想将她藏在暗处。

没等他想出怎么哄女朋友，路檬又说：“不止你妈妈和姑姑，连裴赫昨天都微信我，问你是不是对乐施有意思？”

“……”

路檬向来受不了没事就吃醋、热衷质问男朋友和女同事是怎么回事的女人，可生生忍了一整天，她到底还是问了出来："你对向你表白的女人一直都很冷淡，我从没见你在乎过谁有没有台阶下，怎么就偏偏愿意替乐施解围？你明明从来不吃羊肉的。"

当年裴湛那样冷脸对她，她伤心归伤心，却并没真的怪过他，因为他待谁都一样绝情。发现他对乐施这样不同，她怎么可能不介意？

裴湛觉得路檬这话说得有些奇怪，一时又想不出哪里不对。

路檬一瞬不瞬地看着裴湛，见他蹙起了眉头迟迟不开口，又反问道："你要说的该不会是你和你妈妈关系不好，帮乐施是故意和她唱反调吧？"

"当然不是，我又不是小孩子。"裴湛一贯高傲，前一段时间见到好友江东为了女人失魂落魄，很是瞧不上，却不想自己也会有不知所措、有口难言的一天。

被妈妈知道女朋友休学赚钱给家人，她一定会强烈反对，用尽一切办法来干涉。他跟父母不亲近，无所谓自己将来的另一半他们满不满意。可女朋友年纪小又羞涩，他们才刚在一起，两人的关系根本经不住半点风雨，他不想同旁人提，就是担心传到妈妈的耳朵里，他工作太忙，怕一时顾及不到让她受委屈。

不出所料，昨天乐施探病时他的举动稍稍反常了一些，妈妈就立刻出面干涉，打电话问余航就算了，竟还会私自联系路檬。他昨天在病房里那样做，本是想转移妈妈的注意力，他跟乐施面都没见过几次，妈妈折腾不了多久就会打消疑虑，乐施也不会有什么损失。

关心则乱，他瞒了一大圈本是想保护他们的关系，反而令女朋友气恼疑惑。他平生第一次觉得自己蠢笨，却想不出该怎么让她相信自己。他无法对着这个单纯敏感的小女孩讲实话，说什么"我妈妈看不上你"，只好说："我见都没见过乐施几次，你怎么会因为她多想？上次那个人送的汤我不喝你说不对，这次喝了你也说不对。要不你教教我，怎么做才能讨到你的欢心？"

"上次那个漂亮姐姐是喜欢你的人，你拿她跟乐施比？你觉得乐施也对你有别的意思？"

“她有没有别的意思不关我的事，跟我有关的只有你。我只想护着你。”

“你就喜欢柔弱温顺的？能激起保护欲？”接到裴湛妈妈的电话，惊觉“余柠”的人设和乐施相似，路檬满心别扭，她并不将乐施放在眼里，可因为裴湛过去从没正眼瞧过那个不柔弱不温顺的自己，面临坦白，路檬更觉心虚。

裴湛不明白她为什么会问这种没头没脑的问题，怕答错，斟酌了再斟酌，才小心翼翼地说：“我就喜欢你。”

出了电梯，裴湛正开门，手机响了，打来电话的居然是乐施。

他本不想搭理，可又怕拒听更会被路檬误会，最终还是按下了接听。

“裴先生，这么晚了，打扰到您了，我有事情想跟您说。”

“有事找领队，他会解决。”为了澄清，裴湛的态度比平常更冷。

每到年底，交响乐团都会举办新春音乐会，乐施这次也一起过来了。

乐施不知是不是被这语气吓到了，竟啜泣了起来：“我找您是私事。您妈妈刚刚给余航打电话，问我跟您是不是……后来余航打给我，提醒我以后做事注意分寸，这让我很难堪。我去探病只是想表示感谢，真的没有别的意思……我跟领队磨了半天，才要到了你的住址，现在就在您家楼下，您能不能听我解释？以您的地位或许想象不到，企图勾引老板这样的流言对我这样的人来说有多可怕。”

裴湛本不想理会，一转头看到路檬正一瞬不瞬地望着自己，又改口道：“我这就下去。”

为了证明自己，裴湛将不明所以的路檬拽了下去。见到乐施，路檬一怔，但她远没有看到他们牵着手的乐施讶异。

妈妈刚给余航打过电话，余航就向他汇报了。那通电话是他授意余航给乐施打的，他让余航提醒乐施自己习惯将公事和生活分开，用心工作就好，不需要做多余的事表达感谢。这既是为了她好，让妈妈不再注意她，也是敲打她。可不知是余航多了嘴，还是年轻女孩都爱胡思乱想，明明没提别的，她竟再次哭哭啼啼地找上了门。

乐施愣了许久都没讲话，路檬想抽出手，裴湛却紧握着不放。他看向眼圈通红的乐施，客套地说："我替余航跟你道歉，他不会讲话，让你误会了。太晚了，我让领队来接你，明天还要排练，机会难得，不要为了无谓的事情影响心情。"

乐施隔了半晌才点了点头，又冲路檬笑了笑："余小姐，真不好意思，又让你看笑话了。"

路檬回了个敷衍的笑，这女人真是个十足的戏精。

挥别乐施，裴湛侧头冲路檬笑了笑："我之前本打算再签个男乐手，可公司的人都不同意，他们怕我被外头说捧新人是为了压制吕黎。其实别人爱怎么想都行，我该坚持的。男人多省事儿。"

"也有省事的女人，可不合你的口味，你不签人家。你就喜欢这种动不动就哭的。"

两次刚到楼下就往回走，这让恨不得日日睡在外头的裴路路很是不满意，见它两只前爪扒着单元门死死不放，路檬敲了一下它的头，不由分说地抱起了它。裴湛忽而想起上次裴路路走丢时，路檬哭得眼圈红红的傻样，笑着反问："你说你自己？"

之后的几日，裴湛早出晚归，路檬或找朋友玩，或自己带裴路路四处逛，只有临睡前两人才有说几句话的工夫。音乐会前一天的早晨，裴湛出门前见路檬百无聊赖地趴在床上拿鸡肉干逗裴路路，以为她来B市的这些天，日日都闲在家里，便问："下午要到国家大剧院彩排，你想不想去看看？"

"好呀。"

车子刚开出去，裴湛的手机就进了通电话，他的手机连着车载音响的蓝牙，等同开功放。电话一通，司裴的声音就传了过来，骤然听到司老师的声音，路檬吓得抖了抖。

"我这边堵车，晚到一会儿。"

裴湛笑了笑："我事情多着呢，等不起，要么你帮我个忙。"

"不帮，我今年的巡演不带你的人。"

"你不请助演？我这儿什么级别的都有，不收你钱。"

“呵，你当我傻？每回都塞新人给我，该我收你钱才对。我要带自己的学生，你找别人吧。”

“什么学生？有我推荐的靠谱吗？”

路檬看了眼裴湛，他这是在帮乐施争取？以司裴的地位，做他巡演的助演，别说新人，这机会对已经成名的乐手来说都梦寐以求。

“我帮了你多少回，就推荐了一个人给你，你理了没？”

裴湛挂断电话后，路檬的心情很是复杂，答应过司老师后，过了那么久，她根本就没正经练过琴……胡思乱想了好一通，直到裴湛的车子开进酒店停车场，她才反应了过来：“你是要带我去见司老师？”

望见路檬紧张的神色，裴湛冷着脸问：“你怎么一提到他就激动？”

“你去谈正经事，我牵着狗在一边傻坐着多奇怪啊。”

等下要见的除了司裴，还有其他人，带着路檬的确不像话。他带来的人全住这间酒店，便给领队打了通电话，要他照顾一下路檬。再三交代过路檬跟着领队别乱走后，他就离开了。

工作日的早晨堵车，接他们去排练的车迟迟没到，路檬便和裴湛公司的人一起等在自助餐厅里。除了乐施，这十几个人都不认识路檬，见她坐过来，大家只看了几眼便又回过头聊原本的话题。最近几日，路檬压力大到夜夜失眠，又因为司裴的那通电话满心愧疚，眼下自然懒得跟陌生人搭话。

她正出神，突然听到坐在隔壁桌，原本一直低头玩手机的年轻女人抬起头说：“乐施，你跟小裴先生有情况啊？”

司裴和裴湛是堂兄弟，又做同一行，因而被古典音乐圈的人称呼为“大裴先生”“小裴先生”。

乐施一脸莫名其妙：“什么情况？”

“网上有人爆料你和小裴先生暗中交往，被小裴先生的母亲棒打鸳鸯。看看，你的照片都贴上去了。”

“……这都什么呀。”乐施的声音和她的表情一样，有刻意为之的温婉。

在场的其他人闻言纷纷要链接，乐施看了眼路檬，解释道：“我都没和裴先生见过几次面，这怎么可能呢？”

裴湛的性子在场的人都知道，没有人觉得他和乐施会真的有什么，便问：“炒作吗？这下你可出名了。小裴先生对你真不一般，他之前可是零绯闻，这次为了捧你豁出去了。”

“拿了奖上新闻没人会留意，但这种绯闻的关注度可就高多了。”

“这年头，水平高不如名气大。”

“那咱们乐施是不是也快成了，小裴先生这可太偏心了，怎么不炒炒我跟他呢？”

“就你这模样，小裴先生就是愿意炒，广大网民也不信啊。”

乐施脸上的茫然太逼真，如果她瞟向路檬的眼神没那么微妙，路檬或许也会相信她是真的什么都不知道。

路檬以前看过一个帖子，叫“心死只在一瞬间”，大意是哪个瞬间让你毅然放弃那个深爱已久的他，当时只是匆匆一瞥，不知怎么的，此时此刻她突然想到了这句话，想到了分手。其实也不能说是心死，应该说她终于找到了逃避的借口。

人人都说游戏人间的她洒脱爽朗，可只有她自己知道，什么都不在乎的外表下其实还藏着一颗懦弱的心。爸妈常说她太自满，不能正确认识自己，其实她很自卑的，只是要面子、嘴上不肯承认而已。知道再努力也不可能变成路时洲那样，所以干脆放弃。

怕裴湛知道她和他看到的不一样，她担心到每天都睡不着。她这样的性格，愿意坦白，愿意直面可能出现的一切伤害，不仅仅是抱着希望，更是因为裴湛值得。现在多好，他不肯承认自己是他女朋友，还同别人炒绯闻，这根本就是不尊重她吧？或许他等下会同自己解释，会说不知情，可她统统不要听，她要立刻逃走。

终于不用面对最担心的事了，这样多好！

裴湛和司裴都忙，谈完事就没一起吃午饭。裴湛找到路檬的时候，他带来的那些人早已经乘车离开了。瞥见路檬捧着咖啡望着街景发呆，裴湛坐到她对面，问：“你不是怕睡不好，从不喝咖啡吗？”

“没关系，我应该不会再失眠了。”

裴湛片刻前就听说了绯闻的事，当时就让人去压了，想着路檬似乎从不刷微博，也很少看新闻，他犹豫了片刻，便没同她说。这新闻爆得蹊跷，百分之九十九是杜撰的，可也有一分真，若没有公司内部的人乱讲话，怎么可能会传出什么“棒打鸳鸯”？

新闻一出来，从这件事中获利最多的乐施就打了几通电话给他，裴湛没接，她又发了几条短信，再三说，对她来讲名声远比出名重要。

裴湛没回，直接打给了领队，领队说那天接完余航的电话后，乐施反应很大，哭着敲他房间的门要地址的时候确实有几个人在场。领队和余航对乐施的印象都很好，都认为新人不会有这样的胆子，说不排除有公司的人收娱记的钱爆料的可能。裴湛知道没有证据就对乐施怀有偏见有失公允，可又怕路檬知晓后误会，只觉得这个新人太麻烦。

“下午要彩排，咱们吃了午饭就过去吧？”

“我不想去看彩排，你忙你的，等下我自己打车回去。”

裴湛正心虚，观察了一下女朋友的神色，问：“怎么又不想去了？”

“困，昨晚没睡好。”

前一夜她不断翻腾裴湛倒是知道的，他看了眼手表：“时间应该够，不过午饭只能在这儿吃了。”

路檬“嗯”了一声，待裴湛付过自助餐费，便去拿了些食物。见胃口一向好的她只吃水果喝酸奶，裴湛问：“你怎么不吃主食？”

“早餐吃得多，不饿。”

路檬不想被裴湛看出自己的情绪，可有些东西想藏也藏不住。

坐进车子后，猜了半晌的裴湛终于用闲聊的口吻说：“今天出了点乱子。”

一直低头挠裴路路下巴的路檬看向了他：“什么乱子？”

“早晨出了个莫名其妙的新闻，说我跟乐施被我妈棒打鸳鸯……我已经叫人去压了，又不是娱乐明星，关注度不高，现在应该已经看不到了。”

“关注度既然不高，何必去压，不相信的人看到了也不会信，信的只当你是欲盖弥彰。免费的曝光度不要白不要。”

“……”

见裴湛欲言又止地看向自己，路檬冲他笑了笑：“中午怎么也堵车，好无聊，开收音机啊。”

电台又在放王菲的《乘客》，裴湛听到前奏便说：“是你喜欢的歌。”

路檬静静地听了片刻：“这首歌还有粤语版，叫《花事了》，歌词还挺应景的，我唱给你听好不好？”

“好。”

路檬跟着节奏轻声哼到第二遍开头才开口唱：

趁笑容在面上
就让余情悬心上
世界大生命长
不只与你分享
让我感谢你
赠我空欢喜
记得要忘记
和你暂别又何妨
音乐正欢乐
你叫我寂寞
怎么衬这音乐
是我想睡了
受不起打扰
时间比你重要
……

她唱得懒懒散散，发音也算不上准，又有国语原声在，歌词裴湛自然听不太清。酒店离裴湛的公寓远，一路上两人开着电台有一搭没一搭地聊天，还没开回去，路檬就睡着了。裴湛叫不醒她，只好将她横抱到楼上。

路檬醒来的时候已经是下午了，她在床上躺了一小会儿，决定立刻离开。路檬一下床，趴在床下的裴路路便站起来冲她摇尾巴。路檬揉了揉它的头，问："妈妈和爸爸要离婚了，你想跟谁呢？"

见裴路路只顾"呜呜呜"地撒娇，她又耐着性子解释道："离婚的意思呢，就是以后不会再在一起生活，你跟着我就不会再见到裴湛，跟着裴湛呢……我们或许要隔很久才能再见面。我就这么走了，他知道我是谁后大概会很生气，等他不气了，我才能去看你……我先去打电话，给你几分钟考虑。"

这种复杂的句子，裴路路自然听不懂，但它会察言观色，看出路檬和平常很不一样，立刻咬住了她的裤腿。

"你确定要跟我走？"路檬半蹲下来摸了摸它背上的毛，"我比较闲，去哪里都可以带上你。裴湛就很忙，他不可能带着你工作，也没有我温柔……"

听到"温柔"这个词，裴路路的眼睛里露出了一言难尽的神色。

路檬没有身份证，乘不了高铁和飞机，再加上裴路路，就只能开车回去，借车往一千公里以外的地方开，自然不是一两句话的事，她打了一大圈电话才搞定。

带来的东西不多，等待朋友送车的空隙，路檬找出纸笔给裴湛留了张字条，她想不出该写什么，反反复复删改了七八次，最终只留了三五句话："我们不合适，分开对大家都好。狗狗我带走了，会好好照顾它的，不用担心。如果你想它，以后我会定期送它和你见面。电话号码不用了，你删掉吧。"

路檬带着裴路路走到楼下，想起了仇英的扇面，又折回去在字条上加了一句话："你书房里的那幅画我拿走了。"

● ○ ☾

第七章

对不起，我叫路檬

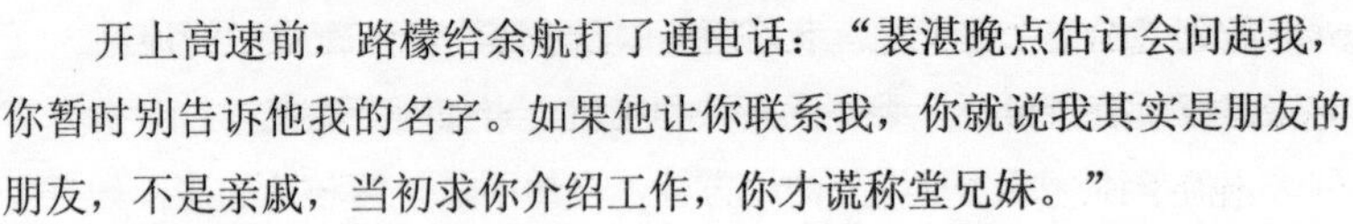

开上高速前，路檬给余航打了通电话："裴湛晚点估计会问起我，你暂时别告诉他我的名字。如果他让你联系我，你就说我其实是朋友的朋友，不是亲戚，当初求你介绍工作，你才谎称堂兄妹。"

"路小姐，您这是……"

路檬没再多说，直接挂断了电话，她需要时间缓冲，如果可以，越晚面对裴湛越好。她经常开夜车，傍晚五点出发，中途没有休息，回到Z市时天还没亮。她先去了趟裴湛家，除了扇面，把气球上的星星灯也一并带走了——它们算是这段回忆的开始。

路檬回到自己的公寓时刚好是早晨七点，把东西放下后，她先去超市买了袋狗粮。再次回家后，她边倒狗粮边招呼柴犬吃饭，刚叫了一声"裴路路"，便怔住了。片刻后，路檬对裴路路说："我和你爸爸没关系了，你以后要跟我姓路，路胖胖这个名字怎么样？很适合现在的你呢。"

裴路路埋头吃饭不理她。兴许是路上喝了两罐红牛、两罐咖啡，前一夜失眠，这一夜又不间断开车，路檬居然毫不困倦，只是心跳比平常快了很多。百无聊赖间，她拿着零食逗裴路路，可它宁可不吃牛肉干也不肯回应"路胖胖"这个名字。路檬觉得无趣，直接把零食放到自己的嘴巴里，边嚼边打开手机，已经过了将近二十个钟头，不知道裴湛有没有查到她的真实信息。

看到通话记录里只有两通来自余航的未接来电，路檬松了一口气，她翻了翻信息，有一条是余航发来的短信："路小姐，我照您讲的跟裴先生说了，他很生气，现在正到处找'余柠'。"

路檬本想回"抱歉，连累你了"，将要发送时又删掉了。

她折腾了一整天，直到傍晚才靠褪黑素睡了过去。而前一夜不断打电话的裴湛则完全睡不着。

音乐会结束后，他原本约了歌剧院的负责人谈合作，去酒店的路上给路檬打了无数通电话，皆是关机。他觉得不安，便不顾助理的反对，把见面时间改到了隔天早晨。

回到一片漆黑的公寓后，见不到路檬和裴路路，认为胆小的女朋友不可能大晚上独自在陌生的城市四处逛的裴湛第一反应是报警。报警的电话已经拨了出去，他才在床头柜上发现路檬的手机、取出来的手机卡以及她留下的字条。

他将字条反反复复读了十几遍，才弄明白上面写的是什么——她要分手，她还带走了他的狗和书房里的一幅画。

裴湛蒙了足足半个钟头才把字条拍下来传给最亲近的堂哥看："我女朋友这是不是要和我分手的意思？"

这一段司裴比谁都忙，隔了许久都没回，裴湛耐不住，便给他打了通电话："你怎么不回我微信？"

"我没看到。"

"你现在就看。"

电话那头安静了三五秒后，司裴莫名其妙地问："什么你女朋友？你哪儿来的女朋友？你今天晚上不是约了歌剧院的经理吃饭吗？"

"……"裴湛这才想起来，他恋爱的事和谁都没说，只有他跟他女朋友知道，"刚在一起没多久，这次我也把她带到B市来了，这两天我们闹了点别扭，我都解释过了。中午她还好好的，我刚刚回来人就不见了，她还把二十一带走了。她说她会定期送二十一回来跟我见面，就是还会给我打电话的意思吗？"

以裴湛的性格，他一次性说这么多话非常稀罕，司裴云里雾里地摸不着头脑，便问："你说的女朋友是什么人？你们怎么认识的？"

"就是我给裴赫找的家教。"

司裴听家人说起过这个人，倒是有点印象："你助理的那个堂妹？"

突然惊醒的裴湛挂断电话，转而拨通了余航的号码。余航早有心理准备——为了帮朋友的朋友介绍工作而撒谎，总比替心血来潮的骗子大小姐隐瞒身份更容易得到原谅。于是，裴湛问他的时候，他只说朋友说"余柠"急需一份工作，因为她的年龄跟要求不符，正好又和他一个姓，他心一软才帮忙求情的。

余航没有料到的是，裴湛并没骂他，只让他立刻想办法联系路檬，便挂了电话。隔了片刻，余航才打了回去："裴先生，我朋友也打不通余柠的电话，他说他跟她不是特别熟。要不我现在就发招聘启事再给您找个助理？"

"发什么招聘启事？我不需要助理。"

"既然您不需要助理，那余柠走就走了，您为什么要找她？"

"……"裴湛万万没有想到，全世界都是在他失恋之后，才知道他交过一个女朋友。

三天后，裴湛便确认了"余柠"的所有信息都是假的，Z大包括研究生院的三个校区都查遍了，根本就没这么个学生。余航那边一问三不知，裴湛起先还冲他发火，想到日日与她同眠的自己也一样什么都不知道，便没再做毫无意义的追究。

接下来的一个多星期，每年年底都忙碌到接连两个月都不进家门的裴湛推掉了所有工作，日日等在家中。她在字条上留言说会定期送二十一回来，裴湛怕错过，哪敢出门。

年少成名，时间由不得自己安排，印象里他已经十几年没有休过这样长的假期了。裴湛满心烦闷，便没让裴赫再住过来，一个人闲在家里的这些日子，他把和路檬一起看过的《重庆森林》反复看了几十遍，把她唱过的两首歌对着歌词听了无数次，连做梦时都能听到那个旋律。

过去的他不喜欢文艺片，觉得有故弄玄虚之嫌，如今亲历了失恋，竟和电影里的人物有了共鸣。他知道，在周围人的眼中，他大概与片中患了失恋综合征的金城武一样傻，抱着微乎其微的希望，等一个不可能的人回头。

裴湛失恋的第十二天，江东强行把多日未出门的他拉到了自己的餐厅。他本就不爱说话不爱笑，除了时不时地望向桌上的手机，乍看之下，倒察觉不出和以往有什么不同。

裴湛一根接一根地抽烟，酒倒完全没碰。正和江东聊着天，电话铃一响，他立刻摸起了手机，发现是公事电话，想也没想就点了拒接。

“你就准备这么一直颓下去？从认识到现在还不到两个月，至于吗？”

“路时洲和简年下个月结婚，给你发请帖了没？”

听到这句话，暗恋简年二十多年的江东呼吸一滞，招了招手叫服务员过来：“今天开的酒都算在裴湛账上。”

“全是你喝的，算我账上？”

“谁叫你人傻钱多。你想找她太容易了，直接报警，就说助理偷了狗和价值两百万的名画，保准三天就能抓到人。”

裴湛乜斜了江东一眼，骂了句“有病”。

“有病的明明是你。什么不辞而别闹分手，这是典型的盗窃案。相似的案例报纸上天天有，用假身份去有钱人家应聘保姆，骗取信任后趁主人不在盗窃贵重财物。”

“不可能。”

“不是图财，她为什么拿走你的画？”

裴湛想说“她根本不知道那是谁的扇面”，又记起自己曾随口跟她说起过它的价值。

见裴湛瞪自己，恨不得揍他一顿让他清醒清醒的江东继续说：“你还等她送二十一回来？说不定你那条肥狗早被她卖了。你真对她有信心就报警，她要是没问题，警察绝对不会冤枉她，说不定是惯犯呢，除了你还骗过别的男主人。”

“她需要钱只要开口，多少我都会给，这个她清楚。”看到江东投来的诧异目光，裴湛只觉头痛，摁灭手中的烟，起身告辞，“管好你自己，我先走了。”

“……”

有件事裴湛谁也没告诉——仇英的扇面被她拿去了，按合同他要赔付十倍违约金，所以他损失的并不是两百万，而是一千五百万。然而就是再加十倍，他都不会报警。再急着找她，他也不愿意他们的关系蒙上这样的色彩。

他不相信她是为了骗钱而来，唯一不解的是，如果她对自己失望，为什么不当面说清楚？到底在一起过，哪怕不喜欢他，也不至于连个挽留的机会都不给。

裴湛生性内敛，再心急如焚也没满世界嚷嚷，只找了两三个熟人帮忙查“余柠”，然而不过十来天，他离奇失恋的稀罕事整个圈子都传开了。这一晚竟传到了当事人的耳朵里。

路檬之所以会到夜夜笙歌的贺齐光的别墅，是怕自己再继续宅下去会变成一朵蘑菇。从B市回来后，她昼夜颠倒地睡了三天，然后开始不眠不休地练琴，荒废了太久，指法生疏到还不如刚学两三年的小学生，越练越绝望。

准备放弃的时候，司老师给了她一些素材，让她试着编曲。兴许是失意的时候感情格外充沛，完成之后拿给司老师试听，很少赞许人的司裴居然打了八十分。受到了鼓舞的路檬拾回了些许信心，加倍努力起来。

贺齐光之所以会打电话邀路檬过来是因为顾屿说想见她，为了帮好朋友撮合，被路檬拒绝了八次后，他百折不挠地打了第九通电话，终于请动了她。而顾屿之所以想见路檬，倒不是贺齐光脑补出的那个原因，而是听说裴湛被一个叫“余柠”的助理骗了。他满心疑惑，立刻给路檬打了通电话，然而路檬不接听也不回微信。

接连十几天没正常吃过饭的路檬怕被人看出满脸菜色，出门前特地花了两个钟头洗澡、化妆、配衣服。停好车后，她照了下贺齐光摆在门厅的穿衣镜，倒觉得比平常更精神。

贺齐光的这栋别墅就没有安静的时候，每天晚上都聚着十几二十个人。在座的路檬认识一大半，她性子随意，不高兴的时候谁也懒得招呼，径直坐到了吧台前。一发现她，贺齐光立刻给正打桌球的顾屿使了个眼色，和他一起凑到了路檬旁边。

“你最近忙什么呢，想打通你的电话都得费半天劲。”贺齐光问道。

“没忙什么，在家待着。”

“吃晚饭了没？”贺齐光从酒柜深处翻出了一瓶天价茅台，环顾四周，压低声音说，“这酒还是我从你哥那儿顺出来的，说是你爷爷珍藏的。”

他比了个六的手势：“现在值这个数，就这么一瓶，狼多肉少，我让厨房弄盘盐焗鸭掌，再来碟煮毛豆，咱们三个去花房尝尝。”

“我开车来的，不能喝酒。”

“等下让我司机送你，这酒光有钱可弄不到。”

说完这句，贺齐光又给顾屿使了个眼色，趁着路檬跟人寒暄，压低声音对顾屿说：“这酒是我的宝贝，连陪我爸我爷爷过年都没舍得拿出来，也就是为了你！哥够不够意思？等下你自己把握机会。想说什么大胆说，被拒绝了就说喝多了开玩笑的。”

顾屿远比贺齐光稳重，瞥见路檬看过来的眼神，知道她误会了，并没急着辩解。路檬嫌客厅吵，跟着贺齐光去了花房，赶在他开酒前，一把抢下茅台，塞到了自己的包中：“我爷爷生前没舍得喝的酒，我拿回去等清明的时候孝敬他。”

“……”知道羊入虎口抢不回来，痛失爱酒的贺齐光只好用眼神向顾屿吐槽他看女人的眼光。

酒没了，自然要换菜，等待厨房送餐的空隙，贺齐光说起了已经被他传播了八百回的事：“你还记得裴湛吧？就你小时候看上过的弹钢琴的那个。你绝对想不到，他居然被女人骗了，财色两空，对方所有的信息，包括名字都是假的。”

顾屿状似无意地看向路檬，见正喝气泡水的她突然呛到了，非常及时地递了张纸巾过去。路檬接过纸巾，冲他说了句“谢谢”，又听到贺齐光说："说是大三休学的，让我查，我找熟人把所有院系都查遍了，哪有啊。隔了几天，他还不死心，让我查查成教院有没有，我问了，没有，可不忍心打击他，到现在还没给他回电话呢。

"那么精明的一个人，那么多美女要死要活都倒追不上，居然会中小助理的招儿。名字都是假的，什么十九岁，年龄八成也有问题，说不定三十了呢。不过那小助理也是个傻缺，难得遇到有钱又好骗的，一共才卷走了一幅画和一条狗……"

话还没说完，贺齐光的电话就响了，打来的正是裴湛，他按下接听的时候，心烦意乱的路檬恰好站起身骂了句"你才傻缺"。贺齐光脾气虽好，却很要面子，立马不乐意了："没大没小的，怎么跟二哥说话呢？！"

听到这个声音，电话那头的裴湛一下子就怔住了，待贺齐光又"喂"了一次，他才回过神："刚刚那人是谁？"

路檬早离开花房了，贺齐光一时间没反应过来，问："哪个人？"

"骂你傻缺的。"

贺齐光更觉没面子，吐槽道："是路时洲那个宝贝妹妹，她小时候跟我和季三住一个院儿，看着长大的，跟自己妹妹差不多，什么都好，就是脾气大、没规矩。她对我这还算客气呢，季三比她大好几岁，从小被她欺负到大，绝对的童年噩梦。"

见顾屿也起身离开了，贺齐光才敢说："你应该知道她，她十几岁的时候还追过你呢，她怕她哥跟家里人告状，不敢找她哥帮忙，成天逼着我和季三搜集你的……"

裴湛不认为路时洲的妹妹会跟自己有什么关系，碍着礼貌听了片刻，知道贺齐光天生话痨，再不打断他会说个没完没了，只说："你帮我问了没？"

贺齐光的嘴巴有多大裴湛知道，可他和Z大有合作，查个学生信息也就是打几通电话的事。虽不想私事被广而告之，但他找贺齐光的时候正着急，并没多考虑，若是当时思维清晰，该找虽然不熟，但牢靠得多的路时洲帮忙的。

"我正要给你打电话呢，你还是报警吧，我保证Z大没有你说的那个人。”

裴湛本就没抱希望，正要挂电话，又听到贺齐光说：“你要是心里烦，千万别一个人待着，来哥家玩。我前一段不也失恋吗？整天躲着不想见人，差点得抑郁症，你来，我陪你喝酒。”

裴湛性子冷淡，跟贺齐光勉强称得上熟，听说他四处传播自己的八卦更有点恼，可不知被哪句话触动了，竟鬼使神差地答应了。

路檬一从洗手间出来，就看到了等在外头的顾屿，想起贺齐光擅自乱撮合，她笑着化解尴尬道：“我知道脑子不好的是贺齐光，我认识他二十几年，你别放心上。”

顾屿摁灭手中的烟，笑道：“你怎么抢我台词？”

路檬转移话题道：“饿死了，我去冰箱里找点吃的。”

“‘余柠’是怎么回事？”

“什么余柠？”路檬仰起脸，眼神无辜地望向顾屿。

顾屿竟生出了疑惑：“裴湛表弟骨折那天，你在医院跟我说的话，难道是我在做梦？”

“嗯，你就是在做梦。”说完这句，路檬转身就走。

顾屿重新点了根烟，望着她纤弱的背影暗想，哪是他眼光奇葩，分明是贺齐光不懂欣赏。

路檬最近作息不规律，吃了几口东西后，忽而心生烦闷，便给贺齐光发了条微信，披上大衣离开了。解开车锁，还未上车时，她竟看到裴湛的银色奔驰从远处驶了过来。路檬愣了片刻，立刻爬上路虎准备逃走。然而，裴湛已经看到了她，他把车子随便一停，推开门下了车。

路檬以最快的速度发动了自己的车，然而贺齐光家的客人多，车子都挤在一处，自然不好倒，饶是她车技好，迅速赶来的裴湛也险些敲到了她的车窗。车子开出去后，路檬从后视镜望了一眼，讶异地发现从不肯快步走的裴湛早已跑回了他停在路中央的车前，也发动了车子，追了过来。

贺齐光的别墅在城郊，沿途道路宽且直，路檬起初没把裴湛和他的车放在眼里，开得很随意，待发现他的车子越来越近，愕然了片刻后，她才回忆起他十几岁时骑摩托骑得有多狂。

倪珈说过，裴湛的车就算愿意带女人，也只有不怕死的路檬敢往上坐。时光可真神奇，不过短短十年，裴湛就变成一个中规中矩的杰出青年，除了偶尔毒舌，年少时的乖张反叛完完全全消失了，和脏话都没讲过一句的司老师站在一起，竟没有半点违和感，害她居然忘记了他狠起来是什么样儿。

路檬想象得出找了这么一大圈的裴湛发现她是谁后该有多生气，同样是骗了他，当面坦白和逃跑后被抓住性质完全不同，现在被抓住和遇上了还继续躲着他也不一样——道理她统统明白，可就是不想立刻面对。

路檬全力以赴后，后视镜里裴湛的车越来越小，然而只隔了十几秒，裴湛就再次追了上来。不断加速后，刚甩开了些许距离，路檬忽而看到前方有几个交警叔叔在设路障，记起为了方便市民饭后散步，前面的滨海大道晚七点到晚十点禁止车辆通行，路檬立刻踩刹车左拐。

裴湛开的虽是商务车，可百公里加速比她的车快了足足三秒，左拐后没多久，他就追到两辆车几乎并行了。听到裴湛按喇叭，路檬侧头看了他一眼，再次加速。又开了半公里后，路檬急了，干脆减速拐上了路牙石，开进了右手边的别墅群，裴湛的车底盘低，无论如何都冲不上来。

回过头看到裴湛忽然刹住了车子，走下来立在车前目送她远去，本想直接逃离的路檬没来由地鼻子发酸，犹豫了片刻便也停下了。

她深吸了两口气，推开门下了车。隔着一百米的距离，两人静静对视了片刻，一阵冷风吹来，除了一件薄薄的羊绒短大衣，就只光着腿穿了条长连衣裙的路檬打了个寒战，率先打破沉默："外头太冷了，咱们换个地方聊。"

说完这句，她就坐回了车里，刚想倒车，不知何时跑过来的裴湛就拉开了副驾驶的门，自顾自地坐了上去。

路檬转头看了眼被丢弃在路中央的银色奔驰："你的车？"

"不要了。"

"会被拖走的……"

“开车。”

他这是怕她逃走？至于吗，看到她哥的车，知道了她是谁后，她还能跑到哪儿去。

听到路檬说“拖车”，裴湛蓦然想起裴路路走丢的那晚，这辆路虎从他眼前被拖走时，他还给路时洲打了通电话，而她就在自己身边……

终于找到了人，裴湛却不知道此时此刻的自己该摆什么表情。江东的餐厅就在附近，除了给路檬指路的只言片语，两人一路无话。

江东的餐厅生意好，位置需要提前订。进门后，裴湛才意识到没有位置，只好让服务员在僻静之处添一张桌子、两把椅子。服务员询问要点什么，裴湛挥手说“不要”，坐在他对面的路檬插嘴道：“给我一壶大红袍，越热越好。”

裴湛望了眼路檬露在外头的那截小腿，餐厅里虽有空调，可包间没了，两人坐的地方恰好是风口。他叫住服务员：“你们江总呢？”

“刚刚走。”

裴湛给江东打了通电话，让他找人开办公室的门，而后带着路檬坐进了他的办公室。

走进暖和的地方，路檬反而接连打了几个喷嚏，见裴湛一瞬不瞬地望向自己，冻透了的她垂着眼睛坐到了单人沙发上，拿起电水壶研究怎么煮热水。

到了光线充足的地方，裴湛才看清路檬化着精致的妆，他不管不顾地毁掉演出合约、抛下脸面满城找她，她却打扮得漂漂亮亮地出门聚会……裴湛的心中腾起了一股气，平复了片刻，才尽可能温和地问：“为什么？”

路檬煮上水后，又把倒扣在茶几上的紫砂杯丢进旁边的盘子里消毒，顿了顿才答：“我要是说改个名字去你家打工是为了治失眠，你会信吗？”

裴湛关心的却是另一个问题：“我问的是你为什么一句话都不说就离开？”

“我给你留字条了啊。还有，什么叫卷走了狗和画，钱我已经打回你卡里了，利息也一分不少地给了，你不知道吗？”

这十几天他过得如此混乱，哪会留意到这些，他只问："你给我钱干吗？"

"那幅扇面本来就是我抵押给你的，你没看过合同？"路檬莫名其妙地看了裴湛一眼，她本以为钱一打回去他就会立刻猜到，最近几日还担心他会找到自己家来，"画我拿走了，钱也还了，合同你撕掉吧。"

"你为什么需要钱？"

"和你没关系。"

"你为什么离开？"同一个问题裴湛又问了一次。

"不为什么，就是突然觉得没意思了。"

裴湛表情一滞："你到我家治失眠是什么意思？为什么换名字？为什么撒谎说自己是休学的大三学生？"

"前一段时间在酒店偶遇你后，我就无缘无故地开始失眠了。失眠很痛苦，你没体会过不会明白的。我朋友，哦，你也认识的，就是倪珈，说你是我童年的阴影，还说多和你接触是最好的治疗办法。我也不想改名字装其他人，可你以前说过，最讨厌的就是我这样的，我怕你突然想起我来……"

记起方才贺齐光在电话里说路时洲的妹妹曾追过自己，此时此刻的裴湛异常混乱，他一时间还没法将他的女朋友和路时洲的妹妹联系在一起。明明是同一个人，可眼前的这个女孩一眼望去就看得出出身不凡，她嚼着口香糖，够不着地的一双腿在半空中荡来荡去，语气和举止都慵慵懒懒，没来由地，他觉得他还是没有找到他想找的那个人。

"你为什么带走二十一？"

"裴……路胖胖本来就是我的狗。"被裴湛知道她的姓名后，柴犬的名字实在难以启齿，真是服了曾经那个满脑子都是裴湛的自己，"你不信可以去问我哥或者季三，这狗是他们买给我的，走丢的时候一岁多，我也是去了你家才又发现它的。我没说不让你见它，你那么忙，它跟着我比较好。以后你要是想它了，可以给我……我哥打电话。"

"你走是因为气我不告诉周围的人我们的关系吗？我以为你……我之前太想保护你了，我怕我家人或外人的闲言碎语会伤到你的自尊，会破坏我们刚刚建立起来的关系，你年纪这么小……”

“我马上就二十三岁了，不好意思，这件事不是有意瞒着你。”路檬的心中腾起了一簇微弱的火苗，她斟酌了许久，才再次开口，“你想保护的不是我，是你柔弱、温顺、胆怯、穷困却上进的女朋友，你只是喜欢能满足你保护欲的……而完全相反的我不需要谁的保护。”

裴湛带着些许困惑看向路檬，并没说出她期待中的、他曾说过的那句“我就喜欢你”。

微弱的火苗瞬间就被带着冰块的冷水浇灭了，路檬无比庆幸自己十几天前做的决定。她拎起包，站起身朝裴湛鞠了个躬，诚恳地说：“裴湛哥，我去你家真是想治失眠，不是存心捣乱。我没想到你会让我当你的女朋友，我就是太好奇了，想满足一下小时候的愿望。反正一共也没在一起几天，咱俩都没什么损失，请你忘了这件事。我知道你现在生气，可以后低头不见抬头见的……对不起对不起对不起，我跟你道歉，你看在我哥的面子上消消气。”

路檬没撒谎，虽然嘴上喊着要让裴湛怀疑人生，可她也不过就是说说，她哪有自信料到后来的事儿。

赶在裴湛再开口前，自觉丢了脸、怕再露怯的路檬就快步走到了门边，不料她的手还没摸到把手，门忽然开了——立在外头的是放心不下裴湛，刚刚赶回餐厅的江东。

看到对方，路檬和江东皆是一愣，路檬率先叫了声“江学长好”，江东面露意外地点了点头，寒暄道：“好久不见。”

路檬离开后，混乱不已的裴湛下意识想追上去，却被江东拉住了：“你怎么把路时洲的妹妹带来了？”

“你认识她？”

“她以前不是没事就往咱们身边凑吗，还拿相机偷拍过你。”追裴湛的女孩太多，江东根本分不清谁是谁，会单单记得路檬，倒不是因为她出现的频率高，而是因为她是情敌路时洲的妹妹。

她是路时洲的妹妹……贺齐光、季三，连江东都认识她，唯独他不知道……不知道该说什么的裴湛摁了摁眉心，一时间竟生出了失忆的错觉。

门没关，路檬刚走出几步就听到了江东的话，窘得恨不得撞墙之余，又因放心不下，硬着头皮折了回来。路檬敲了敲门，仰起头冲比她高出一大截的江东露出了一言难尽的笑：“江学长，谁小的时候没二百五过，您行行好，把我干过的蠢事都忘了成吗？”

因为讨厌路时洲，江东对路檬也缺乏好感，冷着脸“嗯”了一声。

路檬又看向裴湛：“裴湛哥，我有话想跟你说，麻烦你出来一下。”

裴湛看了江东一眼，江东低头点了根烟，无奈地走了出去。

路檬收起玩笑的语气，深吸了一口气：“对于潜入你家这件事，我真的真的很后悔，我哥哥和我爸妈的性格都很……中规中矩，要是被他们知道了，我估计会……有点麻烦。圈子这么小，很抱歉害你变成别人的谈资，但你也不是完全没有责任，贺齐光那嘴巴……你怎么能相信他呢？反正已经牺牲了你，要是再加上我，这事儿他们就更难忘掉了……我的意思是，你能不能别跟别人说？以后就当我是路人甲。同时见过我跟你的人不多，余航不会讲，裴赫如果遇上了，我也会和他谈……”

这晚裴湛在沙发上坐了三个多钟头，他把和路檬相处的种种回忆了一遍，才发现她也不是没说过真话。比如她确实是Z大的学生，只不过已经毕业了；比如她确实有个快结婚的哥哥，只不过路时洲哪里需要她赚钱。

再比如，两次深夜送她回来的“顾大哥”的的确确是三十岁的医生……因为“余柠”的背景，哪怕顾屿说自己是他们科室唯一的年轻医生，他也没把他们联系到一起。这么说，顾屿就是她的相亲对象？想到裴赫骨折时，顾屿进病房后她的表现，以及她在电话中叫“顾大哥”的亲昵语气，裴湛的心中腾起一股无名火，直接揉碎了手中没点的烟。

她是路家的人，难怪会懂画，所以她最开始的时候穿成那样不是审美奇葩，而是逗自己玩儿？更难以置信的是，她居然是大哥的学生，难怪大哥一来，她就神情慌张得四处窜。贺齐光和江东都说她追过自己，他怎么就一点印象都没有了呢？她怎么会是那群叽叽喳喳、又吵又肤浅的女人中的一个……所以上次一起散步时，她说的那个喜欢过的男同学就是自己？

为了看自己，每天上学放学等在校门口？带着狗护送自己回家？这一切太匪夷所思，可想到二十一最初和自己相遇时的情形，仿佛也是说得通的。他本以为虽然看上去狼狈，却戴着蝴蝶结和铃铛的二十一是被主人丢掉的弃犬，和自己有缘才寸步不离地等在门外，原来是“护送”过自己，所以认识？

虽然对表白的女人一贯没什么耐心，可他真的不记得自己曾说过那么过分的话。如果他的记忆没有出现偏差，她当时说过“最近才发现，到现在还喜欢他”，原因是长得好看……

裴湛立刻摸起手机，给路檬打了通电话，听到“您所拨打的号码已关机”，才记起这是“余柠”的号码。裴湛又给司裴打电话要路檬的联系方式，司裴也关机了，他看了眼时间，已经凌晨三点了。

他怎么没体会过失眠的痛苦？怎么没有损失了？

这一晚，路檬也没睡，她拉出藏在衣帽间的塑料箱子，里面满满都是裴湛送的东西。她原本准备一辈子珍藏，可睡不着的时候想起这些其实不是送给她的，而是送给他心中柔弱的“余柠”，只觉得满心别扭。

就算她没因为伤了心提分手逃走，裴湛知道真相后他们怕是也会一拍两散吧？路檬决定不再庸人自扰，把它们统统处理掉。刚把塑料箱拖到公寓外，她竟舍不得了，犹豫了片刻，又把箱子拉了回来。折腾了大半夜，第二日路檬睡到下午才爬起来。

她的头昏昏沉沉，直到泡过热水澡才清明了些许。吹干头发，路檬拿起手机点外卖，看到司老师接连打了三通电话，她心虚不已地做过心理建设，才回拨了过去。司裴兴许是在忙，隔了许久才打回来。

“司老师早上好。”

“现在是下午。”

路檬干笑了两声：“这两天比较忙，过得晕头转向的。”

“你在忙什么？练琴吗？”

“……是的呀。”

“你现在开视频，弹一段给我听听。”

“……”原本担心司老师问自己谁是“余柠”的路檬只觉得让她弹琴给他听，还不如聊聊她和裴湛的事情。

见她默不作声，司裴问：“你不会没练吧？路檬，我其实……”

怕司老师生气，路檬赶紧说：“我有练的，就是荒废了太久，很不顺利。”

司裴沉吟了片刻：“你后天来我这儿练。”

司裴为人严肃，与他相处压力很大，路檬虽不情愿，却不敢说“不”，莫名其妙的，她不怕爷爷奶奶、爸爸妈妈，单单怵这位司老师。

第八章

师叔好

司裴在远郊的海边有栋独栋别墅，人烟稀少、风景好，最适合练琴。后天一早，路檬就按他给的地址找了过去。有了如今的成就，司裴仍旧坚持每日练四个钟头的琴，这一段时间太忙碌，他干脆住到了别墅里。路檬到的时候，他尚未换下睡衣。

“司老师早上好，你吃早饭了吗？”怕司裴等下听她弹琴会生气，路檬狗腿地一笑，递上了排队买的早点，“我记得你最爱吃这家的生滚鱼片粥。”

“我已经吃过了，你跟我不用客气。”司裴接过粥，转头对堂弟说，“你不是还没吃吗，这家店要排很久的队，尝尝看。”

看到坐在沙发上的裴湛，瞬间石化的路檬立刻生出了逃跑的冲动。

司裴把粥放到餐桌上，引见道：“这是我学生路檬，这是我堂弟裴湛，你们都听说过对方，我就不多介绍了。我等下要出门，裴湛，你闲着也是闲着，帮我教教她。”

司老师似乎并不知道“余柠”，路檬大大地松了一口气，见面带意外之色的裴湛起身走了过来，赶在他开口前，路檬露出了一个恭敬的笑容，主动招呼道：“师叔好。”

司裴最近太忙，很少看私人手机，一直到昨天下午才注意到堂弟两天前打来的电话。他无暇指导路檬，又不想裴湛整日待在家里，便把他叫到了自己这儿。怕提前告诉裴湛，他不愿意教路檬，司裴在电话里只说有事见面聊。路檬虽然整日嘻嘻哈哈的爱胡闹，可非但不聒噪，还挺讨人喜欢的，有性格可爱的她在旁边，总比裴湛独自闷着胡思乱想好。

哪知路檬这声“师叔”一叫，裴湛瞬间黑了脸。

知道从不把人情世故放在心上的堂弟不会看在自己的面子上对路檬客气，怕本就缺乏信心的路檬等下会被他打击到直接放弃，司裴把她叫到了一边：“我前一段时间去波兰，朋友送了些女孩喜欢的小玩意，你过来看看有没有想要的。”

路檬没敢再看裴湛，夹着尾巴跟司裴进了书房。司裴拉开抽屉，随手拣出一个盒子递给路檬，背着裴湛低声给她做心理建设：“裴湛脾气不好，等下无论他说什么都别在意。他演示的时候你用心记，别让他重复太多次，他没耐心。”

路檬点了点头，从盒中拉出一串长长的蜜蜡项链，笑着问：“这是波兰产的鸡油黄？多不好意思，该是学生送老师礼物的。”

“你喜欢就行，我用不着。”

抽屉没关，见路檬瞟向娃娃和巧克力，司裴随口说：“那些也给你。”

路檬不是会客套的性格，闻言当真挑了一堆。一转头发现不知道什么时候过来的裴湛正倚着门看自己，心虚的路檬吓了一跳，怀中的盒子哗啦啦掉了一地。

一个老成持重，一个活泼冒失，性格的巨大反差把两人的年龄差从十岁拉到二十岁，因此司裴一直拿路檬当小孩子。看出路檬似乎有点怵裴湛，司裴无奈地替傻站着的她把地上的东西一个个捡起来，摞到了她的手中。

裴湛离得远，走过来后还没弯下腰，路檬已经向司裴道谢了，他便冷着脸又将手抄回了西裤口袋里。他讶异地发现记忆里的女朋友又回来了，只不过她的温顺仅对司裴展现。裴湛心中腾起了一种复杂的情绪，以至于司裴出门前同他打招呼，他都冷着脸只当没看见。

司裴以为堂弟是不满自己给他派任务，本想交代他别总绷着脸、对小孩子温和一点，又觉得以裴湛的性格，特意叮嘱这些会适得其反，便只对路檬说："我先走了。难得裴老师今天有空，你珍惜机会。"

路檬模样乖巧地"哦"了一声，把手中的盒子放到一边，踩着小碎步一路尾随司裴将他送到了大门外。

前女友脸上讨好的笑容令裴湛莫名地想起了裴路路，要是也有尾巴，她只怕会摇得比裴路路还欢。

门一关上，偌大的客厅就只剩下路檬和裴湛了。路檬恨不得跟着司老师一起离开，她深吸了一口气，转过身对裴湛笑了笑："裴湛哥，谢谢你没告诉司老师。"

"告诉他什么？"说甩他的就是这个师侄女吗？

路檬以为裴湛不愿意再提，压下心中小小的失落，随手拿了盒巧克力坐到了沙发上。

裴湛找堂哥原本是想问路檬的联系方式，他想就过去的事跟她道歉，尤其是那句"我最讨厌的就是你这样的"，还想问问她之前说"到现在还喜欢"是不是他认为的那个意思，可看到她一派轻松地买早点给司裴，为了小礼物高高兴兴，笑容满面地送司裴出门，才发觉对这段关系认真的只有自己。

裴湛一贯觉得男人不该和小女孩计较，这一刻的情绪却糟透了，说不清是失望，还是气恼。

裴湛冷着脸一言不发，本就不自在的路檬更觉得拘谨，她蜷起脚，整个人都缩在沙发上，因为压力巨大，不知不觉间吃掉了半盒巧克力。总这么僵着不是事儿，路檬硬着头皮，没话找话地问坐在不远不近处的裴湛："裴湛哥，你吃巧克力吗？"

裴湛没抬头，面无表情地看着笔记本上的邮件说："别人给的东西，只要是用不上的，司裴都往抽屉里塞，他上一次去日本是一年半以前，你那盒巧克力很可能已经过期了。"

路檬立刻看向包装盒，见赏味期限一栏写的是"2017.02.28"，瞬间就石化了。她没吃过这个牌子的巧克力，还以为酸味和酒精味是原本就有的……

司老师是无心的，但眼前这位等她吃了么这久才提醒的可就太坏了。路檬拿起手机上网搜了一下，查到巧克力里有蛋白质，吃过期变质的会导致腹泻、食物中毒，不知是不是心理作用，立马就生出了恶心感。

她看了眼裴湛，见他的注意力都在笔记本上，便拿起两块巧克力，跳下沙发，凑到他身边说："你是不是还生我的气啊？哪，请你吃巧克力。"

裴湛怎么会猜不到她在想什么，告诫过自己不要抬头不要搭理，却还是第一时间看向了她："我为什么生气？"

路檬哪敢提他们那段短暂的恋情，把巧克力递到他嘴边，笑着说："没有过期，超级好吃，你尝尝看。"

她天真无辜的脸近在咫尺，裴湛知道巧克力有问题，却不知道自己为什么会张嘴，鬼使神差地，他把两块一齐吞了下去。

裴湛的味觉非常灵敏，吞下去后很是佩服吃掉半盒都没发现不对的路檬。路檬正要讲话，门铃响了，裴湛把笔记本放到茶几上，走到门边，看了眼可视门铃，对路檬说："你小师叔来了。"

"哎？"路檬还在思考谁是她小师叔，就看到裴赫拄着拐棍走了进来。四目相对间，两人皆是一愣。

"余……"

赶在裴赫喊出"余柠"这个名字前，怕气氛再次尴尬的路檬就冲上去捂住了他的嘴："你给我进来。"

在裴湛一言难尽的目光中，路檬将瘸着一条腿的裴赫拖进了书房，按在了沙发上。路檬一松开手，裴赫便说："你真把二十一卖到饭店了？"

"什么饭店，它一直跟我在一起，今天我有事情，才把它送到我外公家的。我不叫余柠，叫路檬。以后不准你提什么'余柠''大神'，叫我路檬姐，听明白了没？"

见裴赫迷茫地摇了摇头，路檬想了想才说："你知道路时洲吗？他爷爷生前跟你外公关系很好。"

裴赫只觉摸不着头脑："听说过，不认识。"

"我是路时洲的堂妹，叫路檬。以后没有什么余柠，千万千万不要再提，尤其不要再和你二哥提，听明白了没？"

裴赫点了一下头，又摇了两下。

“……你的理解能力怎么这么差？我叫路檬，我爷爷和你外公是好朋友，我养了条狗，不小心把它弄丢了，知道它被你二哥捡走了之后，就想把它要回来。可是直接要很奇怪，为了找狗，我就换了个名字潜入了你哥家里，你现在明白了吧？”

“可是他们怎么说你跟我二哥好了，骗了他的感情后，又偷了他的画和狗跑了？”

“你觉得可能吗？”

裴赫摇了摇头：“不可能，我二哥不可能和你好。”

路檬忍着气说：“你大哥，就是司裴，他是我的老师，他只知道有‘余柠’这个人，并不知道我就是‘余柠’。除了不要再和你二哥提‘余柠’，你也千万别告诉你大哥我就是‘余柠’，听到了没？”

“你是我大哥的学生？”裴赫捶了下沙发，兴奋地说，“我听说过你！”

“你听说过我什么？”

“你们路家一家子都是大学者，你却连大学都考不上。”

“……”

“对了，我朋友也说起过你！你是不是准备开车横跨亚欧大陆？”

“你怎么会知道？”

“我那个摄影师朋友说的，他说你找过他。”

“他要价太高，我出不起钱。”

“我让他给你打折，只要你们带上我。你什么时候出发？”

“明年。你不上学了？”

“我上不上有什么区别。姐，你太帅了，我就说嘛，就你以前那形象，游戏怎么可能打得这么好！我朋友说你玩过赛车，是真的吗？你简直就是我的理想型，要不是你大我四岁太老了，我就追你了。”

“两件事：一、我比你大八岁；二、我现在很想废掉你另一条腿。”

路檬正把没及时求饶的裴赫往沙发上摁，就听到了敲门声。她一回头，便看到裴湛面无表情地立在书房门边。

“你还练不练琴？”

路檬放开险些被她掐死的裴赫，点了点头：“练的！”

客厅有两架钢琴，作为终极颜控，路檬选了靠左边落地窗的那架白色的。

她要在巡演上和司裴双钢琴演奏《蓝色狂想曲》。论技术，司裴在国际上可以位列前五，要多快就有多快，要多响就有多响。除了对键盘的绝对掌控，在情感表达上他也完全做得到精准、细腻、丰沛。

路檬的钢琴也是名师教的，基本功虽扎实，却不是专业的，在这种级别的演奏会上和顶级钢琴家、一流乐团合作，自然会发怵。可哪怕让她明天就上台，也不会比此时此刻弹给裴湛听更紧张。

裴湛的技术虽然无法和堂哥媲美，可论舞台魅力，他却比司裴更出色。

很多独奏表现完美的演奏家在跟乐团合作的时候却无法驾驭，差的乐团或许会成为拖累，需要演奏家反过来改变自己的节奏。而有些眼高于顶的一流乐团会故意不配合演奏家，变着花样压制。裴湛的厉害之处在于他能轻轻松松地掌控乐团，让伴奏们心甘情愿地跟随自己的节奏。这种现场统治力是与生俱来的。

在杂志上看到此类赞美时，路檬只当是夸大其词的吹捧，然而当裴湛用另一架钢琴同她合奏时，她才明白这并不是谬赞。

她七岁时跟十几个小朋友一起登台拉小提琴，所有的小朋友都像赶火车一样越拉越快，只有她丝毫不受影响地按老师给的节奏来，破坏了本该整齐划一的声音。糟糕的表演结束后，老师不知道该批评谁，哭笑不得地先夸奖她的定力，又批评她以自我为中心。

而与裴湛合奏，从一开始，她就不由自主地跟随他，完完全全找不到自己的节奏。如果说琴如其人，那裴湛一定是她见过最强势的音乐家。人大多对与自己相反的异性感兴趣，难怪他会喜欢柔弱胆怯的那一款，可偏偏她也强势。

裴湛只弹了一小段就停了下来，路檬也跟着停下来，不明所以地转头望向他。裴湛起身走到她身边："你练了多久了？"

"一个月。"

"每天？"

路檬傻笑了一下，没说话。

"你真是不简单，错音再多也能面不改色、毫不间断地流利弹下去，这功夫不是谁都能练成的。"

"……"

这是在夸她镇定自若？这一个多月来虽以练习曲为主，但她也不是没练这首曲子，要不是对着他弹压力大，也不会错这么多。路檬想请裴湛别跟司老师告状，却因为要面子没有说出口。

"司裴让我签他的学生时，我并不知道就是你。"

"要知道是我呢？"这话一问出口，路檬就后悔了，只好装出漫不经心的样子用右手食指在琴键上敲《小星星》。

裴湛没有说话。就算司裴询问时他知道她是谁，也一样不会签的。

不肯努力的人就算乐感万里挑一又有什么用，哪怕此时此刻他还喜欢她，怎么努力都无法忽视她，也不会改变当初的决定。他需要的不是专业演奏家，而是偏大众偏娱乐的乐手。

普通人听不出音乐表现上的优劣，体会不到顶级演奏家带来的画面感，可断音错音这种失误却连小孩子都糊弄不过去。对他想打造的大众乐手来说，刻苦、谦逊、听从指派远比天赋和个性重要。

以路檬现在的态度，在巡演上难保不出错。对任何一个演奏家来说，在那种级别的舞台上弹出一个错音，都会成为职业生涯的污点。一场演奏会需要那么多人共同参与，连最起码的熟练都做不到，这不只是不敬业，也是对赞助人、对司裴、对指挥、对伴奏们以及观众的不尊重。

跟司裴同台的机会来得太轻易，所以她根本不珍惜。有的是技术一流、乐感无敌的人在苦等，把顶级的资源给连每天练琴都做不到的人，这不公平。

裴湛沉默着不开口，聪明如路檬，自然知道了答案。她知道司老师一个月前就把曲目给她，到现在还错成这样很离谱，完全辜负了他的信任。她也习惯了被人否定，可这一刻还是很难过，大概因为她还是没法不在意裴湛，所以没法不气他认为自己不如乐施。

知耻而后勇，她不想再丢一次脸了，接下来一定会不眠不休地练习。

“你多久能练熟？等你练熟了，我再给你讲别的问题。”

路檬要面子，不想被裴湛看出她的沮丧，满不在乎地说：“至少得一天吧，那时候司老师就回来了，他可以指导我。你这么忙，不用管我的。”

裴湛正想说话，手机响了。

路檬没再看他，转而弹起最不顺的那两个小节，接连断了几次后，她气得砸了两下琴键。

边讲电话边往阳台走的裴湛听到这声音回头看了她一眼，顿了顿，他决定讲完电话再给她示范。见二表哥离开了客厅，腿脚不便的裴赫立刻单脚跳了过来。满心不爽的路檬看到他

看到路檬坐在白钢琴前，裴赫一脸讶异地说：“你快起来，这琴是我二哥的，他从不让人碰，钟点工平时只擦老大的琴。被他看到他要发火的！”

“我刚刚还砸了呢，当着你二哥的面。”

“你们不会真的有情况吧？咱俩这么好，你可别瞒我。”裴赫再傻也察觉出了不对。

“小孩子别乱说。我就是看上你，也不可能看上你二哥。”

“姐，你太有眼光了，不过我只能接受大我两岁以内的。”

走回客厅的裴湛听到这一句，冷着脸冲裴赫挥了挥手，示意他回房去别捣乱。裴湛走到钢琴边，俯身给路檬演示了刚刚那两个小节。路檬不愿意听他指导，更不愿意被他发现自己心中的别扭，便呆坐着没动。

还没结束走神，路檬就听到裴湛说：“你试试看。”

她方才只顾发呆，什么都没看到，便仰起头茫然地看向裴湛。裴湛弯腰立在路檬身后，两人的身高差太多，路檬又瘦，从坐在沙发上的裴赫的角度看，简直像将她整个包裹在了怀中。路檬一仰头，碎发便扫在了裴湛的下巴上。裴赫干咳了一声：“我还在呢！”

听到这句，裴湛的耳根居然红了。路檬疑心是自己眼花了，她不满

地瞪了裴赫一眼，见他拿起放在茶几上的巧克力往嘴里塞，刚想提醒，裴湛就屈起手指敲了下琴面：“我再重复一次，你认真看。”

注意力集中后，不等裴湛开口，路檬就看明白了，再试着弹时，一遍就顺了。她的领悟力让裴湛有些惊讶，他不擅于夸人，只说了句“挺好”。

离得太近，路檬有些抵触，“嗞”了一声后，就从他的胳膊下钻了出去。见裴赫不断往嘴里塞巧克力，路檬制止道：“你吃那么多甜的不渴吗？”

“这个不是很甜，酸酸的，和我小时候吃的酒心巧克力很像。”

“……”

裴湛很是佩服这两人的味觉，他“嗤”地一笑，对表弟说：“喜欢就多吃点，省午饭。”

路檬诧异地看了眼裴湛，他果真是裴赫的亲表哥……顿了顿，她又问：“中午有阿姨做饭吗？”

“没有吧，司裴没空在家吃饭。等下出去吃。”

“外头的东西哪有大神做得好吃。大神，我想吃你上次做的脆皮鲜奶，还有椒盐炸虾仁。”说完这句，裴赫才想起眼前的这位漂亮姐姐不再是他哥请的助理。

哪知路檬非但没瞪他，还一口就应承了下来：“我看看冰箱里有没有吃的，没有的话我出去买。”

路檬虽然讨厌做饭，却更不想继续待在这里。冰箱里除了饮料和速食品什么都没有，见她拎起外套，裴赫也单脚跳了过去。

这别墅位置偏，最近的超市都在六公里之外。两人再回来已经是一个钟头后了，路檬做的饭菜虽然精致，动作却很慢，她把裴赫拎到厨房打下手，两人打打闹闹地磨蹭到下午一点才开饭。

除了炸鲜奶和炸虾仁，路檬还做了牛肉竹笋汤。裴湛夹起一片竹笋，还没放到嘴里，就放下了筷子。见他脸色发白，裴赫问：“老二，你怎么了？”

裴湛起身去了洗手间：“你们吃吧。”

一顿饭的工夫，裴湛竟吐了两次，裴赫跳到表哥身边，见他鬓角有汗，便伸手摸了摸他的额头：“老二，你发烧了。要不要去医院？”

“不用，给我倒杯热水。”

路檬诧异地看向他，难道是因为吃了过期巧克力？可她和裴赫也吃了，什么事都没有啊……不等裴赫跳进厨房，她就倒了杯糖盐水送到了裴湛手边：“你还好吧？要不然我送你去医院？”

“还好。不用。”

把水给了裴湛后，路檬就去练琴了。隔了约莫半个钟头，就见他拎着茶几上的车钥匙站起了身，路檬停下来问：“你要去哪儿？”

“医院。”

“你这样怎么开车，我送你吧。”

两人到了最近的医院，很快诊断出是肠胃炎。医生恰好是裴湛的粉丝，开过药后，便笑着多问了一句他是不是吃了什么不干净的东西。

“两块过期巧克力。”

“那个我也吃了，而且还吃了半盒。”

医生笑了笑：“裴先生最近很忙吧，饮食不规律、睡眠不足或是应酬多总喝酒会导致抵抗力下降。有问题的东西，体质好的人吃了或许没事儿，免疫力差的马上就会有症状。”

日日闲着的裴湛听到这话，看了眼同样分手却气色红润的前女友，脸色更差。

点滴有两瓶，路檬不好丢下裴湛自己走，只好陪在输液室。两人没话说，路檬正无聊，手机突然响了，是倪伽。

“你周围有年轻男人没？晚点帮我个忙。”

路檬看了眼面无表情的裴湛：“什么忙？”

“最近有个油腻男纠缠我，一到下班点就到办公室烦我，你看准时间找个男人给我打电话，装作我男朋友约我吃饭。”

刚挂断倪珈的电话，手机又响了，这一次是路时洲。电话一通，路时洲便问：“你在医院？”

“你怎么知道？”

“我过来探病，看到你的车了。你来医院干什么？”

路时洲找过来时，看到裴湛，怔了一下。不等他开口问，路檬便解释道："我去司老师家练琴，他有事出门了。裴老师也在，他吃坏了东西不舒服，我就日行一善，把他送过来了。"

裴湛被小助理骗了的事路时洲一早就听说了，猜到他生病或许与这件事有关。两人不熟，寒暄的时候，路檬低头给顾屿发了条微信，询问他能不能帮倪伽，哪知微信刚发出去，顾屿就打了通电话过来。

路檬正要去外头接听，无意中瞥到她手机屏幕的路时洲却皱眉说："你是不是缺心眼？怎么还跟顾屿联系呢？"

"我为什么不能跟他联系？"

碍着裴湛在，顾及妹妹面子的路时洲没直接提顾屿"劈腿"的事，只说："你别再搭理他，他不是什么好人。等我忙过这一段，再好好敲打他。"

听到这句，路檬才明白："不是你想的那样，顾屿哥是好人。"

这话让路时洲很是无语。他这个妹妹虽然从小就不让人省心，但多数时候还算聪明，单单在感情上少根筋。

十几岁的时候她倒追裴湛，成天换着花样送这个送那个，一点儿都不在乎裴湛搭不搭理她。最后被人家打击得连学校都不肯去，趴在床上哭了好几天，吓得叔叔婶婶到处打听出了什么事，他只好替她瞒着，说是因为狗丢了。隔了那么多年，一听说人家失恋又往上凑，简直是……

路时洲看了眼裴湛，头痛不已地想，这人虽然不怎么样，却也比热衷玩暧昧的顾屿强，顾屿看着人模狗样的，其实比季泊川、贺齐光好不了多少。

路檬没接听，顾屿又打了一通过来。怕堂妹再和他有瓜葛，路时洲冲裴湛客套地一笑，转而对路檬说："你跟我出来。"

两人一站到走廊上，路檬便说："我跟顾大哥不是你想的那种关系。我爸妈总逼我相亲，我嫌烦才和他商量好了假装在一起的。"

路时洲狐疑地看向一贯不听话的堂妹："叔叔婶婶能逼得了你？"

"怎么不能，你是天高皇帝远，不知道在父母身边成天被他们唠叨的苦。"路檬怕被堂哥知道自己骗到了一辆车会收回路虎，没说实话。

路时洲犹不放心，告诫道："顾屿跟谁都没认真过，对男人缺乏经验的年轻女孩完全不是他的对手，被劈腿了说不定还觉得错在自己。”

路檬最不耐烦听堂哥说教，当即翻了个白眼：“重要的事情说三遍，我没被他劈腿，没有，没有！”

“那裴湛又是怎么回事？日行一善？要是没打他的主意，你会这么好心？”

“我和裴湛真是偶遇，不信你打电话问司老师。裴湛会到医院来，是因为吃了我给他的过期巧克力，要不我才懒得过来。”

“你为什么给他巧克力？你要有骨气，就该理都不理他。他被助理骗钱骗感情的事，你知不知道？”

“贺齐光的话不能信，这事未必是真的。”

以为路檬是在维护裴湛形象，路时洲更觉可疑：“怎么不能信？你喜欢过的人就一定不会犯蠢？会上这种当，就说明这个人根本不是你想象中那么聪明完美。你有没有觉得自己看男人的眼光有问题？”

透过堂哥的肩，路檬看到了抄着手站在输液室门边的裴湛，于是她郑重地点了点头：“非常有问题。”

这个回答令路时洲很是意外，顿了顿，他又说：“顾屿、裴湛都不适合你，离他们越远越好。你还小，不用着急谈恋爱。放心，谁都不会被剩下的。先找份喜欢的工作，要是没有，就换个感兴趣的专业读……”

见路檬抬起手捂耳朵，恨铁不成钢的路时洲用食指戳了戳她的额头：“我走了，你长点心。”

路时洲一离开，路檬就挑眉看向不远处的裴湛：“偷听我和我哥说话好玩吗？”

“我有权知道自己有没有遭到背叛。”

“我跟顾屿什么都没有。就是真的有什么，他在前你在后，你也只能叫被小三，而不是遭到背叛。”

裴湛看向一派轻松地开玩笑的路檬，皱眉道：“你到底有没有认真过？”

“这话该我问你才对。让所有人都以为女朋友是助理的是你，恋爱期间和别人传绯闻的也是你，你尊重过我吗？该道歉的好像是你。”

裴湛一愣，问：“你直接离开是因为这些？不是因为没意思了。你还在生气？”

“是因为这些，也是因为没意思了。但我早就不生气了，”路檬看着裴湛的眼睛，一字一顿地说，“你根本不值得。”

无论是过去还是现在，裴湛从始至终都在否定她。知道她是谁后，连“路檬”这两个字都不肯叫的人，完完全全不值得她在意。何况他对他喜欢的“余柠”也没多好，真的很没意思。

说完这句，路檬没再看裴湛和他擅自拔掉针头后肿起来的手，转头就去了停车场。一直到开回了家，她才想起自己的包还在司裴的沙发上。

路檬的公寓离司裴的别墅有一个多钟头的车程，开到别墅时，已经接近晚饭时间了。开门的是裴赫，见到路檬，他立刻回头看向从医院回来后就没说过一句话的裴湛。

“路檬姐，老大刚回来，还问你去哪儿了？”

路檬冲裴赫笑了笑，望向屋内，对正要脱外套的司裴说：“司老师，我把包忘你这儿了，回来拿。”

“你怎么没等我回来就走了？我们正好要出去吃饭，你去不去？”

路檬情绪糟糕，同样不想说话，便摇了摇头。她的包在沙发上，见她迟迟不过去拿，司裴看了眼坐在沙发上的裴湛，无奈地走过去拎了起来，递到路檬的手上。

“谢谢司老师，我先走了。”路檬冲裴赫挥了挥爪子，没看也没和裴湛道别。

而裴湛也同样只当她不存在，全程连个眼神都没瞟过来。路檬反而松了一口气，分手之后形同陌路远比努力假装若无其事轻松，反正在周围人的眼中，从没被裴湛承认过的她本来就与他毫不相干。

司裴系上大衣扣子，回头对两个弟弟说：“你们换衣服，我送过路檬就一起出去吃饭。”

司裴替路檬打开门，一直将她送到车旁：“你怎么蔫头耷脑的？被裴湛打击了？”

路檬摇了摇头：“他没打击我，还夸我不简单来着。说什么错音再多也能面不改色地流利弹下去，这功夫不是谁都能练成的。”

司裴完全能想象出刻薄惯了的堂弟说这话时的语气，他想安慰路檬，又觉得安慰她只会纵得她继续懒散下去，便问：“所以你到现在都没练熟？”

“我保证下次弹给你听的时候一个错音都不会有。”

“还有两个月呢，别给自己太大压力。”

“你不怕我在台上出错害你丢脸吗？”

“巡演开始前，你如果还及不了格，那就换人，可你不会的，所以我不准备找备选。放轻松，只是弹一首曲子，能有多难。”

莫名其妙地，路檬的沮丧一下子就不见了，笑着和司裴说过“再见”，她便跳上了车子。倒好车后，从后视镜中望见司裴的背影，她降下车窗，把脑袋伸出去冲他喊：“司老师，明天晚上你有空的话，我开视频弹给你听。”

司裴“扑哧”一笑，比了个“OK”手势。

对于路檬来说，银行卡里只剩下不到两千块要比失恋可怕多了。她抵押扇面原本是为了获得跨国自驾游的本金，哪知还没出发就和裴湛闹崩了。兴许是真心喜欢这扇面的裴湛不希望它被太早赎回，在合同里写明了提前还款也要按照半年期限支付利息，害只借了不到两个月的她如数还掉本金之外，又倾家荡产地赔给了他十五万。

挥霍惯了的路檬破天荒地拿起计算器算开支，发现连三个月四千块的暖气费都交不起了后，她惆怅地把裴路路捉到床上，揉着它瘦了一圈的脸说：“你跟着裴湛的时候顿顿吃三文鱼和牛排，跟着我连狗粮都不管够，是不是很委屈？”

听到裴湛的名字，裴路路狗眼一亮，立刻“汪”了一声。路檬更觉辛酸，晃着它的头问：“你是不是准备抛弃我去找你有钱的爸比？你回裴湛那里，等他给你找了后妈，你连狗粮都吃不上，也别想进屋子睡觉，只能睡在没有暖气的楼道里，渴了喝马桶里的脏水，饿了吃他们养的新狗子的剩饭。”

裴路路应景地“呜呜”了两声，路檬抱着它在床上来回翻滚了片刻，坐起身说：“别怕！我带你去找外公外婆讨饭！”

放开裴路路后，她便给妈妈打了通电话。听到女儿说想外公外婆了，要搬过去陪他们，路妈妈“呵呵”了两声：“赶着生日住过去是想要红包吧？现在你小姨一家过去陪他们住了，我和你爸爸已经搬回自己家了。”

听到这句，路檬才记起这个周末是自己的生日。她喜不自禁地给堂哥发了条微信：“路时洲，你唯一的妹妹要过生日了。”

“知道。”

“然后呢？”

“我前不久才给过你辛苦费，你要钱是想买礼物去给失恋的裴湛送温暖吗？”

“别再提这个人了，好不好？”她以前的确为了给裴湛买礼物坑过路时洲不少钱，可那不是年幼无知吗？

路时洲对妹妹要钱的动机仍旧持怀疑态度：“红包没有，晚点让简年选份礼物给你。”

如果没有红包，有可以变卖的礼物也是可以的，路檬没再纠缠：“我要搬回我爸妈家，今天就搬，东西很多，还有一条狗，你下了班来我这儿帮我搬家。”

“你搬家干什么？”

“我的存款都拿去还高利贷利息了，现在没钱吃饭，所以带着饿瘦了的可怜狗狗回我爸妈家讨饭。”

路檬爱胡说八道，路时洲便没把“高利贷”当回事，发了个五十块的红包给她：“我今天明天都没空，后天晚上替你搬家。这些钱应该够你和你的狗吃两天泡面了。”

……她的堂哥居然比裴赫的二表哥更黑心，路檬收下红包，愤愤地回复道：“衷心祝你再被堂嫂甩一次！”

路檬的公寓没有钢琴，每天都要开很久的车去Z大老宅练琴，路虎是出了名的油老虎，穷困潦倒之后，她连油钱都要计较。这两个月的时间都要用在练琴上，她无暇赚钱，开不了源只好节流。

搬回父母家，她除了可以带着裴路路蹭吃、蹭喝、蹭暖气、蹭无线，还能足不出户地练琴，几乎可以免去一切开销。路教授夫妇看到她刻苦练琴，说不定会感动地给双份生日红包。路檬急着搬家，后天一到，就从早到晚地催促路时洲。

路时洲到她的公寓时，看到满地都是纸箱和行李箱，头痛道："这些都是什么？没必要的东西就不要带。"

"每一件都是有必要的，我最近穷哭了，不带没钱买新的。你快点搬，我好饿，已经吃了整整两天煮白菜了，赶着回家补充蛋白质。"

路时洲一贯养尊处优，刚搬了两个纸箱就不耐烦了："东西这么多，你为什么不找搬家公司？"

"我打电话问了，搬家公司好贵的，要两百呢。"

"……"时薪高昂的路时洲忍着头痛，帮妹妹把行李一件件搬了下去。

为了省油钱，路檬把车留在车库，准备抱着裴路路乘堂哥的捷豹离开。路时洲爱干净，完全受不了因为伙食水准骤然下降而疯狂掉毛的裴路路，赶在一人一狗靠近前落上了车锁："你要是带它就自己开车。"

路檬没想到路时洲居然这么无情，翻着白眼说了句"日落西山你不陪，东山再起你是谁"，便牵着被堂舅嫌弃的小可怜去打车了。为了省下一块钱，赶在计价器再次跳价前，路檬就让司机停下了车。她和裴路路下车的时候，离大厦还有三五百米。一人一狗顶着寒风刚走到大厦楼下，一辆刚从地下车库驶出的车子就停在了他们身边。

裴湛一降下车窗，欣喜不已的裴路路就"汪汪汪"地扑了上去。车门一打开，不等裴湛下车，它便钻了进去，又是蹭头又是摇尾巴。路檬看得满心醋意，直想把这条嫌贫爱富的狗丢回前男友那里，让它受一受后妈的苦。

裴湛很是意外，他抱着裴路路下了车，问路檬"它怎么瘦了这么多？

你带它过来为什么不提前告诉我？”

路檬不想跟他讲话，正犹豫要不要直接离开，路时洲的车就开了过来。车刚一停稳，不愿意让堂妹再和裴湛有牵扯的路时洲便下车问：“裴湛，你怎么在这儿？”

“我住这儿。”

路时洲深深地看了路檬一眼：“真巧，我叔叔婶婶也住这栋楼，四十七层。”

裴湛怔了片刻：“我住六十一层。”

路时洲挡到路檬和裴湛中间，看向堂妹：“东西我来搬，你带着狗先上楼。”

路檬问赖在裴湛怀里撒娇的裴路路：“胖胖，你走不走？”

待路檬走出十几步，裴路路才挣开裴湛跑向了她，进大厦前，它又停住脚回头冲仍旧立在原地望向自己的裴湛“汪汪”了两声。路檬见状冷着脸说：“你要舍不得他就去找他好了，我过一段时间会去看你。”

裴路路往裴湛那边跑了几步，又掉头跑向路檬，如此来回了几次后，它最终还是回到了路檬脚边，跟着她一起进了电梯。

行李太多，路时洲分了四次才全部搬上楼。他敲响路檬的房门时，路檬边收拾东西边说：“别问我为什么我的狗和裴湛熟，也别问我搬回来是不是为了跟裴湛当邻居。不知道，不是！总之，你再提这个人我一定会翻脸。”

路檬很少这样板着脸讲话，原本准备教训她的路时洲诧异地看了堂妹两眼，最终咽下了到嘴边的话。

之后的几天，路檬除了练琴就是照顾狗。路家夫妇只当她装乖是为了骗红包，无视女儿的抗议和哀号，坚定地说即将到货的卡宴就是生日礼物。

存款只剩一千五百块的路檬只好足不出户，连零食都不买。她有个大学朋友开游戏公司，刚起步的时候没钱招人，什么都会一点的路檬替他做过美工、配过乐，如今公司开起来了，没空出门的路檬便想让他介绍点工作给自己，哪知电话还没打，她就收到了司裴的微信。

“明天你喜欢的歌手开演唱会，有两首歌是我伴奏，你来不来？”

“谁啊？”

司裴说了个名字，这人其实是她和倪珈中学时喜欢的，这些年早不关注了，难得司老师还记得。路檬想了想，问：“我能带朋友一起去吗？”

“可以。你说个地址，明天傍晚我去接你们。”

“谢谢司老师，我给你做个超大的应援牌！你伴奏的时候举得高高的！”

“别胡闹，不需要。”

隔天刚好是路檬的生日，因为贫穷，她没能像往年那样呼朋唤友集体出游。吃过妈妈煮的长寿面便乖乖待在家里练琴，等司老师来接。

下午四点，司裴打了通电话给还躺在床上的路檬，说半个钟头后会到她家楼下。饶是路檬化妆换衣速度快，也手忙脚乱了好一阵儿。动作慢的倪珈赶不及，便说不来路檬家，直接到体育馆附近见。

路檬哪敢让司老师等，离约定时间还差十分钟便下楼了，在寒风中站了好一会儿，终于看到他的银色奔驰从远处驶来。路檬跳起来招了招手，没等车子完全停下来就跑了过去，开门上车。

看到戴着会发光的粉色兔耳朵、画银色眼线的路檬，裴湛比她更惊讶：“你找我有事儿？”

“……我上错车了。”

路檬正想下车，手机响了，恰是司裴：“我到了，这边不好停车，你早点下来。”

路檬看了眼后视镜中司裴的车：“这就到。”

没等路檬下车，看到堂弟在前面的司裴推开车门走了下来。裴湛和路檬同时下车，见到路檬满脸尴尬地从裴湛的副驾驶座下来，意外之余，司裴笑道：“一模一样的车那么多，你不看清车牌就上？”

从不顶撞司裴的路檬正烦着，想也没想便噘着嘴抱怨道：“还不是因为你迟到。”

“忘了前面限左，多绕了一圈才过来。”司裴没跟她计较，又看向面色不豫的堂弟，“你这是回家还是出门？”

裴湛看着路檬钻进司裴的车，顿了顿才说：“回家。你呢？”

“去体育馆，给演唱会伴奏。赶时间，我们先走了。”

司裴一坐进车里，回过神的路檬立刻道了歉：“司老师，对不起，我没有怪你迟到。”

“你为什么怕裴湛？上错车而已，反应这么大。”

“你们做同一行就算了，为什么还买同款同色的车？”

“我对车没研究，觉得裴湛的车还不错就买了辆一样的。”

从路檬父母家到体育馆刚好会经过倪珈的公寓，路檬给倪珈打了通电话，听说她正要出门，便麻烦司裴绕一下下。

倪珈天生热络，一上车便说：“司老师，我从小就特别崇拜您，十岁的时候还让我爸带我去您家要过签名呢，您还记得吗？”

司裴和裴湛不但看车的眼光一样，对异性的喜好也相同，都喜欢清新、单纯、质朴的，最不耐烦应付倪珈这种性感成熟、过分热情的，只“嗯”了一声。

看出司裴不想同自己攀谈，倪珈悻悻地从包里翻出盒子，递给路檬：“生日快乐。”

路檬说过“谢谢”，看到里面的手表，双手合十地问：“土豪，你能把发票给我吗？”

“你要发票干吗？”

“穷啊，拿去换钱。前两天还想和你说今年生日只收红包不要礼物来着，搬家搬忘了。”

司裴看向路檬：“今天你生日？”

“嗯！”

“生日快乐。你多大来着？二十二？”

“二十三周岁，已经变成老太婆了。从今天开始，年龄是我的秘密，司老师你要替我保密。”

三十三岁的司裴无奈地一笑：“你外表也就十八九岁，内在和小朋友差不多。”

“谢谢司老师，我最爱听别人夸我小。你真的不需要应援牌吗，现在做还来得及。”

“别胡闹。”

把路檬和倪珈带进去后，司裴便去做最后的磨合了。演唱会过半，穿整套白西装的司裴才登台。完成伴奏任务后，他忽然说：“今天是我学生的生日，她正好就在现场。路小朋友生日快乐，加油练琴，两个月后的巡演好好表现。”

路檬还没反应过来，司裴便弹了首《生日快乐变奏曲》，台上的歌手随即跟着音乐哼唱了起来。

屏幕上打出“生日快乐”，掉落无数小蛋糕时，路檬完完全全傻掉了，一旁的倪珈远比她兴奋：“我的天！你家司老师太苏了，叫你小朋友哎！要么你跟他发展发展？差十岁整的师生恋多萌啊。你要跟他好了，以后裴湛就是你弟弟了，见了你要恭恭敬敬地喊嫂子！”

光是听到这句话，路檬已经起了鸡皮疙瘩：“胡说什么，一日为师终身为父。再说司老师喜欢西西姐，就是池西西。”

演唱会结束后，路檬打不通司裴的电话，便给他发了条微信致谢，而后跟倪珈一道离开了。哪知当晚这段视频就上了热搜，引起热议的倒不是弹琴给她庆生这件事情，而是演唱会结束后，记者采访司裴时，问他的学生路小朋友多大了，司裴没多想便说“二十三岁”……加上他表示会带这个唯一的学生巡演，网友顿时浮想联翩。

不同于把一部分精力放在公司上的裴湛，作为纯粹的钢琴家，司裴的关注度高，粉丝数量也庞大。因为他的外表太禁欲，粉丝们格外热衷替他组 CP。

“师生恋”的传闻一出，网友们很是兴奋。面对记者的追问，司裴冷着脸表示只是师生，不希望他闭关练琴的学生因为无聊的传言被打扰。

路檬完全傻掉了，赶在被挖出来之前，删掉了微博上的所有照片和个人资料。比她还关注这事的裴湛当晚就给司裴打了通电话，哪知被记者吵得头疼的司裴早已关了手机，裴湛只好往座机上打。

电话一通，裴湛便语气不善地问："你为什么做这么无聊的事儿？"

裴湛虽不关心人情世故，跟堂哥的感情却一直很好，从没用这样的口气跟他说过话。被这个意外事件闹得不胜其烦的司裴同样态度不佳："无聊的不是断章取义的记者吗？学生生日，我事先不知道，没准备礼物，给她弹首歌有什么问题？路檬小孩子脾气，就喜欢这一套。"

这些年，路檬虽然跟司裴联系得少，但逢年过节或者他生日的时候，她从来都没忘记过给他发信息。有一年他生日，电话一通，人在腾格里沙漠的路檬就立刻同她的朋友齐声唱《生日快乐》。年初他失恋，路檬不知道从哪儿知道了，还在电台替他点歌，留言说"司老师要振作，你是我们十亿少女的梦"。虽然哭笑不得，虽然性格迥异，虽然知道她懒散，司裴却非常喜欢这个学生。

于是在听到堂弟语气糟糕地让他赶紧澄清时，成熟如司裴，也难免负气地说："管好你自己，别操心我的事。"

删完照片和个人资料，路檬给司裴发了条微信，许久不见他回，又打了通电话给他，司裴居然关机了。

网上有祝福的、起哄的，也有黑司裴表里不一的，个别评论不堪入目。司老师的形象一直很健康，他并不是娱乐明星，不需要这种曝光度，闹出这种桃色新闻弊远大于利。若不是为了替她庆祝生日，他哪会惹上这种麻烦。

路檬满心愧疚，怕再见到司老师会尴尬，出门遛裴路路的时候，她买了个蛋糕，在卡片上留言："谢谢你弹琴给我听，这个礼物超级棒。乱七八糟的评论当笑话看，请你吃蛋糕。"

隔了不到一个钟头，司裴就回了电话过来。司裴的性格略古板，和表妹的那次绯闻纯属网友无风起浪，他们本就是家人，无奈归无奈，他丝毫没有心理负担。而这次却不同，一时兴起的举动被过度解读为示爱，对象又是相处得不算多的学生，"禁忌恋"这个词让他很是难堪，更怕路檬误会自己的意图，不知道该怎么面对她。

新闻一出来，司裴本想第一时间给路檬打电话，交代没什么经验又沉不住气的她别理会，只要不回应，至多三五天就没人关注这件事了。可自觉这事一出，自己的师长威严荡然无存，犹豫之下，他便没联系她。

收到路檬让人送来的蛋糕，看到她画在卡片上的兔子，司裴笑了笑，只觉自己还不如小女孩大方。他原本以为路檬会急着到微博上辩解，见毫无经验的她完全不当一回事儿，不但没有顶不住冷嘲热讽发否认微博，还及时清空了个人信息，更觉得自己没选错人。

电话一通，路檬清脆的声音就传了过来："司老师，蛋糕你吃了没？甜食能让心情变好。"

"我没什么高不高兴的，只是担心你受影响。"

"不会啊，要不是怕你形象受损，我特别想跳出来承认。和男神闹过绯闻，以后歪瓜裂枣们就不敢骚扰我了。可是被无良媒体写成这样会不会影响你的桃花啊？以后你再遇到喜欢的人，记得带上我去帮你澄清！"

这句话一出，尴尬荡然无存，司裴笑了笑："别理会无聊事，好好练琴。"

"我还在外头遛狗呢，不耽误你休息了。司老师，再见。"

嘱咐过她早点回家后，司裴就挂断了电话。看到通话记录里有几通来自裴湛的未接来电，想起他建议自己赶紧澄清，考虑了几秒，司裴决定置之不理。裴湛之前和签的新人传"棒打鸳鸯"的绯闻时，他压得倒是很快，可反而被认定为"欲盖弥彰"。

拿了什么奖网友记不住，这种事却能让他们津津乐道很久，无论理不理会，一时半会儿都不会被忘掉，何必费时费神做无意义的事。

路檬没戴手套，一结束通话就将冻麻了的手抄回了口袋里。不料只隔了两秒，手机又响了。她怕冷没理会，想等到了家再回过去，可电话不依不饶地响了一遍又一遍，路檬头痛不已地快步走回大厦，推开玻璃门才翻出手机，打来的竟是裴赫。

"姐，今天是你生日啊？"

"是啊，你要送礼物给我？"

"我刚刚看了新闻才知道的，今天来不及出门买，明天补给你。"

裴赫咳嗽了一声才说，“你跟我大哥到底是怎么回事儿，不会真在一起了吧？你为什么跟他一起去演唱会，他为什么当众为你弹琴？”

路檬忍住打骂他的冲动，不答反问：“如果我喜欢的歌手你恰好认识，他开演唱会你能弄到票，会不会提前询问我想不想去？”

“当然会啦！”

“你现在才知道今天是我生日，买礼物来不及了，如果旁边有架钢琴，你会不会弹首曲子帮我庆生？”

“我在我二哥家，还真有钢琴。我好多年没摸琴了，不过弹《生日快乐》应该没问题，你等我半分钟哈，我练练再弹给你听！”

“……”路檬不知道该吐槽这孩子蠢萌，还是该夸头脑简单的他可爱，“那么你换位思考一下，你大哥和我到底是怎么回事儿？”

她比裴赫大八岁，都只拿他当小屁孩，大她十岁的司裴因为固有印象，大概根本就没意识到二十三岁的她已经是成年女性了。

“我本来也不信的，可老二看到新闻后特别特别生气，跟老大打电话的时候态度也很差，两人好像吵架了，他后来还摔电话了。”

“……”

“我二哥还问我知不知道你的手机号码，我顶住了威逼利诱，打死都没说！”裴赫又清了清嗓子，问，“路檬姐，你跟我说实话，你跟我二哥就是好过对不对？”

“小孩子懂什么好不好，你作业写完了吗？”

裴赫“嘁”了一声，转而问：“你是不是住四十七楼啊？”

“你怎么知道？”

“我二哥问不出你的电话号码，这会儿八成去你家找你了。”

“怎么可能？他去我家干什……”一句话还没说完，正拐弯的路檬便停住了脚步，裴湛居然就立在五米外的电梯前。

这台电梯到不了他家，是通往路檬家的。裴湛没有电梯卡，右手在47层的按钮前起落了几次，终究还是没按下去。

这栋大厦的物业费高昂，电梯间也有中央空调，裴湛穿着同色的V领薄衫和西裤，背影更显挺拔。侧头点过烟，他的两只手又抄回了口袋里。

路檬的心脏怦怦一跳，一下子就想起了他十几岁的时候。她不喜欢抽烟的男人，却唯独迷恋他的姿态。

赶在烟灰掉落前，裴湛将手从裤袋中抽出来，把只抽了几口的烟摁灭丢进垃圾桶，按下了“47 层”。

“我爸妈去参加同学聚会了，没人给你开电梯。”

听到路檬的声音，裴湛怔了一下才回过头。被路檬紧紧箍着的裴路路再也耐不住，“汪汪”了两声，兴奋地冲了过去。裴湛尚未回过神，被它扑得后退了一步，刚把它抱起来，又听到路檬问:“你找我有事儿？”

“才知道今天是你生日，礼物明天补给你。”

“不用了，生日每年都有，有什么稀奇。”因为所有存款都给了眼前这位裴扒皮，她今年的生日过得格外凄惨，要不是没钱租别墅请朋友们出游，她也不会去凑演唱会的热闹，更没有被传绯闻的可能。

裴湛原本是想道歉的，真的见了路檬，准备好的说辞却一句都讲不出了。此前，他虽然厌恶“棒打鸳鸯”的谣言，但并不觉得在说清楚这是假新闻后，会对路檬造成伤害，直到亲身经历了才明白。哪怕他知道堂哥和路檬绝无可能，哪怕路檬连真实姓名都尚未被媒体扒出，裴湛也一样气恼她与别的男人扯上关系，丝毫都忍受不了她被公众认定为堂哥的暧昧对象。这件事是在他们分手之后闹出的，而与乐施传绯闻时，他们尚在一起。

他时至今日才领悟，可歉意过了期，说得再郑重或许也于事无补。

裴湛沉默着不开口，赶着回家的路檬又问：“这么晚了去我家，你就是为了说生日快乐？”

“网上的新闻你看到了？”

路檬“嗯”了一声。

“不用介意无聊的评论，明天一早热度就会消退。”

“司老师不介意就行，我又没关系的。”

“你没关系？”

“连名字都没爆出来，我能有什么损失？就算被网友知道‘路小朋友’就是我，也不会怎么样啊！别人爱说什么都好，关我什么事。”

在裴湛的脸上看出诧异，路檬翻了个白眼："所以你认为像乐施那样大惊小怪，满世界嚷嚷'我是清白的'，得了白来的曝光度还把自己包装成受害者才算正常？"

"我很不喜欢她的处理方式。"

"你为什么不喜欢？柔弱的小女生就是这么容易被吓得手足无措，就是喜欢遇到芝麻绿豆大的事也哭哭啼啼地大半夜找老板倾诉。她宁可不要曝光度、不想出名也不肯被人误会和有颜有钱还年轻的老板有一腿，多高洁！哪像我们这种俗人。我要是刚刚签约的新人，还巴不得有绯闻呢。"

听到路檬态度糟糕地说这些，裴湛反而感到惊喜，她还耿耿于怀，总好过完全不在意。裴湛"扑哧"一笑，半开玩笑半认真地说："想要关注度还不容易，我可以配合你，咱们至少不是假新闻。"

"你就算了吧，我宁愿做司老师的绯闻女友。"司老师至少清清白白，哪像身上至今还有白莲花标签的某个人，她才不要跟白莲花做众人眼中的"同情者"。

路檬无意中瞥到穿衣镜，看清镜中的自己噘着嘴、蹙着眉，才惊觉这话说出来很有赌气的嫌疑。怕裴湛自作多情，她不愿意继续搭理，翻出口袋中的卡刷了一下，电梯门"叮"的一声就开了。趁裴湛冷着脸看自己，路檬抢过他怀中的裴路路，进了电梯。

将要闭合的瞬间，裴湛竟拿手格开了电梯门，站了进来。意外之余，路檬抱着裴路路往角落站了站，刻意与他拉开距离。

可不等她站定，裴湛就逼了过来，他平了平气，低下头看着她说："关于之前的事，我跟你道歉，全是我的问题，你别气我了，行不行？"

裴湛比路檬高了足足二十五厘米，他气场太强，竟害路檬生出了畏惧感。顿了顿，她才揉了揉因为仰视他而发酸的脖子，反问道："你这是在道歉？"

"我没跟其他人道过歉，怎么做才算诚恳，不如你教教我？"

路檬"嘁"了一声："不知道，不稀罕。你走开，到处都是空地，挤在我这儿做什么？"

裴湛只当没听到，继续一瞬不瞬地望向她，路檬这样的性格，竟也被他看得浑身不自在。这个人虽然烦透了，可她却没法讨厌他的脸，只好垂下眼睛不去看。

电梯很快升至四十七层，电梯门一开，路檬就大力踢了下裴湛的膝盖，自顾自地走了出去。裴湛没料到瘦瘦小小的她力气居然这么大，缓了片刻，赶在电梯闭合前走了出来。

正开门的路檬见状也斜了他一眼，转而去开通向消防楼梯的另一扇门："要么你自己从电梯下到一楼再回家，要么走楼梯，十四层也不算高，反正你闲得慌。"

裴湛脸皮薄、话也少，没有死赖着不走的经验，虽不情愿就这么无功而返，却也不知道该怎么道歉挽回，一时间只好干站着。

路檬不明白他唱的这是哪一出，无奈地问："你准备在我家门外住下？我爸妈差不多要回来了。"

这句话还没落，原本已经降下去的电梯就再次升了上来，见在47层停了快两秒，数字还没变到48，正巧立在消防门边的路檬想也没想就闪了进去，将傻站着的裴湛也拽到了楼梯这边，迅速关上了门。

听到消防门的另一边传来爸爸讲电话的声音，路檬把食指抵在嘴唇上，示意裴湛别出声。瞥见她脸上的紧张，裴湛弯了弯嘴角。

消防门不隔音，路教授的声音清晰地传了过来："新闻我看了，司裴就路檬这么一个学生没错，但他俩肯定不可能。司裴那孩子多稳重，能看上路檬？要是真的，我跟她妈妈做梦都能笑醒……绝对是谣言，她那个脾气要是恋爱了早就嚷嚷开了，上个月才刚分手，跟顾家最小的孙子，你的学生里有适合她的没？帮忙留意留意。"

听到前一段，路檬黑了脸，到了后一段，不乐意的又变成裴湛了。他忍了片刻，直到门那边传来另一道门的关门声才问："上个月才分手？"

路檬后退一步，避开了他："跟你恋爱的是'余柠'，跟我有什么关系。"

"……"

"我回家了。师叔再见。"

见裴湛的手先一步搭上了消防门的把手，路檬问："你这是干什么？"

“跟叔叔阿姨聊聊我女朋友出走的事。”

路檬才不信他真的会同她爸妈说这个，莞尔一笑，说：“好呀，顺便跟他们说一说你跟你女朋友是怎么分的手，千万别把恋爱期间和别人闹绯闻、对亲朋好友说那是助理的事落下。”

两人正僵持不下，裴路路一溜烟跑上了楼，路檬犹豫了片刻，到底还是追了上去。两条腿比不上四条腿，不知跑了多少层，一直在后头优哉游哉地上楼梯的裴湛突然加快了脚步，越过路檬捉住了准备继续往上窜的裴路路。

见立在六级台阶之上的裴湛抱着裴路路敲门，路檬一阵无语。

“进来坐坐？”

“不用了。既然你不嫌烦，就帮我照顾它两天。”

路檬正要下楼，裴湛家的消防门忽而开了，不明所以的裴赫探出头，正要问表哥为什么走楼梯，又看到了路檬。

“姐，你跟二十一怎么也在？我正要给你打电话呢，《生日快乐》我弹顺了，专门为你练的，你听不听？”

裴赫笑得太真诚，路檬不由得改了主意。

刚一进门，路檬就听到裴湛问裴赫：“你不是没她电话吗？谁允许你动我钢琴的？”

寄人篱下的裴赫只好当没听到，趁裴湛去冰箱拿三文鱼和牛排解冻的空隙，路檬跟着裴赫走到了钢琴边。裴赫弹不出相对复杂的变奏曲，只会最简单的《生日快乐》，不过却会改编歌词逗路檬开心。听到路檬夸自己唱歌好听，裴赫又用英文唱了一遍。

裴湛端着狗碗从厨房走出，看到表弟自弹自唱，嘲讽道：“无知者无畏。”

路檬冷哼了一声，揉了揉裴赫乱糟糟的头发：“谢谢你的礼物，明天姐姐请你吃大餐。”

“去哪儿吃？”

想起自己只剩下一千块存款，路檬干咳了一声：“去我家，想吃什么发菜单给我。”

“什么都行，一块豆腐，你煎脆了撒孜然都比别人煎的牛排好吃。”

路檬笑着捏了下裴赫的脸颊：“嘴巴真甜。”

裴湛面无表情地走了过来：“你平时都喂二十一什么？”

听到这话，路檬看了眼裴路路，见原本闻都不闻冻过的食物的它看到三文鱼直接把脸埋进了狗碗，心虚不已地说：“我吃什么它就吃什么啊。”

等待路时洲帮自己搬家的那两天，仅剩的一根火腿肠她都掰成两半跟它分享，说好的狗不嫌家贫呢，真是没良心！

见路檬噘着嘴拿脚踢钢琴椅，裴湛弯了弯嘴角：“你不是喜欢酒吗？过来看看我收藏的酒里有没有合意的？”

“为什么？”

“今天你生日啊。”

想起存款被这个人压榨得一干二净，路檬毫不客气地说：“我要最贵的，两瓶。”

裴湛闻言当真走到体积巨大的酒柜前，他看了片刻，问：“最贵的是白酒，你恐怕喝不惯，还是拿香槟给你吧？”

没等到回答，他又说：“路檬，你过来，看看要哪种。”

路檬闻言一怔，心中涌起一阵莫名的感受，认识裴湛快十年，这居然是他第一次叫她的名字。

怕被看出异样，不等裴湛挑好酒，她就悄悄离开了。

裴湛拎着两瓶香槟走回钢琴旁，见只有裴赫在，便问：“她人呢？”

“回家了，让我明天去吃午饭的时候顺便把二十一带给她。她还说只做我跟她，还有二十一的饭，不欢迎不相干的人。”

裴湛冷着脸说：“明天奶奶过生日，你确定不回家吃饭？”

第九章

粉红色的商务车

当晚，有关司裴和路小朋友的热搜便撤了下来，路檬只当是司老师压下的，并未在意。隔天上午，路檬去附近的超市采购午饭食材，正看面包蟹，就听到有人叫自己。回过头去，她怔了片刻才记起这是司老师的妈妈。

“小路檬，还真是你啊？”

“司阿姨好。”

“网上说的那个学生就是你吧？你都二十三岁了？可真快，上一次见你的时候，你还是初中生呢。”

路檬尴尬地笑了笑。

“前一段我听司裴说要带你巡演，还奇怪他怎么突然……”

“我跟司老师联系得不多，昨天纯属巧合。”

司裴的性格随妈妈，为人冷淡的司妈妈突然热情起来完全是出于好奇，新闻一出来她就给司裴打了电话，可他却关机了。听到这一句，本就将信将疑的她浅笑着说：“今天司裴奶奶过生日，没请外人，一家人一起做顿饭热闹热闹，你也去吧。”

路檬正要说“今天有事，改天再去探望奶奶”，就看到裴湛妈妈拿着两瓶酱油走了过来。裴湛妈妈几乎没下过厨，本想问司裴妈妈生抽和老抽有什么不同，看到路檬，一下子就怔住了。

石化了的路檬在心中疯狂吐槽裴赫没谱，奶奶生日还约她一起吃饭……不是为了买食材，她怎么会来超市？

“余柠？”裴湛妈妈最爱打听儿子的近况，儿子被骗钱骗感情的事她自然听说了。

路檬心理素质好，内心再崩溃，面上也不动声色：“嗯？”

“你也认识她？”裴湛妈妈又问司裴妈妈。

“这是路檬，路校长的小孙女。路校长德高望重，是司裴爸爸的大学老师。”介绍完，司裴妈妈又笑着对路檬说，“昨天的事司裴奶奶也听说了，还念叨你呢，说印象里的你还没有桌子高……你要是过去，她一准高兴。”

裴湛妈妈疑惑了片刻，为了闹明白，便也怂恿路檬一道回家。路檬只恨自己不会隐身术，几次想借口给奶奶买礼物开溜，都没走成。

一进裴家，路檬立刻成了焦点，老人家都喜欢追忆往事，拉着她的手说了好多有关她爷爷奶奶的事情后，又婉转地问她和司裴的关系。听到路檬竭力否认，裴奶奶略显失望，她虽然希望长孙娶大儿媳这样的名媛淑女，但他的婚事迟迟没有着落，老太太早已放宽了要求，觉得路檬这种活泼可爱的其实也还不错。

司裴比两个弟弟到得都早，看到路檬很是诧异，见她背着爷爷奶奶用眼神向自己求救，他哭笑不得地走过去正要解围，裴湛和裴赫就到了。

发现路檬和堂哥被爷爷奶奶拉到一起问东问西，满心不悦之余，裴湛更觉无奈，除了他，他周围的人都认识她，居然连爷爷奶奶都不例外。

“你过来。”不等儿子换下外套，裴湛妈妈就将他拉到了一边，“这个人不是余柠吗？怎么爷爷奶奶、司裴和他妈妈都叫她路檬？”

无论多不情愿，裴湛都只能替她遮掩：“什么余柠？您能不能别再提她？”

裴湛的语气比路檬还笃定，表情比她更自然，裴妈妈虽感到不可思议，却也开始疑心是自己弄错了。她看向路檬，明明就是她印象里的那张脸，气质倒不同了……裴湛乍一见到她该惊异她和余柠的相似才对，如此淡然才是反常吧？

裴湛妈妈给裴湛姑姑发了条微信，兴许是因为有时差，没能赶回来的她隔了许久都没回，裴湛妈妈只好放弃纠结。

裴赫忘了奶奶的生日，什么礼物都没准备，干脆换了个名字把昨天唱给路檬听的生日歌又给奶奶唱了一遍。见他边弹边唱把奶奶哄得喜笑颜开，路檬很是无语。嘴巴甜的暖男果然都不可靠，今天用来哄你的招数，一转头明天又拿去哄别人。裴湛虽然讨厌了点，可至少不会对别的女人献殷勤。路檬绝望地发现，虽然被冻得死去活来，她仍是中意冰山男。

裴赫一起身，司裴便问路檬："你练得怎么样了，弹一遍来听听。"

裴爷爷是很有名望的作曲家，早年给电影配乐，写过很多脍炙人口的歌。裴奶奶是第一代女高音歌唱家，带出了无数优秀学生，前些年还荣获了一个特殊贡献奖。除了游戏人间的姑姑，裴湛的伯父伯母、爸爸妈妈在这一行里也都有头有脸。虽然曲子已经练熟了，路檬也不敢在一堆内行面前卖弄，便傻笑着没挪脚。

司裴几岁就登台，完全体会不到路檬为什么怕出糗，催促道："离吃饭还有一会儿，我难得有空当面听你弹。"

直到发觉裴湛看了过来，路檬才明白自己的别扭其实全是因为他，被嘲讽之后，她太想证明自己，可眼下还没完全准备好，她不想立刻弹同一首曲子。

路檬不是扭捏的性子，见爷爷奶奶一齐看向了自己，便坐到钢琴前弹了首裴爷爷作曲、裴奶奶唱过的电影插曲。听到面露惊喜的奶奶夸自己有心，路檬为了逃避当众练琴，起身说："我去厨房帮忙。"

司裴不明所以地跟了过去："前天视频的时候你弹得不是挺顺的？我给你纠正的地方你改过来没？"

路檬撇了撇嘴："我才不要弹给裴湛听。"

司裴只当小女孩都爱无缘无故闹别扭，哭笑不得地虚点了一下她的额头，这一幕落在其他人眼里，却有另一番含义。看到奶奶和伯母交换了个眼神，裴湛一脚踢翻了花架，见家人望过来，他冷着脸说："不小心。"

路檬泡在厨房的一个多钟头里，裴赫在客厅和厨房之间来回穿梭，路檬手脚慢，松鼠鳜鱼又复杂，端上来时菜已经齐了。

奶奶血糖高，戒甜食很久了，她的两个儿媳皆是十指不沾阳春水，发现二十岁出头的路檬竟能做出这种复杂菜，自然讶异。一通夸奖之后，不碰甜食的她却没动筷子。坐她旁边的裴赫夹起一块鱼喂到奶奶嘴边，劝道："路檬姐做菜超级好吃，您不尝一定后悔，她煮的泡面都和别人煮的不是一个味儿。"

听到这话，司裴妈妈转过头问："你怎么会吃过她煮的泡面？"

赶在裴赫开口前，坐对面的路檬立刻踢了他一脚，不料踢中的却是旁边的司裴，瞥见司裴看过来，路檬缩了缩脖子。

感受到路檬的瞪视，裴赫含糊地说："在我哥家吃的。"

众人自然而然地把这个"哥"理解成了司裴，见路檬仿佛被噎到了，司裴随手给她夹了粒腰果，以示自己不介意被踢。

主动带学生巡演、在别人的演唱会上弹琴替学生庆生、给学生夹菜……这一系列行为完全不是司裴的风格，裴奶奶看了大儿媳一眼，只觉八九不离十。

路檬虽不是她们心目中的理想型，性格也和司裴天差地别，却挺讨人喜欢，难得的是没有仗着小司裴十岁随意撒娇使性子。

将奶奶和伯母的眼神交流尽收眼底的裴湛赶在路檬把腰果放进嘴巴前抽走了她面前的盘子。在路檬错愕的目光中，裴湛拍了下堂哥的肩，端着她的盘子说："你跟我出来。"

他们刚一离开，路檬便生出了不好的预感，摸出手机给裴赫发了条微信："谁让你多嘴的？给你一个将功赎罪的机会，出去听听你两个哥哥在讲什么。"

不用路檬安排任务，唯恐天下不乱的裴赫也准备去偷听，见他跟着站了起来，裴奶奶问："你们三个怎么不吃就走？"

裴赫端起盛甜点的碟子，边往嘴里塞杏仁酥边说："早饭吃多了，出去消消食再回来。"

这孩子……怕不是个智障吧。

只隔了二三分钟，裴赫就发了微信过来——

"老二让老大立刻跟家里人澄清，说你们仅仅是师生，不存在别的关系。"

“老大不高兴了，问老二这是什么态度，还说自己有分寸，不需要他来教。”

“老二说，‘你不说就算了，我去说’。”

“老大问他，‘这关你什么事’？”

“老二说，‘我跟她分手还不到一个月，你说关不关我的事’。”

“我就知道！姐你居然瞒着我！我还以为咱俩是一伙的！你们什么时候在一起的，我怎么一点儿都没看出来？”

路檬恨不得一头撞死，见裴赫没再发信息，便主动问：“然后呢？”

刚点下发送，裴赫便端着吃空的盘子回来了，见路檬一瞬不瞬地看向自己，他直接说：“后面的不知道，他们发现我后，就把我轰出来了。”

裴湛妈妈问：“什么轰出来？”

心理素质再好，路檬也完全顶不住压力了，她端起一杯果汁说：“奶奶，谢谢您请我过来吃饭，祝您生日快乐，身体健康。我下午还有事，先走了。过一阵儿再来看您跟爷爷。”

说完这句，路檬便不顾裴家人的挽留，拿上包逃走了。哪知她刚一走出裴家大门，司裴就追了下来。

“路檬，你等等。”

头痛不已的路檬解释道：“不是你想的那样，我没有骗裴湛的钱，他的狗本来就是我的。”

听到这话，满心错愕的司裴更觉一头雾水：“什么骗钱，什么狗？”

走在后头的裴湛似笑非笑地说：“我只告诉他我跟你谈过恋爱，没说你就是余柠。”

“……”

“……”

见堂哥和前女友都傻了，裴湛一派轻松地说：“我送路檬。你回去吃饭吧，咱们都走了，爷爷奶奶会不高兴的。”

路檬瞪了他一眼：“我不需要你送。”

裴湛并没多劝，转身就离开了。赶在司裴想明白前，路檬冲他挥了挥爪子，夹着尾巴逃跑了。刚走出五十米，一辆白色的法拉利就停在了她身边。

裴湛降下车窗："上来。"

"你新买的？"

裴湛"嗯"了一声："怕我前女友再上错车。你不是喜欢车吗？你上来，我借你开。"

路檬抑制住心动，翻了个白眼："在从早堵到晚的闹市区开跑车的全是脑残、土大款，前面修路呢，颠死你。"

"有记者在偷拍，你快上来。"

路檬回头一看，果然有辆鬼鬼祟祟的车子跟在后面，便想也没想就钻进了副驾驶。午休时间的道路不算拥堵，裴湛七拐八绕地开了四十分钟才甩掉了后面的车子。

见他把车子停在了一间餐厅外，路檬问："来这儿干吗？我要回家！"

"我午饭没吃，还饿着呢。"

路檬刚想说"你饿不饿关我什么事"，手机便响了，打来的是司裴。无论多不想接，她都不敢挂司老师的电话，硬着头皮按下接听后，司裴却没打听"余柠"是怎么回事，直接问："昨天的热搜是你找人压的？"

"不是你做的吗？我哪有钱。"

"不是我。不理会才是最好的应对方法。"

听到两人的通话，裴湛翻出手机，打开了微博。

路檬瞥见"司裴对小女友备加呵护，带其回家为奶奶庆生，为避免恋情曝光，饭后由裴湛护送大嫂离开，疑似好事将近"以及热评第一条的"怪不得昨天的热搜一下子就没了，原来是为了保护小女友。司叔叔帅出了新高度，差十岁的师生恋太萌了"，无语道："那是谁做的？"

一旁的裴湛蹙着眉说："是我。"

路檬诧异地看了他两秒，忍着笑说："二弟，快开车，你嫂子要回家。"

裴湛瞪向路檬，见她完全不把绯闻当一回事，乜斜了他一眼就笑盈盈地哼着歌别开了脸，恼怒之下扔开手机，捏着她的下巴强迫她看向自己。

短暂的错愕后，路檬敛去笑意瞪了回去。对视了数秒，裴湛率先开了口："你算我哪门子嫂子？"

"以后的事儿谁知道，说不定真有那么一天呢。"路檬甩了下头，拨开了裴湛的手。

“被外头这样传，你是不是还挺高兴的。当我嫂子？你下辈子都别想。”

“不怎么高兴，但也没觉得有什么损失。就算我有眼泪，也该到司老师跟前抹去，难道跟你哭吗？为什么不能想？你不喜欢我这样的，又不是所有人都跟你一样没眼光，万一司老师就喜欢我了呢？”

“咳。”

听到来自司裴的干咳声，路檬才反应过来她没挂断电话。她、她都说什么了？叫裴湛“二弟”，自称“嫂子”，还说“以后的事儿谁知道”“万一他就喜欢我了呢”……

让路檬又敬又怕的人不多，永远一本正经的司裴却排头一个。她窘得脸颊发烫，不知道该从哪儿解释，手忙脚乱间直接关上了手机。

裴湛原本想说“我的意思是，除非我死了，无论他喜不喜欢你，你都别想当我嫂子”，可路檬绯红的脸颊和慌乱的反应让他心中一凉。裴湛走下车，重重地摔上了车门。

路檬捶了下自己的脑袋，跟着下车去，向背对着她点烟的裴湛说：“真的好丢人！我没脸见司老师了……你能不能帮我跟他解释一下，就说刚刚那些都是开玩笑的话。”

裴湛没回头，吐掉嘴里的烟雾，语气不悦地说：“我以什么立场帮你解释？你现在就打电话自己跟他说清楚。”

路檬觉得这人简直莫名其妙。深冬远郊的海边格外阴冷，一阵风吹来，路檬打了个寒战，裴湛糟糕的态度令她感到委屈，要不是他找碴，她怎么会赌气说出这么尴尬的话？

“我要回去。”

裴湛不说话也不动，她又高声重复了一遍：“裴湛，我要回去！”

一根烟抽完，裴湛稍稍平了气，他将烟摁灭了丢进垃圾桶，转过身尽可能和颜悦色地说：“一起吃了饭再走。”

路檬对上他的眼睛，一字一顿地说：“我、要、回、去！”

裴湛按了按眉心：“你就非得跟我对着干？一句话都听不进去？”

“你以什么立场让我听你的话？”把这句话回敬给裴湛后，路檬扭头就走，坐进法拉利的驾驶座，发动车子开了出去。

开出一公里，路檬才回头，这一带环境虽好，却人烟稀少，恐怕很难打到车。她想象了一下高不可攀的裴少爷步行两公里去乘公交车，心情顿时好了起来。自顾自地笑了一会儿，她又觉得自己无聊。

无论是出于惯性，还是尚未把她和“余柠”分开，裴湛愿意多管闲事，大约都是因为还在意她。他想同她吃饭，他因为绯闻生气，明明是在意她，为什么会变成这样呢？

裴湛性格强势，习惯了周围人的服从，若是过去的她，或许愿意收起自己的脾气和棱角，无条件顺着他，做讨他喜欢的事。而现在，她最不愿意的就是向他低头。

路檬一路开回父母家，将车子停到裴湛的车位上后，给裴赫发了条微信，让他立刻把狗送到她这儿，然后把裴湛的车钥匙带回去。

裴赫在她家赖了好一会儿才离开，关上门后，路檬只觉筋疲力尽，一觉睡到傍晚，抱着裴路路发了会儿呆，又起床练琴。

刚练了半个钟头，她的手机就响了。发现打来电话的是司裴，路檬迅速扔掉手机，跑回卧室把头埋到被子里当鸵鸟。哪知裴路路竟屁颠屁颠地把手机叼到了她的手边。路檬敲了一下吐着舌头邀功的傻狗的头，深吸一口气，按下了接听。

“司老师，晚上好。”

“你在忙吗？”

“在练琴，所以一开始没听到。”

“我在你家楼下的酒店，有时间就下来坐坐。”

路檬“嗯”“啊”了两秒，发现自己找不到借口，只好说：“你等我一下。”

不用出大厦，路檬便只绑了马尾，穿着原本的衣服出了门。

路檬的粉白兔子运动服与周围环境完全不搭，于是她一走进酒店咖啡厅，司裴便看到了。

路檬坐到司裴对面，拉过餐牌遮住了脸：“司老师，我中午是开玩笑的，为了吵赢裴湛。一日为师，终身为父，我一直一直当你是长辈的。”

虽然也只拿路檬当小孩子，听到这话，司裴却觉得哪里不对，他无奈地喝了口茶："我知道。我这还是第一次见裴湛跟女孩子吵架。"

除此之外，路檬的分毫不让也令他非常意外，在司裴的印象里，路檬闹腾归闹腾，却一向恭敬。两个挺正常的人，凑在一起怎么就不正常了呢？

路檬刚想吐槽裴湛没风度，记起司老师跟他是堂兄弟，便忍着没说话。司裴又问："你跟他怎么会在一起？"

纠结了片刻，路檬决定实话实说："我小的时候很喜欢他，成天追着他跑，可是他看都不看我，还说最讨厌的就是我这种……"

路檬将事情的经过原原本本地复述了一遍，惊异之余，听到路檬说虽然带走了扇面，却也还了本金和利息，司裴问："你上次说自己穷，就是因为这个？"

路檬委屈地点了点头。见她噘嘴，司裴"扑哧"一笑："我有个朋友想找裴湛编曲，他不肯接，你有没有兴趣？不过你没有作品，就算有我介绍，价格估计也很低，大概一首五千左右。"

路檬清楚，像她这种业余人士，如果不是看着司裴的面子，两千块都没人请。

"我非常有兴趣！可是没有设备。"

"我那里有。"裴湛拉开椅子，坐到了堂哥身边，"谁说我不接？"

见到他，路檬错愕地看向司裴。司裴解释道："裴湛的脾气你也知道，我哪敢背着他单独见你。"

路檬虽不满，却不敢冲司老师发脾气，只好用沉默抗议。

司裴转向裴湛："我还没跟奶奶她们说明白。和她们说有关系的是你们俩，她们倒是能信，可跟你在一起过，又跟我传绯闻，她们那种岁数的人会对路檬有偏见。还是等这事儿完全平息了再说。"

裴湛虽然接受不了，却也知道堂哥说得有道理，现在就摊牌对路檬确实不好。见路檬冲自己翻白眼，他笑着问："你都把我扔在郊外了，还没解气？"

司老师好心替她介绍工作，这人非得横插一脚，榨干她的存款还不算完，当真要看她饿死吗？

“你不是很忙吗？怎么会有空替人编曲？”

“没空，我自己还要请人帮忙。以我的名义接下来，我来把控你来编，收益你七我三。”

“我为什么要替你当枪手？我来编，你白拿钱？”

“那就以你的名义接，你搞不定我免费帮你。”

司裴诧异地看向堂弟。

尽管司老师没说出来，路檬也明白他的意思，裴湛编曲收的是天价，就算她一裴湛九，拿到的钱也远比五千块多。而以她的名义接下来，让裴湛帮忙编五千块一首的曲子，对方无疑等于中彩票了，说出去谁会信？

路檬要面子，倔着不开口。司裴见状岔开话题道：“下周我要去几个城市开慈善音乐会，收到的赞助和票房给山区的中小学建音乐教室。你跟我一起去，既是做好事，也能登台锻炼。”

“好呀。”

路檬的话音还没落，裴湛便说：“我也去。”

“好。”赶在路檬出声抗议前，司裴就应允了。他端起杯子喝了口茶，问堂弟，“你那边出多少人？”

裴湛怔了一下：“现在有多少人参与？”

“我和路檬。”

“……”裴湛这才明白堂哥是在给自己下套。这活动虽然有意义，但司裴不喜欢也不擅于做与音乐无关的事，人脉和资源也远不及他。

组织几场公益音乐会、再做个捐赠仪式筹集更多赞助对裴湛来说不过是举手之劳，可这一段时间太忙，分身乏术。司裴之前就提过想把音乐教室当作新年礼物送给山区的小朋友，他觉得想法很好，但是实在没必要赶在过年前最忙碌的时候去实施。

依着裴湛的性格，哪怕是原本想做的事，也会因为厌恶被人套路而改主意，何况他现在确实没有从头到尾地策划一个大型活动的精力。

裴湛本想说“我只出我自己”，可瞥见因为不满，把身后的兔耳朵帽子戴到头上、撇着嘴啃指甲的路檬，他沉默了两秒，说：“知道了。你只要弹你的琴，余下的事情我来解决。”

目的达到，一贯君子的司裴又觉得过意不去，笑着问堂弟：“你吃晚饭了没？”

“午饭都没吃。”

司裴看向路檬：“我请你们俩吃饭。”

“我吃过了，就不去了。”

裴湛问：“你都吃什么了？”

路檬没搭理他，又把帽檐拉低了一点。午饭还是在裴家吃的，饭桌上都是长辈，压力大顾虑多，她并没吃几口。晚饭因为懒得动手做，吃的是冰箱里的剩蛋糕，可再馋再饿，她也不想同裴湛一起吃饭。

司裴刚想说“那么改天吧”，就发现堂弟看向自己的眼神别有深意。拿人手软，他只好改口道：“吃过了也一起坐坐，我给需要编曲的朋友打电话，把他的要求告诉你，顺便商量公益音乐会的事。”

有裴湛的话，她就不想参加公益音乐会了，现在还能反悔吗？路檬支吾了两声，终究还是没有说出口，习惯了听从司老师的话，虽不情愿，她还是跟着他们一起去了停车场。

路檬出门的时候没带外套，一走进阴冷的地下停车场，立刻打了个喷嚏。司裴的羊绒大衣就拿在手里，下意识地递给了她，没等路檬接，司裴又瞥见裴湛脱羽绒服，便收回了手。

哪知路檬看也不看裴湛递给她的羽绒服，边拽司裴的大衣边笑着说：“谢谢司老师。”

三人乘司裴的车子去了江东的餐厅。江东的餐厅以贵出名，裴湛心里不痛快，不仅拣最贵的菜点了一大桌，还开了瓶数万块的酒。

路檬对司裴耳语道：“他点的等下让他买单！”

司裴笑笑：“你想吃什么就点什么，不用跟我客气。筹款捐音乐教室的活动还得靠裴湛组织。”

路檬一脸崇拜地看向司裴：“司老师，你这么为小朋友着想，真是好人。”

裴湛接下来要花费的时间，完全够赚回这么一百桌，听到这话，更觉气闷。看出裴湛的不快，司裴给朋友打过电话，便建议路檬用裴湛家二楼的工作室。

“我很少编曲，设备没裴湛的专业。”

见路檬不说话，裴湛面无表情地补充道：“我最近非常忙，没什么时间在家。”

听到这话，路檬反倒生出了过意不去的感觉，别扭地说了句“那就麻烦了”。

一顿饭还没吃完，路檬刷微博的时候就发现自己又上了热搜。因为拿下了柏林电影节银熊奖，和表妹一起被炒 CP，最近一两年，司裴的人气远比其他知名音乐家高。

与只有传言的裴湛、乐施相比，司裴在演唱会上公开为学生庆生、又被拍到带学生回家陪爷爷奶奶吃饭，算是有了实锤。况且老板和旗下乐手的组合太常见，完全比不上师生恋有话题，因此司裴和路檬的这场绯闻闹得声势浩大。

发现娱记从中午跟踪到了晚上，还拍下了她穿着司裴大衣的一系列照片，忍受不了时刻被监视的路檬也烦躁了起来。然而除了等待热度减退、网友不再感兴趣，她再烦躁也无计可施。

被拍下的照片里路檬披着司裴的黑大衣、戴粉白的兔耳朵帽子，夹在比她高一大截的裴湛和司裴中间，显得格外娇小。看到一溜儿说路小朋友和司叔叔反差萌、求高清正脸照的留言，路檬很是无语。怕再落人口实，吃过晚饭离开江东的餐厅时，路檬抓起裴湛的白羽绒服套在了身上。

裴湛忍着笑说：“我叫司机来，你坐我的车回去。”

路檬没再反对，挥别了司裴，同裴湛从僻静的员工通道离开。走出餐厅后，路檬才发现裴湛除了羽绒服，就只穿了一件薄衬衣、一条牛仔裤，捂得严严实实的她看向裴湛：“你冷不冷？我把衣服还你吧？”

“冻死我不是挺好，省得碍你眼。”

路檬扯下羽绒服帽子，刚要脱，裴湛就伸出手替她套了回去：“对街有记者，你不裹严实点，高清正脸照马上就会上新闻。”

路檬瞬间戴上帽子，紧张兮兮地捂住脸问：“在哪儿？”

“就在斜对面，别转头。”

路檬立刻往裴湛身后躲，躲了几秒钟，她拉起他的胳膊，透过空隙往对街看，环视了一圈后，压低声音问："是不是那辆白色的车？"

"可能吧。"

路檬狐疑地仰起头，瞥见裴湛弯着嘴角笑，明白自己上当受骗的她直起身瞪了他一眼："你无不无聊？"

裴湛也觉得自己挺无聊，别说现在了，念小学时他都觉得用这种方式逗女生很幼稚，可这一刻还是感到有趣。不知道从什么时候起，他变成了过去最鄙视的傻子。

怕跟得太紧惹路檬烦，这晚裴湛没多纠缠，到了第二日下午才给她打电话。

"等下司裴的朋友要到我这边签合同，他会详细地说他的想法，你来听一听？司裴也在。"等了片刻，没听到路檬回答，裴湛报了个价格，"我一你九，再把你的名字写在我之后。"

听到报酬，路檬傻了一下才问："实际上编曲的是我，你好意思收人家这么多吗？"

"我带着你做。以我的时间成本计算，这还收少了。"

"我不想占你便宜，我们五五好了。"说完这句，路檬觉得略亏心，真不占裴湛便宜的话，她拿 0.5 还差不多，"我几点过去？"

"一个小时后。"

怕被娱记认出来，路檬特地走与粉白兔子运动装完全相反的成熟御姐风。哪知刚把车子停在裴湛公司外的空地上，她就听到一个温婉的声音叫"余柠"。

路檬忍住回头的冲动，用余光瞥向后视镜，居然是乐施。路檬在心中翻了个大大的白眼，连裴湛妈妈都撞上过，她还会怕这一位？

见路檬没反应，诧异不已的乐施撇下同事，走了过来。仔细看了路檬两眼，她犹疑地再次开口："余柠？"

穿着超高跟的路檬冷淡地乜斜了她一眼："你叫我？"

乐施看了看路檬的车子，又望向她披在肩上的黑大衣、涂正红唇膏的嘴巴以及脸上的金丝大框眼镜，疑惑地想，虽然完全变了副模样，可就是同一个人没错啊。

顿了顿，乐施才笑着说：“不好意思，我大概认错人了。你和我一个朋友很像。”

路檬冷笑了一声：“乐小姐，咱俩什么时候变成朋友了？”

听到这话，乐施更觉吃惊。赶在她再喊一次“余柠”前，路檬就转身离开了。与乐施同行的人里也有在B市和路檬打过照面的，可当时谁也没留意一个不起眼的助理，路檬又变了风格，自然无人认出。

旗下的乐手平常不需要过来，因而裴湛的公司并不大。公司一共两层，裴湛的办公室在二楼，隔着玻璃看到路檬进门，裴湛迎了下来。将路檬从上到下打量了一遍，他“扑哧”一笑：“老了不止十岁。”

“是师叔你太没眼光。”

裴湛又看向她裸在外头的纤弱脚踝：“倒也不是没有可取之处。”

乐施与其他乐手一齐进了门，听到他们叫“裴先生”，裴湛“嗯”了一声，转向路檬：“司裴和他朋友还在路上，去我办公室等。”

感受到来自乐施的注视，上楼前，路檬忽然回过头，似笑非笑地问：“乐小姐，你为什么一直看我，对我很好奇？”

见裴湛也看向自己，乐施先是错愕，继而又流露出了平白无故被质疑的委屈。路檬最烦看这种表情，径直去了裴湛的办公室。裴湛正要跟进去，旗下的一个经纪人过来找他说事，谈完后再回到办公室，司裴和他的朋友已经到了。

虽是少女感十足的清纯长相，路檬换上性冷淡风的裤装和大衣，非但奇异得毫无违和感，气场更是瞬间飙到了两米八，然而见到司裴，她身后那根无形的尾巴再次露了出来。

理解了难以亲近的司裴为何单单关心路檬的前途的同时，裴湛难免心中发酸，若是他当年没拒绝她，如今她是不是也会这样围着自己转？

作为乙方，裴湛本该去甲方那里签合同，但他很少接这种工作，对方怕他变卦，早早地拿来了合同。裴湛不认同其中一项，短暂的交涉后，对方妥协，裴湛叫助理进来重新打两份合同。见进来的不是过去日日跟着他的余航，路檬问："余航呢？"

"辞职了。"

"他主动的？"

裴湛没回答，碍着有人在，路檬不好继续问下去。签好合同后，沟通了一个多钟头，甲方才离开。路檬把甲方的要求记到手机里，想去找裴湛问余航的事，可裴湛实在太忙，就连司裴的各种事务、巡演规划也是由他一手筹划。

裴湛难得来公司，要处理的事情一件接一件，路檬只好跟着司裴去了会议室。裴湛把旗下的乐手都叫过来是为了确定公益音乐会的事，参与这件事的乐手越多，社会关注度就越高，可以带动更多人捐款。

乐施和其他乐手都聚在会议室，司裴和路檬一进去，众人纷纷同他打招呼。在场的乐手里有一个是司裴的大学同学，没同旁人一道叫他"大裴先生"，直呼其名地笑着问："司裴，这位是？"

"这是我学生，路檬。"

这几日"师生恋"炒得太热，这话一出，偌大的会议室瞬间安静了下来，司裴揉了揉太阳穴："只是学生。"

裴湛进来后，众人立刻结束闲聊，进入会议状态。依着裴湛的风格，哪怕这次活动没有收益也要往大了做，至少把名赚回来。

他准备联系青少年发展基金会，让官方参与进来，在几个城市开过音乐会后，趁热打铁地组织慈善晚宴，筹集更多捐款，再由他和司裴分头带人到受捐学校做揭牌仪式。

音乐会是公益性的，去掉必要的支出，所有票房和赞助都要捐出去，所以自愿参与。裴湛确定过人数后，让助理把演出合同拿给参与的乐手，然后越过司裴低声问路檬："你确定登台？"

裴湛谈公事的时候完全不带私人感情，路檬再次被他的气势震住，顿感没底，便看向了司裴，司裴替她说："确定。她没问题。"

司裴笃定的语气让路檬安下心，她感激地歪头朝他笑，司裴没笑，却回了个鼓励的眼神。感受到他们之间的信任和默契，裴湛怔了片刻，才让助理把演出合同拿给路檬。

会议结束后，惦记着余航的事，路檬没同司裴一道离开。裴湛在会议室同人讲公事，失眠不治而愈的路檬要了杯咖啡坐在空桌子上透过落地窗看他。

不管对这个人的感情如何变化，她对这张脸都毫无抵抗力。他专注做事的时候尤其有吸引力，仅次于高中时拿脚踹了人后跳上摩托车扬长而去。兴许是她还不成熟，隔了那么多年，仍喜欢当初的那个少年。

签过合同，乐手们一一离去，留到最后的乐施走向了裴湛。他们讲话的时候，裴湛的新助理正好开门，路檬依稀听到乐施说“裴先生，我对这个活动很有兴趣，很想跟您一起去探望山区的小朋友”。

裴湛讲话的时候门又关上了，听不到他说了什么，只见乐施笑着点了点头。发现裴湛瞥向自己，路檬回了个称得上嚣张的笑，举起手机拍下了他和乐施。

见裴湛皱眉，路檬毫不在意地挑了挑眉，跳下桌子，端着咖啡去了茶水间。路檬正剥着在柜子里找到的巧克力锡纸，乐施过来了。

路檬把巧克力放进嘴巴，边嚼边一瞬不瞬地盯着她看，却并不说话。乐施被她盯得直发毛，沉不住气先开了口：“你真的是余柠啊？”

路檬又摸起一包薯片，低头拆包装袋的时候漫不经心地“嗯”了一声。

“你是不是对我有什么误会？”

路檬反问：“你觉得我对你会有什么误会？”

“前一段听说你和裴先生分手了……关于绯闻，我想找你解释，可没有你的联系方式，不信你去问余航。”

“看不出，你还挺自恋。你和他的绯闻是真是假，我和你一样清楚。你不会失忆了吧？你两次深更半夜找他哭哭啼啼我都在呀。我甩了裴湛仅仅是因为嫌他烦，跟你哪有半毛钱关系。”

乐施涨红了脸：“余小姐，既然你知道是误会，干吗讲这么让人难堪的话？我去找裴先生帮忙都是事出有因，这个你也是知道的。”

“我姓路。我和他没分手时，你就意图不轨，我这样讲话已经算客气了。难堪的事情你都做了，怎么就受不了几句话？装无辜装天真不止你擅长，我也很会的。给你一句忠告，自作聪明的人最最傻。还有，你的绯闻到底是怎么爆出来的，我很怀疑。我呢，经常会心血来潮，搞不好哪天无聊了就去找当记者的朋友查。毕竟这件事出来的时候，我和你老板还没分手，完全有立场追究。”

站在门外的裴湛屈起食指叩了下门，乐施忍着眼泪说了句“虽然不知道你为什么这么想我，但我问心无愧”，然后咬着唇冲裴湛点了点头，快步走了出去。

裴湛关上茶水间的门，走到路檬旁边。路檬斜倚在柜子上，低头吃薯片。同样是沉默，她能轻松碾压乐施，却扛不住裴湛的注视，告诫了自己无数次先开口的人会输，到底还是捻起一片薯片问：“这个新口味还挺好吃的，要不要尝尝看？”

裴湛忽而一笑：“你说得没错，论装无辜，谁都比不过你。”

听到这句，路檬反倒不怵了，一脸无所谓地说：“谢谢夸奖。看到我像巫婆一样欺负小白花，你是不是觉得很幻灭？”

“没，还是挺喜欢的。”

裴湛过去的确最讨厌强势的女人，最欣赏不来鲜艳的红唇配中性打扮，然而见到从内嚣张到外的路檬，他却仍旧觉得可爱。

“什么？”

“我说，我还是挺喜欢你的。”

他偏爱的明明是柔弱温顺的如小兔子一般的“余柠”，可不知道为什么，在彻彻底底把路檬和“余柠”分开后，还是会被吸引。

路檬怔了几秒，随即一笑：“你中邪了？”

“嗯，中邪了。”

路檬不知道该说什么，她低头咬了片刻指甲，扬起脸笑着问：“你该不会是因为我甩了你怀恨在心，准备追回去再甩我一次吧？”

“你试试看。”裴湛突然捉住了她的右手。

“你干什么？”路檬脸上发烫。

裴湛从她的裤子口袋中摸出手机，用她的拇指解锁。意识到自己想歪了的路檬气急败坏地去抢手机。

“你拍我经过我的允许了吗？”

“我拍俊男美女养养眼不行啊？因为你，我最近穷着呢，看腻了就拿给娱记赚线人费。”

“她算哪门子美女。”

“你不觉得她漂亮，签她干什么？”

裴湛比路檬高太多，轻轻松松地钳制住她，删掉了照片。把手机扔到柜子上后，他却没放开路檬，半拥着她说：“我也不喜欢乐施。本来以为她质朴，没想到那么会生事。吕黎，再加上她，我的眼光不是一般差。但跟她签了五年全约，她没在演出中出过纰漏，哪怕我放弃了力捧她的想法，也不能因为个人喜好阻碍她的发展，不给她工作。五年也不长，不接触就是了。她刚刚找我是想跟我去山区参加揭牌仪式，我拒绝了。到时候我和司裴会去不同的学校，你跟我还是跟他去？”

等待路檬回答的短短几秒钟，裴湛竟生出了紧张感，路檬诧异地看了裴湛片刻，笑盈盈地反问道：“你觉得我会跟谁去？”

裴湛摸出烟盒，自嘲地一笑。

路檬推开他，把薯片放到一边，拍了拍手上的残渣：“我留下等你是想问余航的事。”

裴湛只当没听见，低头点了根烟：“你为什么单单听司裴的话？你对他的态度和对其他人都不同。”

“裴赫对着你的时候连哥哥都不愿意喊，和他妈妈也经常吵架，为什么单单和我亲近？”

裴湛侧头看向她。

“因为所有的人，包括我自己都对自己没信心，只有司老师从没质疑过我。”

赶在裴湛开口前，路檬收起严肃的表情，露出半天真半妩媚的笑“裴湛哥，你什么时候破产啊？”

“嗯？”

路檬抬起手，拽着他的衬衣领子说：“怎么办，虽然讨厌你的性格讨厌到连话都不想跟你讲，我却特别喜欢你的脸。哪天你要是破产了，千万千万第一个通知我。我雇你当助理，你必须随时保持微笑，板一次脸就扣一千块，说一句风凉话扣一千五。”

“……”裴湛捉住她的手，冷着脸居高临下地问，“月薪多少？我翻二十倍，换你乖乖在我家待着。”

路檬大力抽出手：“我有爸妈、大伯、哥哥、外公外婆，要是肯为了钱装乖，哪轮得到你发钱。对了，余航是怎么回事？他很珍惜这份工作，不可能主动辞职的。”

“我高薪请他来，不是让他联合别人蒙我。”

“就知道是因为我。余航一直恪尽职守，之前的事是我逼他的，他完全不知道我对你有心结，以为我就是闲着无聊想体验生活。我钱也还了，狗也不是不给你看，你又没什么损失，干吗这么小气？”

门外有人试探着叫“裴先生”，裴湛走过去锁上门，回头说：“我怎么没有损失？我的损失大着呢。”

他能有什么损失，付她的薪水她完成了相应的工作，她提前拿走了扇面也多给了利息，她的狗一见他就摇尾巴蹭头，他也没白养。要提感情，她之前受的磨难再甩他十次也扯不平。

还有……他亲了她好几次，她才亲回去一次，要说损失，也是没占够便宜的她损失更大。

茶水间窄小，两人离得近，路檬的目光在裴湛的嘴唇上转了两圈，裴湛竟微微垂下了头。气氛一下子就暧昧了起来，路檬努力不去回忆与他唇齿相依的感觉，然而屏住呼吸都能闻到裴湛身上混合着烟草味的好闻气息。

拽着裴湛的衣领亲上去的时候，路檬觉得自己一定是被下降头了，男色误人，既然已经发疯了，不占够便宜岂不是白白丢了脸？

愣怔了一秒后，裴湛立刻揽住她的腰吻了回来，路檬哪里甘心被他反攻，松开他的领子，踮起脚尖箍住了他的脖子。他们亲吻过很多次，却从没有哪一次如眼下这般激烈，彼此都觉得对方像是换了一个人。

赶在裴湛的意识清明前，路檬先一步放开了他，整了整衣服，嫣然一笑：“连本带利，咱俩扯平了。”

裴湛由失望到惊喜再到迷惑，一时间没能反应过来：“你什么意思？”

路檬从包中翻出卸妆湿巾，抽出一片塞到他西服口袋里，用食指点了点他嘴巴上的口红印："就是不想再提跟你的那点儿破事的意思。你不请余航回来没关系，我自己请他当助理。"

说完这句，强装镇定的路檬便趁裴湛还没想明白，拧开门锁夺路而逃。堂哥和爸妈总说她没谱，她从来都不服气，到了这一刻，她终于承认，自己的确是想一出是一出。

路檬踩着超高跟一路狂奔到车旁，还没拉开车门，手机就响了，看到裴湛的名字，心脏怦怦直跳的路檬下意识想关掉手机，又怕被他看出心虚，干脆关了声音扔到副驾驶。

一直到了傍晚，路檬才敢看手机，裴湛只打了三通电话过来，来自司老师的未接来电却有五个，路檬很快回拨了过去。

听到司裴问在下周六第一场公益演出前能不能用小提琴练熟《野蜂飞舞》，跟他合奏，路檬迟疑了一下："我试试，尽量吧。"

当年司老师去日本巡演，她试着改编过这首曲子，也用小提琴跟他配合过，还受到了他的赞许。

用小提琴演奏这首曲子说难也不难，全是半音阶能有多复杂？可一定要足够快，就算这首曲子每个音的音域都差不多，想要拉得快，也是很考验功底的。从四岁到十八岁，她每天都雷打不动地练几个钟头琴，大学后没了妈妈的逼迫，她感兴趣的事情又多，只有在心血来潮的时候她才会摸琴，手指早就僵了。

在一个星期内拉熟拉快应该可以做到，可对方是快起来像有八十根手指的司裴，她怎么可能跟得上他的速度？

"最好是这首，实在不行还是双钢琴《蓝色狂想曲》。"

听到这话，路檬更觉得不好意思："那就这首，除了吃饭睡觉，我从早练到晚，要还是跟不上你的速度，你能不能弹慢一点？"

说完这句，路檬立刻感到心虚，不够快就不能叫《野蜂飞舞》。在演奏上，司裴的要求一向高，没等他开口，路檬便说："我试试看。"

放下电话，接下来一周没空吃饭睡觉的路檬自然没时间再后悔鬼迷心窍地亲了裴湛。她搜了下司裴演奏这首曲子的视频，他最快能弹进四十秒，而最快的小提琴要五十秒，只有想办法取巧可破。

正要关上视频，路檬收到了裴湛发来的微信：“你忘了拿素材。”

路檬考虑了片刻，回复道：“你放在你家就好，反正我也要用你的工作室。”

在一周内组织这样一场公益活动，裴湛一定会忙到脚不沾地，哪有工夫回家，况且她还有裴赫这个眼线，想避开他非常非常容易。

“嗯。”

关上微信，路檬又想起了余航，立刻给他打了通电话。接到她的电话，余航很是意外。

“害你丢了工作真的对不起，我没想到裴湛会那么小气。”

“是我主动辞职的。你走了之后他很着急，我明明知道你的信息，还心存侥幸地瞒着他，他生我气是正常的。”

“你主动辞职，他没有留你？”

余航没说话。路檬猜得到余航出于愧疚辞职的时候应该很希望裴湛挽留，他不止一次说过很感激裴湛资助他念完大学，也很珍惜这份工作。

“你找到新工作了吗？”

“还没找，之前每到过年的时候都特别忙，没机会回老家，所以今年早一个月回来陪家人过年。”

路檬“哦”了一声：“如果你回来后找不到合适的工作，就来给我当助理，薪水和在裴湛那边一样多。”

“路小姐，您的助理都需要做什么？”

对哦，她要助理做什么？随即想到拿到编曲的报酬后她的经济会宽松一阵子，余航虽然心思重了点，但能吃苦又负责，凑到钱后她还是要去跨国自驾游的，有他帮忙可以省下很多时间。

“具体的工作等你回来再面谈。”

挂断电话，路檬又给裴赫打了一通电话，听明白她的意思后，裴赫一口就答应了下来：“姐，我给你当线人，有没有线人费啊？”

“你要钱干什么？”

“我有个喜欢的女孩，这不快过年了吗，我得给她压岁钱。”

……这是什么操作。想着下周会收到编曲的订金，路檬说："你帮我放一次风一百。"

"一百连半盒巧克力都买不到……"

想到自己像裴赫这么大时也为了给裴湛买礼物这样坑过路时洲，路檬忍着气说："一百五，爱要不要，多了没有。我最近会频繁出入你二哥家，过年前肯定够给你喜欢的女孩买十盒巧克力。"

"那就一百五，谁让你是我姐。你开口了，我能不帮你吗？！"

这是便宜了她的意思？啊呸。瞥见裴路路凑过来撒娇要零食，路檬头痛不已地想，她养裴湛的愿望没能实现，却养起了他的狗、他的表弟、他的助理……真是冤枉死了。

"你二哥在不在家？我现在就需要用他的工作室。"

"他刚回来。他晚上有应酬，好像是约了什么赞助商，等他走了我立刻给你打电话。"

裴赫嗓门高，又躺在沙发上，正准备下楼的裴湛听到这句，放缓了脚步，待他放下电话才说："我这就出门，等下阿姨来了，让她做你一个人的饭就好。"

见裴赫应了一声便立刻摸起手机通风报信，知道他没脑子，裴湛连外套都没穿，就走出大门，站到了楼梯间。

裴赫完全不觉得这个季节二表哥穿衬衣出门有什么奇怪，一听到关门声就给路檬打了通电话，说人已经离开了，让她放心过来。

时间不够用，裴路路又闹着非要出门散步，路檬便带着它从消防楼梯走，权当是去遛了弯。哪知一人一狗刚刚爬上六十楼，就看到楼上两扇消防门外立着位高大挺拔的男人。看到男人指间忽明忽灭的火光，路檬脚步一顿，吓得险些落荒而逃。

楼层高，平常没人走楼梯，高个男人听到动静也感到意外，便踢了下门。六十一层的感应灯一亮，路檬才看清是住隔壁的西西姐的老公傅川。

她松了一口气，问："傅川哥，你怎么站在这儿？"

傅川一贯高冷，极少搭理小姑娘，可被池西西赶出来罚站实在太丢脸，为了面子，他破例答道："家里太热，出来凉快凉快。"

大冬天的，到常年不见阳光的楼梯间透气，还真是新鲜。她正想问刚刚生了宝宝的西西姐好不好，就听到一声门响，裴湛走了出来。见到裴湛，路檬下意识就想往回跑，可裴路路看到裴湛，早“汪汪汪”地扑了过去。

裴湛冲傅川点了点头，问路檬：“你怎么来了？”

“我……上来看西西姐和宝宝。”

裴湛：“……”

傅川：“……”

见走上六十一层的路檬真的去敲隔壁的消防门，裴湛揉了揉眉心：“我正好有事找你。之前给你定的粉色 S680 到了，你明天带上身份证跟我去提车。”

路檬完完全全傻掉了。顿了顿，她说：“我哪能收这么贵的礼物，你留着自己开吧。”

“我开粉色的车？”

路檬考虑了片刻，不能因为她的心血来潮让裴湛蒙受损失，还是先收下来再想办法卖掉把钱给他。

“那就谢谢啦。你最近很忙吧，车子你叫助理带我去提就可以。”

裴湛似乎想说什么，碍着傅川在，却没开口。路檬进退两难，在心中骂过裴赫不可靠后，硬着头皮去敲傅川家的门。傅川和裴湛的嘴角同时抽了抽。

才敲了两下，池西西的声音就传了出来：“敲什么敲？站到七点半再回来。”

听到这话，傅川的脸色十分难看。

路檬更觉尴尬，却不得不干笑着说：“西西姐，是我，路檬。”

池西西一打开门，黑着脸的傅川就率先挤了进去。见到门外的裴湛和路檬，池西西呵呵一笑：“他怕在家里抽烟，烟味会熏到女儿。”

路檬假装相信地点了点头：“傅川哥真是好爸爸。”

池西西和路檬小时候是邻居，这些年联系得少，只有逢年过节的时候才会发一发节日祝福。虽然在电梯间遇见过，知道同住一栋楼，但登门还是第一次，两手空空的路檬颇有些不好意思，好在缓过神的池西西热络地拉着她的手请她进门，又看向裴湛："你是裴湛吧？我看过你的专访。好一阵儿没见到你哥哥了，进来喝茶。"

听到这话，替司裴不值的路檬立刻说："司老师早就搬走了。我们下周要开公益演奏会，筹到的钱用来给山区的小朋友建音乐教室。第一批受捐学校有一大半都在你老家。"

池西西有些惊讶："司裴搬走了？他真是有心，改天要替我老家的孩子们谢谢他。你们找媒体了没？这事挺有意义的，我最近在休产假，可以让同事帮忙宣传。"

裴湛婉拒道："谢谢，已经找过了。"

依着裴湛的性格，一定不会到陌生邻居家做客，然而出乎路檬的意料，只为难了一下，裴湛便跟着进了门。路檬忍着吐槽的冲动跟着池西西看宝宝，夸过宝宝漂亮可爱后，不想叨扰太久的她很快找了个借口离开了。

端坐在沙发上的裴湛跟着她出了门。傅川夫妇将两人送到电梯间，见裴湛也进了电梯，路檬无语道："你家就在对面，为什么不走消防门？"

直到电梯门完全闭合，裴湛才开口："你在心虚什么？"

"什么心虚？"

"你原本不是要去我家的吗？刚刚你和裴赫讲的话我听到了。"

路檬只好拿出看家本领，歪着脑袋装傻道："我今天没联系过裴赫啊，裴湛哥，再忙也要好好休息，你都累出幻觉了。"

裴湛看向这个素颜、扎马尾、穿粉色运动装、一脸天真无辜的小女孩，回忆起五个钟头前她的打扮和举止，竟有些相信下午的种种真的是自己的幻觉。

裴湛伸出手扶住路檬的后脑勺，垂下头想通过亲吻来确定，然而变回小女孩的路檬却反抗得厉害。裴湛放开了她，直起了身。见路檬委屈地撇起了嘴，只觉好笑，他一贯瞧不上仗着体力优势强迫女人的男人，此刻却毫无负罪感，因为面前这位看似软软糯糯的小绵羊根本就是坏主意一大堆的小狐狸伪装的。

电梯运行到二十楼的时候，裴湛忽而开口问："你为什么要告诉池西西受捐学校在她的老家？虽然司裴有建音乐教室的想法是因为她，但如今做这个活动完全和她没关系。也就是喜欢过一小段，他早就不在意了。”

“对哦，”一直低着头的路檬看向裴湛，“也就是喜欢过一小段，有什么好在意的。”

隔了几秒，裴湛才弯起嘴角说：“我跟司裴不是一种人，天生爱计较，要是谁欠了我的，我一定让她连本带利还回来。”

这一晚，路檬竟再次做了与裴湛有关的噩梦，不过内容却与之前完全不同，醒来后去厨房找水喝的间隙，她看了眼手机，竟瞥见了裴湛凌晨发来的微信好友请求，路檬想也没想就点了拒绝。

隔天上午，路檬接到了裴湛新助理打来的电话，约她下午去提车，她挣扎了一下，还是答应了。她满以为会看到裴湛，便叫上了倪珈，更决定全程冷脸相待，哪知就只有他的新助理。

听到助理说裴先生抽不开身，要他过来帮忙办理各种手续，莫名其妙地，路檬有点失落。她大概还是有点在意裴湛的，但无论如何都不想再同他扯上关系，重拾对一个人的好感很容易，失望后强迫自己离开却太难太难，他们交往的过程并不美好，经历过那么多难眠的夜晚，她不想再重蹈覆辙。

有聒噪的倪珈在一旁大惊小怪，路檬并没失落太久。在五米多长的S680L面前，倪珈的那辆两座粉色小跑显得分外可怜。

“我还以为商务车喷成粉色会很怪，居然这么少女！你不是想出手吗？干脆卖给我吧。”

看到车子，路檬又舍不得了：“V12发动机的车我还没开过，开几天再找买家。”

“开过就只能算二手了……”

路檬坐进驾驶座：“珈珈，你说我要不要卖掉房子买下它？”

“收礼物收到卖房子，你也是没谁了。”

试驾过之后，路檬更觉纠结，这车简直和它主人一样，她万分中意却消受不起。

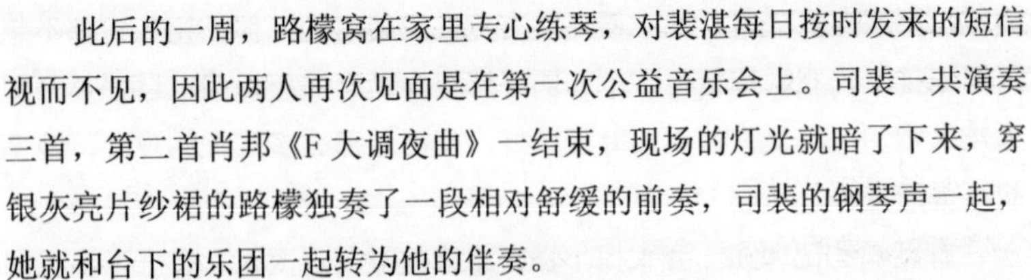

第十章

只有你才没关系

此后的一周，路檬窝在家里专心练琴，对裴湛每日按时发来的短信视而不见，因此两人再次见面是在第一次公益音乐会上。司裴一共演奏三首，第二首肖邦《F 大调夜曲》一结束，现场的灯光就暗了下来，穿银灰亮片纱裙的路檬独奏了一段相对舒缓的前奏，司裴的钢琴声一起，她就和台下的乐团一起转为他的伴奏。

路檬的演奏水准虽不能和专业的媲美，台风却一流。古典钢琴家和流行小提琴手碰撞到一起毫无违和感，路檬边拉琴边随着节奏跳舞，短短的四分多钟，观众的注意力全在她流畅优美的肢体语言上，最后一个音符落下时，她将琴弓指向司裴，带着几分调皮和稚气朝他眨了下眼，司裴抬起头，和她相视一笑。

这是路檬作为司裴学生的首次亮相，有绯闻加持，演奏时两人的互动又默契十足，他们自然成了整场音乐会的焦点。

音乐会一结束，后台就被记者围得水泄不通。裴湛让堂哥留下应付，没等路檬反应过来，就拿外套裹住她，半拖半拽地带她从另一扇门离开。

“你干什么？！我要留下澄清。”

“谁惹出的绯闻谁澄清，有司裴在，你凑什么热闹。”

路檬抽出被裴湛拽着的胳膊，用手拢了拢披在肩上的男式外套，扬起脸问："我前天给你的钱你收到没？"

裴湛把手抄回口袋："你为什么打两万块给我？"

"还你车钱啊，一下子拿不出那么多，分期给，暂时一个月两万。"

"一个月两万，你准备分二十年还？"裴湛很是无奈，"那辆车本来就是答应了要送你的。"

"可我们已经分手了，而且我之前就说了，不想要车了，想让你穿着高中校服骑摩托带我兜风。用不到二十年，说不定今年之内我就能赚到钱还清。"

"你准备怎么在一年之内赚到几百万？不如我签你？你的舞台表现力挺好，很适合走流行。只要半年，我就能帮你扩大知名度，给你开自己的巡演，想赚几辆车都没问题。"

作为一个光芒四射的表演者，演奏水准不需要拔尖，长相甚至也不需要出色，但一定要充满感染力，能吸引到足够的目光。舞台表现力是天生的，源于表演者的性格和气质，后天再努力培养也难以提升到路檬这样。

见她面露惊诧地望着自己，裴湛进一步说："对我来说，公事和私人情感完全是两回事，邀请你加入只是因为看好你。"

路檬"扑哧"一笑："这种大饼你还是去给你更看好的乐施画吧，我没兴趣。"

瞥见裴湛皱眉，她又说："不久之前你才说过我是游戏人间的大小姐、没有能力靠点招混进名牌大学……现在又许我年入几百上千万，怕不是精分了吧？"

赶在面露疑惑的裴湛回忆起自己什么时候说过这话前，路檬脱下他的外套扔给他，跳上粉色奔驰扬长而去。

外套上还残留着路檬的气味，有一大堆事急需处理的裴湛没法驾车追上去，怔了片刻，他满心无奈地拎着外套回了音乐厅。

路檬一回到家就进了浴室，卸过妆洗过澡，拿起手机点开微信，竟收到了一堆朋友发来的信息。点开倪珈发来的链接，路檬看到了最新出炉的新闻，新闻里有两段视频：一段是她和司裴共同演绎《野蜂飞舞》；一段是音乐会结束后，司裴用一贯冷淡的表情和语气说，他和他的学生路檬过去现在未来都只可能是单纯的师生，希望外界不要曲解他们的关系，他不会再理会任何失实言论。

路檬打开微博，转发了司裴刚刚发出的，希望公众关注这个公益活动本身的微博，还配上了狗腿的表情。新闻一出，她微博的访问量顿时翻了几百倍，私信箱瞬间爆满。一个脸熟的老粉发私信问：“‘路小朋友’真的是你吗？十年前就请到司叔叔这种级别的老师，原来你是贵族啊。”

有欠前男友几百万还不起，需要吃糠咽菜分期给的贵族吗？

回完所有朋友的微信，路檬再次看到了来自裴湛的好友请求，这执着度，快赶上中学时代不断跑到他脸前刷存在感的她了。路檬手一滑，就点下了同意。她本想立刻删掉他，又觉得好歹也是债主，便把他留在了通讯录里。

音乐会只有第一场是在本城办，隔天要出发去相距甚远的另一座城市，路檬收拾了几件行李，联系当地的好友接机。

第二天一早，裴湛带大部队乘高铁到第二场演出的城市。同是商务座，高铁票的价格比飞机票贵出几百，而飞机两个钟头就能到，高铁却要耗八个多钟头，乐手们虽然感到奇怪，却习惯了听从，没人问裴湛缘由。

集合时没见到路檬，裴湛又打不通她的电话，便问司裴：“路檬人呢？”

“她说出发时间太早了爬不起来，连坐八个小时高铁腰会疼，自己出钱订了机票。”见裴湛皱眉，司裴替学生解释道，“她性格比较随意，不习惯被纪律约束。她就是中午出发也比咱们到得早，我交代过她别乱跑，好好等在酒店。她有分寸，不会耽误演出的。”

“路檬不是恐机吗？这么快就克服了？”

“她不恐机啊，前一段还说二十五岁前要拿私人飞机驾照。”

“……”

漫长的八个多小时里，向来沉默的裴湛一句话也没有说，全程都在思考路檬之前为什么撒谎，非要自己千里迢迢地开车带她去B市。

火车到站前，裴湛给路檬发了条微信："你到酒店了？"

路檬懒得打字，回了个点头的表情。

"你不恐机了？"

路檬早忘了她扯过的谎："我什么时候恐过机？"

"去B市前。"

记起这件事，路檬略有些尴尬，回了个捂脸的表情："开个玩笑，没想到你真会信。"

"只是开玩笑？"裴湛有些生气，当时为了带她走高速，他临时调整了时间，所有人的行程都受到了影响。怪他自作多情，竟以为她不愿意跟着大部队走，是想同自己独处。

"当时我就是再想乘飞机，也没有'余柠'的身份证啊。"

隔了半晌，裴湛才回了一行省略号。

路檬心中一动："你今天非要带大家乘又贵又耗时间的高铁该不会是因为……"

裴湛回得很快："不是。我脑子没坏。"

喝多的人最爱说自己没醉，傻子最爱自夸聪明，路檬捧着手机笑了两下，又生出了一种别样的情绪。她给余航打了通电话，问到以往超过一千公里的距离都是飞机出行，更觉自责，便微信本地的朋友，说明天演出结束再约饭。

一行人到的时候已经是傍晚了，出于愧疚，路檬等在酒店，不想司裴和裴湛各有应酬，把行李放到房间后就离开了，并没同大家一起吃饭。不知是因为生气，还是碍着人都在，裴湛从始至终只看了路檬一眼。

路檬正想去找朋友，片刻前瞥到她蔫头耷脑的司裴便发来了微信："等下要和电影圈的朋友一起吃晚饭，你来不来？我介绍你给他们认识。"

"我们单独出行被拍到会不会再传出风言风语？"

"没关系，我开的不是自己的车。"

路檬迅速赶回房间换了套相对正式的衣服，然后坐进了等在酒店外的司裴的车。进了包间，路檬才惊喜地发现，除了司裴说的导演和制片人，还有一位她很喜欢的老戏骨在，离开前路檬和老戏骨拍了两张合照，发到了朋友圈。

司裴和路檬一坐进车子，裴湛就打了通电话给司裴。兴许是他看到了路檬朋友圈的合照，知道他们单独出行，电话一通，便责问司裴为什么在风口浪尖带路檬见朋友？

“已经澄清过了，外头爱说什么说什么，我为什么要被无聊的人影响？”

路檬点开微信，却没看到预料中的来自裴湛的信息，莫名其妙地，她的好心情瞬间消失了大半。直到第二日演出结束，原本日日发无聊信息的裴湛也没再主动联系她。从音乐厅一出来，路檬就坐上了朋友的车，跟着几个朋友疯玩到半夜才回酒店。

最后一场音乐会在相邻城市，因此一行人在酒店待到演出当天上午才一起乘车离开。最近两日，路檬和裴湛除了偶尔的对视，基本零交流。路檬生性开朗，早和乐手们混熟了，一路上笑声不断。

第三场音乐会结束后，紧接着就是慈善晚宴，路檬换了条小黑裙，前面规矩保守，后面却露着整片洁白无瑕的后背，只有两根细细的交叉绑带。除了音乐圈，还有娱乐圈、文艺圈的大小明星过来，准备时间这样仓促，裴湛却能筹划得近乎完美，人脉和执行力着实厉害。

同人聊天的间隙，路檬瞟了他一眼，只觉这男人无论是身材、相貌、气质、能力都挑不出半分瑕疵，可惜性格太讨厌，倒扣一百分犹嫌不够。就因为她害得大家在高铁上浪费了六个钟头，这几日他就一直冷着脸刻意回避，连信息都没再发来过一条，简直小肚鸡肠。开始她还备感愧疚，现在却生生被激出了逆反心理。

路檬正气闷，一个当红流量小生走过来搭讪，说自己看了之前的视频，夸她表现出色。路檬的五官单看并不十分出众，可不知是脸型精致，还是气质卓然，一眼看过去，明艳到让人无法忽视。慵懒的不羁和纯净的少女感奇异地结合在一起，远比普通美女有辨识度。再加上性格开朗，很容易招蜂引蝶。

只聊了两句，流量小生便询问她结束后要不要去喝一杯，不想再看某张冰块脸的路檬想也没想便答应了。

慈善晚宴快结束时，裴湛环视一周，没看到路檬，便去问司裴。司裴正同人讲话，只说没留意。旁边正巧有个这几日和路檬混熟了的中年乐手，听到这话，随口说："小檬和一个挺帅的男明星去酒吧了。"

"什么男明星？"

乐手年纪比较大，不关注娱乐新闻，笑道："脸挺熟，名字想不起来了。"

"他们什么时候走的？"

"就刚刚，说这里太闷，从侧门走也没人会注意到。"

裴湛想也没想就走向了宴会厅的侧门。他的步速远比平时快，然而还是晚了一步，他推开玻璃门时，只在露背短裙外裹了条浅咖羊绒披肩的路檬刚好坐上了车子。裴湛离车足有二三十米，自然追不过去。

他正要打她的电话，就瞥见两个娱记模样的男人收起相机，让司机快点开车追上去。

高个摄影师问同伴："这女人怎么这么眼熟？"

同伴沉吟了两秒："好像是司裴的那个路小朋友。"

两人坐进车子，还没关上门，相机就被突然出现的裴湛拽到了手中。裴湛本想删掉路檬的照片就还给他们，不料高个摄影师已经认出了他还硬抢，对方加上司机一共四个人，裴湛不想在这种时候闹新闻，压着火气请他们行个方便，说自己可以出钱买下照片，然而高个摄影师不听同伴的劝告，态度恶劣地让裴湛赶紧松手。

对方人多，裴湛也不是吃亏的性子，事关路檬，他有所顾忌不愿闹大，推搡间却还是不慎扭到了手腕……

送堂弟去医院的路上，看到他已经肿起来的右手手腕，司裴简直不知道该说什么好，作为知名钢琴家，毫不夸张地说，裴湛的这双手价值过亿。见他一脸冷峻地用左手翻看路檬的朋友圈，司裴忍不住问："你怎么会犯这种错？只是正常的先后上车的照片，就算曝出去也不过是普通朋友一起吃饭，根本没有新闻价值。你不想它们被登出去，直接打电话给他们的老板不就行了，犯得着动手吗？找人把这事压下去容易，你手腕伤了什么时候能恢复？”

见裴湛不说话，司裴看了眼裴湛的手机屏幕，看到路檬在酒吧笑靥如花的自拍，他摁着太阳穴问：“你跟她不是分手了吗？你还想再和好？”

“你吵死了。”

“……”清高到目中无人的司裴活到三十多岁，这还是第一次被人说吵，他无语地看向车窗外，再也懒得管裴湛。

喝到微醺的路檬接到司裴的电话，听说裴湛追着自己出门，遇到偷拍的娱记，跟对方起了冲突伤到了手腕，她顾不上和去洗手间的流量小生告辞，拎起披肩就打车赶回了酒店。

然而到了酒店才知道，给裴湛送温暖的人太多，根本轮不上她。下了电梯，看到乐施和另一个乐手一起敲裴湛半开的房门，不想凑热闹的路檬冷着脸走楼梯回了自己的房间。

一回到房间，路檬就接连给裴湛打了几通电话，不知是没看到还是故意不接，隔了半个钟头，他的电话都没通。

无论怎么样，这个意外事件都和自己有关，路檬放下电话，准备晚一点等他房间里的人都走光了再去敲门，不料还没来得及卸妆换衣服，裴湛就自己找过来了。

一打开门，看到立在外头的裴湛，路檬有些惊讶，心中又生出了小小的雀跃。路檬冲裴湛笑了笑，看向他的右手，一脸关切地问：“有没有伤到骨头？不会留下后遗症吧？”

冷着脸的裴湛不答反问：“你怎么回来得这么早？发自拍的时候不是说准备玩通宵吗？”

“你看都懒得看我一眼，为什么偏偏喜欢盯着我的朋友圈？”

不等倚在门框上的路檬请他进门，裴湛便自顾自地走进来，锁上了门。路檬不说话，笑着看了裴湛片刻，歪着脑袋问：“师叔，你是来讨债的？不然干吗板着一张脸？”

裴湛还没开口，又听到她说：“放心，欠你的钱我一定会还。”

“你喝了多少酒？跟认识不到半个小时的陌生男人单独出去喝酒，你脑子里装的都是什么？”

“没喝多少。什么认识不到半个小时，他很出名的，我一直都知道他。倪珈是他的粉丝，我跟他去酒吧，是为了和倪珈视频，她高兴得不得了，还说明天飞过来一起吃饭。”

“还有明天？”

“小哥哥人很好的，我们只是聊得来，你是不是想歪了？我很安全的，因为一般人打不过我。”

路檬仍穿着那条露背小黑裙，她生得瘦弱，裙子虽是最小码，挂在她身上也松松垮垮。高出二十五厘米的裴湛轻而易举地就能看到她整片雪白细腻的后背，想到她方才就是穿着这件衣服同心怀不轨的男人喝酒聊天，裴湛更觉气结。

见到裴湛的眉头拧到了一起，脑袋略有些发晕的路檬伸出手捏了捏他的脸颊，笑嘻嘻地问：“你知不知道我是谁的粉丝？”

裴湛挥开她不老实的爪子：“你喝多了，下次不要随便和男人喝酒。”

“我没喝多，我酒量好着呢，上次在你家沙发上其实也没喝多……不信明天倪伽过来，你跟我们一起去吃饭，你一定喝不过我。”路檬的手又爬上了裴湛的脸颊，只是这一次她不是捏，而是摸，“我是你的粉丝，你别总皱眉好不好，眉心长皱纹就不好看了。你为什么生气？咱们都分手了。你难道没和女人单独喝过酒吗？”

“没有，连单独吃饭都没有过。”

路檬怔了一下才想起，有那么多女孩追过他，他却坐怀不乱，从没正眼瞧过谁。哪怕是血气方刚的少年时，他也是桀骜、乖张又禁欲，这性格可真诡异。

“上次在沙发上……你该不会是性冷淡吧？”

提到这个，裴湛更气闷。

路檬笑嘻嘻地说：“其实当时就是发生了什么也没关系。”

话音还没落，天旋地转间，路檬就被裴湛拎起来摔到了床上。不等她反应过来坐起身，裴湛就压了上去：“你很安全？一般人打不过你？如果我现在想做什么，你反抗一下试试看？我再说一次，以后不要随便和男人喝酒。发生了什么也没关系？你脑子里装的都是什么？”

错愕间，原本有些恼怒的路檬忽而满心感动，她嫣然一笑，服软道："裴湛哥，我知道错了。我脑子里装的都是你，只有你才没关系。明天我不去了，让倪伽自己去找他。"

裴湛原本只想让她知道害怕，原本打算达到告诫的目的就想起身离开，可不知是她的话太动听，还是她的气息太勾人，他没舍得走，扶着她的头吻了下去。

路檬只抗拒了一秒，就勾住他的脖子回吻了起来。不同于在茶水间的那一次，他们吻得格外温柔长久。交叉在路檬背后的细带不知怎么就断了，衣衫尽褪的瞬间，她拉过被子掩住了自己。

裴湛平复了一下呼吸，低声问："隔了五年还可不可以？"

"嗯？"

不等路檬想明白，裴湛就拉下她胸前的被子，从她纤细的脖子一路吻了下去。他没什么经验，又怕她醒酒后会反悔，因此格外急切。

终于明白过来后，只犹豫了片刻，路檬就顺从地攀住了他，两人都是初学者，成功的那一刻她承受的疼痛格外多，但疼痛仅在身体上，心中满满都是欢愉。

结束之后，神志清明过来的裴湛和路檬不约而同都有点蒙，在一起时都没有真正跨越雷池，怎么突然就鬼迷心窍了……

路檬丝毫都不后悔，却怕被思想老旧的裴湛误会，只好假装羞涩地拉过被子退到床角蜷成一团。其实也不完全是装的，虽然对方是裴湛，她不止不后悔，心中还有些许雀跃，可初历人事，性格再外放，也很难不惶恐。

裴湛怕路檬误会自己不尊重她，想解释一下，道一声歉，一时间却想不出该说什么。他干咳了一声："你要不要去洗澡？"

隔了良久，裴湛才听到路檬"嗯"了一声。

裴湛套上衬衣和裤子去了洗手间，其实他眼下比路檬还疼，只不过疼在手腕上。片刻前的注意力都在路檬身上，他早把手上的伤抛到了脑后，这会儿比刚受伤时更疼更肿。

调好水温，裴湛简单地清理了一下自己就走了出去，藏在被子里的路檬听到声响探出脑袋看向他，四目相对间，两人都红了脸。裴湛说了句“可以洗了”，就背过了身去。

路檬抓起裴湛的外套披在身上，跳下床快步走进了洗手间。听到关门声，裴湛才转过身，看向了自己的右手。若是别的地方受伤，再疼他也不会在意，他知道自己该立刻叫辆车去医院，可这个时候丢下路檬直接离开，她一定会多心。考虑过之后，裴湛找到路檬的备用房卡，回自己的房间拿医生开的喷雾。

路檬洗得很快，却在洗手间的门后躲了半晌才轻手轻脚地拧开门锁走了出来。她觉得自己着实有些精分，时而无所畏惧，脑子一热多出格的事情都敢做、多大胆的话都敢说，可做完说完冷静下来之后又满心忐忑，畏畏缩缩。

路檬不知道该怎么面对裴湛，该怎么斟酌言语才能既不让他误会自己轻浮，又不让他有心理负担。然而走出浴室，发现他连一声交代都没有便径直离开了，路檬非但没感到轻松，还异常失落。她拿起手机翻过微信和短信箱，确认他当真没留下一句话，更觉难过。

床单脏了不能再睡，找不到新的，她只好扯下来，把柜子里的另一床被子铺上去。做完这些后，路檬还是满心别扭。为了压制住失落感，她只好开了局游戏。刚打了三分钟，房门竟被卡刷开了。

见进门的是裴湛，意外之余，只穿着上衣，光着一双腿、趴在床上打游戏的路檬立刻坐了起来，缩进了被子里。尴尬归尴尬，看到他折了回来，路檬一下子就高兴起来。

裴湛见状没忍住，嗤地一笑，把左手拎着的塑料袋放到床头柜上，取出里头的蜂蜜水递给她：“解酒。”

……所以他还以为她醉着？既然想不出该说什么，装醉倒是挺不错。

路檬接过蜂蜜水，喝了半杯，冲裴湛笑了笑：“谢谢，我的头还真有点晕。”

“我看过说明书，越早吃越好，会有点副作用……”裴湛又递了一盒药过去。

看到路檬红着脸拆药盒，顿了顿，他又说：“对不起，责任完全在我。”

虽然觉得那句“我会负责”很土，裴湛还是低声说了出来。路檬没作声，直接躺进了被子里。虽然还是喜欢他，可她却不愿意对他负责。

折腾了一天又喝了酒，路檬早倦了，将要睡着的时候，被子忽而被掀开了，见裴湛躺了进来，她的困意瞬间一扫而空。

“你干什么？”

“睡觉。明天一早就得出发。”

“你为什么不回自己的房间？”

“我刚刚买药的时候好像被人认出来了。”裴湛随口扯开了话题。

“那怎么办？”说完这句，路檬再次拿被子盖住脸，只露出一双黑亮的眼睛。

路檬这副羞涩怯懦的样子惹得裴湛满心怜爱，他哭笑不得地想，一个钟头前满不在乎地喊“发生了什么也没关系”的，难道不是她？离开茶水间的时候那么趾高气扬，这会儿却动不动就脸红，他当她多厉害，原来只是虚张声势。

裴湛关上顶灯，躺到了路檬身边：“明天你跟我走，出发前我要先去医院，你可以多睡一会儿，我回来后一起吃早饭。”

路檬没回答，她刚想让他再找床被子，又记起另一床被子被自己铺在了身下，只好忍耐下去。裴湛试着碰触了一下路檬的手，等了片刻没见她反抗，干脆握住了。借着地灯的光，瞥见路檬委屈地撇起了嘴，裴湛的嘴角弯了又弯。自“余柠”离开后，一直盘旋在他心头的阴霾终于散去了。

路檬失眠了一整晚，裴湛这表现，是准备同她和好吗？可她并不想。她还喜欢他，这一点没法否认，但并不愿意再同他在一起。

裴湛对她影响太大，她摸不透他的想法，情绪却完完全全被他左右。前几日他理都不理她，她好不容易调整好情绪，又发生了今晚的事。以为他就这么走了，她难过到差点哭出来，待他折回来，她又马上高兴起来。

这种忽悲忽喜的感觉很不好过。世界大生命长，她有太多想做的事，怎么会甘心让自己困在一段驾驭不了的感情里？

无论对裴湛还是她来说，今晚都只是一个意外。走出裴湛的阴影那么那么困难，她不愿意为了一个意外，再次糊里糊涂地开始。她需要时间想明白。

隔日，裴湛一离开，路檬就匆忙收拾好行李逃走了。同行的乐手并不需要跟裴湛和司裴去受捐学校，皆是自行回去。因此见她拖着箱子离开，无人奇怪。

不料退房的时候，路檬却遇到了同样拉着行李箱的司裴。

“你不是要跟裴湛一起走？”

“不是啊。”她还没决定好去留，需要时间冷静，可无论乘高铁还是飞机，要不了多久，裴湛都能轻而易举地找到自己，只有跟着司裴的车去山区才最安全。

“司老师，我和裴湛让你选的话，你会帮谁啊？”话一出口，路檬便觉得自己不该问，哪有帮着外人瞒堂弟的道理。

记起裴湛昨晚的不知好歹，司裴想也没想便说：“我当然帮你。”

“哎？”

一个是乖巧听话的学生，一个是从小就不会好好说话、欠缺人生教训的弟弟，帮谁不帮谁，根本不需要考虑。

于是，一个钟头后，当裴湛打给司裴，问他知不知道路檬下落的时候，司裴看着正开车的路檬说：“我走得早，没见到。”

“司老师，裴湛知道后，会不会生你气？”

“让他气去。对了，你为什么躲着他？”

“有那么点原因……”路檬哪敢说实话，支吾了好一会儿。

看出路檬的为难，司裴没多问，转而说：“昨天他冲你发脾气了？他的做法虽然蠢了点，出发点却是好的。”

“发脾气倒是没有，就是板着脸训我没脑子。”

司裴摇头笑笑：“他从小就这样，不会好好说话。你上次说小的时候很喜欢他，你都喜欢他什么？”

“我喜欢他的时候觉得他什么都好。司老师，你喜欢西西姐什么？”

司裴不习惯回答这种私人问题，可同样的问题他刚刚才问过路檬，顿了顿，只好说：“忘记了。”

“我好奇是因为西西和你之前的女朋友都不同，你之前的女朋友都是那样的。”

“哪样？”

路檬刚想说“成天端着”，又记起司裴也是这种绝不吃苍蝇馆子，鞋子永远纤尘不染，讲话慢条斯理，外表华丽，只适合供着的类型，便改口道：“优雅的气质淑女。”

司裴刚要讲话，手机又响了，还是裴湛。

“你帮我给路檬打个电话，让她立刻联系我。”

“如果她不愿意接你电话，我打有什么用。”

“她不是最听你的话？”

“她愿意听我的话，是因为我从不强迫她。”

裴湛一言不发地挂断了电话。B 市的那次他还疑惑为什么“余柠”能消失得那么彻底，这次却完全不奇怪了，从朋友圈看，路檬的朋友一大堆，去哪个城市都有人陪，不想乘飞机坐高铁，轻而易举地就能借辆车开回去。

无论从哪个方面来说，他们都是完全相反的两种人，他生性孤僻，能真正称得上朋友的也就两三个，无论大小假期，都习惯一个人待在家里。就连裴赫住过来，他也不胜其烦；而路檬，恨不得夜夜笙歌。

她明明是过去的他最不喜欢的类型，连他自己都不明白为什么会放不下。裴湛满心颓丧，可哪怕连话都不想讲，也要按原定计划去该去的地方。

● ○ ☾

第十一章
请你吃糖

两所学校的揭牌仪式是同时进行的，隔了两天，裴湛才再次看到路檬——在司裴那边发的通稿照片中。当天晚上原本的安排是由他为当地的中小学生演奏，因为右手伤了，他另叫了一位乐手过去，本想留下助阵，看到司裴和路檬并肩站着的照片，他交代过乐手便提前离开了。

裴湛赶到的时候，司裴这边的钢琴公开课刚刚结束，镇上的几位领导和校长请他们吃饭。知道司裴不喜欢跟外人喝酒，又怕他的拒绝会被热情的本地人误会为瞧不起人，路檬不顾司裴的反对，替他挡了一杯又一杯。

从饭店出来，见到停在狭窄马路上的那辆越野车旁立着熟悉的高个男人，路檬仰头看向司裴："司老师，我才喝了半斤怎么就醉了？"

司裴看了眼面色不豫的裴湛，问路檬："你不舒服吗？前面有个小药店，不知道有没有解酒药卖。"

"我没有不舒服，可是出现了幻觉，我看到裴湛了。"

"……"

裴湛摁掉手中的烟，快走几步扯住了路檬的胳膊："你又喝酒了？"

酒精令人反应迟钝，路檬呆呆地看着裴湛，一时间还以为是自己的幻觉。

司裴想挥掉裴湛紧抓着路檬的左手，他却怎么都不放。司裴只好说：

“有话好好说，你这是干什么？”

反应过来后，借着昏暗的灯光，看清裴湛脸上的不悦神色，路檬顿时吓出了一身冷汗。才隔了两天，她还没做好面对裴湛的准备，便拽住司裴的袖子，装出可怜巴巴的样子。

“你看你把她吓得。”

“就她这胆子，我能吓到她？”

路檬谁都不理，单听司裴的话，同样的，周围的人里，也只有司裴真心相信她会被裴湛吓到不敢说话。

裴湛无奈地一笑，率先松开手，问路檬：“咱们能聊几句吗？”

知道躲不过去，路檬便不再扮可怜，松开司裴的袖子，冲他挥了挥爪子：“司老师，你累了一天了，回去休息吧。我和裴湛哥聊两句就回去。”

知道堂弟脾气差，司裴不放心：“我不累，你们说你们的，我在旁边等着。”

裴湛看向路檬：“我是不介意被他知道，你也不介意，是吧？”

“……”这人实在太坏了，路檬朝司裴傻笑了一下，“司老师，你还是先回去吧。”

司裴有点意外：“你不是不想见他吗？”

裴湛一脸不耐烦：“我能把她怎么着？你别磨叽了，赶紧走。”

两天前是“你吵死了”，两天后是“别磨叽了，赶紧走”，他这个弟弟真是越活越回去，自觉在学生面前失了面子，一贯温文尔雅的司裴用食指点了点堂弟，转身就走。刚走了两步，他又折回来对路檬说：“裴湛要再冲你嚷，你就打电话给我。”

路檬乖巧地点了点头，同时在心中腹诽，什么叫能把自己怎么着，做了那么出格的事，再说这话，不觉得亏心吗？

司裴一走远，受不了裴湛瞪视的路檬就缩着脖子说：“好冷好冷，我们去车里说。”

“不去，吹吹冷风能解酒，我不想和醉鬼说话。”

裴湛这高高在上的态度激起了路檬的逆反心理，她不再愧疚，裹紧大衣，满不在乎地问：“小裴先生，请问你找我什么事儿？”

见堂哥一走，路檬立马变了脸，裴湛更觉愤懑。他不想把关系闹得更僵，摸出打火机，侧头点了根烟，强压着火气心平气和地说：“那天早上你为什么走？还拉黑我的号码？”

“不为什么，这是我的自由。”

裴湛被她噎得隔了几秒才说：“那天晚上是我的责任，可你也……也没有反对，我以为你是愿意的。”

“嗯，我是清醒的，没醉。”

“那为什么一觉醒来就翻脸？我做了什么，还是说了什么惹你生气了？”

“没有。我愿意和我不想理你有什么关系？咱们本来就连朋友都不是。”见裴湛皱眉，路檬笑了笑，“你不也是想不理我就不理我？别总摆出一副我渣了你的样子，比起以前的你，现在的我好一千倍都不止。”

“我不理你那都是以前，咱们只说现在行不行？”

“什么以前，你前两天还不理我。”

“我哪有。”

“你没有吗？一会儿我不回复也微信短信发个不停，一会儿看都不肯看我，你这么阴晴不定，我不想费神猜来猜去，干脆不理你了，也不行？”

“前几天我不看也不联系你，是怕情绪被你左右，影响到工作。这不是我一个人的活动，我要为大局负责。”

“我能左右你？”

“怎么不能，因为你随口说的一句话，我带着一堆人舍快求慢乘高铁。今天也是，看到你的照片，我连半天都等不了，撇下安排好的活动就直接过来了。”

“为什么啊？”路檬傻掉了。

“你说呢。”

路檬定定地看了裴湛好一会儿：“你该不是真的喜欢我吧？”

她的眼睛太明亮，裴湛竟有些不好意思，垂下眼睛“嗯”了一声。

“你的手还疼吗？怎么绑上夹板了啊？”

这跳跃的思维让裴湛摸不着头脑，随口说：“正常扭伤是不需要的，医生怕我再忘了自己的伤，说绑上保险。”

路檬拉起裴湛的左手，踮起脚尖吻了吻他的脸颊：“你饿不饿？这边有家面馆还不错。”

她的转变太大太快，经过了茶水间和前天晚上的先暖后冻，裴湛不敢贸然高兴，抬起被她牵着的左手问：“你这是什么意思？”

小镇的路灯光线昏暗，裴湛看不清路檬的表情，可从声音里都能听出她的雀跃：“你不是喜欢我吗？我怕真的不理你了，你会哭。”

路檬一路挽着裴湛的手，步履轻快地进了面馆。小镇建在深山里，九点钟都不到，唯一的一条商业街就只有面馆和隔壁的烟酒杂货铺还开着。

面馆开了几十年，虽然破旧，但橙黄的灯光和食物的香气在深冬的大山里却透出了细碎恬淡的暖意。老板是个快七十岁的干瘦老头，见有客上门，用当地方言热情地问：“小姑娘又来了，想吃什么？”

“两碗鸡汤面，各放两个鸡蛋。”

老板叼着烟去了厨房，店里没有其他客人，路檬怕冷，选了离煤球炉最近的那张桌子，拉过条凳，拽着裴湛坐了下去。

煤球炉上炖着一锅鸡汤，边上烤着几个红薯，见裴湛盯着悬在上头的烟囱看，路檬问：“你没见过这个？”

裴湛摇了摇头。

路檬用火钳夹起一个红薯扔到桌上，见她剥一下皮摸一下耳垂，裴湛弯了弯嘴角。路檬从筷笼中抽出歪歪扭扭的铝勺，挖了勺最软的红薯芯递到裴湛嘴边。裴湛看了眼坑坑洼洼的勺子，抗拒了一下，还是闭着眼睛吞了下去。

见裴湛肯吃，路檬才敢吐槽司裴：“别说农村了，司老师之前连县城都没去过，来这儿两天，就靠煮鸡蛋和煮玉米活着。其实这儿的食材回去了有钱都买不到，鸡汤、鸭汤、红烧野猪肉，和咱们平时吃的完全不是一个味儿。他今天晚上就吃了几根手剥笋、喝了一瓶矿泉水，等下回去时我去旁边的小店给他买盒泡面。”

裴湛虽不像司裴那样挑剔，却也做不到像路檬这样对环境完全没要求。出身高级知识分子家庭，又是年轻漂亮的女孩子，路檬对于陌生环境的适应能力竟比男人还强，真是稀奇。

路檬生得瘦弱，却格外能吃，再没胃口的人，也会被她认真吃饭的样子勾起食欲。眼下早过了晚饭时间，饿过头的裴湛原本有些抵触，看了片刻路檬，忽而觉得胃中空空，便也不再挑剔，低头吃面。

鸡汤是真的香，手擀面也是真的爽滑弹牙，忍受不了油腻环境的司裴的确是错过了最天然的美味。

路檬吃得快，吃光自己的那份之后推开碗托着腮欣赏裴湛吃面。感受到她的注视，裴湛不明所以地停下筷子，抬头看向她："怎么了？"

"哎呀呀，怎么办，我喜欢你的时候觉得你每一个动作、连皱眉头都好看。"

鉴于之前的经历，听到如此直白的赞美，裴湛仍是不敢高兴，顿了顿，他问："你的喜欢能持续多久？"

路檬没料到他会这么问，想了一下才说："不好说，要看你会不会再凶我、欺负我。"

"……"

不等裴湛再说话，怕隔壁杂货店打烊的路檬就跑出去替司裴买泡面。再回来时，除了泡面她还带回了一袋橘子。

见裴湛吃得差不多了，路檬拣出一个最光滑最圆润的橘子放到他的手心："裴湛，你剥橘子给我吃。"

裴湛右手手腕上了夹板，只好用左手剥，常年练琴，他的每个指尖上都有厚茧，可手指依旧修长性感。

裴湛很快剥好橘子，递到路檬面前，路檬却没接过去，垂下头就着他的手吃。她的舌尖无意间舔到了裴湛的手心，湿漉漉的简直像裴路路。

吃掉一整个后，路檬又拣了一个央他剥："我刚刚忘记拍照了。"

裴湛虽奇怪，却乖乖照做了，路檬多角度拍了无数张，选了张最完美的，修过图后发到了朋友圈，标题是："和好啦！"

瞥见她吃着橘子发朋友圈，裴湛摸出了手机，看到最新的一条，他按捺住欣喜确认道："咱们这算和好了？"

路檬只觉莫名其妙："都手拉手了，还不算和好？你要是不乐意也没关系。”

“牵个手算什么，亲完睡完就跑的不是你？”

“你想翻旧账是不是？”

裴湛没搭话，拎起她走出了面馆。走出三五米，路檬又折了回去：“我的橘子和司老师的泡面。”

想到司裴，怕被他看到朋友圈，路檬无视第一时间回复“？？？？”的几个好友，直接点了删除。裴湛见状问：“为什么删了？”

“我都没说过我们在一起，直接发和好，别人会奇怪啊，而且司老师也会看到。我中午还跟他讲你坏话呢，现在就和好，多不好意思。”

“关他什么事？”

路檬只当没听到，边喊冷边往裴湛怀里缩。一个钟头前她还连电话都不肯接，能这么快和好已经是意外之喜，从不发朋友圈的裴湛自然不会计较这种小事。

沿途没有路灯，裴湛还是第一次走在这样纯粹的黑暗里，眼睛适应后，倒觉得月光挺亮。路檬整个人都躲进了他的羽绒服里，她不是安分的性子，左扭右扭间令还没完全回过神的裴湛起了别的心思。

“杂货铺关了吗？”

“我去的时候老板在整理货柜准备打烊。”

裴湛脱下羽绒服罩在路檬身上，作势往回跑：“你在这儿等我。”

“你要买什么？”

裴湛没回答，只说：“离得不远，最多三分钟，你别乱走。”

“我跟你一起去。这儿这么黑，我害怕。”

知道以她的胆子不会真的怕，裴湛还是把她拥入怀中，一起回了杂货铺，却不准路檬进去，只让她等在外头。

路檬的好奇心重，裹着一大一小两件羽绒服躲在了暗处。裴湛抄着口袋从杂货铺出来，左右张望了一下，瞥见鬼鬼祟祟地躲在墙角的小小身影，假装没看到，将一盒小小的东西塞入左边裤袋后，弯着嘴角侧头点了根烟。

趁他不设防，路檬敏捷地冲了过去，翻出了他裤袋中的东西，居然是一盒薄荷糖。

“你神神秘秘的，就是为了买这个？”

见她自己跳出来了，裴湛摁灭只抽了两口的烟，露出了一个浅淡的笑：“买给你的，请你吃糖。”

“你为什么突然买糖给我？”

“因为我现在很想亲你，可你喝了酒。”

“……”路檬想起了司裴的评价，这人果然不会好好说话，明明是甜言蜜语，被他讲出来竟这样不讨人喜欢。

“谁稀罕被你亲，你还抽了烟。”

裴湛抽走她手中的薄荷糖，往自己嘴里倒了几粒，扶着她的后脑勺吻了下去。长长的亲吻结束后，裴湛问：“你们住哪里？”

“这个小镇只有一家旅舍，就在前面。”

两人刚走到旅舍楼下，裴湛的手机就响了，是司裴。

“你们怎么还没回来？”

周围静谧，路檬听得清清楚楚，不等裴湛回答，便抢着说：“已经在楼下了，我带裴湛哥吃饭去了，还给你买了泡面。”

听到这话，正无聊的司裴便迎了下来。听到司裴的脚步声，路檬立刻从裴湛的怀里钻了出来，和他微微拉开了距离。

司裴的目光在两人之间打了个转儿，对堂弟说：“天黑走盘山道危险，你也在这儿将就一夜吧，明早再走。”

他和路檬原本准备是等到下午的活动一结束就离开，可当地人太热情，非要留他们吃晚饭。路檬喝了酒，他的车技远不如她，没有光线的情况下开不来盘山道，只好住下。

裴湛不想多待：“我带了司机，把你们的车留在这儿，跟我的车走，明天再让人过来开车？”

路檬倦了，打了个哈欠：“好困。”

小镇的旅舍平时几乎没生意，房间简陋倒没什么，久无人住，一推开门灰尘和霉味就扑面而来，洗手间也完全没法用。司裴本想在椅子上将就一晚，让路檬睡在车里，既然裴湛带了司机，现在离开最好不过。

司裴看向路檬：“困了可以在车里睡，现在离开，十二点前就能赶到山下的地级市。”

裴湛却说：“不走了，都这么晚了，明天再说吧。”

司裴诧异地望向堂弟，他这是为了讨好路檬刻意顺着她的意思？顿了顿，司裴说：“这地方没法住，我跟你还有司机睡在你的车里，路檬睡我的车。”

见裴湛的嘴角动了动，赶在他说出“我和路檬睡我的车，你和司机睡你的车”之前，路檬抢先说：“我们还是回去吧，我想洗澡。司老师，你要不要吃了泡面再走？”

“不用，到地方再吃。”

裴湛一言不发地看了路檬片刻，才给司机打电话。终于弄明白堂弟想法的司裴为了给两人创造机会，特意坐了副驾驶。路檬却没倚着男朋友，而是歪在车窗上睡。

司机稳妥，两个多小时的路程开了近四个钟头，到地级市的时候已经凌晨一点多了。停好车子，司机去办入住，听到他开四间房，路檬回头看了裴湛一眼，见他冷着脸没有出声说“只要三间”，自然知道他这是生气了。

回到房间，路檬飞快地洗澡换衣服，然后给裴湛打了通电话，见他不接，便发了条微信过去。然而待她吹干头发、做过面膜也没见他回复。这是生气了？他过去不承认她是女朋友的时候，她有摆脸色吗？而且他也没有要公开的意思啊。

等待了片刻，路檬到底还是去敲了裴湛的门。

电话不接、微信不回，门开得倒是非常快，简直像一直等在门后。路檬把司裴没吃的泡面举到裴湛面前，笑嘻嘻地说：“裴湛哥，我来送夜宵，你吃不吃？”

裴湛冷着脸说：“不吃这个。”

“那你想吃什么？”

下一秒，路檬便被裴湛横抱起来丢到了床上。路檬翻了个白眼，扯着他的衣领说：“你不是在生气吗？”

裴湛忽而一笑：“我不装生气，你会主动过来送夜宵？”

不甘心变成他的夜宵的路檬蹬着腿说："不可以，我不要再吃药。"

裴湛从牛仔裤口袋里掏出一个小方盒："谁让你吃药了。"

看到包装粗糙的杂牌套套，路檬怔了一下才说："你之前去杂货店，是为了买这个？还骗我说是请我吃糖，不要脸。"

裴湛捏住她的下巴笑："我早就知道你要翻我口袋。"

盒子上粗制滥造的图案和不入流的宣传语跟裴湛的气质完全不相符，他担心杂货店关门，一路跑回去的画面莫名地戳中了路檬的笑点，害她笑到肚子痛。

然而这一晚的后半夜，裴湛却让她哭都哭不出来。

在外颠簸了好几日，前一夜又和裴湛闹到凌晨三点才睡，路檬自然疲惫，然而还不到五点，她就醒了。昨晚穿过来的连衣裙早皱巴成一团被丢到床下，她眼下穿的是裴湛的睡衣。

唯一的睡衣套在路檬身上，裴湛只好赤膊穿睡裤。努力了一刻钟，没能再次进入梦乡的路檬干脆坐起来打开了自己这边的壁灯。她本想刷刷微博打打游戏，然而看到裴湛的睡颜，吞了一下口水，趴了过去。

裴湛睡得沉，被路檬又捏又亲地蹂躏了一刻钟也没醒。见他没有半点反应，路檬莫名气结，干脆捏住了他的鼻子和嘴巴。

裴湛脾气差，睡到自然醒都有起床气，更何况是三点才睡，五点就被强行折腾醒。还没睁开眼睛，他就下意识用左手挥开压在胸前的"重物"。猝不及防间，路檬被他推得翻滚了一圈，险些跌下床去。

裴湛皱着眉半撑起身子，正要骂人，瞥见挂在床边委屈的路檬，愣了一下，往落地窗的方向看了一眼，无奈地坐起身向她伸出了手："天都没亮，再睡会儿。"

"我睡不着。"路檬没把手递给他，不满地冷哼了一声，跳下床抱着膝盖坐到了沙发上。

裴湛头痛欲裂，揉着太阳穴下床跟了过去："怎么了？"

认识他这么久，她还是第一次知道，性格这么冷硬的一个人，居然也会用如此温柔的语气讲话。路檬一下子就消了气，可没来由地更想作更想胡闹。

“你不喜欢我，还对我凶。想欺负我的时候就一直笑，欺负够了就自己呼呼大睡，睡着的时候都没抱着我。醒来也没像电影里的男主角一样亲我的额头，刚刚还使劲儿推我。”

“我那不是没醒透吗？”换一个人吵他睡觉，他早上脚踹了，哪会耐着性子赔笑脸。

“要是喜欢我的话，做梦的时候也该知道我就在旁边，也该牵着我的手抱着我。”

路檬睡相不好，在床上左右翻滚的时候，衬衣的前三粒纽扣一齐开了，她却浑然不觉地瞪圆了眼睛无理取闹。

见裴湛不应声，原本只是无聊才闹脾气的路檬竟真的生出了委屈。裴湛的目光在她裸着的一双长腿上打了个转，赶在她再次咄咄逼人地开口前用左手将她整个抱起来扛在肩头。

突然悬空，路檬吓得惊叫了一声。声音还没落，她就被他丢回了床上。

“小东西，闹够了没？闹够了就赶紧睡，再过几个小时咱们就该去机场了。”

“早着呢！中学的时候你对我那么坏，我要不趁机作回来会遗憾一辈子的。”

裴湛闭着眼睛笑了笑：“随你怎么作。我都怎么坏了，说来听听？”

“我第一次见你的时候，你正好也在睡觉，因为我们叽叽喳喳地吵到了你，你特别生气地走了过来。看到你的一瞬间，我就情窦初开了，刚鼓起勇气和你打招呼，你就凶巴巴地直接关上了门，差点把我的鼻子拍扁！不就是看了你几眼，吵到你睡觉了吗？你怎么忍心那样对待一个天真烂漫的少女，也就是我心胸宽广，只难过了半分钟就决定原谅你，第二天又去了你们班。谁知道第二天……”

前一分钟还大吵大闹地说自己睡不着的路檬声音越来越小，裴湛垂眸看过去，她早睡着了。瘦弱归瘦弱，她的脑袋却格外沉，裴湛刚一抽出被压麻的胳膊，她就不满地皱了皱眉，又挤了过来。

偌大的双人床，她偏要贴着他睡，两人几乎只占了三分之一的空。

裴湛无奈地再次拥住她，路檬立刻翻过身想抓他的衣襟，可他的上衣在她的身上，她的爪子在他的胸前摸索了一阵，最后不满地拉住了他睡裤的腰带，接着把腿搭在了他的腰上。

路檬终于消停下来后，困到头痛的裴湛却怎么都睡不着了。他想起床晨跑解乏，无奈一抽手路檬就小声哼哼，只好睁着眼睛被她压迫了三个多钟头。将近九点的时候，裴湛才再次入眠，两人一直睡到了近十一点。

吃过午饭就要出发去机场，裴湛醒来后第一时间推醒了路檬。路檬没睡饱，手脚发软，全身无力。见她茫然地趴在床上发呆，裴湛简直疑心几个钟头前中气十足的那个搅人精是自己在梦里遇见的。

“饿不饿？起床吃饭。”

路檬闻言立刻闭上了眼睛：“我困我困我困。”

“困就再睡会儿，我去洗澡，我洗完你一定要起床。”

话音还没落，路檬就拉起被子，将自己整个裹了进去。裴湛无奈地拎起浴巾进了洗手间。路檬困得直恶心，悔恨不已地想，天不亮的时候不该瞎闹，不，昨天夜里她就不该来他的房间。

路檬正捶隐隐作痛的脑袋，门外突然传来了一阵敲门声，她本不想搭理，可敲门声竟然响个不停。睡不饱的时候格外痛恨噪音，路檬跳下床，胡乱整了整衣服，系上纽扣，准备开门骂人。

然而门一打开，她和立在外头的高个男人一齐傻眼了。

“司老师？”

司裴面露尴尬地傻站了两秒，干咳了一声，侧过身去看着门边的装饰说：“我来找裴湛，你跟他都不接电话，怕你们误机。”

路檬的反应一向快，立马一脸无辜地问：“司老师，你找裴湛为什么来我的房间？”

除了尴尬，古板正经了三十多年的司裴还莫名地生出了百口莫辩的感觉：“我、我记错了，对不住，我去找他。”

没等路檬再开口，半秒钟都待不下去的司裴就转身离开了。

路檬刚关上门，从浴室走出来的裴湛便擦着头发问：“你在跟谁说话？”

“司老师。他来找你，幸好我聪明，说这是我的房间，他还真信了，真可爱。”

裴湛瞬间黑了脸：“你就这么给他开的门？”

路檬看了眼手边的穿衣镜，“啊”地叫了一声：“我穿的是你的衣服！”

她努力回忆了一遍方才的情形，拍着胸口说：“司老师应该没看出来这是你的衣服，幸好他比较单纯，别人说什么就信什么。”

司裴和裴湛只是看起来高不可攀，裴赫也只是看着熊，这兄弟三人其实一样傻白甜。

黑着脸的裴湛三步并作两步走到路檬身边，扯起她扣错扣子的那处问：“重点是他没有发现你在我的房间，还是你穿成这样去给他开门？”

路檬又看了眼穿衣镜，不解地问：“穿成哪样了？你的睡衣这么大，我连大腿都遮得严严实实，就算扣子扣错了，可哪哪都没露啊？”

见路檬满不在乎，裴湛头痛不已地用食指点了点她的眉心。再哪哪都没露，这副睡眼惺忪、长发微乱、衣衫不整的模样也比穿比基尼更惹男人想入非非。

见裴湛满脸都写着不高兴，路檬狗腿地跑入洗手间拿吹风机，挽着他的胳膊让他坐到梳妆台前，替右手不方便的他吹头发。

她一贯没什么耐心，立在裴湛的身后，只吹了几下就停下了手上的动作，一心一意地对着镜子中的他犯起了花痴。嗷嗷，这精致的下颌线、修长的脖子、性感的喉结。嗷嗷，闻起来好香。路檬很想低下头咬一咬裴湛的脖子，又觉得不好意思，踟蹰间不自觉地拽着裴湛的头发贴着他的后背扭了扭。

路檬眼下的模样本就戳中了裴湛的痒处，可惜时间不够，没法继续荒唐。连半分调戏也忍受不了的裴湛一把抓住路檬不安分的手，轻轻放到了一边：“你去洗澡，我去你的房间拿衣服给你。”

路檬愣了愣，以为他的冷淡是因为还生刚刚那件事的气，自觉没有做错，噘起嘴一步三回头地进了浴室。路檬只用了一刻钟就收拾好了自己，裹着裴湛的浴巾出来的时候，裴湛已经将她的衣服拿回来了。

见连衬衣最上头的纽扣也扣上了的裴湛一脸禁欲地正襟危坐在沙发上，对禁欲系完全没抵抗力的路檬虽然不高兴，却被美色所诱，决定先退一步。等不及换好衣服，她就凑过去讨好地一笑：“裴湛，你是不是气我不肯告诉司老师我们已经和好了啊？”

“不是，公不公开随你高兴。”路檬的浴巾裹得漫不经心，害裴湛一眼都不敢多看，“没时间了，你赶紧换好衣服到一楼吃饭。”

路檬再不玻璃心，男朋友冷淡到看都不肯正眼看自己，自然会害她自尊心受损。随她高兴的意思就是他并不在意，甚至希望不要公开吧？

路檬冷着脸走回内间，关上门，把裴湛整整齐齐叠放在床上的衬衣、毛衣、牛仔裤扯到七零八落才稍稍平了气。没关系的，公不公开她也无所谓，看谁先沉不住气。

路檬先于裴湛走出了他的房间。回到自己的房间后，她本想胡乱地把随身物品收进箱子，竟发现裴湛替她拿衣服的时候早把她的行李收拾好了。打开行李箱，看到分门别类整齐叠放的各种物品，路檬的气瞬间消了大半。

不等裴湛收拾好他的东西跟过来，路檬就给司裴打了通电话，先一步去了自助餐厅。

她正用夹子拿青柠鲈鱼，就看到司裴拖着箱子走了过来。兴许是怕被人认出来，司裴非但没如往常那样把刘海全部梳上去，还戴了副黑框眼镜。

路檬放下夹子冲他招了招手，唯恐被旁人听到，待他走近了才压低声音笑着喊“司老师”。

见很少把自己裹得严严实实的路檬穿着最保守的牛仔裤和毛衣，更觉她误会了自己的司裴略显尴尬地朝她点了点头。

看到司裴拿三文鱼，路檬狗腿地说：“司老师，你昨天不是说胃不舒服吗？生的三文鱼不好消化，我帮你拿到铁板烧那边，让厨师帮你煎一煎吧？”

见她的笑容如往常般没心没肺，司裴的尴尬缓解了些许：“不用麻烦，我吃别的就好。”

习惯了讨好老师的路檬还是不嫌累地跑到铁板烧那边，央厨师煎过三文鱼片，路檬又要了两片限量的牛排。端着两个盘子回到座位上的时候，裴湛也下来了，看到女朋友，裴湛作势要接过盘子，不想她却先一步把盘子放到了司裴面前。

“司老师，三文鱼煎得不生不老刚刚好，我帮你撒了一点盐和胡椒。”见男朋友望向自己，路檬故意露出客套的微笑，“不知道你也来了，喏，我的牛排给你吃。”

路檬的话音还未落，司裴就把自己的那份牛排夹给了她：“我起得早，九点钟吃过饭了，不饿。”

路檬说了句谢谢，又把盘中的牛肉炒饭分了一半给司裴：“你不是胃痛吗？海鲜面都冷掉了，这个比较容易消化。”

听到这话，司裴立刻把面前的海鲜意面给了路檬。路檬又报之以李地抓了一把糖霜腰果放进他的盘子。完全被当作透明人的裴湛心再大，看到堂哥和女朋友的一连串互动，也终于恼了。

见堂弟面色不豫地放下了筷子，以为他还没追回路檬的司裴投去了一个安慰的眼神，而路檬则一阵暗爽，无视他投来的目光，低下头自顾自地大吃。

吃过午饭，原本精神萎靡的路檬恢复了些许，跟这两个男人走在一起被偷拍的可能性太大，斟酌了片刻，她请兄弟俩等自己一下，拎起背包去洗手间化妆。

一走出洗手间，路檬就看到裴湛背对着自己，立在巨型盆栽旁抽烟。她轻手轻脚地走过去，猛地抽掉他指间的烟，扬起脸问：“这位帅帅的小哥哥，你在等你的女朋友，还是在等你的师侄女？”

听到这话，裴湛便知道她方才的无视是故意为之：“看我女朋友心情，她高兴就好。”

见裴湛嘴硬不肯承认吃醋，远远看到司裴过来了，路檬立刻耷拉下眼角和嘴角，委屈地说：“师叔，对不起，我知道错了。”

她这脸变得太快，裴湛一时间没闹明白，便问：“你错在哪儿了？”

路檬不说话，可怜巴巴地越过他的肩看向司裴。司裴见状冲路檬招了招手，示意她过去，路檬看到后立刻摇着尾巴躲到了他的身后。

“你干什么呢？”司裴看向堂弟，“都这个时间了，别磨蹭了，误机还得多待一天。”

说完这句，他又语气温和地转头对路檬说：“你的行李箱我放车里了，还有其他东西没收吗？落下麻烦。”

路檬乖巧地摇了摇头：“谢谢司老师，怪我惹师叔生气。”

“他就这样，没事的，你去车里等吧。”

路檬“哦”了一声，背着司裴冲裴湛吐了吐舌头。

路檬一走，司裴便对堂弟说：“你总板着脸吓她干什么？哪有你这样追女孩子的？你没什么恋爱经验……”

不等司裴说完，裴湛便打断了他：“你还是同情一下你自己吧。”

交往过三个女朋友，前几年还差点跟其中一个订婚，司裴可不算没经验，然而路檬刚刚的演技如此浮夸，司裴居然半点都没看出来……他唯一的堂哥怕不是个傻子吧？迟早会被女人骗到哭。

裴湛没睡好，一上飞机就补眠，自然和路檬没什么交流。出了机场，裴湛对全程走在前面和司裴聊天的女朋友说：“司裴和我们方向不同，你坐我的车。”

路檬乖顺地点了点头，挥了挥爪子说“司老师再见”。裴湛的手没完全好，自然是由路檬开车。路檬轻车熟路地一路开回家，将车子停到裴湛的车位上，却没同裴湛一道上他乘的电梯。

见路檬站到了另一部电梯前，裴湛问：“你怎么还不上来？”

“去我家要乘这一部啊。”

“你回你家干吗？”

路檬面露惊奇：“我不回我家去哪儿？”

“回我……回咱们家。”

“不想去。”

“你不是要用我的工作室，住过来多方便，不用来回跑。”

“同住一栋楼，来回跑也不麻烦。我去你家，裴赫又要问东问西。”

“裴赫不在，我前天就给他打了一笔钱，让他跟朋友旅行去了。”

“他不是快期末考试了，你还让他去旅行？”

“就是快期末了，我才让他去，他留在学校，只能影响其他同学复习。”

“二师叔，您当真是我小师叔的亲表哥吗？”

裴湛懒得再多说，用左手抱起路檬，又拿脚把她的箱子踢进了通向自己家的那部电梯。他不顾路檬的挣扎，强行带着她上了楼。电梯一到六十一层，不等进屋，他就把两人的箱子踢到一边，把路檬按到墙上吻了下去。

不同于前几次，从没被谁逼迫过的路檬完全不肯配合，挣扎得厉害。裴湛边开门锁边解衬衣扣子，强行把她拽进屋后，才笑着低头：“小祖宗别闹了，我认输行不行？”

连着一天一夜，路檬都没能逃出裴湛的公寓。

这个公益活动是临时策划的，打乱了裴湛原本的工作计划，接下来的一段时间，他自然异常忙碌。

隔天下午，见他边打公事电话边换衣服准备出门，连半件干净内衣都没了的路檬胡乱地把自己的东西塞进箱子，拖起箱子就往门边走。

裴湛见状匆匆挂断电话，追上了她：“你要回家？不是要住到裴赫回来再走吗？”

“回家拿干净衣服和化妆品过来。”

“你爸妈知道你回去了，还会让你出来吗？衣服放这儿我洗，化妆品买新的。”

“我一直都一个人住，最近才搬回家，我爸妈早习惯我不在家了。裴先生，你还记得咱们的儿子吗？”

裴湛不明所以：“什么儿子？”

“果然真心疼胖胖的只有我。”

记起裴路路，裴湛才放行：“你快去快回，把它接来。”

路檬进门的时候，路家夫妇罕有地都在家。路檬把行李箱随手留在门边，抱住了为了等她，在门边趴了数日的裴路路。

见女儿连衣服都不换就和狗倒在地毯上滚成一团，路妈妈自然要唠叨：“这么大的人了，一进门就玩狗，行李都不知道收拾出来。”

路檬只当没听到，抱住裴路路左亲右亲。

路妈妈拎着路檬的行李箱进了她的房间，边唠叨边往外拿东西：“你看你的东西乱的，衣服也不叠，就这么揉成一团往里塞，啧啧啧，脏袜子也不单装到一个袋子里去，我给你准备的内衣袋呢？你……”

次次都要唠叨三个钟头以上的路妈妈突然收了声，因为她从女儿的那堆脏衣服里拉出了一条男士内裤。

隔了足足一刻钟，路妈妈才用一根手指拎着内裤走了出去……

这晚，裴湛应酬完已经接近十点钟了，他拒绝了合作伙伴同去酒吧的邀请，让司机立刻送自己回家。然而，进门之后，却没出现他所期待的，一人一狗一齐等着他的场景。打开客厅的顶灯，叫了两声“路檬”，他才确定她真的不在家。

裴湛立刻摸出手机给路檬打电话，可是连打了数通都无人接听。只等了半个钟头，裴湛便坐不住了，直接去了四十七楼。不确定路檬的父母是否在家，裴湛便没走消防通道，替他开电梯的是路檬的爸爸。

进门见到路檬的父母，裴湛恭恭敬敬地说“叔叔阿姨好，我是裴湛。”

“你好。”

隔着房门听到裴湛的声音，正垂头丧气地抱着裴路路薅它耳朵的路檬立刻冲了出来，赶在裴湛再开口前，她演技浮夸地说：“裴老师，您怎么来了？您是来给我送编曲材料的吗？”

裴湛：“……”

“是不是我给您的那一段出了问题？您这么忙，给我打个电话就行，何必亲自送来。”

裴湛怔了怔才说：“嗯，有点问题。”

“那我去您的工作室。”说完这句，路檬回头对妈妈说，“裴老师的工作室就在六十一楼，我半个小时就回来。”

路妈妈没看她，冲着裴湛客套地一笑：“别急着走，我去泡茶。”

裴湛回了个笑：“叔叔阿姨，今天时间匆忙，我下次再来拜访。”

怕裴路路听到裴湛的声音冲出来往他身上扑，裴湛的话音还没落，路檬就把他推到了门外。瞥见路檬脸上显而易见的焦躁，裴湛寒了心。

他不介意路檬告不告诉司裴是知道她是刻意在闹，怪他之前隐瞒她的身份，害她受了委屈，放任她也是想她让借此将心中的不满发泄出来。而此时此刻，在父母面前，她却是真的想要隐瞒。

于是，一上电梯，裴湛便冷着脸问："为什么？"

路檬红着脸把口袋里的灰底银星内裤摔到裴湛的脸上："刚刚我妈妈从我的箱子里发现了这个，问我是怎么回事？"

裴湛瞬间就石化了，他一向爱整洁，从不像路檬那样乱丢东西，内裤会跑到路檬的箱子里，唯一的可能就是他去洗澡的时候，懒得整理的路檬将它和自己换下来的衣服揉在一起塞进了箱子。

二十七年来，裴湛还是第一次丢这种脸。这事分明怪路檬，可见到她气急败坏地噘着嘴使性子，裴湛却只觉得可爱。性格虽外向，他的小姑娘在这种事上却很保守。

裴湛捉住她捶向自己的手："你怎么和阿姨解释的？"

"能怎么解释，就装死说不知道呗，但是我爸妈好像不怎么信。"路檬双手捂住了脸，"这下我真的完了，我妈妈还给我哥打电话，让他打听我最近都爱跟谁在一起。"

"要么直接坦白呢？"

"那咱俩就都完了。我刚刚才说过不知道这是什么，承认在跟你谈恋爱，不是自己打自己的脸吗？"

裴湛皱了下眉，正要开口，就见路檬按下了一楼："我不能在我爸妈家待了，得把狗子也带出来，不能丢下它自己跑。"

路檬让裴湛回去等，而后回了爸妈家。见女儿要带狗出门，路妈妈警惕地拦下了她："你不交代清楚，就准备一去不复返了？"

路檬瞪大了眼睛，一脸无辜地说："什么一去不复返！我是去裴老师家谈正经事，顺便带狗狗转一转，连这栋楼也不准备出的。你们从来不带它出门，它都抑郁得都掉毛了。"

见妈妈面露怀疑不放行，路檬无语道："我真的是去遛狗，钱包都没带！要么你替我带它出去玩，我去谈事。"

路妈妈打量了一下女儿身上单薄的纯黑运动服，稍稍消除了些许疑虑，可内裤事件的性质太严重，怕女儿被不三不四的男人骗去，谨慎起见，她望向女儿的手机："楼都不出，你拿手机干什么？都这么晚了，别打扰裴老师休息，早去早回。"

路檬无语地把手机递到妈妈手里："给你给你都给你，成天跟学生讲师生平等，对我就法西斯。郑教授，给点信任行不行？"

路妈妈不为所动："别人的孩子跟自己的孩子能一样吗？"

"……"

一走出电梯，路檬比裴路路更早地扑进裴湛的怀里。她双手抱住他的腰，凄凄惨惨地哭诉："我离家出走了，身无分文，一件东西都没带出来，只能投靠你。趁百货公司还没关门，快点带我买买买，我现在连买内衣的钱都没有。"

裴湛哭笑不得地捏了捏她的鼻子，揉了下不断摇尾巴的裴路路毛茸茸的狗头，去二楼拿外套。

他下楼的时候，路檬正抱着裴路路，委屈地玩着黑运动装帽子上的粉色丝带，裴湛见状又折回衣帽间给她拿了件羽绒服。这栋大厦的一到四层就是综合商场，离商场关门只剩下一刻钟，路檬一路从内衣裤、化妆品、鞋子、包包买到手机，拎着大包小包回到家的时候，气喘吁吁的她宛若刚刚抢劫回来。

路檬向来有奶便是爹，冲裴湛甜甜地一笑，尾巴摇得比裴路路还欢："谢谢老公。我做饭、打扫、洗衣服、照顾狗还。"

听到"老公"，裴湛诧异了一秒，随即笑道："刚刚的项链你为什么不要了？"

"已经买了很多东西了，而且另一条也很好看，没有时间试戴，不知道哪条更漂亮。"

"明天再去，都买下来。"

"我爸妈马上就会发现我逃走了，我最近都只能窝在你家，等他们消气了再回去。"

裴湛不是很能理解路檬和父母的相处方式，比起东躲西藏，他觉得坦白才是最好的解决方式。然而眼下的这种"投奔"关系、路檬讨好的笑和哄他的言语让裴湛着实感到兴奋。

方才买得急，路檬没看仔细，正缩在沙发上一件件欣赏自己的战利品。门铃突然响了，裴湛走过去，替对方开过电梯后才回头说：“是你妈妈。”

哪怕知道从一层到六十一层需要时间，路檬也分外慌张，她央裴湛同自己一起把沙发上、地毯上的战利品堆到她之前住的房间，刚跑上二楼，又想起了裴路路，立刻冲下来，把正吃牛排的它捉了上去。

路檬不知道在闹什么，楼上扑腾扑腾响了好一会儿，刚刚安静下来，下了电梯的路妈妈就敲响了门。

裴湛一打开门，路檬的妈妈便问：“裴先生，请问路檬离开了吗？”

裴湛不是没被五十岁上下的人这样称呼过，但对方是女朋友的妈妈，自然觉得别扭，一贯冷淡傲慢的他露出罕有的恭敬温和的笑容：“阿姨，您叫我裴湛就好，路檬已经离开了，您进来坐。”

裴湛有心说实话，顺便为内裤事件编一个符合情理的理由，又怕路檬跳脚，便想请路檬的妈妈进来，趁泡茶的时候斟酌措辞。

可路妈妈满心焦躁，听说女儿不在，就没进门，只说：“这孩子从小就不让人省心，你和司先生都是她的老师，麻烦你们多担待点。”

瞬间升了一辈的裴湛不知道该摆什么表情，没等他再说话，路妈妈就离开了。在她的眼里，路檬还是个孩子，和成熟稳重的裴湛完全不是一辈人。

裴湛走上二楼，想进卧室，才发现紧张过头的路檬从里面反锁了门。他无奈地屈起食指敲了敲门：“阿姨已经离开了。”

正捂着狗嘴的路檬闻言放开裴路路去开门，冲裴湛得意地一笑：“我妈妈现在肯定特后悔，不收走我的手机，起码还能联系到我。”

“你准备躲到什么时候？”

“过年。他们的课都结束了，又还没到期末考试，所以最近特别闲。过年的时候他们应酬多，就没空盯我了。”

“也可以直接告诉你爸妈我们在恋爱。就说公益演出的时候住的是民宿，几间房只有一个洗手间，所以内衣会弄混。这事儿总不能瞒一辈子，咱们偷偷摸摸的，等他们知道的时候更尴尬。”

“为什么让他们知道？我没打算告诉他们。我爸妈比你妈妈可怕多了，被他们知道，咱们再也别想舒舒服服地待在一起，他们觉得我只有十三岁，拿对待未成年人的方式对待我。他们之前逼着我相亲，不是想让我谈恋爱，是怕我走弯路，想找个稳妥上进的人引导我好好学习天天向上……算了，跟你说不明白。”见裴湛满眼不解，路檬干脆结束长篇大论，甜甜地一笑，撒娇道，“刚刚跑太快，脚痛，你背我下楼。”

裴湛一转过身，路檬就搂住他的脖子跳上了他的背，重重地亲了一下他的脸颊：“我饿了，我去煮夜宵，我们三只一起吃。”

裴湛刚想说“裴赫不在，哪儿来的三只”，就见裴路路先他们一步跑下了楼，想到一家三口这个词，他不由得扬了扬嘴角，不再纠结告不告诉父母的事。

裴湛事情多，每天一早就要出门，懒散惯了的路檬放弃了睡懒觉，每日先起床为他准备早餐。报过平安后，路檬便把堂哥和爸妈一齐拉黑了。知道妈妈会像以前那样联系自己的一干好友，她担心说错话会暴露行踪，在朋友圈发了个“闭关勿扰”后，干脆谁的微信电话都不再回复。

吃过早饭，带着裴路路把裴湛送到电梯间，路檬便去二楼的工作室编曲，她给钟点工放了假，专心做事的间隙，时不时地会给裴湛发各种自拍。

这天中午，路檬发了一张泡面图片给裴湛，并附言：“可怜不可怜？你不回来我都懒得吃饭。你晚上回来我就准备大餐，你不回来我就带着狗狗啃干面包。”

裴湛有推不掉的应酬，却回复道：“一起吃。不过可能要九点才能到家，你别饿着等，自己吃点东西。”

怕回家后吃得少，辛苦准备的路檬会不高兴，裴湛应酬的时候便只喝酒不吃饭。空腹喝酒容易醉，被司机送到家的时候，他的脚步略显虚浮，私人手机响到第三遍才接听。

“你怎么还没回来？我马上就要饿昏过去了。”

裴湛正要说话，同样从饭局回来的路爸爸就从后头走了过来。

他倒没像路妈妈那样称呼裴湛为“裴先生”，客套地叫了句“小裴”后，便专心等电梯，再无言语。路教授话少，和太太女儿的性格完全相反，裴湛更不是会热络的人，有心同女朋友的爸爸聊点什么，绞尽脑汁却只想到了“听说明天要下雪”“您吃过了吗”……

电话那头久久等不到回复的路檬不满地大声问：“裴湛，你听到了吗？怎么不回答？”

电梯间里静谧，发现未来岳父看了自己一眼，冲他微笑之余，怕他听到路檬的声音，裴湛直接挂断了电话。

路教授不明所以地提醒傻站着不断冲自己笑的裴湛：“小裴，你电梯到了。”

“……”

裴湛一下电梯，就看到女朋友叉着腰等在电梯外。他一手揽住女朋友的肩，一手摸了摸站起来迎接自己的裴路路的头：“不是让你别饿着等，自己先吃。”

路檬踢开裴路路，拽着裴湛的衣领从上到下闻了个遍，裴湛从口袋里摸出一个盒子，笑道：“今天的礼物。你这是干吗？”

“闻闻你身上有没有香水味，刚刚和我通电话的时候你在哪儿？为什么不讲话还挂电话？”

“在楼下等电梯，因为遇到了你爸。”

“……”路檬打开盒子，拉出钻石手链，踮起脚尖亲了亲裴湛的脸颊，“合理的怀疑和吃醋代表我喜欢你。”

裴湛哭笑不得：“你说的都是真理。”

一起吃过饭，裴湛便去洗澡了。从浴室出来，正趴在床上网购的路檬指了指床头柜：“刚刚你的电话响了两次。”

裴湛拿起手机看了一眼：“是你堂哥打来的。”

原本悠闲地晃着腿的路檬闻言一下子爬了起来：“你别接！他比我妈还烦！”

直到内裤事件出来，路檬才完完全全理解了不告诉周围人“余柠”是谁的裴湛，基于对亲朋好友的深刻了解，不公布才是保护两人刚刚建立起来的关系的最佳方式。

裴湛无奈地看了女朋友一眼：“我没接，他又发了微信，明天他请婚前宴，婚礼时帮忙的人都会去。”

路檬闻言摸起了自己的手机，果不其然，早在昨天路时洲就通知了她，只是她没看。堂哥这个周末办婚礼，她作为主要筹办人，自然要参加有开会性质的婚前宴。考虑了片刻，她凑到裴湛身边，钩着他的脖子问：“老公，能请你帮个忙吗？”

“你说。”

“明天晚上能不能假装咱俩不熟？拜托拜托，我会报答你的。”

裴湛虽不情愿，却不由自主地揽住了她的腰，应道：“好。”

隔日还没吃午饭，路檬就收到了堂嫂的信息，问路檬有没有时间陪她去试妆。简年五官精致，气质温婉，化复杂的妆反倒不如素着脸好看，化妆师和造型师来来回回商讨了好多次才达到满意的效果。两人到酒店时，大部分宾客已经到了。

看到许久未见的顾屿，路檬笑着冲他点了点头，算是打过了招呼。简年一贯冷淡腼腆，作为路时洲的高中同学，在座的路时洲的朋友她却只认得几个，进门后便拉着路檬落了座。妻子不擅交际，招待的工作完全落在了路时洲身上，来的都是婚礼当天要帮忙的，路时洲自然要挨个敬这些给面子的大忙人。

路时洲的座位空着，路檬一坐下，邻桌的顾屿就坐到了路时洲的位置上，隔着简年问：“我在网上看到了你跟司裴的合奏，很不错，我发了微信祝贺你，后来还打了几次电话，你都没回。”

“前一段流言蜚语满天飞，好多朋友微信我问八卦，我懒得一个个解释，就都不看都不回。”

“我知道是绯闻。你哥的婚礼你做伴娘？”

路檬点了点头：“我跟季三一起。”

“他说怕自己太帅抢你哥的风头，让我代他做伴郎。”

“嗯？”路檬正想找个借口拒绝，就见裴湛走进了包间。

裴湛一进门就看到了坐在主位上的顾屿以及隔着简年同他讲话的路檬，他皱了皱眉，一时间忘记了装不熟的约定，径直走了过去。然而不等他过去，同样瞥见了这一幕的路时洲就先一步冲到堂妹身边赶苍蝇。

“顾兄，谢谢你赏脸过来，贺齐光有事找你。”

顾屿看了眼正一脸兴奋地跟人说着什么的贺齐光，装糊涂地冲路时洲一笑，站了起来，把位置让给他：“他能有什么急事，你坐。”

不等路时洲再说话，顾屿便看向路檬：“咱们出去聊？”

路檬还没应声，路时洲便对她说：“路檬，你跟我出来。”

路檬拿余光瞟了眼不远处的裴湛，在顾屿和路时洲之间选择了堂哥。怕顾屿下不来台，她用自以为裴湛听不到的声音对他说：“我和我哥有事谈，咱们以后再聊。”

路家兄妹一前一后地往包间外走，经过裴湛身边时，路檬连他的鞋子也不敢看。在路时洲的心中，裴湛比顾屿更招人讨厌。擦肩而过时，见裴湛一瞬不瞬地盯着堂妹看，路时洲只觉这一位才是苍蝇一号。

“你找我有什么事？”

“你最近跟谁住在一起呢？”

“朋友啊。”

“什么朋友？你不会又跟顾屿偷偷摸摸在一起了吧？那天婶婶还问我你最近和谁走得近。”

在路檬父母那辈人看来，女孩的名声很重要，哪怕对着路时洲，路妈妈也没讲在女儿的行李里翻出男人内裤的事儿。

路檬嫌烦，直接捂住了耳朵：“没有没有没有，要说几次你才信。”

“有点骨气行不行？伤害过你的人一个都不值得再理。”

路檬闻言面露稀奇：“这话别人说就算了，你怎么好意思讲？”

被戳中痛处的路时洲无言以对，偏又不能当着一干人教训堂妹，只得忍着气说：“我是为你好。”

路檬翻了个白眼：“谢谢，管好你自己。”

路时洲要招待客人、交代婚礼上的各种事，自然无法时时刻刻看着堂妹。他一离开，顾屿就再次坐到了简年旁边，简年干脆起身和他换了位置，让顾屿直接挨着路檬坐。

路檬看了眼坐在不远处的裴湛，见他正端着酒杯同人讲话，心虚不已地刚想以路时洲的名义请顾屿回到自己的位子上，就看到裴湛站起身，拎着酒杯走了过来。

裴湛对路檬右手边的女士说了句抱歉，问她能不能同自己换位置，得到应允后，他便在路檬的右边坐了下来。

坐归坐，他却并不同路檬讲话，像答应她的那样同她装不熟，只闷头喝酒吃菜，看也不看她一眼。路檬很是无语，只想找个借口逃走，偏偏“余柠”的事顾屿还知道一点内情。顾屿挑眉看了零交流的路檬和裴湛片刻，试探性地用公筷给路檬夹了一片黄狮鱼。

裴湛没抬头，手中的酒杯却放下了。路檬胆子再大也不敢吃，扔下筷子就直接拿上包逃走了。刚跑出包间，她就听到身后传来了一个冷冷清清的声音：“你跑什么？”

“我害怕。”

裴湛双手插在裤袋里，走到路檬身边，居高临下地问：“是我吓着你了，还是你心虚？”

“……我怕我堂哥，他不让我理顾屿。”

裴湛冷着脸问：“他为什么不让你理顾屿？”

“他不是误会了吗？幸好有顾屿挡枪，不然他最怀疑的就该是你了。”

“我不需要他挡，你现在就和你哥说清楚。”

“我堂哥跟我爸妈是一头的，根本不可能替我们瞒，被他知道，我爸妈立马就会知道。”

“知道又怎么样？”

路檬没睡饱，头痛得厉害，见裴湛冷着脸，便皱眉说：“你别后悔。”

“我有什么好后悔的。”

路檬回了句“好”，牵起裴湛的手回了包间，她径直走到正和朋友说话的路时洲身边，拍了下堂哥的背：“我男朋友不舒服，胃反酸，我们先走了。”

路时洲回过头，愣愣地看着他们牵着的手，隔了许久都没反应过来：“谁是你男朋友？”

倒是裴湛先开了口：“哥，婚礼上有需要我的地方你尽管开口，随叫随到。”

路时洲不明所以地看向路檬：“他……叫我哥？”

路檬白了路时洲一眼：“你又喝多了。”

在座的人里有一大半认识路檬和裴湛，见状自然惊奇。对上贺齐光八卦的目光，路檬立刻瞪了回去。不等路时洲再开口，路檬就拽着裴湛去了简年那边。

和嫂子道别之后，路檬又看向顾屿：“顾屿哥，我们有事先走了。”

顾屿脸上没什么表情，片刻后才“嗯”了一声。

走出包间，心满意足的裴湛笑着揽住路檬的肩：“早该公开，能有什么大不了的。”

路檬“呵呵”了两声，正要说话，路时洲就面色不豫地追了出来，妹妹油盐不进，他拿她没办法，便只和裴湛说道：“裴湛，你跟我过来。”

知道堂哥不会拿裴湛怎么样，路檬便没拦着。一根烟的工夫，裴湛就回来了。正刷微博的路檬收起手机，问裴湛：“知道自己有多招人烦了吧？”

“我又不稀罕他待见，不被他训两句，我还不知道你以前那么喜欢我。”裴湛竟露出了自豪脸，“你哥要拦也是拦我，有顾屿什么事儿。”

“我哥连自己都管不好，根本不用把他当回事，我妈才是最烦人的。你很快就会领教到。”

两人离开路时洲的婚前宴时才刚八点，过了几日足不出户的生活，依着路檬的脾气，自然准备去人多热闹的地方，裴湛却只想回家。

“回家干吗？我们玩到十一点，直接住酒店。”

“有什么好玩的？如果你想看电影，我们可以回家看。”裴湛几乎从不去夜店，他自然以为路檬所说的“玩”是指购物和看电影。

预见到强拉着死宅一起玩只会扫兴，路檬只好做出让步：“我们去酒店住，最近所有陌生号码给你打电话，你都要给我看过再接。”

“为什么？”

“为了多清静几天。”

“你父母看起来都是讲道理的人，我既不是大你几十岁的老头子，也没有黑历史，他们为什么会反对？”

“谁说他们要反对了。”路檬知道裴湛不会理解，干脆翻出手机给堂嫂打了通电话。听简年说路时洲又醉了，她觉得至少今天是安全的，便对裴湛说，“我还饿着呢，去超市买东西回去煮部队火锅。”

一天之内在两个城市间跑了个来回，裴湛一进家便去浴室洗澡，路檬则留在厨房煮夜宵。芝士一煮软，晚饭没吃好的路檬立刻吞着口水捞起了一筷子泡面。

还没张开嘴，路檬就闻到了一股熟悉的沐浴露香味。温饱而思淫欲，眼下她正饿着，嗅到危险的气息，立刻回过头警告道：“在我饿的时候打扰我吃饭，我一定会翻脸的。”

然而这话对裴湛构不成半点威胁，他笑着捏起路檬的下巴：“在我想亲我女朋友的时候阻止我，我也会翻脸。”

路檬不乐意，抬手反抗间胳膊肘蹭翻了盛生西红柿的碗，见雪白的毛衣染上了一大片番茄红，她气结地推了裴湛一下，上楼换衣服。

裴湛无奈地笑了笑，收拾过弄脏的地板，正要跟上去，就听到了门铃的声音。

路檬脱下白毛衣往地上一扔，随手从裴湛的衣柜里挑了件运动上衣，拉上拉链正要走出衣帽间，跟上楼的裴湛打量了一眼她光着的腿，说:“你赶紧换件自己的衣服，把裤子也穿上。”

路檬冷哼了一声：“你管我。”

“你妈妈来了。”

“什么时候？”路檬一下子就怔住了。

“就刚刚。”

“你别给她开门！”

“为什么？我已经开了。她好像知道我们的关系了，这次没叫我‘裴先生’，改叫小裴了。”

路檬无力吐槽，用一分钟换回自己的卫衣和牛仔裤，而后给堂嫂打了通电话。

“我哥不是醉了吗？”

“是啊，现在他一直睡着，我想喂他喝蜂蜜水，可怎么叫他都不醒。”

路时洲酒品好，醉得再厉害也顶多睡觉，不会胡乱讲话，那她妈妈是怎么知道的？

听到路檬的疑问，简年说：“是我讲的啊，刚刚婶婶给我打电话问你今天有没有来，和谁在一起……你和裴湛谈恋爱的事，难道她不知道吗？”

“这下知道了。”

听出路檬的语气不对，简年说：“对不起，这个不可以说吗？”

“……没事儿，她早晚都得知道。”

挂断电话，路檬边往楼下冲边对裴湛说“我妈已经上电梯了，是吧？我带着狗狗出门散步，从消防楼梯走。你千万别告诉她我这几天住你这儿，等她走了你给我打电话，我再带着狗狗回来。”

“为什么？”

路檬还没来得及回答，两人就一齐听到了电梯开门的声音，敲门声紧接着传了过来。

逃不出去，路檬只好放下行李，跟裴湛一起迎出去。看到数日不回电话、不回家的女儿，路妈妈的心中自然有气，但当着裴湛，她不动声色地笑了笑，露出讶异的表情问：“妹妹，你怎么也在啊？”

路檬的爷爷奶奶只生了两个儿子，兄弟俩感情好，路檬和路时洲也是自小就长在爷爷奶奶家，爷爷奶奶称呼他们为“哥哥、妹妹”，家里的其他大人也跟着这么叫。不过没有外人在的时候，郑教授从来都是连名带姓地叫“路檬”。

听到妈妈这么称呼自己，路檬在心中翻了个白眼，反问道：“你不知道我在这儿？我还以为你是专程来找我的呢。”

“我是来找小裴的。”

裴湛赶紧打招呼：“阿姨好，进来坐。”

路妈妈笑着走进客厅，坐到了沙发上：“你们在煮什么？”

路檬这才想起来，自己的部队火锅还没关火，面已经煮烂了，她只好加水又放了一包。她在厨房煮面的空隙，路妈妈已经和裴湛聊开了。

“你们这工作性质和娱乐圈的明星是不是有点相似？”

“有点相似的地方，但大体上不同。”

“我是搞化学的，对艺术懂得不多，刚刚无意中在网上看到你和旗下的签约乐手前一段的绯闻……你十几岁就成名，后来又开公司，身边有那么多又漂亮又有才的女孩子，十几年间只闹过这一次绯闻，真是挺难得的。”

“……”裴湛怔了片刻，确定这语气、这笑容似乎真的是在夸自己，才主动解释道，“阿姨，路檬是我第一个女朋友，我以前没谈过恋爱，网上传的完全是假新闻。”

“我知道是假新闻，就跟司先生和路檬的传言一样。”听到后一句，路妈妈很是意外，“以你的条件，这个年纪才交女朋友还真是少见。”

“我工作忙，在路檬之前也没遇到合适自己的。”

“路檬神神秘秘的，不肯跟我们说在跟谁谈恋爱，我和她爸爸总担心她被人骗，知道是你，我们才算放了心。她看着外向，其实对待恋爱非常认真，之前也没怎么接触过男孩子。”

得到了路妈妈的肯定，裴湛一直悬着的心也放了下来，放松下来后，他便想主动解释“内裤”的事：“阿姨……”

“裴湛，你吃不吃芝士年糕？”一直竖着耳朵听沙发这边动静的路檬怕实心眼儿的裴湛说什么“住民宿，用一个洗手间”，立刻端着一碗吃的冲出来打断了他。

路妈妈瞟了眼碗中的泡面和火锅丸子，想说什么却没说，转而翻出手机问：“小裴，你的手机号码是多少？你这孩子我一看就特别喜欢，楼上楼下住得近，你工作忙，自己一个人胡乱吃对身体不好，我和你路叔叔闲着的时候就爱研究做菜，以后做了饭叫你下来吃。”

“他请钟点工了。”怕裴湛开口报号码，路檬强行往他嘴里塞了块方腿。

哪知被夸得心花怒放的裴湛主动拿过路妈妈的手机，自己把手机号码输了进去。路妈妈拿回手机后，第一时间加了裴湛的微信：“以后有事随时找阿姨。你比路檬大几岁来着？”

“五岁。”

“大点好，稳妥。不会像很多二十岁出头的小伙子那样没有责任心，只想着引诱年幼无知的女孩子做出格的事。路檬虽然二十三岁了，可从小就在学校里长大，环境简单，跟小孩子一样。她不听我和她爸爸的，以后还要靠你多管管她。”

被夸上天的裴湛赶紧澄清道：“平时都是我听她的，她管我。”

路妈妈满意地笑了笑，还没等裴湛想明白什么是出格的事，她便问一脸生无可恋的路檬：“你今天还要跟小裴学编曲吗？工作虽然重要，可别耽误了休息。以后尽量白天工作，晚上休息放松。”

没等路檬开口，裴湛便说：“昨天已经做得差不多了，明天再处理一下，就可以拿给对方试听了。”

“既然今天没事了……路檬，时间不早了，咱们就别打扰小裴休息了。”

见路檬面无表情地把碗放到茶几上，冲裴路路招了招手，起身牵住它跟着妈妈往门口走，裴湛才察觉出不对。他正要说话，又听到路妈妈当着他问路檬：“你这几天住到哪儿去了，倪珈那里？”

路檬点了点头：“嗯，住在倪珈家。”

“未婚的女孩子有家不回，住朋友家会被人笑话的，倪珈那么忙，你总待在她家也会影响她休息。你那套小公寓暂时别住了，小裴工作忙，你住这么远，你们见面也不方便，以后还是跟我们住，楼上楼下的，离小裴也近。你不在家，我们想叫小裴吃饭，他也不好意思去。”

明天下午才要出门谈事，难得可以睡到中午的裴湛本想抱着女朋友闹一整夜，却眼睁睁地看着女朋友带着柴犬跟着妈妈进了电梯，他本想说“我不怕被打扰”，忽而想明白了“出格的事”指的是什么。

女儿逆反心理重，路妈妈虽有不满，却忍着没数落她，只拣最关心的问题问：“你跟裴湛是怎么走到一块的？”

路檬哪敢说实话，敷衍道：“我们以前就认识。”

“这个人倒是不错，可他对你是不是认真的？”

“这话你该去问他。”正是热恋期，路檬同样不愿意跟男朋友分开，被妈妈强拉回家正不高兴，话里带着几分情绪。

“你呀，就是太单纯，男朋友认不认真，问是问不出的，要自己去体会，上次和顾……”在顾屿的事情上，路妈妈自觉理亏，顿了顿，转而说，“裴湛条件好，长相又特别出挑，还做这一行，诱惑会不会太多？肯定有大把大把的女孩往他身上扑吧？”

“就算路时洲出轨，裴湛都不会出轨的，他对诱惑他的人没兴趣。”

路妈妈白了女儿一眼：“你怎么知道？他说没兴趣你就信，也太天真了。”

……她当然知道，因为她也曾是失败者中的一个。

“你还小，我也不是非要你现在就和谁定下来，就是怕你没戒心，以后受伤害。”

在接下来的时间里，路妈妈用闲聊的语气同女儿说哪个学生刚离了婚，原因是婚后多年不育，到医院一查才知道，是因为二十出头的时候和当时的男朋友不注意，意外怀孕，瞒着家人朋友打胎没休息，伤了身体，丈夫知道后很介意，很快就跟她离了婚。

“热恋的时候哪会想到后来的事，无论什么年代，女孩子矜持自重都不会错。一辈子长着呢，为了一时的冲动毁了后来的婚姻，多不值得……我还有个学生，你小时候她还来过咱们家……”

这种拐弯抹角提醒她长点心的方式令路檬无力吐槽，她知道妈妈是担心自己，更知道想要耳根清净，一定不能同郑教授争辩，那样只会让郑教授唠叨得更起劲。

直到进了家，陪爸爸喝过茶，回了自己的房间，路檬才翻出手机，看裴湛在她刚一出门时发的短信。

“阿姨是不是反对我们？”

“没啊，刚刚喝茶的时候，她还跟我爸说以后想常叫你过来吃饭，说看着你漂亮的脸饭都能多吃半碗。看来我颜控是随妈妈。”

“那为什么不准你留在我家？”

“这还用问吗？有女儿的父母都会担心女儿被人骗啊。”

“我跟你，不是你骗了我吗？”

“我骗了你又怎么样，你又不会怀孕。我爸妈这一段时间都很闲，别说住在一起了，咱俩连独处的机会都找不到。这和他们对你满不满意无关，如果你有女儿和妹妹，也会不放心的。”

裴湛没有妹妹，不过担心路檬被人骗这件事，经历过“顾大哥”和“小鲜肉”的他倒是能理解。

“可你不在身边，我睡不着。”

已经换上睡衣的路檬拉下外套，露出雪白的香肩自拍了一张传了过去：“晚安福利。湛湛乖，快睡觉。”

看到照片，裴湛更睡不着了，习惯了有女朋友和柴犬时时刻刻陪在旁边，原本喜欢一个人住的裴湛莫名地觉得房子太空旷。好不容易熬到天亮，七点一到，裴湛就给路檬打了通电话。

路檬前一段忙着练琴、演出、恋爱、编曲，住在裴湛家的那几天更是把朋友们丢到了脑后。昨晚心血来潮地在微信群里宣布了恋爱后，路檬遭到了好友们的一致批斗，答应了裴湛请吃饭才算完。她和朋友们开黑到天快亮才睡，自然听不到裴湛打来的电话。

难得一整个上午都有空，裴湛不想浪费，可接连打了半个钟头，路檬的电话都无人接听，他正疑惑，电话终于通了。

“小裴，路檬还没起，我听到她手机一直响，就进屋替她接了。四点钟我出来喝水，她还没睡呢，一时半会儿起不来。你要是有时间，就下来吃早餐。”

裴湛本就慢热，对着女朋友的妈妈又略感拘谨，下意识就想婉拒，可时常被说傲慢的他怕拒绝会令热情的路妈妈误会，纠结了片刻，还是说了“好”。

虽然只是下楼吃个早饭，但到底也算正式拜访，裴湛从酒柜里认真挑选了两瓶酒才去四十七楼。

路檬会做菜也是遗传自妈妈，短短的二十分钟内，餐桌上的食物由两种变成了八种，中西式兼有。裴湛早上胃口差，可路妈妈夹的食物却不得不吃，他的话一贯少，听到路檬的父母夸自己不工作也早起，习惯比女儿好太多，他不知道该怎么答，又怕被误会傲慢，只好全程保持微笑。

裴湛性格冷淡，过去一年他微笑的次数恐怕都没有这个早晨多。路檬的父母很温和，也没有不赞成他们，但裴湛还是彻底明白了女朋友之前为什么想要瞒着家人。

路檬醒的时候，裴湛正和路教授聊天。与裴湛同住时，路檬很注意仪表，绝不会像在父母家中这样穿着满是褶子的肥大旧睡裙，顶着昨日没洗的油腻头发出现。

看到端坐在沙发上的裴湛，确定不是幻觉后，路檬“啊”了一声，跑回了卧室。路妈妈见状再次对比着路檬夸奖了裴湛的稳重。裴湛很想起身跟着路檬进房间，可作为“稳重”的人，他自然不能这么做，只好继续和路教授尬聊，对着自己的父母，他也没这么极力迎合讨好过。好在一刻钟后，迅速洗好澡吹好头发的路檬就出来解救他了。

“裴湛，你要不要来我房间看一看？”

裴湛刚想起身，又觉得这么当着女朋友父母的面钻进她的房间和稳重成熟的人设不符，幸好他的女朋友向来没规矩，走过来扯住他的手就往自己的房间走。裴湛非常配合地冲路爸路妈露出了无可奈何的笑。

一进房间，路檬便关上房门，回身抱住了裴湛的脖子：“我爸妈还挺喜欢你的，这种充满了父母祝福的恋爱，你喜欢吗？”

裴湛摇了摇头，明知道两个长辈就在外头，他仍是忍不住揽上了女朋友的腰，低头吻住了她的嘴巴。

明明很渴望，明明她就在身边，却什么都不能做，这一刻的煎熬简直胜过昨夜，裴湛深吸了一口气：“跟我上楼。”

路檬笑了笑，摩挲着他的脸颊说：“我爸妈留你吃午饭，你不是答应了？已经快十一点了，咱们这边刚上去，我妈妈接着就会打你电话叫你下楼吃饭。我敢不接她的电话，你敢吗？要是你做得到电话不接、敲门不开，我们就去你家。”

做不到……

“谁让你把电话号码告诉我妈妈。”

裴湛面无表情地捉住路檬不安分的手：“我的错。”

路檬最爱裴湛摆冷漠脸，色心大起地抱住他的腰撒着娇说：“怎么办，我喜欢你喜欢到想一口吃掉你？”

裴湛一言不发地扯掉路檬的手，斜坐到了她的飘窗上。路檬立刻笑嘻嘻地凑了过去：“我说的‘吃掉’就是字面意思，你一定想歪了，是不是？”

隔着一道门，客厅的电视声都能清晰地听到，无论他多想收拾她也只好忍着。

裴湛敢怒不敢言，路檬怎能错过蹂躏他的好机会，捏着他的鼻尖说：“小湛湛，你闹脾气的样子真的好可爱。”

裴湛“嘶”了一声，一把将她拎到飘窗上，刚想压上去，敲门声就响了起来。

“妹妹，你熬夜又没吃早饭，要不要吃紫薯银耳粥？”

听到路妈妈的声音，裴湛不但面露紧张，更是一下子就站了起来。路檬见状笑到肚子疼，在飘窗上连打了两个滚，才大声回答：“不吃不吃，我等午饭。”

路妈妈“哦”了一声就离开了。因为是初次拜访，裴湛还特地系了领带，路檬躺在飘窗上，拽住领带的尾巴摇了摇，懒洋洋地说：“我要你亲我。”

裴湛的嘴角动了动，似是在犹豫，他知道在女朋友的父母都在的情况下关上门钻进她的房间，逗留这么久还不出去太不避讳太失礼，他知道他应该立刻打开门，可路檬把脚踩在玻璃上，边仰着脸朝他笑，边拿漂亮圆润的脚趾在凝了水汽的窗子上画画。雪后浅金色的阳光洒在她年轻的脸庞和长而卷的头发上，好看到害他舍不得走出去。

路檬扯着裴湛的领带一点一点地往下拉，裴湛半跪到飘窗上，轻轻地吻住了她的嘴巴。路檬用软软的舌头舔了舔他的嘴唇，而后拿尖尖的虎牙小心翼翼地咬，低声说：“我完全明白你为什么不想你的家人知道你和‘余柠’的关系了，也明白和谁传绯闻不是自己能控制的。裴湛，我原谅你啦。”

很多事情，非得感同身受了之后才能理解对方的初衷，不经历和司老师的绯闻以及被裴湛质疑为什么要瞒着父母，“余柠”的心结或许会一直埋在她的心中。

裴湛闻言一怔，随即弯着嘴角说：“可我不打算原谅你。”

他的手刚攀上她的领扣，外头就传来了狗爪挠门的声音，见裴湛蹙眉回头看，路檬扳回他的脸说：“不管它。”

两人的嘴唇重新挨到一起，路妈妈的声音又响了起来：“你要敢把门抓花，我就饿你两天不给饭。”

裴湛站起身揉了揉眉心，理了下被路檬扯歪的领带，走过去开门。门一打开，裴路路就蹿了进来，见它跳上飘窗，趴到路檬的肚子上撒娇，裴湛决定结束煎熬，去客厅继续陪路教授尬聊。

午饭之后，裴湛道过“打扰”便告辞了。为了给女儿树立“公主”的形象，裴湛在的时候，路妈妈不止不唠叨，还和声细语地叫“妹妹”。适应了妈妈突变的画风后，路檬倒觉得裴湛常下来吃饭还挺不错。

下午，路檬带着裴路路去了裴湛家，按照他说的方案做最后的处理。裴湛依旧应酬到晚上十点才回家，其间他发了四次微信、打了两通电话让她别急着回父母家，在六十一层等他。

路檬只用了一个多钟头就做完了工作，练了两个钟头琴，逗了会儿狗，补了半个钟头觉，百无聊赖间便打起了游戏。

裴湛进门的时候，她正大杀四方，用余光瞥见外套都没脱便凑上来的裴湛，立刻出声阻止道：“我是灵魂人物，我掉线这局必输。”

裴湛看了路檬两秒，关掉她的语音，把蜷着脚坐在沙发上的她翻了个个儿，亲着她的耳朵说：“你忙你的，我忙我的，咱们互不干扰。”

路檬正要说话，门铃响了。她的手一顿：“应该是我妈妈，你别去开门，就假装不在家。”

“可我刚刚等电梯的时候，又遇见你爸爸了。”

就算没遇见路教授，假装不在家，门铃这样一遍又一遍地持续响着，他也再难提起兴致。裴湛边整理衣服边替路妈妈开电梯，一进门，路妈妈便举了举手中的饭盒：“小裴，我炖了鸡汤，给你送一碗，你工作这么忙，冬天更要补一补。鸡汤里我放了燕窝，润肺的。”

“谢谢阿姨。”

路檬用脚踢了踢裴湛：“我没吃晚饭，正饿着呢，给我倒一碗。”

“这些都是小裴的，你的我留在锅里了，回家喝。怎么又玩游戏，这么大的人了，我还以为你不回去吃饭是在忙工作……”

路檬受不了妈妈唠叨，迅速结束这局，冲裴湛挥了挥爪子，跟妈妈下了楼。

一进电梯，路妈妈便说：“游戏在哪儿不能打？在男朋友家待到十点，要是裴湛的妈妈过来，看到你这么晚了还不回家，会有想法的。”

“他妈妈来得还没有你勤。”

回到家，路檬一吃过饭便点开微信和裴湛视频。见他面无表情地仰躺在床上，路檬笑道：“你有没有想我？”

“嗯。”

“我睡不着，你也别睡，听说晚睡的宝宝有福利。”

“除了黑眼圈，晚睡还会有什么福利？”

“你唱歌给我听，我就告诉你。”

裴湛早不记得上一次唱歌是十年前还是二十年前了：“我不会。”

“那你现在学，我想听《小兔子乖乖》，给你半个小时，学不会你一定会后悔。”

“……”

裴湛了解路檬的脾气，虽然觉得没头没脑，但在这样的小事上，他不愿意和她争，便搜了下琴谱，练了两遍，打开视频，边弹边哼给她听。

“小湛湛你犯规！这是哼，不是唱！”

裴湛正准备硬着头皮开口唱，又听到路檬说：“你站到你家电梯间，惊喜在那里。”

说完这句，路檬就关掉了视频。

裴湛下楼去了电梯间，在微信里问哪有什么惊喜，隔了两三分钟，路檬都没有回。裴湛正要回屋，突然听到了敲门声，没等他反应过来，消防门那边就传来了路檬软软的歌声：“小湛湛乖乖，把门儿开开，快点开开，妈妈要进来。”

裴湛既惊喜又无语地打开了门，正想板着脸让她再唱一遍，矮了一大截的路檬就把双手高举过头：“走了十几层，好累，要抱抱。”

裴湛抱起她，关上门，等不到进屋就低头吻了下去……

两人一直闹到凌晨两点钟，裴湛洗过澡从浴室出来，吻了吻瘫在床上的路檬：“我抱你进去洗？”

“不用，我走不动，你背我回四十七楼。”

“现在就回去？”

“不然呢，我好困，一睡着十点前都醒不了。”

裴湛舍不得女朋友离开，把床头的闹钟定到五点：“五点钟我叫你。”

路檬虽不放心，但实在太困倦，打着哈欠说了句“千万叫醒我，不然被我妈发现，咱俩都完了”，便歪倒在床上睡着了。

同样困倦的裴湛没敢睡实，一到五点，便用外套裹起路檬，把她抱到了四十七层。到四十七层的时候，迷迷糊糊的路檬还没醒，裴湛只好用她的钥匙轻手轻脚地开门。

他这一辈子都没这样紧张过，所幸一直到把她送回卧室，又退到消防门的另一边，路家夫妇也没发现。正经的男女朋友在父母认可的情况下这样偷偷摸摸地在一起，这经历可真是稀奇。

不过偷偷摸摸倒比光明正大别有一番情趣，之后的几天，两人日日都十一点见、五点分开，直到结束旅行的裴赫住了回来。

第十二章

八千里路

裴赫回来的这天下午，裴湛刚好不用出门，有一整个下午的时间可以和女朋友腻在一起。

在路妈妈的认知里，未婚男女过夜十分可怕，白天待在一起倒没什么关系。难得无人干预，两人便放弃了出门吃饭看电影的想法。于是，裴赫拖着箱子进门的时候，裴湛正端坐在沙发上看新闻，路檬则仰躺在他的大腿上和朋友们群聊。

看到这一幕，裴赫直接傻在了原地。原本正揉路檬头发的裴湛第一时间抓起手边的抱枕盖住了女朋友露在外头的大腿。唯一淡定的路檬回复完最后一条，才回过头朝裴赫挥了挥爪子："你回来啦？玩得高兴吗？"

裴赫呆呆地点了点头："姐，我给你带礼物了。"

听到礼物，路檬一下子就坐了起来，扔掉腿上的抱枕跑到了门边："什么礼物？"

还没回过神的裴赫机械地打开箱子，看到埋在一堆杂物里的TF迷你白管套装，虽不喜欢口红的颜色，却中意它们的颜值的路檬拍着裴赫的肩赞许道："谢谢啦，这礼物姐很喜欢。你表哥就只会送适合中老年贵妇戴的首饰给我。"

"那个不是给你的，是要给我喜欢的女孩的。"裴赫从乱糟糟的箱子里翻出一个盒子，“这个面膜是给你的，比口红贵，抗皱抗老，比较适合你。”

听到“抗皱抗老”，路檬气结不已地揪住了裴赫的耳朵：“你是不是想死？什么叫‘抗皱抗老’比较适合我？睁开你的狗眼看看，我脸上有皱纹吗？一个毛孔都看不到，好不好！”

路檬穿的是裴湛的卫衣，长卫衣一直垂到了她的膝盖上，可她踮起脚尖去揪比她高一大截的裴赫的耳朵，自然会露出雪白的大腿。裴湛见状皱着眉把路檬扯到一边：“你上楼把裤子穿好。”

“我穿衬衣裙来的，哪有裤子。”

裴湛只好自己上楼去给女朋友找她可以穿的裤子。

路檬抱着唇膏套装不放：“我就要这个！”

“这里面有三支，我已经告诉她了，她还说和两个朋友分享。”

“你叫声二嫂听听，叫得甜一点，不然我就不还你。”

“二嫂？”裴赫犹疑了一下才叫，还叫得非常小声，而后他满心别扭地问，“你怎么又跟我们家老二混到一起了？你之前不是把他甩了吗？我还以为咱俩是一个阵营的呢。”

“弟弟乖。”路檬摸了摸一脸不情愿的裴赫的头，“你二哥虽然性格讨厌了一点，但是好看到可以让人忽略他所有的缺点。而且这种又高又帅又年轻又有钱还不花心，完全没有情史的男人打着灯笼也找不出第二个，姐姐算是捡到宝了。”

裴赫还是有点不高兴，“嘁”了一声，嘀咕道：“天天板着脸的老头子算是什么宝……他没有前任是因为太讨厌了，没人要。”

“你知道什么，我的情敌多了去了。”

路檬跑回沙发，拿起手机给裴赫转了一笔钱，裴赫还是学生，她哪好意思白要他的礼物。

“这是改口红包，以后别再叫姐，要叫二嫂，我爱听。”

花光最后一分钱才回来的裴赫看到红包，心情终于好了起来，大声说：“谢谢二嫂。”

路檬捏了捏裴赫瘦到凹进去的脸颊：“弟弟乖，过年二嫂给你压岁钱，你在外头是不是没吃饭？脸上只有皮，肉都捏不到，厨房炖了牛排，我给你煮面，你吃不吃？”

“吃，我快要饿死了。”

裴湛拎着自己的运动短裤下来的时候，路檬正立在厨房给裴赫煮面。裴赫站在一边，边说旅行中的见闻边把剥好的橙子一瓣一瓣地塞到路檬嘴里。

裴湛把比自己瘦一圈的弟弟拎到一边，训斥道：“你就把箱子这么散着扔在我家门后？吃什么饭，赶紧收拾到自己房间去。”

知道二哥受不了半分杂乱，也习惯了他说话的方式，裴赫仍是觉得讨厌。

“你干吗对弟弟这么凶？”

裴湛见牛排面只有裴赫一个人的，路檬还贴心地煮了海参、煎了荷包蛋、切了香葱碎撒在面上，一脸不乐意地说：“他是你哪门子弟弟。”

路檬莫名其妙地看了他一眼：“你是我老公，你的弟弟不就是我的弟弟吗？”

一直被家人和好友吐槽不会好好说话的裴湛头一次发现嘴巴甜、擅长花言巧语是优点，因为前一秒还在反酸的他听到这一句瞬间就心花怒放了。

小屁孩刚回家，他这么冷着脸训人似乎是不太好，为了补救，裴湛忽略掉裴赫没合上就一路拖进屋的箱子划伤昂贵的木地板的事实，掩住看到裴赫乱糟糟的房间和箱子时脸上的嫌弃，用自以为很温和的语气问：“我的礼物呢？”

裴赫的手里正巧拿着准备分给同学们的巧克力，犹豫了一秒，还是把巧克力全部塞进了书包，从口袋里翻出一盒在机场买的薄荷糖：“给你的。”

裴湛看了眼已经吃掉了五分之一的薄荷糖，皱眉问：“你出去玩的钱还是我给的，为什么就给我带了这个？”

寄人篱下的裴赫只敢小声嘀咕：“因为你太招人喜欢了。”

虽没听清楚表弟说的是什么，裴湛却知道一定不是好话，正想训人，路檬就挤了进来：“裴赫，你怎么还不出来吃啊，面都做好了？”

裴赫瞪着裴湛说：“屋主说不收拾好就不能吃饭。”

“你快去吃，我来帮你收拾。”

见裴湛没有反对，裴赫便溜出去吃饭了。看到路檬将脏衣服揉成一团扔进洗衣篮，干净衣服抱出来打开衣柜随手一堆，日用品拣出来统统摞到桌上，然后拍拍手、盖上箱子往墙角一推，整洁惯了的裴湛因为热恋期滤镜，居然觉得这种一分钟收拾好箱子的行为不但不邋遢，还非常机智可爱。

夸过女朋友能干后，裴湛又问：“我给你的短裤，你为什么不穿？”

“你的短裤我穿不合身，刚刚试了一下，好丑的。”路檬知道裴湛又犯了别扭病和小气病，便花言巧语道，“我不要在你面前穿得这么丑。”

裴湛的嘴角弯了弯，摸着她的头发说：“裴赫得住到过年才滚回自己家，他马上就放假了，整日赖在沙发上，你明天过来的时候记得带套有裤子的衣服。”

裴赫还在吃饭，路檬便占了他的位置，躺在沙发上继续群聊。裴湛晚上有应酬，抬起手腕看了眼时间，对路檬说了句“你收拾收拾，我送你回家”，便上楼换衣服了。

裴湛拎着外套下楼的时候，路檬还躺在沙发上捧着手机哈哈笑，司机已经等在楼下了，裴湛见状催促道：“快起来，回家再聊。”

“你赶时间就先走好啦，同一栋楼不用送。还不到六点钟，我晚点再回去。”

裴湛看了眼正啃牛排的裴赫，瞬间就明白了为什么路妈妈不放心女儿和自己单独待着:“我给你爸爸带了茶叶，本来就要拿给他，顺便送你。”

路檬瞟了眼裴湛空空的双手：“茶叶在哪儿？”

没等到他的回答，路檬便抬头看向了他，看到裴湛的表情，她瞬间就明白过来，连十五岁小孩的醋都吃，这人简直没救了。

虽然哭笑不得，路檬的无奈里却也有甜蜜，她爬起来挽住裴湛的胳膊，回头对裴赫说：“小赫赫，二嫂走啦。”

裴赫咽下口中的牛肉：“你走什么啊？不住这儿吗？我还想吃完和你打游戏呢。”

“开语音打好啦。”

“开语音和当面打能一样吗？”

路檬看了眼裴湛：“那你吃完来四十七楼找我玩，反正我一个人也无聊。”

裴赫点了点头：“那也行。”

于是，这晚十点钟，裴湛回到家的时候，裴赫并不在。给路檬打了通电话，听说他亲爱的表弟还赖在四十七楼，裴湛头痛不已地下去抓人。

裴湛到的时候，裴赫正大大咧咧地半倚在沙发上啃着苹果跟路檬的妈妈聊天。裴湛见状只觉丢脸，客套地说：“我表弟没规矩，给你们添麻烦了。”

路妈妈却说：“这孩子挺可爱的，小裴你喝酒了？我做了花胶炖奶，放了花生和红枣，马上就好，你等一等，喝一碗再走。”

裴赫从来不拿自己当外人，闻言说：“郑老师我也喝。”

坐在对面的路檬笑着踢了他一脚：“晚饭才喝过两碗乌鸡山药汤，现在又要吃这个，您这是更年期，还是坐月子？”

趁着路妈妈去厨房关火，裴湛压低声音瞪着弟弟说：“你能不能赶紧回家，别在这儿给我丢人？”

“我最烦的就是老师，你以为我为什么拼命跟郑老师套近乎？还不是为了帮你们。”

路檬边嗑瓜子边说：“我妈总管着咱们的事儿我都跟裴赫说了，他说他有办法让我在你家一直待着。”

裴湛揉了揉太阳穴：“你连他都敢信？他能有什么办法？”

“试试看嘛，我再也不想半夜来回跑了，黑眼圈都出来了。”

裴赫有多不靠谱，到了隔天下午，路檬才领教。路妈妈真的不再一天黑就叫女儿回家，因为吃过晚饭，她便到裴湛家给即将期末考试的裴赫讲化学。

路妈妈是985高校化学化工学院的副院长，会过来给裴赫讲题，自然是看裴湛的面子，而不是裴赫嘴巴甜。

更让路檬傻眼的是，裴赫还带了七八个同学过来，有男有女。路檬忍着打死他的冲动把他拉到一边：“那个最白最漂亮的女孩子是你喜欢的人吧？”

裴赫笑着点了点头：“漂亮吧？可乖了，我们年级前三。”

“你怎么好意思招惹这种好学生？带坏人家，害人家学习退步怎么办？”

裴赫讶异地看着路檬，委屈道：“你果然被我们家老二影响了，你以前从来不讲这种话的。”

意识到自己语气不对，路檬立刻道歉：“我不是那个意思，我是生气才这样说……你说的好办法就是这个？这完全是在帮倒忙好不好？”

裴赫不明所以：“为什么是帮倒忙，郑老师答应考试前每天帮我们讲题到十点半，原来你七点前就得回家，现在可以待到十点半，多了三个半小时可以和老二谈恋爱！”

“十点半才结束，男孩子就算了，这个女孩子怎么办？”

“我送她回家呗。”

路檬挑眉看向裴赫：“你说帮我，是为了方便自己吧？”

裴赫“嘿嘿”一笑：“两不耽误。”

……路檬没法和眼前的小孩子说，作为成年人，她和他哥在这么多人的注视下恋不了爱。

裴湛向来重视私人空间，几乎从不请人到家里做客，这天他难得八点前回家，一进门看到满屋都是人，直疑心自己走错了门。

闹明白之后，裴湛数了数客厅里的人，忍着气瞪了裴赫一眼。送走路妈妈的时候，他边道歉边说：“阿姨对不起，我弟不懂事，给这么多小孩讲课太辛苦了，我明天就给他们请家教。”

裴赫其实有家教，怕路妈妈知道后觉得奇怪，裴湛只得这么说。

路妈妈一笑：“没事，一天就讲那么一会儿，我最近放假，闲着也是闲着。”

裴湛再无所谓人情世故，也没法告诉女朋友的妈妈自己受不了家里人来人往，讲课活动进行到第三日，他便忍无可忍地给司裴打了通电话。

“你的房子风水不好，我住不下去了，你明天就搬回来，把我的房子还给我。”

司裴去年年初追过隔壁的池西西，失败后还和池西西夫妇住同一层很是尴尬，倒不是他放不下，而是池西西的先生太让人一言难尽。他工作忙，懒得另找房子，便和住同一区的裴湛换了房子。他这套房子比裴湛原本的那套更大更新更贵，裴湛自然乐意。

不相信风水之说的司裴慢条斯理地问："出什么事了？"

"什么事都没有，你现在就收拾东西，咱们明天就换。"

"明天不可能，后天也不可能，我最近很忙，你难道有空？"

裴湛烦躁地挂断了电话，刚想回屋，就见裴赫和一个小女生一前一后地从明亮的客厅躲到了黑漆漆的露台。

"裴赫，你二嫂好可爱，她真二十三岁啦？那你二哥呢？"

裴赫只管路檬叫"二嫂"，从不叫裴湛"哥"，外人自然不知道他们是一对。

裴赫没答，只说："我二嫂什么都好，就是看男人的眼光太差。"

听到这句，裴湛面无表情地走出角落，从他们身边走了过去。

"哇，裴湛哥哥好帅好帅，现实中看，比网上帅多了。他是你几哥啊？裴赫，我想跟他合影，可是他都不笑不理人的，我不敢跟他说话，你帮我说吧。"

露台和客厅之间的落地窗没关，听到这话，看到裴赫的表情，站在窗边等男朋友的路檬笑到肚子痛，她扯着男朋友的袖子低声说："这个小姑娘是年级前三呢！智商高、情商低说的就是这种吧？"

裴湛看了眼女朋友："你没听过你妈妈给他们讲课？"

路檬摇了摇头。

"那丫头连化学元素都认不全，年级倒数第三还差不多。好学生能和他混到一起，会大晚上不回家？真难为阿姨，带惯了学霸，还能给这些作业都不写的孩子讲得下去。我明天就搬家，司裴空不出房子，我就住酒店去。"

"……"

路家人丁稀少，路时洲婚礼前一天，路檬一家三口自然要彻夜帮忙。路时洲的妈妈缺席，作为婶婶，路檬的妈妈只好代为张罗大小事务，补课活动暂停一天。

怕自以为奉献牺牲付出了的妈妈生气，路檬没敢和她说男朋友因为受不了家中每晚都聚集一大堆人要搬走，只告诉她裴湛明日参加完路时洲的婚礼就要出差一周。

路时洲的婚宴结束后，路檬挽着裴湛的手走出了酒店。

“你现在去哪儿？”

“收拾几件衣服，暂时住到酒店去。”

“裴赫下周就考完了，等他考完，补课就结束了，你住几天酒店就搬回来？”

“还是把房子换过来比较好，咱们可以安心地待在一起。给司裴一周时间，一周后他还赖在我的房子里不走，我就上门轰人。”

“上门轰人”和司老师的形象太不搭，路檬“扑哧”一笑：“你搬走也好，整日活在我妈的密切监视下，我都快窒息了。可是裴赫怎么办？”

“等他考完，我姑姑也差不多该回来了。”

连着四五日的阴雪天，雪后初晴，阳光显得格外珍贵。难得的好天气，两人又都在婚宴上喝了一点酒，便没开车，牵着手往公寓走。路时洲结婚的酒店离公寓不远，路檬穿了高跟靴，刚走了半公里就喊脚疼，人来人往的闹市区，她不好意思让裴湛背，这附近又不好叫车，裴湛无奈地笑道：“去附近的咖啡店休息一下？”

路檬指着Z大的校门说：“这是东门，我爷爷奶奶的老房子就在前面，我又困又累，我们去睡个午觉再回去收拾行李。”

等待路檬开门的工夫，站在院子外的裴湛环顾四周，赞许道：“这种有年代感的独栋别墅挺不错的，还建在大学校园里，这周围有准备卖房子的吗？”

“没有吧，只有我们家和隔壁西西姐家空着，其他都有人住。这些小楼是七十年代建的，我和我哥一出生就住在这儿，也算是祖屋，好好的谁舍得卖。”

路家老宅的前门对着闹市区，出了后院的门就是Z大的湖，这样闹中取静、读书声不绝于耳的别墅群，整座城市仅此一处。

这一栋栋老别墅虽已有几十年的历史，但因为住在里面的都是 Z 大的老领导，学校每年都翻修。流逝的时光丝毫没给这些布满爬墙虎的红砖小楼留下破败的痕迹，反而平添了一种厚重沧桑的韵味。

按本地传统，家里有喜事，就算是无人住的老房子，也要在窗户上和门前贴上囍字。这房子本就老旧，又空置已久，婚礼前三天，路妈妈特地请人上下打扫了一通。

进了门，裴湛更觉喜欢。高高的房顶、弧形的木头窗子、木头墙围，家具、地板、楼梯，每一处都老旧古朴却并不过时，反而有新式豪宅拿再多钱也堆砌不出的气质。

记起裴湛喜欢字画，路檬踢掉高跟鞋，带他去了三楼。三楼整个用作书房，北屋有四个与屋顶齐高的书架，存满了线装古籍。除了明清书籍，还有民国时的线装大学教材和西学文献，古董字画大多存在南屋的柜子里，那幅仇英的《亭溪消夏》扇面就挂在南屋的书桌后。

重新看到这幅扇面，裴湛有些感慨，见他盯着扇面看，路檬问："你很喜欢吗？"

"嗯。"

"那我跟我哥说一声，把它送给你。"

"这怎么行，太贵重了。"

"你送我的车比这个贵一倍。"

"车怎么能和这个比，这画的价值不能用钱来衡量。"

"既然不能用钱衡量，那就没什么贵不贵重。我爷爷奶奶在世的时候说过这房子以后要给我哥。因为知道我哥对古董字画没兴趣，远不如我喜欢，所以就说这些都是我的。你要喜欢别的，我根本不用问他，但这扇面比较特别，对他来说有意义，是他出生的时候爷爷的学生送的，我爷爷一高兴，就给我哥哥取了仇英的号做名字。"

"仇十洲，路时洲。我还以为是巧合。"

见裴湛喜欢三楼的书，路檬说"要么你别住酒店了，咱们住这儿吧？我爸妈肯定想不到我住这里，最多到我的小房子找我。"

"这是你哥的房子，我怎么能住？"

“可这儿也有我的房间啊，咱们住我的房间，等司老师把房子空出来再搬走。我没有自己的公寓的时候，离家出走都是住这儿。我哥比女人还挑剔，嫌房子老灰尘多，根本不会住过来。”

裴湛和路时洲完全不是一类人，反而觉得这种老房子远比新式别墅好。

两人回裴湛家收拾过行李，路檬便让他去车里等自己，独自回家牵裴路路。见女儿收拾东西准备带狗离开，路妈妈问：“你去哪儿？”

“去陪倪伽，她失恋了心情不好。”

“你真是去陪她住，不是陪裴湛出差？”

“我把护照、身份证押给你行不行？你见过带狗出国的吗？”

在女儿的脸上看出了不高兴，明白用管小孩子的方式管她只会适得其反，路妈妈改口道：“我和你爸最近都闲着，让倪伽有空过来吃饭。”

路檬暗暗松了一口气，说了句“知道啦”，出门前又心花怒放地隔空吻了一下路妈妈。

一下电梯，路檬就牵着裴路路一路狂奔到了裴湛的车里。见路檬气喘吁吁地抱着狗坐进后排，裴湛不明所以地问：“出什么事了？”

“什么事都没有，但是骗我爸妈说你出差、我去陪朋友住，其实住到一起的感觉很像私奔，对不对？我十四五岁第一次逃学时，也是这么兴奋。”

“你为什么逃学？”

坐在后排的路檬钩住裴湛的脖子重重地吻了一下他的脸颊：“为了去看你彩排，那时候你已经上大学了，又经常四处演出，我很难见到你的。快走快走，我跟我妈妈说倪伽来接我，所以不开车，万一遇上我爸爸就穿帮了。”

裴湛弯了弯嘴角，发动了车子。遇见路檬之前，他的情绪几乎没有起伏，从不知道人的情感能够这么丰富。

裴湛把车子停到别墅后门，两人收拾好东西，就带着裴路路去附近的小餐厅吃饭，饭后又牵着裴路路到Z大散步。临近期末考试，学生们大多在图书馆或自修室复习，校园里的学生远没有平时多，裴湛怕被认出来，全程戴着口罩，可瘦高的身形和卓然的气质却藏不住，一路上不断有女学生看向他。

瞥见原本走在后头的三个女生忽然跑到前面，直勾勾地看向自己，还嘻嘻哈哈地议论，裴湛烦躁地皱眉瞪向她们。一低头看到路檬脸上的欣喜，他不解地问："你笑什么？"

"刚刚有人偷拍你。"

"在哪里？"裴湛警惕地回头张望，他虽然不介意被记者拍到，但已经说了出国一周，万一被写成"大嫂和二弟"登上热搜，没法向路檬的父母交代。

"别紧张，不是记者，也没人认出你，是单纯地拍路上遇到的帅哥。"

"……那你高兴什么？"

"我当然高兴啦。"路檬紧紧挽住裴湛的胳膊，"别人只有眼巴巴看着的份儿，只有我能随便抱随便亲。"

"……"

不用再计算时间，可以整晚黏在一起的两个人优哉游哉地带着狗狗散了一个钟头步，然后去学校超市买了一大袋零食和一杯奶茶才往回走。

路檬拉下围巾喝奶茶，边嚼黑糖冻边把奶茶举到裴湛嘴边："你尝尝看，这家的金钻奶茶我从小喝到大。"

裴湛看了眼布满牙印的吸管，就着她的手喝了一口。跟她在一起之前，他从不喝这些甜腻的东西，从不肯用别人用过的杯子和餐具。他知道等下路檬又会坐在床上吃薯片和巧克力，吃完后又会用他的睡衣擦爪子上的油和碎屑，这些他过去完全忍受不了的行为，换成她做，他竟只觉得可爱，真是神奇。

两人这晚一直闹到凌晨三点才睡。无论睡得多晚，七点一到裴湛准醒，睁开眼睛看到整个人攀在他身上的路檬，裴湛破例躺了快半个钟头才起身下床洗漱。

这个房间是路檬小时候住的，除了家具，所有东西都是小女生喜欢的粉色，和她在父母家的房间完全不同。床对面的书柜里一本书都没有，全是娃娃和各种卡通摆件，裴湛看了一圈，看到唯一一本记事簿，便顺手拿了下来。刚一打开，他就怔住了，他早年的照片和剪报居然贴了大半本。裴湛形容不出此刻的心情，兴奋、欣喜、受宠若惊统统都不对，他还没想出最贴切的词，就听到了客厅大门处的响动。

夫妇俩工作都忙，路时洲只得把蜜月移到放春节假时度，为了挤出更多时间度蜜月，婚礼一过，两人就照常上班了。简年最近要采访一位民国时期文化名流的后代，怕网上的资料不准确，便央路时洲替她到老宅的书房找一找相关的书。

路时洲进门时看到穿着睡衣的裴湛，自然讶异。裴湛傲慢惯了，婚前宴的时候路时洲的态度如此恶劣，换作旁人，他一定再也懒得搭理，可碍着路檬，虽没法强迫自己热络地叫“哥”，他却也破天荒地冲路时洲笑了一下：“早。”

“你怎么在这儿？”

裴湛有些尴尬，正不知道怎么回答，被动静吵醒的路檬就打着哈欠走了出来，见到路时洲，她同样一脸意外。

“你怎么来了？”穿着睡衣的路檬因为困倦，歪在了裴湛的身上。

看出妹妹和裴湛一起过了夜，路时洲瞬间黑了脸，他没有回答，三步并作两步地走到两人身边，推开路檬，扯着裴湛的胳膊面色不豫地说：“你跟我出来。”

裴湛的脾气出了名的差，对于路时洲，他也算忍到了头，甩开他的手，冷声应道：“好。”

路檬立刻挡在两人中间，蹙着眉堂哥：“路时洲，你干什么？”

对着堂妹，路时洲的态度更差：“你在这儿等着我，我先揍他一顿，再回来收拾你。”

“你凭什么揍他？有毛病吧？”

裴湛看着路檬说：“你接着睡觉去，没你事儿。”

“裴湛，你去我房间等我。”路檬也生了气，转向堂哥，“路时洲，外头冷，咱们上楼说。”

见裴湛和路时洲都不动，路檬再次重复：“裴湛，你去我房间等我；

路时洲，你跟我上楼。”

与裴湛互瞪了片刻，路时洲到底还是上了楼。

见妹妹一脸无所谓地倚在暖气片上挑眉看向自己，路时洲简直不知道该说什么。顿了顿，他才开口：“你跟他都干什么了？”

“你带简年来住时都干什么了？”嫌堂哥不尊重自己的男朋友，路檬也负气不再叫嫂子。

“你回答我的问题，扯我们干什么？”

“我就是在回答你，你们干什么了，我们就干什么了。我撞见过你们那么多次，这么质问过你们吗？”

路时洲只觉得人真的能被活活气死，他指着堂妹，隔了半晌才说：“我发火是为了谁？路檬，别不识好歹，行不行？”

“我知道你关心我，可是我有分寸。你跟简年之前不也住在一起吗？”

“我和简年不一样，我十八岁的时候就能对她负责，裴湛能对你负责吗？”

“我自己完全可以为自己负责。我觉得他是天上掉下来的大馅饼，我很开心很乐意。我亲爱的哥哥，拜托你相信我祝福我好吗？”

“裴湛刚被人甩了就跟你在一起，他把你当什么？你是傻子吗？你认真了，他有没有？”

“之前甩他的就是我。我说他是认真的，你信吗？”

“别的都不说，你认为他是天上掉下来的大馅饼，认为他愿意理你就是你的幸运，这就很有问题。你哪儿都不比他差，为什么要把自己放得这么低？你以这种态度和他相处，早晚会出问题。”

“名气、事业、个人能力，裴湛哪点不比我好，我就是觉得他喜欢我特别幸运，这有什么问题？”

路时洲刚想问“你为什么低看自己”，又想起妹妹的不自信是叔叔婶婶和自己常年的否定造成的，他一时间不知道该怎么纠正，只好说：“我赶着上班，先走了，有时间再找你慢慢聊。”

路时洲离开后，路檬立刻下楼去找裴湛。堂哥的刁难令路檬满心愧疚，她扯了扯裴湛的衣角，小心翼翼地观察着他的神色，问："你早饭想吃什么？"

裴湛摁灭手中的烟，关上窗子牵起了路檬的手："还不到八点，反正有时间，一起出门吃饭？"

只睡了四个钟头的路檬眼睛酸涩、浑身无力，为了讨裴湛高兴，她却点了点头。两人步行到附近的茶楼吃过早饭，裴湛便出门了。

一回到老宅，路檬便倒在床上睡着了。

裴湛和人约在附近谈事，谈完后午饭没有应酬，他就回来了。见睡得正香的路檬没脱羽绒服，眼镜还戴在脸上，想起早饭时她瞌睡连天、胃口缺缺的模样，裴湛才后知后觉地明白一脸倦意的她强撑着出门是担心自己不高兴，在刻意补偿。

裴湛性子冷淡，不会为了不相干的人和事动怒，可事关路檬，被路时洲接二连三地质疑，他没法不沮丧。然而这一刻，那点坏情绪一下子就消失了。

路檬醒的时候，裴湛刚煮好面回到卧室，一觉无梦地睡了三个多钟头，起床时她却只觉头晕目眩。窗帘早被裴湛拉上了，路檬往他身上一歪，抱着他的脖子问："天都没黑透，你今天怎么回来得这么早？"

裴湛拿起她的手机给她看时间："什么就天黑，还不到两点，起来吃午饭。"

近来不规律的作息害路檬直犯恶心，裴湛很少下厨，鸡汤面煮得很是寡淡，路檬更提不起食欲。见她只吃了一口面，喝了两口汤便推开了碗，裴湛问："不好吃？我出去买别的给你？"

路檬往裴湛的肩上一靠："我什么都不想吃，只想抱着你继续睡。"

裴湛也不怎么饿，匆匆吃了几口就放下了筷子。他刚坐到沙发上，路檬就抱着毯子凑过去躺到了他的大腿上，三五分钟的工夫，又睡着了。

裴湛下午也有约，可见路檬睡得沉，他便找了个借口给推了。路檬一觉睡到下午，洗过澡正要和裴湛出门吃饭遛裴路路时，路时洲和简年竟一起过来了。

早晨的时候，发现妹妹和裴湛同住，路时洲气昏了头，哪里还记得替太太找书，简年过来既是为了找资料，更是听说兄妹俩闹了别扭，想劝两人和好。

比傲慢，路时洲完全不输裴湛，手里虽拎着几袋食物，却一脸冷漠，只皱眉看堂妹，瞟也不瞟裴湛。挽着他的简年暗中扭了他一下，冲裴湛和路檬一笑："你们吃饭了吗？"

路檬和堂嫂的关系向来好，她白了堂哥一眼，刚想回答，记起婚前宴上，她高冷的湛湛破例叫了哥，路时洲同他讲话时的态度却依旧恶劣，便压下心中的罪恶感，故意不搭理嫂子。

简年性子温软，从小到大几乎从没和谁红过脸，见平日里嘴巴最甜的路檬突然冷了脸，她一下子就怔住了。

缓了缓，简年再次笑道："妹妹，我们不知道裴湛的口味，买的都是你喜欢的，你们没吃晚饭的话，就一起做着吃吧。"

见路时洲皱眉看向自己，路檬狠了狠心，语气冷淡地说："不用麻烦，我们出去吃，把厨房让给你们。"

听到这句，简年有些不知所措，下意识地看向路时洲。妹妹任性，从小就爱欺负贺齐光他们，听到旁人告状，路时洲嘴上说回去训她，其实一次都没有训过。他宁可纵着她，也不想把她的脾气磨没了，以后到外头受气。可见到路檬这样对待连大声说话都不会的妻子，路时洲却着实恼了。

"路檬，你怎么回事？"

路时洲的口气一差，原本当他不存在的裴湛立刻瞪向了他。没料到事情会越来越糟的简年见状赶紧打圆场，裴湛的气场太强太冷，她深吸了一口气，才敢跟他讲话："那个……妹夫，你能不能帮我把东西拿到厨房去？"

简年说着就拿过了路时洲手中的塑料袋，硬着头皮看向一脸冷峻的裴湛，好在只隔了半秒，裴湛就和她一起把东西送进厨房，把客厅留给了路家两兄妹。

裴湛和简年离开后，路檬才开口："没怎么回事，就是传染了你的毛病，什么时候你好好和裴湛说话，我什么时候搭理简年。简年当初甩你甩得那么狠，你伤心成那样，隔了那么久又追她追得成天愁眉苦脸，我虽然有点想法，但因为你喜欢，对她还不是一样客客气气？尊重我的选择才是真的为我好。而且我最后说一次，我跟裴湛，并不是你想的那样，之前甩他的那个就是我，为什么会被传成那样，一两句话说不清。”

路时洲只觉得自己多管闲事，路檬不是简年那种柔弱性子，最不愿意被人干涉，他虽然不看好他们，却决定不再明说。

路时洲去三楼替太太找书的时候，路檬钻进厨房和简年一起做饭，她最擅长哄人，郑重地和堂嫂道了歉，说针对堂嫂是为了让路时洲明白她的为难。解释清楚原委后，她又委屈地将路时洲的行径复述了一遍，简年立刻表示会提醒路时洲以不越界的方式关心妹妹。

裴湛和路时洲皆是当着生人不说话的性子，晚饭间，两顿没好好吃的路檬同样赌气只吃不说话，为了缓解气氛，不擅交际的简年只好硬着头皮不断找话题。

看出简年的窘迫，心疼妻子的路时洲做出了让步，压着火气，主动和同样爱好收藏酒的裴湛聊了起来。

大舅子给的台阶，裴湛哪会不下，立刻重新叫起了“哥”，听到他们说茅台，路檬上楼把从贺齐光那里抢回的价值六位数的茅台拿了出来。

“趁着人都在，我们把它喝掉吧？”

裴湛和路时洲的眼睛同时一亮，路时洲先一步伸手接了过去：“这酒有钱也买不到，就这么喝掉，也太浪费了。我藏了好多年，有次清点酒柜，才发现不见了，想来想去，就是贺齐光顺走的，可他不承认。原来是你拿走的？”

“我是从贺齐光手里抢回来的，再贵的酒也是拿来喝的，不喝才是真浪费。”路檬转了下眼珠，笑盈盈地说，“这酒现在是我的，你喜欢的话可以送给你，但是不能白给。”

习惯了被堂妹敲诈的路时洲笑了笑：“你想要什么？”

“挂在书房的仇英扇面。”

“你喜欢就拿去，又不是我的。”说完这句，路时洲忽然想起她之前把扇面借给朋友，弄坏了要他找人修复的事，便问，“你要它做什么？

那个是爷爷生前的心头好，自己收藏可以，借给别人弄丢弄坏了，叔叔婶婶知道了一定会唠叨你。”

路檬抱住裴湛的胳膊，把头枕在了他的肩上。路时洲脸色变了变，立刻就明白过来，他心酸不已地想，“女生外向”说的原来就是这个意思。

感动归感动，裴湛却很是尴尬。路檬最喜欢热闹，见哥哥和男朋友的关系终于缓和了，她心情大好地央堂哥堂嫂留下住。三楼的书太多，简年本就想留下找资料，老宅离她的单位近，隔天上班也方便。

收拾好碗筷，路檬就和裴湛带着裴路路去Z大校园散步了。一走出老宅后门，裴湛便说：“扇面还是留在你家好，和书房很搭。”

“你不用不好意思，反正我哥哥也不喜欢。要是你想要那瓶茅台，我也能替你讨来。”

“我什么都不要，跟你安静地待在一起就好。”

两人买了一堆小吃和啤酒，带着狗狗回到别墅的时候，简年和路时洲仍泡在书房。路檬啃着鸭翅走到三楼，问堂嫂“你要用功到什么时候？下楼打牌呀。”

打牌、打麻将、打游戏这些，简年统统不擅长，便笑道：“差不多了，这就下楼，还是一起看电影吧？”

坐在沙发上帮太太找资料的路时洲看向路檬：“我想了想，扇面不能给你。”

“为什么，你又不喜欢这些？”

“这幅画是爷爷的，要全家人都同意才行。”

“大伯和我爸妈才不管这些，你不反对就没人反对。”

“我不同意。你跟他跑了已经是便宜他了，再搭幅仇英的真迹，冤不冤。”

路檬皱着眉赌气道：“什么叫便宜他？爷爷以前说过的，这房子是你的，古董和字画都是我的！我的东西，爱送谁你管不着！”

“那房子给你，我要画。”

“……”路檬懒得搭理堂哥，转头对嫂子说，“这种阴晴不定的人，你到底是怎么忍受的？”

路檬下楼后，简年无奈地笑道："你这是干什么？"

"看裴湛不顺眼。我这妹妹真是没出息，十几岁的时候整天围着他转，所有零用钱都存起来给他买东西，人家还不领情，请她离自己远点，说最讨厌的就是她这种，你是没见过她哭得要死要活的傻样子。现在裴湛愿意搭理她了，为了哄他高兴，她恨不得把房子都拆了。看着就生气。"

"裴湛这么帅，妹妹在意他很正常啊，我同桌当年也喜欢他。"

听到这一句，路时洲挑了挑眉："有多帅？"

简年正把可用的资料输入电脑，并没察觉到丈夫语气里的醋意，随口说："他应该算是我现实中见过最帅的，没有之一。"

路时洲许久都没说话，结束了手上的工作，简年才发现不对，笑盈盈地问："你瞪我做什么？"

"你以前不是说，整个附中没有比我更好看的男同学吗？不包括裴湛？"

被丈夫这么瞪着，简年不敢讲"我说这话时还没见过裴湛"，顿了顿才说："我觉得男人的智商远比外表重要，在我看来，裴湛那种钢琴家，完全没有天天上课睡觉，高考还能考出数理化三科省第一的你有魅力。"

聪明如路时洲，自然知道了上一个问题的答案。见他板着脸下了楼，想起片刻前路檬对他的评价，简年万分认同。

简年不愿意打牌，四个人便一起看电影。路檬闲不住，从房间里抱出一堆新买的化妆品挨个安利堂嫂，比起亲亲热热一起试色的两个女人，路时洲和裴湛几乎全程零交流。

隔日顶着路时洲不善的目光，裴湛满心别扭地吃过四人早餐，一走出路家老宅的门就给司裴打了通电话，催他赶紧搬家。

连日来在不同城市演出的司裴被他吵到头痛，刚落地就差助理帮自己搬家。若不是海边的别墅在远郊不方便，又没时间另找住处，他实在不愿意搬回去。

地方大，东西多，光是裴湛的酒柜和工作室的设备就搬了两天，趁着搬家，路檬霸占了裴湛的衣帽间，把色调冷、线条硬的沙发窗帘统统换了个遍。

终于搞定后，见裴赫收拾东西准备一起搬走，裴湛看向司裴："姑姑还有一周就回来了，作为大哥，你是不是该尽一尽义务？"

司裴被工作和搬家搅得晕头转向，尚未发现学生和堂弟在一起了，不明所以道："他不怕我，我就是想管也管不了啊。"

旁边的裴赫不满地"嘁"了一声："他是想和二嫂过二人世界，嫌我多余。"

司裴闻言只觉摸不着头脑："谁是你二嫂？"

正窝在沙发上吃甜筒的路檬转过头冲司裴一笑，举起手说"司老师，是我。"

司裴没料到堂弟的动作这么快："你们什么时候在一起的？"

"我去山里找你们的那天晚上。"

司裴一脸讶异："那天就在一起了？我怎么不知道？"

"我怎么知道你为什么不知道？"

嫌男朋友语气不好，路檬笑嘻嘻地补充道："大哥，我本来想告诉你的，可是害羞。"

"大……哥？"司裴有点不适应，隔了片刻才说，"周六晚上有个活动，我本来想带你参加，介绍几个朋友给你认识，你……去不去？"

司裴问的是路檬，看的却是动不动就吃醋的堂弟，带路檬出席或许会被记者拍到乱写，想起之前闹绯闻时裴湛的表现，司裴觉得自己或许应该和唯一的学生保持距离。

"我去啊，最近一直宅在家里，无聊透了。"说完这句，路檬才顺着司裴的目光看向裴湛，见他微微蹙着眉，路檬问，"你怎么了？"

"没怎么，我要出差没法陪你，活动一结束你就回家，别穿上次那种裙子。"

不等路檬应声，自觉被抛弃的裴赫便问路檬："你是有多想不开，才和这种无趣的老头子谈恋爱。"

路檬的朋友多，知道她和裴湛在一起后，意外之余，纷纷要裴湛请客。

路檬宅了太久正无聊，便趁裴湛出差前有两天空闲，租了栋海边的别墅开轰趴。

难得的两天休假，裴湛很想过清清静静的二人一狗世界，怕扫了路檬的兴，害她在朋友面前没面子，就没拒绝。

路檬过去经常组织这类活动，轻车熟路地给相熟的策划公司打了通电话，半天不到，场地、主题以及各种酒和食物就都搞定了。

裴湛性格安静，路檬定主题的时候询问他的意见，他便在一堆待选项中选了互动最少的“老电影”，路檬把这个主题发到群里，众人纷纷说无聊，最后只好改成中规中矩的游戏趴。

“你们都玩什么游戏？”

“你不想玩也没关系，主题只是个幌子，其实就是喝酒聊天的普通聚会。”

路檬通知了十几个朋友，加上家属和朋友的朋友，最后来了差不多三十人。冬天室外冷，众人便聚在室内。

和路檬认识三五年以上的朋友，个个都知道她和裴湛的过去，午饭时间，众人自然要盘问他们的恋爱经过。被问及进展到哪一步时，见裴湛蹙起了眉，路檬立刻岔开了话题。

吃过午饭后，除去打牌和开黑的，单身男女一组、有伴的一组，分别玩《国王游戏》。路檬这么安排，完全是怕单身的没有顾忌，玩得太疯，给自己和裴湛挖陷阱。

有伴的一共十二个人，倪伽带的是认识不久的游泳教练，游戏开始前，倪伽差游泳教练替自己回房拿颈枕。教练一走，路檬便看着他的背影问：“这位小哥哥你怎么认识的？有没有二十五岁？”

二十七岁的倪伽喝着酒拿眼斜路檬：“我怎么认识他的你都不知道，还不承认只顾恋爱不关心我？刚二十岁，你该叫弟弟。”

“刚二十？”路檬一脸震惊，“你们没代沟吗？”

“有什么代沟？”说完这句，倪伽拿酒杯指了下裴湛，“对我们檬檬好一点，听到没？不然分分钟介绍又帅又乖的给她。”

隔了半晌，裴湛才忍着不悦笑了一下。看到游泳教练拎着颈枕走了回来，路檬赶紧说："人齐了。来来来，抽牌。"

抽到"国王"的是倪伽的表姐，她的性格开放，路檬暗叫不好。所幸第一轮她要求做的事不算出格，第二轮，听到表姐让2和5把桌上的六种饮料和酒混合在一起喝交杯酒，怕越玩越过的路檬立刻制止道："彤彤的家属在呢，你让她跟珈珈的男朋友喝交杯酒，不怕他们等会儿给你下套？"

表姐还没应声，被点名的彤彤便说："我不介意。上次珈姐过生日，让不认识的男人被我骑在背上做十个俯卧撑的，难道不是你？"

路檬瞟了眼裴湛，干笑了两声："是我吗？"

第三轮，表姐刚喊出"6"，看过裴湛的牌，知道他就是"6"的路檬立刻给表姐使了个眼色。见她没注意到，又继续喊了"7"，情急之下，路檬直接隔着倪伽踢了一下表姐。收到路檬的指示，表姐立刻用"6"和"7"合唱《爱情买卖》，换掉了原本想说的把"6"和"7"的鞋带绑在一起出去走一圈。

在"7"是男人的情况下，裴湛仍是问："我不会唱，有什么惩罚？"

倪伽的表姐被他冰冷的气场镇住，不敢像平常那样胡闹，顿了顿才说了个最不为难人的："那你单膝跪到檬檬面前，对她说'我爱你'。"

不等裴湛反应，路檬便说："这也太肉麻了，罚他喝酒行不行？"

瞥了眼面无表情的裴湛，倪伽的表姐哪敢说不行，最后裴湛罚酒了事。轮到路檬的时候，因为对方是倪伽的小男朋友，她也是以罚酒结束。

这样玩太没意思，游戏自然没法进行下去。旁人改玩桌游的空隙，裴湛去阳台接公事电话，路檬便拉着倪伽到隔壁玩台球。

"你们也太扫兴了。"

"我家湛湛本来就高冷，你能想象他唱《爱情买卖》吗？"

"那不叫高冷，叫古板无趣。不过你现在比他更无趣，他还没说不，你就先担心上了，要不要这么战战兢兢？他是你男朋友，又不是你爸，真想这份关系长久，就该让他适应你欣赏你，而不是伪装自己。"

"我跟他在一起，本来就是他听我的啊，什么就伪装自己，你被路时洲附体了？"路檬说着就单膝跪到台球桌上，俯下了身子。

她姿态妖娆而不自知，对面的男人看到后立马冲她吹了声口哨，她还在瞄准，就被人从后面拎下了台球桌。裴湛瞪了眼片刻前吹口哨的男人，又看向女朋友。

嗅到空气中的酸味，路檬缩了缩脖子，把球杆一扔，冲倪伽摆了摆手："好困，我回房补觉去了。"

一走出众人的视线范围，裴湛便问："你刚刚那是什么动作？"

"我个子矮啊，都是这么玩。"

"以后不可以，看到的人会想歪。"

路檬笑着"嘁"了一声："会想歪的只有你好不好。"

此时已近傍晚，路檬和裴湛回房待了一会儿便出去吃晚饭了。晚饭后，路檬和朋友们一起玩了局"吃鸡"，因为忍不住冲身边的巨坑爆了句粗口，被裴湛眼神警告，她悻悻地让策划公司派来的管家替自己开负一层的放映室。

放映室只有裴湛和路檬两个人，电影是随便选的，看了一小会儿路檬便直打瞌睡，裴湛顺势问："挺无聊的，回房间吧？"

"你是不是很不喜欢这种聚会？"

裴湛不答反问："这种聚会你以前经常参加？"

"无聊的时候会啊，大家一起玩。她们只是嘴上爱开玩笑，其实特别老实。"

"以后我抽不出空陪你，不许你自己参加。"

路檬刚要说话，一个跟她还算熟的男人走了过来，和裴湛打过招呼后，他坐到路檬的右手边，问："你之前说的跨国自驾游还做吗？"

"做啊，不过过完年我要参加巡演，巡演三个月，估计要夏天了。"

"我朋友开了个推广公司，虽然开的时间不久，但是很专业，对这个活动挺感兴趣，你有意向，我可以帮你们牵线。"

"好呀，需要的时候我联系你。"

男人给了路檬一张名片。他一离开，裴湛便问："什么跨国自驾游？"

"我准备组个车队开车去欧洲，一百五十天穿越四十国，这件事别的团队也做过，但是推广得都不是很好，我想把游记登在网上，集结成书，同时做一档直播旅行节目，我联系过几家大的视频网站，也找人评估过，稳赚不赔。推广太重要了，我没什么经验，这方面你最在行，能帮我策划一下，找赞助商吗？”

裴湛怔了一下才说：“你不是准备往流行乐手和编曲这方面发展吗？”

“不冲突啊。我想尝试的事情很多，旅行回来再演出或跟你学编曲也没问题啊。你认识那么多人，肯定能帮到我的，对不对？我已经拖了快一年了，那时候我抵押扇面，就是因为之前找的赞助商临时撤资，没有资金继续。要不是收扇面的恰好是你，我临时起意去你家卧底，现在肯定已经在路上了。”

“一百五十天，穿越四十国，这也太久了……听起来虽然不错，但路上会有很多意想不到的突发情况，经过不太平的国家还有安全隐患，风餐露宿是一定的，真正出发了你就会知道，现实比想象的艰难得多。”

“还好呀，我之前穿过沙漠、露宿过无人区，遇到的小问题都顺利解决了。你就说帮不帮我？”

“我想想看。”

轰趴从这天中午开始，到隔天傍晚结束，一共一天半。第二日，路檬睡到中午，吃过午饭，怕裴湛无聊，便没参与旁人的活动，陪着男朋友看了一下午电影，做东的她花了一大笔钱却落了个“夫管严”的头衔。路檬向来大大咧咧，倒不介意。

裴湛的房子和路爸路妈家在同一区，步行约莫三十分钟，司裴搬家搬得仓促，每天都会发现遗落的东西，他行程紧张，路檬便趁遛裴路路的时候替他送去。

她不是能宅得住的性格，为了遵守不独自参加聚会、不去夜店、不独自喝酒的约定，每天都能收到邀约的她为了拒绝找遍了所有借口。那么“忙忙忙”的她再无聊也没法找朋友们聊天。

周五的中午，练过琴、吃过午饭的路檬给司裴打了通电话：“大哥，你今天落了什么？我正好闲着，现在就可以帮你送。”

“我什么都不缺，你很闲？今天练琴了吗？”

“练了的。”

司裴正在外头和人谈合作，没法开视频检查，只说：“你还是叫我司老师吧，‘大哥’听着别扭。”

路檬“哦”了一声，挂断电话，转而给裴赫打了一通电话。哪知脱离了裴湛的管制和经济封锁，从司裴那边骗到一大笔钱的他请同学们滑雪去了，也没有工夫搭理她。堂哥堂嫂都很忙，无暇被她烦，怕被问为什么还不回家，爸妈的电话路檬更不敢打。

正值热恋期，裴湛有一分钟的空闲都会主动联系她，他上一次发来微信是一个钟头前，所以现在一定在忙吧？

路檬无聊到掰开裴路路的嘴巴，把它的牙齿挨个数了两遍，决定再次骚扰裴湛。果然，电话一通，接听的是裴湛的助理，路檬只好挂断电话给他发微信。

“我找不到事情做，采访一下你，你那么喜欢待在家，都怎么打发时间？”

裴湛隔了快两个钟头才回：“你无聊的话，我给你安排工作？”

“才不要替你赚钱。”

“我跟你签的合约和别人的不同，我赔钱给你赚。”

“不约。你拒绝我、签某某的事情我会记一辈子的，绝不会签到你公司。”

看到这条，裴湛“扑哧”一笑，回复道：“不签更好，我养你。”

“我才不要别人养，我要自己赚钱。”

回复完这一句，想到赚钱，路檬突然记起自己并没有太多时间浪费，离过年没有多久了，之后要巡演，要赶在夏天前出发，现在就要开始筹备。

她给闲在老家的余航打了通电话，把这件事讲给他听后，性格刻板的他居然很兴奋，问能不能带着他一起去，他很想通过这种方式长见识。想起余航那副文质彬彬的样子，路檬明白带他同去只会添麻烦，便说：“到时候再看。”

她把余航拉入了筹备群，群里恰巧有两个人分别约过她喝酒吃夜宵，见她突然打了鸡血般安排下去一堆事，被她以“要练琴”“要参加活动”为由拒绝的两个人同时问：“你不是忙到连去厕所的空都没有，所以不敢喝水了吗？”

裴湛离开前，路檬缠着他把跟他合作的资深策划人介绍给自己认识，对方建议路檬从筹备期就开始造势，还说现在开始已经太迟。路檬把他的建议跟参与的朋友一说，众人纷纷赞同。

然而路檬却有些犹豫，如果现在就开始宣传，爸妈马上就会知道，他们一定会强烈反对，虽然她不会因此改变计划，但未来半年别想有一天的清静。

结束群聊已经是傍晚了，路檬发了会儿呆，正想给裴路路做饭，裴湛就发来了视频邀请。

路檬按下接听：“你工作结束啦？”

“没有。二十分钟后去吃晚饭，”裴湛扯掉领带，“晚上有演奏。”

路檬噘嘴：“你都不肯带我出差。”

裴湛弯了弯嘴角：“我自制力差，带着你没法工作。”

想起他宁可她发脾气也要一个人出差，路檬就不高兴，她摸了下裴路路的头：“爸爸只有二十分钟的时间，你乖啊，再饿一小会儿。”

路檬撇下裴路路自己去了衣帽间，她把手机放在架子上，对裴湛说：“我明天要和司老师去参加音乐节的开幕仪式，你不是不准我这样穿那样穿吗？我把准备好的衣服穿给你过目？”

“嗯。”

路檬背过身去，脱去了身上的单衣单裤，她背对着镜头弯腰选了件胸衣，费力地扣着搭扣、拉长尾音表达不满：“师叔，你不在家都没人帮我穿……”

手机里传来了一声压着怒意的呼唤：“路檬……”

路檬转过头，一脸无辜地问：“什么？”

“那条蠢狗在偷看你换衣服，轰它出去。”

只穿着胸衣和阿短的路檬蹲下去抱起了裴路路：“我还和它一起洗过澡，看一看又怎么样。”

"……"

路檬找白衬衣的几分钟里，裴湛再没说话，套上衬衣回过头她才发现，他早关掉了视频。

目的达到，路檬笑着发视频请求过去，裴湛却直接点了拒绝："我要吃饭了。"

路檬看了眼时间，装傻道："不是有二十分钟吗？才用掉五分钟，你是不是背着我和谁见面？现在就打开视频证明自己。"

裴湛只得认输："我承认我后悔没带你来，回去收拾到你后悔。"

"我想你啦，我把衣服穿好，你开视频。"

看到这句，裴湛果然重新打开了视频。路檬走出衣帽间，倒在沙发上，跟他说犹豫不决的事："范先生让我现在就开始宣传，说等我考虑清楚了，尽快给他答复。他那边收费高，资金是一个问题，更大的问题是我爸妈会知道，他们肯定极力反对的，我本来是想在路上了再告诉他们……裴湛，你说我怎么办，要不要现在就开始？我听你的。还有，你能帮我找到赞助商吗？"

裴湛顿了顿才说："等我回去再说。"

路檬还要讲话，裴湛那边传来了敲门声，路檬便关上视频，去厨房给自己和裴路路做饭。

吃过晚饭，没事可做的路檬便趴在床上拿平板在微博上刷裴湛，想看有没有他今晚演奏的视频，哪知裴湛的视频没看到，却翻到了吕黎的访问。

吕黎是裴湛一手捧红的，他和裴湛解约是红了之后自认为有了底气，想以退为进地拿更多分成，岂料裴湛最不屑拐弯抹角这一套，完全没有挽留，吕黎骑虎难下，只得离开。

对于裴湛嫉恨吕黎抢了自己的风头，排挤他、逼着他离开的猜测，吕黎从没正面回应过。依裴湛的性子，更不会理会。

看到以谦逊、温润著称的吕黎在访问中说："无论之前有什么样的误会，无论未来的路如何走，无论小裴先生怎样看待我，此生最感谢的人都是引领过我的小裴先生……”路檬只觉得这人厚颜无耻，没直接讲过一句裴湛不好，每次被问起都欲言又止地暗示。

翻了翻这条微博下吕黎的脑残粉刷屏骂裴湛小肚鸡肠的评论，路檬气得直想逐条骂回去。

隔日是音乐学院举办的音乐节的开幕仪式，司裴是音乐学院的荣誉博士，自然要出席。怕裴湛唠叨自己，陪司老师参加开幕仪式的路檬特地穿了一身中规中矩的西装，嫌西装太老气，她便没穿衬衣，在纯黑的西装内搭了件能露出锁骨和三指宽腰肢的白色背心。

出门前，她特地拍了张全身照给裴湛报备，裴湛兴许是在忙，隔了很久都没有回复，直到她和司裴一道下了车，看到不远处的吕黎，裴湛才发了视频请求过来。

路檬按下拒接，学着他的语气用微信问："在忙，有事儿？"

"你没有衬衣吗？能把脖子和腰都遮住的那种？"

路檬只觉好笑："没有没有没有！"

以司裴在古典音乐界的地位，开幕仪式上他自然被主办方安排到了主席台上，随行的路檬则坐在礼堂的第二排。

领导讲话冗长而无趣，百无聊赖间，她看向了斜前方、坐第一排正中间的吕黎。

看惯了裴湛冷峻精致的脸庞，路檬觉得浓眉大眼、唇红齿白的吕黎长相虽周正，一眼看过去却俗气且油腻，闹不明白他的粉丝为什么会把这张毫无特点的脸吹嘘成盛世美颜。

不过音乐圈不比娱乐圈，叫得上名字的男音乐家除了司裴、裴湛和吕黎，几乎都不存在颜值，大家拼的本来就不是有没有粉丝，严格说来，吕黎这种偶像型小提琴手，根本不能称为音乐家。

只有乐迷没有粉丝的裴湛人气本就敌不过整日混迹于娱乐圈的吕黎，再加上他连微博都没开，和乐迷零互动，这次因为吕黎解约被黑，自然无人维护。

前一晚看到吕黎的访问后，路檬在视频中向裴湛表示了不平和心疼，裴湛完全不在意，只说自己不靠人气吃饭，谁爱骂谁骂。

虽然流言蜚语对他的事业没太大影响，路檬却还是愤懑，她喜欢的人，怎么可以受委屈？

感受到来自后排的注视，吕黎回过了头，四目相对间，暗中偷窥被抓包的路檬毫不在意地冲吕黎挑了挑眉。顿了一秒钟后，吕黎回了个绅士的微笑。

中午的冷餐会上，司裴替路檬挨个介绍了他认为对她有帮助的人。亲戚朋友里无人从事这一行，人脉全靠自己积累的吕黎最善于察言观色，见到一贯目中无人的司裴待路檬如此亲厚，他立刻确定了路檬背景深厚的传言是真的。

吕黎一面在心中鄙夷司裴的清高仅限于表面，一面庆幸遇上了千载难逢的机会。一见路檬落单，他立刻撇开身边的人，凑了过去："你好，路小姐。"

"叫我路檬就行。"

"我知道你的名字，你之前和大裴先生的表演我看过，非常精彩。"

想起因为他而受委屈的男朋友，路檬忍住一巴掌打上去的冲动，冲吕黎莞尔一笑："是吗？我很荣幸。"

近距离看，小姑娘的眉眼远比镜头里好看，吕黎心中一动，把话题扯到了路檬的"绯闻男友"身上："听说年后大裴先生要带你巡演？这机会我们求都求不到，加油，期待你的表现。"

见路檬只笑不说话，吕黎再次拐弯抹角地确认道："我看到过大裴先生的澄清，演唱会上弹首《生日快乐》就把师生传成恋人，娱记的想象力和信口开河的本事真是不一般。"

"是的呀，害得我都不敢跟司老师走在一起。我跟他怎么都不可能发展成男女朋友。"

吕黎闻言一笑，没话找话地和路檬聊了几句，跟她交换了联系方式，又问："你签到小裴先生的公司了吧？"

"没啊。我不会签到裴湛的公司。"

"为什么？"

“因为裴湛看不上我啊，他说我是游戏人间的大小姐。你为什么和他解约？因为你人气比他高，他嫉妒你，所以赶你走吗？”路檬边问边玩手机，似是在保存吕黎的号码。

吕黎想进一步约路檬，自然不愿在她面前丢脸，让她认为自己被前东家排挤走，便笑道：“当然不是。小裴先生待我很好，我提出离开的前一个月他还在帮我争取出演电影的机会。”

“那是为什么？你跟他闹矛盾？”

吕黎性格圆滑，哪怕对裴湛的不挽留充满怨恨，哪怕路檬给了他同样厌恶裴湛的错觉，他也不会在与司裴交好的路檬面前讲裴湛的是非：“裴先生花了那么多心血捧我，我跟他能有什么矛盾。我离开是因为对自己未来的设想与他不同，他那边的运作模式不适合我，我今年想开自己的工作室。”

吕黎这样说，纯粹是在异性面前吹牛，他新签的公司虽然也在力捧他，但资源和影响力远比不上裴湛这边，他如今完全是在吃之前的老本，表面虽然还算风光，但前景堪忧。

“我看到你的粉丝一直骂裴湛，还以为他亏待你了呢。”

“网上的谣言怎么能信，那帮小姑娘就会跟风瞎起哄，脑子都不动的，弄得我现在见到小裴先生都尴尬。”

路檬把手机收回手包中，“扑哧”一笑：“那些小女生在你的微博下面早请安、晚报告，连一日三餐吃了什么都讲给你听，见到不利的新闻就拼命维护你。听到你这样说，她们一定会伤心吧？何况，不是你自己误导大众在先吗？”

见吕黎面露疑惑，路檬晃了下手包：“你刚刚讲的那些我都录下来了，我的微博关注的人少，正想增加点热度，把这一段发上去，一定能涨不少粉呢。”

吕黎面色一僵，尴尬地笑道：“看不出来，你还挺会开玩笑的。”

路檬嗤地一笑：“别怕，我就是说说，不会真的发，因为呢，我不想让自己的男朋友跟着上热搜。”

“男朋友？”

“裴湛就是我男朋友啊，所以我跟司老师怎么都不可能发展成绯闻中的关系。我这个人呢，不怕事还护短，最受不了喜欢的人受委屈……你下次再遇到旁人问为什么和我男朋友解约，记得要帮他澄清，把你刚刚告诉我的那些告诉大家。你这么会讲话，一定有办法既不抹黑自己，也不冤枉他。”

从震惊中回过神后，向来谨慎的吕黎顿时惊出了一身汗，他下意识地想去抢路檬的手包，无奈路檬身手敏捷，完全不给他半点机会。

路檬一转头，就看到端着餐盘的司裴边同人聊天边诧异地看向自己。路檬冲吕黎挥了挥爪子，笑盈盈地说了句“加油，别让你的脑残粉看到这段视频伤心”，便奔向了司裴。

同司裴说话的人一离开，他便问路檬：“你跟吕黎怎么说了这么久，还一直对他笑？”

“你也不喜欢他？”

“谈不上喜不喜欢，但也没好感。”家教使然，司裴轻易不讲人是非，因此表达讨厌的方式格外委婉，顿了顿，他又加了一句，“幸好裴湛没来，不然看到你和陌生男人有说有笑，他肯定会不高兴。”

路檬撇了撇嘴：“司老师，你也觉得有了男朋友就不可以和别的男人聊天吗？”

“我不觉得，我从不干涉我前任们交友。但裴湛不是我这样的正常人，连我和裴赫跟你接触多了他都不乐意，何况是别人？他大概也就不吃狗的醋。”

“他还真的是连狗都不放过。”路檬闻言笑了好一会儿，翻出手机央求司裴，“大哥大哥，拜托你，你把刚刚那段话再说一遍行不行？我要录下来，发给裴湛听。”

司裴性格严肃，忍着笑意告诫道：“别胡闹，这里有那么多老师，被他们看到了，对你的印象会不好。”

原本要周一中午到的裴湛，周六晚上就提前结束工作，连夜赶了回来。他到的时候是凌晨三点，路檬还没睡，正趴在床上晃着脚打游戏，被人从背后压住的时候，还没来得及害怕，就闻到了裴湛的气息。

她惊喜地大叫了一声，扔掉手中的平板，翻过身抱住了裴湛的脖子，亲了亲他的脸颊。

“十一点就说过了晚安，可三点了还在玩游戏，被我抓到了吧。”

“你喝了很多酒？”路檬皱着眉抽了抽鼻子，试图转移话题。

裴湛撑起身子松开领口，踢走趴在床上的裴路路：“你属狗的？我出发前刷过牙，还嚼了一路口香糖。”

“你不是后天，不，明天中午才回来吗？”

“工作提前一天结束了，应酬完都回酒店准备休息了，突然想你想得睡不着，就订了张机票连夜回来了。”

路檬仰起头吻住了他的唇，裴湛便放弃了去拿礼物给她的想法，直奔主题……

结束后，路檬困倦不已地瘫在床上，裴湛翻出行李箱中的礼物：“给你的。”

路檬打开硕大的盒子，里头居然是全套五十支的TF口红，她傻了一下，问：“为什么送这个给我？”

“你上次不是想抢裴赫买的？还跟他吐槽我只会送适合中老年贵妇戴的首饰给你。”

虽然五十支里适合她的日常款不超过十支，路檬仍感到开心：“隔了这么久还能一字不落地重复给我听，小裴先生，你要不要这么小气？”

路檬困意全无地跳下床，光着脚跑到镜子前试非日常色号，她厚涂过姨妈紫，笑嘻嘻地回头问：“我好不好看？”

前一刻还满脸笑意的裴湛这会儿却凝眉看向手机。

“出什么事了？”路檬放下口红，凑到他身边。

“你遇到吕黎了？”

“嗯，午餐的时候遇到他，随便聊了几句。”

“你跟他都说什么了？”

“没什么啊，就随便聊了几句……”路檬怕裴湛怪自己多事，便含糊其词。见裴湛一言不发地扔开了手机，她立刻把他的手机捡了起来。

两人之间没有秘密，手机随便看，路檬用密码开了锁，直接点开了微信，看到来自吕黎的语音信息，路檬一阵无语。

“哥，您最近怎么样？我中午在音乐学院遇到了路小姐……她好像对我有什么误会。对于网上的不实传言，我也很无奈，我的人品您知道，我在任何人面前都说感激您带我入行，心里也是这样想的。路小姐把我中午随口讲的话录了下来，说要曝光到网上……如果真的曝出来，恐怕会引起风波，我被抹黑没关系，就怕连累到您……”

听完这一段，路檬看向时间，微信是两点四十分发来的，这么说，吕黎被她吓到失眠，担心得硬着头皮联系裴湛？最后那句“就怕连累到您”，不是在威胁谁吧？

路檬“嘁”了一声，放下裴湛的手机：“这人假惺惺的，不会被自己恶心到吗？他会说这种话，大概以为别人都是傻子。”

“你都录了什么？”

路檬找到自己的手机，翻出视频给裴湛看。裴湛看完后脸色更差：“他跟你讲话的语气、表情为什么……你为了录这个，宁可浪费时间跟他扯这么多有的没的？”

“你是吃醋了吗？”路檬抱着裴湛的胳膊晃了晃，澄清道，“录完我就告诉他我是你的女朋友，然后呛回去了。只要不是傻子，用脑子想一想就会知道我不可能曝到网上，他吓成这样，还真是在意自己的人气和口碑呢。”

裴湛冷着脸抽出胳膊，去冰箱里拿矿泉水：“我吃什么醋。类似的事情下次不要再做了，没必要。”

裴湛的语气和态度让路檬满心委屈，她立在原地愣了许久。裴湛喝过水回来，瞥见路檬傻愣愣地站着，忽而感到心疼，便放缓语气安抚道：“我不是出点花边新闻就能上热搜的司裴，没有那么多人关注我，就算有不好的传言或者被骂，我不主动搜也不会看到，和吕黎的是非，对我的生活没有任何影响。你何必为了这些小事，跟无谓的人浪费口舌。”

“我受不了你被误解，讨厌你被脑残粉骂，我想保护你。”再次被喜欢的人否定的路檬满心沮丧，裴湛不仅不喜欢她过于开朗、喜欢社交的性格，还不认同她处事的方式。

印象里，他好像真的没肯定过她。

瘦瘦小小的路檬穿着单薄的吊带裙光着脚立在沙发旁，水晶灯暖黄色的光投在她白皙的脸上，将她漂亮的眉眼和殷红的嘴巴映衬得格外柔媚。听到这个乍看之下柔柔弱弱的小女孩说想保护自己，高出一大截、一把就能拎起她的裴湛哭笑不得之余，又满心柔软。

他将她横抱起来，放到床上，摸了摸她软软的头发：“不早了，睡吧。”

裴湛伸手关灯的空隙，路檬背过身去闭上了眼睛，没像往常般化身八爪鱼。习惯了女朋友闹脾气的裴湛无声地笑了笑，侧身转向她，揽住了她的腰。

路檬的小脾气总是来得快去得也快，往常不需要裴湛哄，用不了多久她自己就忘了。然而第二天，一觉睡到快中午的她仍是满心不痛快。

裴湛提前完成了工作，整个周日和周一上午都空了出来。路檬睁开眼睛的时候，早已跑完了五公里的裴湛坐到床边，他牵起她的手，吻着她的手指问：“喝不喝蜂蜜水？再不起床，连午饭都吃不上了。”

路檬抽出手，翻了个身，把脸埋到枕头里，完全没有搭理裴湛的意思。两人从没冷战过，裴湛有些摸不着头脑，正傻着，裴路路溜进卧室，跳到床上，拿毛茸茸的狗头拱路檬。

路檬顺势把脑袋枕到它的背上，摸着它的头说：“我快渴死了，去给我拿瓶矿泉水来。”

裴路路闻言立刻跳下床，飞一般地跑到了客厅的冰箱前，用爪子扒开冰箱，叼了一瓶矿泉水出来。裴湛跟到客厅，截下裴路路嘴上的矿泉水，拧开瓶盖把里头的冰水倒出来，灌入温蜂蜜水，又还给了它：“送去吧。”

赖在床上的路檬接过矿泉水瓶，发现瓶身温热，立刻丢到一边，示威一般地下床去冰箱里重新拿了一瓶。裴湛见状一脸无奈：“一起床就喝凉水，胃不会痛吗？”

口干舌燥的路檬没理会他，一口气喝掉小半瓶，凉意顿时从口腔蔓延到了肚子。

“我疼我的，不用你管。”

“你还在因为吕黎的事情生气？”

“没有。”

“我道歉行不行？是我语气不好。”

路檬知道他会道歉不是真的认为自己有错，而是不想和女朋友计较对错。她还是生气还是沮丧，却不知道该怎么表达自己的情绪。

见路檬撇着嘴不说话，裴湛干脆转移话题“午饭想吃什么？去餐厅，还是叫外卖？”

凌晨五点才睡，哪怕睡足了六个钟头，路檬仍旧感到困倦，便说：“我不想吃外卖，想吃之前吃过的熊猫汤圆、爆浆芝士团子和海鲜砂锅粥。”

这三家店在不同的区，且没有外卖服务，裴湛刚想打电话给助理让他买了送来，随即明白过来女朋友是有意折腾自己，虽不明白她在气什么，他仍是二话不说地拎上外套出了门。

裴湛刚一出门路檬就消了气，对方是裴湛，哪怕她有再多不满，也坚持不了太久。一开口，她就输了。

等待裴湛回来的空隙，路檬洗漱好，抱着裴路路躺到沙发上玩手机。她回复过倪珈昨晚发来的微信，把遇到吕黎的事情原原本本地告诉了她。

“现在想想，我确实不该做这种无聊的事，这种威胁人的举动会破坏我家裴湛的高冷感，让吕黎以为他很在意这件事，其实我家裴湛根本没有理会的意思，只把他当闲杂人等。”

听完这段语音，倪珈直接打了通电话过来，一开口就问：“路檬，你是不是傻子？”

“你也觉得我做错了吗？裴湛脾气特别好，昨晚他就生了一小会儿气，发现我不高兴，立马反过来哄我。我今天早晨使性子，他什么都没说，就出门给我买吃的了。”

“……”倪珈无言以对，顿了顿才说，“你的脑子呢？遇到恶心了男朋友的人什么都不做的还是你吗？不管你的做法有没有问题，这本来就是你的风格啊。足不出户地在家等男朋友下班，不跟异性喝酒聊天，不聚会不社交，做什么都先想‘裴湛会不会不高兴’，事事看他的脸色，温婉可人、柔情似水，你是真的变成了‘余柠’，还是为了讨他喜欢在努力扮演‘余柠’？你确定裴湛喜欢的是你本人？”

没等路檬说话，倪珈又说：“……算了，你开心就好。要是你能长长久久地忍下去，那就算我输。”

放下电话，路檬只觉得荒谬，然而不知道为什么，倪珈的这段话一直萦绕在她的脑海里，隔了三五天都没散去。

休息了两日，裴湛再次开始忙碌，裴赫花光了从司裴那边讨来的钱，闲来无事，便到二哥家蹭饭。路檬也正无聊，自然欢迎他过来陪自己。

两人打了一下午游戏，确认裴湛晚上有应酬，不回来吃，懒得做饭的路檬把自己的手机丢给裴赫，让他想吃什么自己点外卖，然后去厨房给裴路路做饭。

饭还没做好，裴赫就举着手机凑了过去：“二嫂，你微信上的这个筹备群是准备横穿亚欧大陆的吗？”

“嗯。”

“群里有人给你发消息。”

手上正忙着的路檬看过消息后，让裴赫帮忙按住语音键，回了段语音过去。

“二嫂，你到底带不带我去？”

“我倒是愿意带你去，可你妈妈、大哥、二哥、外公外婆不会同意的。”

“我偷偷跟你走，不告诉他们。”

“我偷偷带你走，让你哥知道了，非得跟我急不可。你妈妈不是准备送你去加拿大读高中吗？你好好念书，这样的机会多着呢，过了十八岁我一定带你去。”

裴赫“嘁”了一声：“她就是把我送到月球上，我也不会用功的。你怎么能怕我二哥呢，该让他怕你才对。我前一段时间在电梯间遇到你妈妈，跟她说想跟你去环球旅行，她说‘挺好挺好，年轻人就该多出去走走，长长见识’，你可真幸福，有个这么开明的妈妈。”

正切胡萝卜的路檬闻言差点切到自己的手：“你说什么？再说一遍。”

裴赫愣了一下，重复道：“我妈就是把我送到月球上，我也不会用功的。别以为我不知道，她这么了解我，送我出国哪是为了让我好好学习，根本就是想让我离得远远的，别影响她谈恋爱。”

“我说的不是这个，我准备自驾穿越四十国的事情，你跟我妈妈说了？她还说‘挺好挺好’？”

得到了裴赫的肯定，路檬扔下切了一半的胡萝卜，在裴赫的袖子上蹭了蹭手，拿起了自己的手机。她翻了翻通话记录和与妈妈的微信记录，确认没有来自妈妈的未接来电，妈妈也没在微信里问过这件事后，看向了裴赫：“你没搞错吧？跟你聊这事儿的真是我妈妈？”

“没错啊。怎么了？”

“我妈比你妈和你二舅妈加一起都可怕，知道了不可能不阻止的……对了，”想到另一件事，路檬更觉惊恐，“你没告诉我妈妈，你二哥搬家是因为想和我住在一起吧？”

“没，我又不傻，我跟郑老师说了，房子本来就是我大哥的，我大哥前一段忙，我二哥为了看着我才搬过来的。”

路檬松了一口气，踮起脚尖摸了摸裴赫略扎手的脑袋：“小弟乖，下次再遇到我妈，少跟她讲话，多说一句都有可能被她套路。”

“郑老师看着挺亲切，还叫我有空去你家吃饭，问过我你准备怎么去、什么时候去后，还把手里的榴梿和凤梨送给我了。”

“……”

不等裴赫离开，路檬就给妈妈打了通电话，出乎意料的是，妈妈只交代她有空带裴湛回家吃饭，提也没提她带队自驾游的事儿，越是不提路檬心里就越没底。待裴湛一回来，她便把这件事原原本本地告诉了他。

“你说我妈妈装不知道是在憋大招，还是默许？”

“我怎么知道，你不是很早就独立了，从不理父母的意见吗？”

“我妈妈战斗力太强，我实在不想和她周旋，我总觉得现在是暴风雨前的平静。要不你明天陪我回家吃饭？我探探她的口风。”

裴湛沉吟了一下：“明天中午吧，我晚上有应酬，需要你陪我去。”

这还是裴湛第一次主动带她去应酬，快要闷到发霉的路檬一下子跳了起来：“去哪里，我要准备什么？”

“普通饭局，什么都不用准备，对方是制片人和导演。”裴湛报了个名字。

“哇，我是看着他拍的电影长大的哎。”路檬一脸欣喜地问，“你跟他有合作吗？”

裴湛“嗯”了一声：“已经这个时间了，明天去你家吃饭的话，礼物也来不及买了，明天上午我再让人准备？”

路檬的注意力全在其他地方，随口说：“不用带礼物的，又不是第一次去。”

隔天中午，路檬带着裴湛回家后才发现爸妈还叫了堂哥堂嫂过来吃饭，席间一切正常。饭后喝茶的时候，路檬把路时洲捉到阳台，问：“我妈妈最近有没有给你打电话？”

“婶婶经常给我打电话，你又不爱理她，我跟她通电话的次数，比你跟她还多。”

路檬“嘁”了一声：“我妈真是没白疼你，随便问一句，你也要替她数落我。她有没有跟你提我要带队自驾跨国游的事儿？”

“嗯，她问过我，问我知不知道，有没有支援你。你真要去？一百五十天横跨四十个国家，安全吗？这不是搭飞机自由行，你……”

“暂停！”路檬堵住了耳朵，“然后呢，我妈除了问你有没有支援我，还说什么了？”

“什么都没说。”

“真的没说？”

“你想让我们说什么？不让你去你会听吗？你真的一走半年，我们得多担心，路上随时都会有意想不到的危险，你……”

“妹妹，你真的要去啊？”跟过来的简年听到兄妹俩的对话，笑着问，“我们的日报有旅游版，你要写游记的话，我可以帮你申请连载，我们报社的网站也可以给你做专访之类的宣传。”

“真的啊？”路檬推开唐僧般的路时洲，拉着嫂子回了屋里。

俩人在沙发上聊得正欢，路妈妈走了过来，感受到她看向自己，路檬顿时头皮一紧，然而她就只是笑了一下，说了句“想一出是一出”。

从父母家出来，路檬第一时间联系了裴湛推荐的资深策划人，让他现在就开始替自己宣传。对方的公司属于业内顶尖，收费自然是普通公司的数倍。路檬手中的钱不够。

挂断电话，她立刻央裴湛替自己想办法。

“知道了。”

“你什么时候替我找？这周能有眉目吗？我之前的策划书不是很好，下午改一改明天给你，你好帮我找赞助商。”

“好。”裴湛似乎不想多谈，“我下午要回公司开会，饭局在六点，要么你跟我去公司？”

“好呀。我本来想去你的画廊喝咖啡写策划书的……去你公司写也一样。”

裴湛许久没来公司，自然累积了一堆事。路檬便拿着他的笔记本到会议室写策划案。乐施和其他乐手回来开会，推开会议室的门见到路檬，怔了一下，犹豫着要不要打招呼。

路檬先一步别开脸，和其他乐手打招呼。还不到会议时间，乐施有事要问经纪人，便离开了会议室。

经纪人正和裴湛谈事，乐施便等在了远处，隐隐约约地听到了导演的名字，她想问的正是这件事，便走近了一点。

“小裴先生，你想让路小姐试一试？”

“我今天晚上带她去吃饭，她各方面都符合要求，拿到这次机会没问题，问题是她肯不肯参与。”

经纪人不知道裴湛和路檬的关系，笑道：“这么好的机会，一下子就能打开知名度，只要不是傻子，怎么会不肯参与？”

裴湛笑笑：“她脾气拧着呢，司裴介绍的无论什么她都乐意，我给的机会再好她也不肯接。”

经纪人八面玲珑，听到这一句，看到裴湛提起路檬时脸上无奈又宠溺的笑，立刻嗅出了八卦的气息，立刻跟风夸了路檬几句。

裴湛离开后，乐施才走了出来，虽然知道无望，她还是不死心地问了一句："穆先生，上次我面试的那部电影有没有消息？"

经纪人喝了口咖啡才说："对方说不合适。"

瞥见乐施咬着嘴唇楚楚可怜地默不作声，精干寡言的经纪人破例安慰道："没关系的，再有好机会，我第一时间通知你。"

隔了片刻，乐施才勉强一笑："那我先谢谢您。"

到了饭局上，路檬才知道，自己跟着裴湛参加饭局，并不只是女朋友的身份，更是钢琴家。导演正在筹划一部电影，影片中的女主角得了绝症，她是一名从小学钢琴的高中生，也是一位知名女钢琴家的忠实粉丝。确诊癌症后，她生命中无数个难熬的夜晚都是听着女钢琴家的专辑度过的，唯一的心愿就是听一次女钢琴家的演奏会。在女钢琴家琴声的鼓励下，女学生在生命即将走向尽头时，考取了音乐学院。

这些有关女钢琴家的情节虽然只是电影的背景，女钢琴家也不一定出镜，但如果可以合作，电影中会用路檬的真名，同时为路檬发行电影中女学生常听的专辑，专辑里包含电影的主题曲、插曲、宣传曲，全部由路檬独奏。如果剧情需要，路檬也将会以钢琴家的身份在影片中的音乐会上演奏数分钟。

这位导演在国内排得进前十，这部片子也是大制作，如果路檬参与，想不出名都难。以司裴助演嘉宾的身份亮相，这起点已经非常高，再加上这部电影，路檬未来的道路一片光明。

听到裴湛对导演和制片人说如果用自己的女朋友，他愿意投资这部电影，路檬只奇怪机会这么好，他为何不早点告诉自己。

路檬问过才知道，如果参与，现在就要开始筹划，电影今年秋天开拍，未来至少大半年她都会很忙。机会虽然好，可如果成事，她的计划又要拖一年。而且听裴湛的意思，明年影片上映后，会趁热打铁地替她安排更多活动。

她满心疑问，可只聊了不到二十分钟正经事，他们就换了话题。听了片刻，路檬才明白，裴湛参与投资除了捧她，也能赚钱。他们的话题路檬听不明白，因而插不上嘴，只好低头玩手机，把自己的手机玩到没电后，她又摸起了裴湛的。

用他的手机刷了会儿微博，手机突然进了条微信，路檬点开他的微信，无意中看到了他和妈妈的对话框。

消息是前天发的。

路妈妈："小裴，在忙吗？我听说路檬要带人去搞什么开车横跨亚欧大陆，这事儿你知道吗？"

"阿姨，您好。我知道。"

"这也太胡闹了，开车绕着地球走半年，得遇上多少危险，我和她爸爸都非常反对，你的意见呢？"

"是存在着危险。"

"这孩子从小就不稳妥，我和她爸爸操碎了心。她年纪还小，我们呢，希望她能继续念书，大好的年华整日胡闹，到老了要后悔的。我们的话她从来不听，我们看得出来，她很喜欢你，或许她愿意听你的话。希望你能替我们劝一劝她，她不喜欢本科的专业，换成音乐或者别的什么都可以的，对这个年纪的她来说念书绝不是坏事，这个你赞成吧？"

"赞成的。"

"我就知道你明事理，那就请你帮忙引导她，她实在不肯读研究生，你和司先生替她安排点有意义的工作也可以。什么环球自驾游绝不可以去，她真的去了，我和她爸爸饭都要吃不下，觉也睡不好的。"

"好的，阿姨。"

一顿饭吃完，已经接近晚上十点。离席的时候，路檬冷着脸，听到见惯了年轻漂亮的女孩谄媚献殷勤的制片人夸她有性格，她连眼皮都没抬。

坐进车子后，裴湛观察着路檬的神色问："怎么不高兴了？"

路檬动了动嘴唇，没有说话，她对这个人这张脸完全没有抵抗力，一开口就会输。

"这个机会很难得，在电影里作为女主角的精神领袖出现，即使不出镜，被女主角多次提及，用的又是你的真名，也会给观众留下你就是一流钢琴家的印象。借着电影的宣传，我帮你做的专辑销量一定有保证。

之前我那边的经纪人带几个人来面试过，他们都说不合适，不过我也没用心推。你的形象本身就很符合，我再投资的话，只要你点头，不会有问题。”

路檬看向窗外，冷声说：“没兴趣，跟着司老师巡演之后，我有别的安排。”

裴湛皱眉：“巡演之后，趁着热度立刻出电影里的同名专辑，这样的机会错过了就不会再有，横跨亚欧大陆什么时候都能去，你有了知名度，以音乐家的身份去，自带话题度，连宣传费都省了，不用找，赞助商就会主动上门。”

“替我妈妈谢谢你，这个理由简直完美。”

裴湛一怔，随即明白了她为何突然闹情绪：“你妈妈找到我，以我的立场，不管认不认同，都要顺着她说。我前一段时间忙，知道有这部电影后，第一时间想到了你，并不是为了阻止你离开才带你来。”

“既然不是为了帮我妈控制我，你为什么不早一点告诉我？让我到地方了才知道是面试，完全没有准备，这说得通吗？”

听到这一句，裴湛也生了气。他一贯内敛，不愿意和女朋友争执，把车子靠边停下，降下车窗透了片刻气，才反问道：“我直接告诉你，你肯来吗？司裴说什么你都听，让你做什么你都去，我讲了很多次想把最好的资源给你，你都是怎么回答我的？我不事先说，就是不想你因为跟我赌气，错过最好的时机。你知不知道，对你来说唾手可得的一切，有多少每天刻苦练琴十个小时以上的人做梦的时候都不敢想。”

“我本来就又蠢又没脑子，还不肯努力不识好歹啊。我爸、我妈、我哥都这么认为，无论我做什么都不靠谱，我喜欢的一切都没意义，我所追求的全是异想天开……总之就是一无是处。他们否定我、瞧不上我，可不得不管我，是因为没法选，谁让我是他们的女儿、他的妹妹呢。可你不一样啊，女朋友可以选，有那么多人喜欢你，你为什么非要选一个你欣赏不来的呢？你这么忙，费心费力地改造我多累，直接找一个喜欢的不就得了。”

“你……”裴湛放缓了语气，“我什么时候改造你了？我是……”

“我不要听，”路檬捂住了耳朵，“什么都是你对，无理取闹的永远是我。”

裴湛见状立刻笑出了声，路檬的性格像小孩子一样，然而她再不讲道理，他也拿她没办法。这一晚直到临睡前，路檬都没有搭理裴湛，裴湛一试图解释她就捂耳朵，习惯了她气一会儿就自己好，知道她不乐意听，裴湛便没再多说。

隔天早晨，裴湛出门的时候，路檬和往常一样还没起床。上午忙碌的间隙，他给她发了几条微信。见女朋友一条都没有回复，裴湛特意推掉了应酬，买了玫瑰、蛋糕和一堆她喜欢的食材，准备下厨讨她欢心，然而家中只有躺在沙发上戴着耳机，边吃薯片边看着喜剧电影哈哈笑的裴赫。

“谁允许你躺在我的沙发上吃零食的？”

“二嫂不也是天天这么躺着吃？”

“她是她，你是你，”见裴赫把爪子伸向他特地绕道给路檬买的抹茶半熟芝士蛋糕，裴湛拎起蛋糕盒，皱眉道，“你去储物柜拿吸尘器把碎屑吸干净，然后回自己家。”

“你不是不爱吃蛋糕吗？二嫂离家出走了，这个我不帮忙吃掉，明天口感就不对了。”

“路檬离家出走了？”

裴赫欣赏了片刻二哥的表情，趁他发愣，抢过蛋糕，打开盒子拿勺子挖了一大口，放到嘴巴里，陶醉道：“我就爱吃这款蛋糕，可这附近没有，又懒得大老远跑过去排队。等我有钱了，也得雇个专门跑腿的助理。”

裴赫说话间，裴湛早已摸出手机，给路檬打了通电话，听到“您拨打的号码已关机”，裴湛看向裴赫：“路檬为什么走，她离开前都跟你说什么了？”

“二嫂说要冷静几天。她上午就走了，把我叫来是让我帮忙照顾狗的，还有转告你，不要找她，等过几天她想明白了会联系你。”

轰走裴赫后，裴湛的脑袋一片空白，他在沙发上坐了许久，硬着头皮给路时洲、路妈妈、倪珈分别打了通电话。

倪珈态度恶劣地说了句“活该”，就挂断了电话。路时洲和路妈妈则不约而同地表示，路檬从小就爱离家出走，他们早都习惯了，不用放在心上，过几天她就自己回来了。

裴湛却没法不当一回事，就像前一晚路檬说的，爸爸妈妈哥哥是家人，无论她怎么不满怎么失望都没法选择，没法不要。可男朋友却不同，路檬这样一言不发地离开，他已经不是第一次经历了，一想起在B市的那次分手，裴湛就满心慌乱。

这天上午，路檬关上手机、独自住进酒店，谁也没联系。她怕把行踪告诉亲朋好友，裴湛会打听到、找上门来。她对裴湛完全没有抵抗力，无论他做得多过分，只要稍稍示好，她都会心软，都会失去判断力。

其实她不介意为了喜欢的人改变自己，只要能讨裴湛喜欢，她愿意牺牲自己的兴趣，可这不代表她可以忍受对方的全面否定。

她从小就生活在妈妈的控制下，后来的叛逆正是不想被妈妈左右，爸爸哥哥站到妈妈那边没关系，可是裴湛却不同。要是他光明正大地阻止，她说不定会改主意，可他这样暗中和妈妈联手，真的触到了她的底线。

她说什么、做什么都不对，喜欢的、追求的全都没意义，如果在裴湛眼里自己这样一无是处，路檬真的想不明白他为什么非要同自己在一起。被最亲近的人一起否定，此时此刻她沮丧到只想躲到角落里。

路檬在酒店住了三天，谁也没联系，她不敢开手机，怕一看到裴湛发来的微信就会在没想明白的情况下心软到立刻回去。开了个新小号在游戏里大杀四方之余，她便刷微博打发时间。

几日不见，伤心归伤心，路檬还是有一点点想男朋友的，刚想在微博上搜裴湛，就看到他上了热搜。路檬心中一凉，以裴湛的关注度，之前和乐施传绯闻，也是不刻意搜就注意不到的普通新闻，这会儿上了热搜，必定不是好事。

果然，他惹上是非与吕黎有关，上午有个娱乐博主爆料，裴湛去年底新签的钢琴家乐施，近日解约改签到了吕黎所在的公司，与裴湛闹过绯闻的乐施宁可赔钱也要解约，或是因为和裴湛感情生变。

乐施没什么名气，搭上裴湛虽然有了些关注度，却远达不到上热搜的程度。路檬点进乐施的微博才知道，乐施中午的时候在微博上转发了这条，澄清和小裴先生只是普通朋友，很感激他赏识自己，解约是因为想谋求更好的发展。

澄清一发出来，立刻被无数水军转发带节奏，说吕黎、乐施相继解约是因为与裴湛签订的合约等同卖身契，裴湛打压旗下乐手，把优质资源给愿意接受潜规则的女乐手。

吕黎的粉丝看到后，得到证实般地转发跟风骂裴湛。因为裴湛没开微博，他们只好到司裴的微博下骂，吕黎的微博粉丝两百万，司裴的粉丝近两千万，吕黎的粉丝很快被司裴的粉丝全方位碾压。然而在粉丝们眼里，裴湛的罪名又多了一条仗势欺人。

没过多久，几个营销号又相继曝出欺世盗名的裴湛多年来资助贫困艺术生、做慈善是为了逃税，前一段发起的“公益音乐教室”也是黑幕多多。尽管裴湛的公司已经发出律师函，表示会追究造谣者的法律责任，评论里仍是骂声一片。

深呼吸之后，路檬搜出吕黎的微博，私信他：“你的脑残粉你到底管不管？给你一个小时，你管不好，我管。”

只隔了一分钟，吕黎就回复了过来：“你是路小姐？你是不是对我有什么误会，这事和我有什么关系？我也是躺枪。”

“噢？你在线啊，热闹看得开心吗？嗯，你是躺枪无辜的，水军不是你请的，演奏水准和你旗鼓相当，和你一样最大的天赋就是明里感谢、暗地捅刀的乐施不是你怂恿的。话说一样又蠢又坏的你们其实是兄妹吧？我不想跟你多说，还有五十五分钟，你的脑残粉再蹦跶，我就放视频给他们治脑子。”

发完这句，路檬直接把吕黎拉黑了。

她考虑了一秒，点进乐施的微博，评论并转发道：“我男朋友什么时候有你这位普通朋友？我回忆了一下，你们的私下接触一共三次——

“第一次是去年十一月底的深夜，你哭着给裴湛打电话，在裴湛表示过太晚了不方便，有事直接电话里说的情况下，你一再说受了委屈想到他家当面诉说。后来他带着我去见你，你穿着单层露背裙除了哭哭啼啼就是哭哭啼啼，连我一个女孩都被你哭出了保护欲。

“第二次是他表弟受伤住院，你带着补汤去医院探病，刚好我和他妈妈、他姑姑也在，听到你又一次表达了对他的感激，我特别感动，你真是我见过最有良心的人。

“第三次是在 B 市，那么巧我也在。特别佩服你，两次软磨硬泡地跟公司的人要男老板的私宅地址，深更半夜地跑到男老板家求见，两次都是当着人家女朋友哭哭啼啼，拿针尖大的小事说自己受了多么多么大的委屈。你和裴湛曝绯闻我也很委屈，谁是唯一的受益者？谁在明知道男老板有女朋友，还不搭理自己的情况下想入非非？有句话我曾跟你说过，自作聪明的人最最傻。

“最后，欢迎你告我侵犯你名誉，那么我就可以请求调出裴湛私宅附近的监控视频，顺便查一查绯闻是怎么曝出来的。PS，我是裴湛唯一交往过的女朋友，我愿意跟他在一起不是为了拿到什么优质资源，因为你所期盼的一夜成名对我毫无吸引力。”

发完这些，平了气的路檬唯一的想法就是，她没有优雅地置之不理、以高冷的沉默来表达毫不在意，而是只顾自己讲得高兴，裴湛知道后一定会很生气吧？

之前和司裴传绯闻时，路檬的微博粉丝从四万涨到了二十万，想也知道，这几条一发，会有多少人骂她欺负善良的乐施、会有多少人质疑她是蹭热度的戏精，可是发都已经发出来了，再后悔也没用了。谁爱骂谁骂，她只在乎裴湛。要是裴湛不生气，要是他能接受她的处事方式，要是他就前些天的事情认真道歉，她也可以考虑原谅他。

隔了半个钟头，她再次打开微博去看，意外地发现大几千条的评论里，只有极少数是骂她的，绝大部分都在夸她直率，骂乐施是心机婊、白莲花。

诧异之余，路檬打开了吕黎的微博，原来在她发出微博的五分钟后，吕黎跟着发了一条，澄清自己的离开和裴湛无关，郑重感谢裴湛的栽培，并暗指学生时代受过裴湛资助的乐施忘恩负义，无事生非，忘记了追求艺术的初衷。在这条微博的最后，他还提到了路檬，证明她是洁身自好的裴湛唯一交往过的女朋友，证明裴湛从没潜规则过女乐手。

看过吕黎的微博，路檬只觉好笑，这是在向她示好吗？能屈能伸，真让人佩服。以乐施的性格和能力，无人在背后推波助澜，哪制造得出这场风波？百分百是吕黎自以为被她抓住了把柄，怕视频曝出来粉丝脱粉，先一步抹黑裴湛，以防万一。如今拉乐施背锅也真是欺软怕硬，手段了得。把算计的工夫用在练琴上，也不至于越混越差。

托吕黎的福，非但没人骂她，她的微博还涨了一大拨粉丝，她翻了翻评论，突然看到了一条来自“裴湛 123”的留言：“对不起，我等你的电话，裴湛。”

因为留言太多，这个“裴湛 123”为了让路檬看到自己，将同样的内容留了几百遍，终于被吃瓜群众注意到了。

看到有人在“裴湛 123”的留言下问是不是裴湛本人，抢先注册了“裴湛”这个微博号的裴湛的资深乐迷在下面科普道：“假的，小裴先生根本没有开微博。”

隔了几分钟，“裴湛 123”回：“是我本人，刚开的。”

“裴湛”回：“戏精本尊？小裴先生说过不喜欢这种互动方式，不会开。”

“裴湛 123”回：“女朋友生我气，我开微博是为了联系她。”

路檬正一头雾水，再一次刷新时就看到了司裴的留言：“‘裴湛 123’是裴湛本人没错，路檬，看到这条留言立刻把手机打开，别再让他继续丢人。”

路檬傻了片刻才想起来，因为之前和司裴传绯闻，自己关掉了非关注人的私信……

别扭了片刻，路檬打开了手机，给裴湛打了通电话，只响了一声，电话就接通了：“你在哪儿？我去找你。”

相较于裴湛的急切，路檬冷声报出了酒店的名字：“你找我干吗？是要来骂我不该做无聊的事吗？”

“我骂你干什么？谢谢你保护我。”裴湛没有和路檬说，担心她被骂被抹黑，她的微博刚发出来时，是他向吕黎施压，让吕黎发微博替她解围。

没等路檬再说话，裴湛说了句“我这就到，你等我”，便挂断了电话。

一打开微信，路檬就收到了无数条来自裴湛的信息，她有心和裴湛好好谈谈，怕读过信息会心软，看也没看就把手机扔到了一边。

约莫过了半个钟头，裴湛就再次打来了电话，听到他要自己下楼，路檬虽然奇怪，却还是照做了。

然而到了他说的地方，路檬却没看到他的车，正要给他打电话，一辆摩托车就停到了她的身边。骑摩托车的男人竟穿着Z大附中的校服，路檬看得心中一跳，待他摘下头盔，果然是裴湛。

“你搞什么？”

“接离家出走的女朋友回家。”

“我没准备回你家，我们谈谈。”

“不用谈，对不起，全是我的错。”

听到这一句，原本气消了一半的路檬反而气结：“你根本不觉得自己有错，为什么要道歉？你每次都是这样，看起来态度好，其实根本没把我的委屈放在心上。”

“我怎么会不觉得？惹你生气就是犯错。我是傻子，才为了不得罪女朋友的妈妈，得罪女朋友。不过我答应你妈妈阻止你，真的只是客套的敷衍。”

“什么敷衍，你根本和他们一样，认定我说什么、做什么都不对，我喜欢的、追求的全都没意义！”

“我哪有，你说什么、做什么都可爱，我从没想过阻止你做你喜欢的事儿，更没想过改造你，我不让你单独聚会是受不了你被别的男人骚扰，我忙过这一段就陪你参加各种聚会，好不好？”

“你不是不喜欢吗？”

“你不喜欢整天待在家里，为了我不是也忍耐了？等做完手上的事，换我来适应你喜欢的生活。我确实不放心你自己横跨几十个国家，你能不能晚点去，等我完成手上的合约陪着你一起？我安排你参与电影，就是想让你推迟一年出发，等我做完安排好的工作。”

路檬闻言怔了怔，裴湛趁机抱怨：“我之前没提，是在等你主动邀请我，你准备一走半年，计划里却没有我，我也伤心的。”

听到一贯高冷的裴湛说“伤心”，路檬先是一笑，随即噘嘴道：“傻子才信你的花言巧语。永远都是你有道理，反正我说不过你。明明是我被辜负，明明都是你的错。”

“嗯，都是我的错。”

“……”

路檬不知道该说什么好，她满心沮丧地想，看吧，不管冷静多少天，只要一开口，输的永远都是她。谁让她喜欢他，无论他多讨厌，无论她多生气，就是拿他没办法。

路檬住的酒店恰巧在两人念过的Z大附中附近，听到放学的铃声，裴湛笑着问：“嗨，这位小学妹，我暗恋你很久了，能让我送你回家吗？”

路檬愣了片刻才笑道：“你请我喝可乐，我就考虑一下。”

裴湛弯了弯嘴角，把路檬拎到后座，替她戴上头盔，长腿一迈，就骑了出去。

路檬把脸贴到他的背上，莫名其妙地就想起了十年前，那时堂嫂执意和堂哥分手，她气不过，替路时洲去问为什么。简年轻轻叹了口气，浅笑着说，因为我跟他隔着十万光年，怎么追也追不上啊。

虽然不知道他们之间发生了什么，可那一刻，她却能感同身受，因为她和她喜欢的人也相距十万八千里，隔着仿佛一生也追不上的距离。

可是她有多幸运，哪怕曾经放弃过，最终还是得偿所愿。

Theend

番外

永远永远

1

热搜事件后，路檬的微博粉丝短短几天涨了十万，看到吃瓜群众在裴湛的留言下问女朋友有没有给他打电话，路檬回复道：“我们已经和好啦。”

八卦女主角真身回复，吃瓜群众立刻兴奋了起来，问了无数个问题，路檬只挑了两个回答。

“你不是大裴先生的女朋友吗？”

——“他原先只是我的老师，现在除了老师，我还跟着裴湛叫他大哥。我长这么大，就喜欢过裴湛一个人。”

“你为什么生小裴先生的气？小裴先生犯什么错了？”

——“我喜欢四处玩，他是深度死宅，当然会闹别扭啦。”

在外人眼里，裴湛是高不可攀的精英、气质清冷的艺术家。这样一个完完全全不接地气的人被女朋友评论为“死宅”，还蠢萌蠢萌地为了求和，到闹失踪的女朋友微博下刷屏道歉，这两件事完全刷新了公众此前对他的认知，一大拨路人瞬间转粉。

❷

除去吃过期巧克力那回，裴湛上一次生病大概还是中学的时候，因此浑身酸软无力的他只当是前一夜没睡好，直到路檬觉得不对，去摸他的额头，才发现他发烧了。

裴湛至少十年没发过烧，家里没有药和体温计，路檬只好出门买，见她穿外套，裴路路兴奋不已地摇着尾巴等在门边。

路檬半蹲下来嘱咐道：“我们不可以把发高烧的爸爸一个人留在家里，我一个人去，你留下保护他。”

按捺不住的裴路路还是想往门外挤，遭到路檬的眼神警告后，它不满地嗷了一声，耷拉着脑袋走到裴湛身边，肚皮朝下地趴了下来。路檬跑到最近的药店，杂七杂八地买了一大堆。

回来的时候，路檬第一时间给裴湛量了体温——39.1℃，她吓了一跳，立刻去厨房倒了杯温水，大力摇醒裴湛。裴湛困倦到睁不开眼，他本能地不愿意吃药，只说睡一会儿就好。在路檬的逼迫下，他硬着头皮吞下了药片。

裴湛很少吃药，效果格外好，他一觉睡了四个钟头，醒来时路檬正托着腮笑盈盈地趴在他身边。

裴湛坐起身，刚想说话，就闻到了一股奇怪的味道，他抬起手摸了一下，才发现额头上贴了一张小孩子才用的退热贴。他把退热贴撕下来贴到路檬头上，正要下床，原本趴着的路檬就抱住了他的手臂。

“你还没完全退烧呢，快躺下！这么虚弱，不可以随便起来，我煮了白粥，这就去盛出来。”

对于男人来说，“虚弱”这个词十分刺耳，裴湛拂掉路檬的爪子：“谢谢你的照顾，可我要去厕所。”

裴湛从洗手间出来，路檬早把白粥端了过来：“你生病了嘴巴肯定没味道，我趁热放了白糖。啊，张嘴。”

裴湛想接过来自己吃，路檬却不肯给：“你现在肯定全身酸痛吧？

我来喂你，中学的时候我一直幻想可以坐你的摩托车、照顾生病的你，现在全部实现了，真的好幸福。

“……”

裴湛不爱喝甜粥，硬着头皮一口气喝光就算了，偏偏路檬非要一勺一勺地喂，勉强喝了半碗，他便摇头说“饱了”。

“没胃口吗？”路檬摸了摸他的头，发现比方才又烫了一点，“发高烧的时候不可以吃油腻的东西，等你好了我煮鲍鱼鸡汤给你补身体。”

“……我继续睡，你也早点睡。”

裴湛很快再次睡了过去，隔了不知道多久，他忽而被额头上湿漉漉的触感冻醒了。他正要发脾气，就看到路檬凑到他的脸颊边，拿湿毛巾有一下没一下地擦他的额头。

“你的体温又回到三十八度了，等下物理降温没用的话，我再给你吃退烧药。”

裴湛刚想说“你别折腾，给我睡”，就发现了关切的路檬眼中的兴奋。他一阵无语，揉着隐隐作痛的太阳穴问：“你怎么还不睡觉？”

路檬扬起脸邀功道：“我可以这么照顾你一夜。你饿不饿？我去热粥给你吃。”

一整天只吃了几口甜粥的裴湛腹中空空的，便问：“锅里的粥放糖了吗？”

“一整锅都放了。”

“我不是很想吃。”裴湛宁可继续饿着。

“没胃口也要吃一点！”路檬说着便跳下床，去了厨房。

作为沉默寡言的死宅，裴湛为数不多的爱好里自然有睡觉，他睡觉的时候，忍受不了一丝干扰。睡着了被人吵醒，哪怕是白天都会发脾气，更何况是晚上。趴在他身侧、一瞬不瞬地托着腮望着他，时不时拿湿毛巾擦他额头的若是别人，早被他丢到门外了。

等待路檬回来的间隙，满心无奈的裴湛随手点开了微博。很快，他就看到了路檬的三句回复，看到“深度死宅”，他下意识就想把路檬捉回来删微博。然而还没下床，他又看到了那句“我长这么大，就喜欢过裴湛一个人”，怔了片刻后，因为舍不得，便打消了片刻前的念头。

被网友群嘲又怎么样，被当作布娃娃玩过家家又怎么样，女朋友高兴就好。

③

在路檬的“照顾”下，裴湛的这场病拖了近一个星期才好。这天下午，司裴带着裴赫过来探病，喜欢热闹的路檬自然高兴，热络地留他们吃晚饭。

瞥见路檬进厨房准备果盘，裴赫也跟了过去，他回头看了眼坐在沙发上和司裴谈公事的二表哥，压低声音说：“姐！你也太没出息了，之前那事儿就这么算了？不让老二跪上三天三夜，他怎么能长记性？！”

“我也不对，一不高兴就离家出走，太小题大做了。”

裴赫一脸恨铁不成钢：“你就这么被他吃得死死的，将来可怎么办？！姐，我很担心你！”

路檬瞟了眼倚在厨房移门边的裴湛，咬着指甲说：“二嫂更担心你……”

顺着路檬的目光转头看到裴湛，赶在裴湛抬脚踹他前，裴赫就闪到了一边。顶着二表哥冷冷的眼神，头皮发紧的裴赫只好选择抱紧路檬的大腿，以期凶残的二表哥爱屋及乌。

哪知抱大腿（黏着路檬）的结果却让裴湛更生气，裴湛正准备让司裴把裴赫带走，妈妈就来了。

裴妈妈得知儿子前几天生了病，便炖了汤，过来探望。见到穿着家居服的路檬，她自然意外。

再见到裴妈妈，和裴湛确定了关系的路檬顿时不像之前那么放松，喝过裴妈妈炖的汤后，路檬犹豫了再犹豫，终于尾随她进了厨房，主动认错道：“阿姨，对不起，之前有件事骗了您。”

裴妈妈听说了裴湛在路檬微博下面刷评论的事，正满心疑惑，闹不清楚她到底是司裴还是儿子的女朋友，听到这句，自然来了兴趣：“怎么了？”

“我刚开始和裴湛谈恋爱的时候，因为两家认识，怕被长辈们知道我们在一起会问东问西，才跟您和姑姑说我叫‘余柠’的……”

这话满是漏洞，但裴妈妈想了又想，只觉得自己没有理由怀疑这件事的真实性，因为除了这个解释，她实在想不出路家的孙女为什么要用假名字。

“那上次遇到的时候我问你，你为什么……”

“那时候我和裴湛因为误会分手了，一提起来就伤心。”路檬说着又可怜兮兮地垂下了眼睛，“我十几岁就是司老师的学生，跟他只是师生关系，外头是乱传的！”

司裴虽然三十出头了还没着落，但好歹交过女朋友，而儿子连恋爱都不愿意谈，裴妈妈为此很是着急。在她的眼中，路家的孙女在事业上虽然不及儿子，但相貌出众，出身于书香门第，又解决了原本最头痛的问题，她自然没什么不满意的，便笑着说："我明白，司裴和他已经结了婚的表妹被传成一对更荒唐。”

虽和妈妈不亲近，但看到在父母兄长面前一贯没大没小的女朋友追着自己的妈妈解释，裴湛也满心感动。

4

临近春节，裴湛带着路檬回家陪爷爷奶奶度周末。这天，裴家人难得全部凑齐了，连奶奶生日时没能赶回来的裴湛爸爸和裴湛姑姑也在。

裴湛的爸爸是国内一流交响乐团的首席指挥，已经五十六岁，仍旧身姿挺拔、风度翩翩。他留着微卷的银发和花白的胡子，与二十八岁的儿子相比，裴爸爸这种混合了沧桑感、不羁感的儒雅大叔显然更有范儿。父子俩同样高冷，然而同父亲站在一起，一贯稳重的裴湛却被衬得稚嫩了许多。

路檬此前只在杂志上见过裴爸爸的照片，没想到他本人比十年前的杂志照片更有魅力，见儿子的女朋友呆呆地盯着自己看，正泡茶的裴爸爸咳了一声，随口问："小路，你懂茶吗？"

路檬回过神来，尴尬不已地回道："我小时候经常跟着爷爷喝茶，懂一点点。"

吃饭的时候，知道路檬是裴湛，而不是长孙的女朋友的奶奶催促道："你们准备什么时候结婚？"

不等裴湛开口，路檬便笑着说："我们还小呢，最近三五年没有结婚计划。"

奶奶闻言一脸失望："裴湛也不小了，我像他那么大的时候，他爸爸已经会走路了。你们早点结婚，司裴才会着急。"

司裴笑道："裴湛带女朋友回家，怎么又说起我了？"

"等你弟弟都结了婚，你还好意思一直单着吗？"

"……"

饭后在奶奶的挽留下，裴湛没有立刻离开，带着路檬在小时候住过的房间休息。路檬好奇不已地四处翻看，笑道："你爸爸太有气质了，是我见过最帅的大叔，你像妈妈也像爸爸，如果更像爸爸一点，会更好看。我以前觉得你老了颜值一定会下降，看到你爸爸才明白，有种人越老越耐看。"

半晌没等到裴湛应声，路檬回头望向坐在床上的他："你怎么不高兴了？"

"脸就这么重要吗？如果你觉得我不好看了，就不会喜欢我了？"

路檬闻言很是意外："不会啊，你变成什么样儿，我都觉得你是全世界最好看的，永远永远。"

听到这话，裴湛无奈地说："还说我总是花言巧语，你不也一样。"

"不一样，我说的每一句话都是真心的。"

"那为什么不考虑和我结婚？"

"你有考虑过吗？你也从没说过结婚啊。"

裴湛闻言怔了怔，随即就要开口，赶在他讲话前，路檬说："我三五年之内不想结婚。"

见裴湛冷了脸，路檬抱住他的脖子，吻了下他的嘴唇："我有一辈子的时间可以做裴太太，能做裴湛女朋友的时间却很有限。如果结婚了，他们又要催我们生宝宝，我才不想那么快就多个人分享你的喜欢。现在这样多好，你不享受只有我们两个人的恋爱吗？”

“享受。但我等不了三五年，两年，两年后我三十岁，你二十五岁的时候我们结婚。”

没等到路檬的回答，片刻后，裴湛又问：“路檬，可以吗？”

“这算是求婚吗？没有玫瑰和戒指就算了，连爱我都不说，我才不要回答。”

裴湛一贯内敛，隔了许久，才红着脸低声说：“我爱你。”

“哦，谢谢。”

裴湛一愣：“这就完了？你的呢？”

“我的什么？”

“你的表白啊？”

“早在很多年前，我就表白过啦，不是我没说过，怪你不记得啦。偶尔想起以前的事，我还生气呢！裴湛，你以后要对我很好很好，好到我把伤心事都忘了，才愿意说你想听的话。”

番外

结婚记

电影上映后，作为背景钢琴家的路檬在原声钢琴曲专辑大卖、被更多人熟知的同时，也受到了质疑。第N次在微博上刷到说她水准平平，配不上“钢琴家”头衔的言论后，她干脆转发并大方承认，说自己本就是饰演钢琴家的流行乐手，哪怕在过去的一年中跟随司老师站在了世界级的舞台上演奏、发行的专辑取得了一些成绩，也一直很清醒地知道自己的定位。

比起不断强调自己是音乐家，不希望粉丝把自己看作偶像明星的吕黎，路檬的坦然和直率显然更讨喜更圈粉。

次年初夏，路檬在裴湛的陪伴下带队从满洲里出境，开始了长达一百五十天的旅程。出发前为了省去麻烦，她特地剪了短发，只带男性化的牛仔裤、T恤和冲锋衣，意外圈到了一大票追着她叫老公的女粉丝。

旅行结束后，路檬出了两本游记，微博人气大涨，然而她却拒绝了所有访谈节目和旅行类真人秀的邀约，转而专心替裴湛打理起了音乐教室等公益活动，还尝试做导演拍公益短片。

只有裴湛最清楚，路檬不以旅行家、知名乐手的名头接受访问并不是像外界猜测的那样淡泊名利、不愿意用爱好圈钱，而是暂时对旅行、对演奏失去了兴趣。

交往两年多，裴湛从路檬身上彻底了解了什么叫三分钟热度，很是担心总有一天她对自己也会失去兴趣，偏偏二十五岁的路檬仍旧把自己当孩子，完全没有结婚的打算，裴湛求婚两次，均以失败告终。

裴湛三十岁生日这天正巧在出差，他不在意生日，无奈路檬却重视。怕被女朋友抱怨，他特地在生日这天下午赶回家和她一起庆祝，隔天一早再飞回出差地。

然而，他打开公寓的门时，路檬却并不在家，裴湛放下行李给路檬打电话，一直到傍晚都无人接听。虽然无所谓过不过生日，可想起前两年生日时路檬的精心准备，裴湛仍是有些失落。

路檬回来的时候已经八点了，见她一脸沮丧，裴湛笑着问："出什么事了？我巴巴地赶回来，谁知道人家根本没想起我的生日。"

路檬面色不豫地从口袋里翻出一张纸，团成团砸到裴湛的脸上，负气道："送你一个大惊喜！"

裴湛弯腰捡起纸团，展开看了片刻上面的数据，摸不着头脑地问："这是什么？"

路檬更加气愤："你不认识字吗？我怀孕了！这全都是你的错！"

裴湛一下子傻了："啊？"

回过神后，他坐到趴在床上大哭的路檬身边，笑着说："这是好事啊，有什么好哭的？"

"呜呜呜，我不想当妈妈！不用你生，你当然觉得是好事！有了宝宝，至少两年的时间我哪儿也别想去……"

哄了路檬一个多钟头，见她哭得越来越伤心，裴湛犹豫了半晌，终于说："既然你这么排斥，要不我陪你去做手术？"

听到这话，路檬立刻停止了哭泣，直起身讶异地看向他："你让我去做手术？你居然是这种不负责任的人！"

"……那你的意思是？"

"我爸妈接受不了我未婚先孕，会打死我的！我们明天一早就去领证！"